《诗探索》编辑委员会在今年的工作中依旧坚持：

发现和推出诗歌写作和理论研究的新人。

培养创作和研究兼备的复合型诗歌人才。

坚持高品位和探索性。在办好“诗探索中国新诗会所”的基础上，建立《诗探索》的有效读者群，办好不同层次的几种诗歌活动和诗歌奖项。

本年度依旧向全国100所大学图书馆，100名诗歌研究专家，100位优秀诗人和60家文学期刊的主编赠送《诗探索》。

诗探索

2013 第4辑

作品卷

主编 林 莽

漓江出版社

《诗探索·理论卷》主编： 吴思敬

通信地址： 北京西三环北路83号首都师范大学

中国诗歌研究中心《诗探索·理论卷》编辑部

邮政编码： 100089

电子邮箱： poetry_ cn@163. com

《诗探索·作品卷》主编： 林　莽

通信地址： 北京朝阳区100026信箱156分箱

《诗探索·作品卷》编辑部

邮政编码： 100026

电子邮箱： stshygj@126. com

《诗探索》启事

《诗探索》自2012年起由漓江出版社出版，每年出版4辑，每辑定价50.00元（含理论卷、作品卷各一册），读者可在当地新华书店购买。

感谢您多年来的支持和厚爱！

目　录

//诗人子川特辑

编者的话

2013 年已近尾声，诗歌无法阻止时间的脚步，但它记下了岁月和情感，吹拂春风，降下微雨，燃起秋色，掠过寒风。生活让我们不得不面对现实的一切，而诗歌让我们找到了另一番天地。

当你读到这期刊物中的作品，每一位诗人都会为我们展开一个诗的世界，一个有着同样生命体验的人，一定会被唤起心中的波澜，那种审美享受是超脱于现实生活之外的，是独特的，用心灵体会的滋味。

在“诗坛峰会”一栏中，我们重点推出了诗人毛子的短诗 29 首。这位生于湖北，经历了多年的游历和潜心写作之后，在近年展现于诗坛，他将生命的体验与文化的经验融合在诗中，在简明的句式中，蕴含着朴素的真理和令人反省的人生思考。本栏中“六刊一报新世纪诗歌作品联展”推出的诗人伊路和丁及也是写作多年的优秀诗人，他们的诗歌作品值得一读。

“汉诗新作”栏中刊出了十几位诗人的新作，每个诗人都独具特色。湖南的诗人邓朝晖的《五水图》（组诗）有沅水的神秘。从她的诗中，我们会想到：一个诗人是可以穿越时空，潜入幻境的，进入她的诗歌，我们会渐渐地融入另一个幻象的世界。《身体里的人》（组诗）的作者小布头，也有着属于自己的语言的世界，语言的幻想和生活的体验，让她的诗歌充满了独有的魅力。这一栏中其他诗人的作品也各具特色，在这儿就不一一列举了，请大家阅读并评议。

“探索与发现”栏中，诗人北野的文章，谈了他对“叙述性诗歌”的认识，他在表明自己立场的基础上分析了对这一类作品的认知。诗人安遇的《诗经马桑溪》（《少年干净》选章）和创作体验，是一组学习古人表达现在人的经历的作品，有特色，有思考。诗人向天笑纪念父亲的诗歌充满了深情。苗雨时先生的评点简洁，恰到好处。另一组文与诗，是吕家乡先生评论诗人段升群的一组诗歌，它们都是针对中学课本中的诗文写成的诗歌作品。

诗人子川的特辑，通过诗歌、评论和对话，较为全面地介绍了一个诗人的创作思考、心路历程和总体评价。

纵观本期作品卷，既有优秀作品的推出，也有对创作的批评与思考。它基本体现了我们的办刊宗旨。不足之处，请大家批评。

2013 年 12 月

诗坛峰会

汉诗新作

探索与发现

诗人子川特辑

推荐与展示

诗人毛子

作者简介：

毛子，湖北宜都人，生于二十世纪六十年代。有少量作品散见于《人民文学》、《诗刊》、《诗歌月刊》、《扬子江诗刊》、《诗探索》等杂志。作品入选多种年度选本，获2013年杨子江诗刊“年度诗人奖”。

毛子

毛子创作简历

1965年1月3日出生于湖北宜都县城关镇。

1970年，5岁。因父亲右派和家庭成分，随全家下放农村。

1978年，父亲落实政策，全家回城。

1983年，技工学校毕业，进入一家机械厂当车工，1986年辞职。

1987年，接触北岛、顾城等人的诗歌，与朋友组织“傻孩子”文学社。

1988年，游走湘西及黔东南。写出诗歌《温馨如水》、《流浪的滋味》等短诗。

1989年，结识诗人余笑忠，与之通信。1990年，在湖北人民广播电台余笑忠主持的“文海纵横”栏目播出诗歌。

1990年，浪迹内蒙古、新疆等地。创作《西藏》、《谁同我，为北方哭泣》等作品。并在《星星》诗刊、《散文》发表组诗和散文。

1991—1999年，回湖北老家，结婚，辍笔。

奔波于生计。期间进入一家铸造厂当推销员。1993年女儿诞生，成为人之父。1999年，父亲去世。

2001年，重新提笔，写有《春天，抒情或叙事》。2003年春，工厂倒闭。与余笑忠重新取得联系，参加在宜昌车溪的诗歌笔会，认识张执浩、韩少君等诗人。夏季，去安徽查湾探望海子父母，写出《持续的旅行：从宜都到查湾》。同年秋天，参加《诗歌月刊》在九华山的笔会。发表三首短诗。

2004—2005年，写出《生日贺卡》、《捕獐记》、《清明短章》、《雨中进山》等诗歌。在《人民文学》发表作品，并入选当年年度选本。

2006年，到宜昌三峡文学杂志社，聘为编辑。

2007年，与宜昌同仁创办诗歌民刊《坐标》。

2007—2012年，分别在《汉诗》、《天涯》、《诗选刊》、《诗探索》、《诗潮》等刊物发表作品，并入选各种年度选本。其间，结识李少君、朵渔、李以亮、刘波、柳向阳、聂权等诗人。

2013年，在《诗刊》、《扬子江诗刊》等发表组诗。获得2013年扬子江诗刊“年度诗人奖”。

毛子短诗 29 首

给薇依

夜读薇依，时窗外电闪雷鸣
我心绪平静
想想她出生 1909 年，应是我的祖母
想想 19 岁的巴黎漂亮女生，应是我的恋人
想想 34 岁死于饥饿，应是我的姐妹
想想她一生都在贫贱中爱，应是我的母亲

那一夜，骤雨不停
一道霹雳击穿了附近的变电器
我在黑暗里哆嗦着，而火柴
在哪里？

整个世界漆黑。我低如屋檐
滚雷响过，仿佛如她所言：
——“伟大只能是孤独的、无声息的、
无回音的……”

捕獐记

夜里没有事情发生
大早醒来，南边的丛林有了动静
溜烟地跑过去，昨天设下的陷阱里
一只灰獐蜷起受伤的前肢

多么兴奋啊，我想抱起它发抖的身子
当四目相视，它眼里的乞求和无辜

让我力气全无

只能说，是它眸子里的善救了它
接下来的几天，它养伤
我也在慢慢恢复心里某种柔和的东西
山上的日子是默契的
我变得清心寡欲

一个月亮爬上来的晚上，我打开笼子
它迟疑了片刻，猛地扬起如风的蹄子
多么单纯的灰獐啊，它甚至没有回头
它善良到还不知道什么叫感激

我们如此逃避恐惧

醒半失眠，索性翻起了书
一个波兰人，谈起了战争中的蹂躏和人性
也许这之中有某种我们共有的东西
当试图寻找，我从奥斯维辛
找到了古拉格群岛
从古拉格群岛，找到了夹边沟
最终，我找到了那么多无名的人
他们可能是妻子的丈夫、童年的玩伴、热恋中的情人
是士兵、糖果商、艺术家和家庭主妇……

那么多的不幸，分配给我
可我不想谈论苦难，更讨厌以它自居
还是这个写诗的波兰人，有更深的体验——
当空气笼罩死亡，他们尽其所能地做爱
他们觉得性比爱，肉欲比灵魂
更速效，更兼容
更能麻醉周遭的恐惧……

赌石人

在大理的旅馆，一个往返
云南与缅甸的采玉人
和我聊起他在缅北猛拱一带
赌石的经历
——一块石头押上去，或倾家荡产
或一夜暴富

当他聊起这些，云南的月亮
已升起在洱海
它微凉、淡黄，像古代的器物
我指着它说：你能赌一赌
天上的这块石头吗？

这个黝黑的楚雄人，并不搭理
在用过几道普洱之后，他起身告辞
他拍拍我的肩说：朋友
我们彝族人
从不和天上的事物打赌

我爱……

我爱战争期间，那些等待丈夫
归来的妇女
我爱阵亡士兵墓碑上
悄然安放的玫瑰

我爱被征服的国家，秘密的聚会
我爱宵禁之后，那走上街头的传单和人群

我爱电车
我爱旅馆
我爱流放的路上，还在谈论诗歌与星空的心灵……

可我爱的那么多，却依然不够
爱多么丰饶啊，又多么的贫困

所多玛，所多玛

怎样用一个米沃什，兑换“另一个欧洲”
那块大陆上曾发生的，也是现在还在继续的
有时候，波兰就是捷克，匈牙利就是罗马尼亚
前几天读策兰，我震惊他直接从宇宙中
提取人类的黑洞
这个历经死亡营的犹太人，因为人的恶
而把奥斯维辛背负到耶路撒冷
难怪布罗茨基说：疼痛是传记性的，喊声是非个人的
难怪朵渔也愤然：写小诗令人发愁

这些黑暗中的诗人，让我引以为傲
他们之后，我们遇到的每一个词语
都是断头台
是核废料
是末日

论到末日。我想起09年夏季
日全食临头
人们在天空下，目睹了天空的死去活来
那一刻，不可一世的太阳也有灭顶之象
那一刻，我看见上帝从头上走过
像走过罪孽深重的所多玛城……

我的乡愁和你们不同

在宜昌，我并不快乐
我与周围的生活格格不入
为什么一直在后退
为什么我快把没到过的地方当成了祖国？
它们是布拉格、伊斯坦布尔和维尔诺……

其实，那么多的城市是一座城市，那么多的人也是一个人
昨天，我打开台灯，帕慕克对我说：
——我领会那个保险小职员内心的羞怯
而米沃什摊开手：我真的不知道波兰
但熟悉漆黑中的那条巷道……

真的很古老啊，那些我没到过的城市
像他们的晚年赶上了我
现在，我是一个没有国家的人
我的乡愁也抵触着
那块小小的宜都……

咏叹调

就像墓地，有着无比的私人性
我对写作和肉体的依恋，也是私人的
好些年，我写下长短句
它们像街道，或穿过街道的公交车
那些沿途上下的人，是远行的人，是归来的人
我的词语也带有他们的可能，它们甚至跑得更远
跑过边境，或死亡的那一边

就在前两天，哈维尔和金某某也跑过去了，再不会回来

从金那里，我看到我熟悉的东西，而从哈维尔那里
我得到20世纪的命运。我们进入过21世纪吗？
我的国家告诉我：没有
但哈维尔和他的捷克有了，他也有了第二次婚姻
我见过他和新婚妻子的照片，那个叫达格玛·维斯科莫娃的女人
年轻，光彩照人；只是哈维尔站在旁边
显得有些老。看来艺术家
都有一样的通病，他们对所有美丽的女性包含热爱之情
我也一样，在写作和肉欲间来回地摆动
仿佛只有不停地奔跑，才能躲避惊恐的时间
就像这岁末之日，我坐在一辆出租车上
窗外的建筑、马路和人群，也坐在更大的出租车上
我们去向哪里？这个问答像落日
像落日之后的黑夜，接纳万物
却去向不明……

再见，十九世纪

晚年的托尔斯泰，在给朋友的
信中写道："无论发生什么转变
都是我所准备的。"
那么，贫穷和死，也是他准备的
就像那个早晨，他一头钻进暴风雪中
再也没有回来

安娜也没有回来。这个迷人的可人儿
消耗了他多少的挣扎和热情啊
可当美，美到朴素的程度，它就是绝对
一身黑裙的安娜是一种绝对，冰冷的铁轨是另外一种
难怪他最后也无奈地说：在我制造的故事里
也控制不了该来的事故

再也没有安娜了，再也没有托尔斯泰了
那个十九世纪的，普遍读着长篇小说的时代
那个马车驶出私人庄园的时代
那个更像圣彼得堡的时代
那个蒸汽火车拖着浓雾，迎接新生事物的时代……

谁同我为北方哭泣

羊群比草原更远
异乡人该在哪一片星辰下
我们为北方哭泣

这就是草原的夜晚
——凉风如水河汉无声
异乡人该在哪片星辰下
歇息你的琴
和马背上的鞍

无法歇息的泪水
会比马蹄更碎
异乡人，是在哪一片星辰下
不期而遇
你指我看缓缓而熄的篝火
我们坐待天明……

树木

它们不使用我们的语言，也不占用我们的智慧
它们在枯荣里开花、结果
它们各有其土，各有其名
它们跑到高山之上，平原之上
在夜里，它们会跑的更远……

它们砍下做栋梁，就成了人间的部分
做十字架，成信仰的部分
做棺材，成死亡的部分
做桌子、椅子，成生活的部分

我们成不了这些，我们只能成灰，成泥土
在泥土里，我们碰到了一起
所以，那么多的树，都是身体之树
那么多的人，都是无用之人……

丧失之诗

到那边去了的人，我数了数：
——有父亲、外婆、婆婆、二表姐和王姨妈
有儿时村子里的毛学珍、辛炳贵和余家荣
有小学的汪举、初中的何微清和高中的谢辉见
有工厂的同事谭拥军、张春、谢正勇和田文国
有写诗的李燕翔和蔡红兵
有朋友十岁的儿子肖琪和致命的兄弟李光华……

这些曾出现在我生命里的人，比我提前离去
现在，在冬天的阳光下，我想起他们
我记得一个作家说过：不要问丧钟为谁而鸣
任何一个人的离去，都是我的一部分在丧失……

失败书

扎西说，诗，还是少写为宜。
是的，写来写去，无非是小天赋，小感觉。
无非生米做成熟饭，无非巧妇
做无米之炊。

月亮在天上，写不写
它就是古代的汉语。
它爬进云层，就像王维进了空山
山，在他那里，就是不见人。

我有一个拍纪录片的朋友
他去了一趟西藏，待了数月，却始终没有打开镜头。
他说，哪怕打开一点点，就是冒犯，是不敬。
是谵妄中的不诚实。

谢谢这样胆小的人，持斋戒的人。
谢谢他们在一个二流的时代
保留着一颗失败之心……

我们在这匆匆的人世

新闻里，又一架客机失事
播报员说，黑匣子已找到，无一生还者。
从坏消息里走到街上，一群黄头发的少年
正在砍杀另一群少年
我匆匆绕过；在街的转角
迎面一对新人刚刚从教堂里走出
我穿过他们并默默祝福
我就这样向前经过了时装铺、蛋糕店、按摩屋、汽车修配店……
我又一次看见了那对经常吵架的裁缝夫妻、来自安徽的蛋糕师傅、名字叫阿红的妓女、
爱说粗话的修理工老郭……
在经过一座医院时，我停了停
我就是从这儿出生，最后走到墓地。
想想生老病死，想想爱，想想我就是他们中的一员
我流下了泪。

我继续向前穿过人群并像肖斯塔科维奇一样地祷告：
——“主啊！当我们脏的时候，爱我们
不要在我们都干净的时候……”

我是一个债台高筑的人

拉金曾在一首诗里，写到小便后
怎样摸索着上床；他也写过出生地考文垂。
看来我们有相似的经验。
只是我从不写宜都，它令人生倦。
这一点不像阿赫玛托娃之于莫斯科，本雅明之于柏林
博尔赫斯之于布宜诺思艾利斯，普鲁斯特之于巴黎……
他们都有一个具体的地方去爱
去释怀，去咬牙切齿。

可为什么就不能像一列火车穿过它们并沿途停靠？
正如此，有时我更爱俄罗斯，更爱阿根廷，更爱巴黎
我抵押了他们的过去，也追加自己的生活
这是乡愁吗？哦是的。
它是乡愁的高利贷，是回乡的无底洞……

故土

在故乡低矮的青山之间
众多的死者用隆起的土丘
代替了生前的名字和面孔
当风吹过坟头的芭茅我能感到：
他们的张望或奔跑

去年年底，我回乡探祖
面对陌生的乡村
只有它们还保持原来的位置、年龄和形状

坐于坟坡松弛的空地上我放下心来
我想这些为生所累的人
终于可以自己看顾自己了
我记起一个朋友的话：大地是有温度的
就像在另一首诗里我写道
——在这生死纠葛的地表
有无尽的细软和怀柔……

刹那间

莲花峰上，与净空法师打坐
他闭目，不语
我观沧海，语穷

临下山，他送话与我
——无量、无碍、无果、无穷……

刹那间，身体清廓、圆满
仿佛
普照寺
无量塔
清虚观

仿佛鸡栖于埘，日之夕矣
羊牛下来

仿佛兰亭帖，琴台水
隔山听啸

仿佛风雪夜，故人围炉
雪化水

忏悔

我穷。
说过谎。
八岁时偷过父亲的钱。
至于我拖欠的命，有青蛙、蚂蚁、麻雀
和跟随我多年的一条狗。
20 岁进工厂，我嘲笑过一个喜欢我的女孩
原因是她丑。
95 年在郑州火车站，面对一个发高烧的农民工
我犹豫半天，但没有掏出钱。

现在我四十有八，尚在人世苟活。
我写一种叫诗的东西，它们大多对不住汉语。
其实我远不只七宗罪
但这首诗不算，它不是诗
它是忏悔。

余昭太

父亲带着这个名字
过完了他在人世的一生
他也把它带到户籍、档案和各种证件里
他们曾是一个整体，现在分离了
现在，“余昭太”还是“余昭太”，而父亲
却用骨灰取消了自己。我凝视
他褪色的签名，有些泛黄
远不像他的骨灰那样的新，那样的惨白
从字迹里我能回到他的当年
但面对骨灰，我看不到
任何他活过的痕迹

清明短章

至少是四月，我与大地沾亲带故
血液再一次把父亲和我，逼进了死角
所以，当我指着低矮的坟茔告诉女儿：
——这是一个人的地理
我们一生都在收复的山河
她似懂非懂，但却点点头。

而更多的场合，我退避三舍
尽量减少与世界的瓜葛
除了有限的朋友
我也不谈及人世的爱和孤独……

生活书：光影人生

我总是在几分钟内，爱上一个女人
这一次是琼丽丝，一个来自美国的野外摄影师
她纯粹的白种，金发
却跑到非洲的热带丛林
和一个酋长的儿子接吻、做爱
他们的身体像吊床，荡得人心慌
奇怪的是
我竟然没有一点醋意

琼丽丝，上次也是在这块银幕上
我爱过一个比你更放荡的巴黎女招待
想想我爱过多少——
弹钢琴的法国女孩、罗马街头的妓女、英国庄园的女佣
跳肚皮舞的印度女郎、唱苏联歌曲的女兵……

琼丽丝琼丽丝，我要爱到多少
你才肯走出非洲，你才肯从银幕上跳下来
在漆黑的观众席上，旁若无人地
和我演上一出激情的
对手戏

生活书：场景

她把卧室的灯光调暗，慢慢褪去
最后的蕾丝胸罩
现在，她暴露。她是她自己的大庭广众
她少到不能再少，而空气中
有种东西多起来

窗外大海摇晃，汹涌似乎涌进房间
但她并不迫切。她手指滑移，并在浑圆的地方停了一下
她喜欢这样骄傲地打开自己

她鱼一样游过来。而他听到空气分开时
光滑的声音。当她捋捋散开的长发，并随手摘下
晃动的耳坠。他在想
只有妻子的动作才这样小
这样悄无声息

而在另一个房间，电视大开
智利南部的普耶韦山，喷发的火山熔岩
正将半个天空染成橘红

早上醒来，浴室传来悦耳的水声
他抱过她的枕头，深深吸了一口气
他感到爱和年轻
灌回身体……

一个美国老兵的简明幸福史

我和几个女人有过肌肤之亲，现在都已结束
但对于爱本身，我依然保持原始的关系

我的初吻给了米妮，校际唱诗班的漂亮女生
而那个女招待，引导我完成了
肉体的成人礼
我和房东的女儿好上又分手
后来，是长满雀斑的凯莉，是混血的黛丽
是推销汽水的芭芭拉……
那时我年轻，横冲直闯
我还没学会慢下来，还不知道爱需要耐心

要不是战争爆发，我不会认识那个改变我的人
那是反攻的第二年，我们一路向柏林挺进
渡过易北河时，我被炮弹炸飞
在野战医院的帐篷，她为我清洗伤口
她的眼神安宁、柔和，简直像圣母
那一刻，我要下了她的地址
战争结束后，我又要了她的全部

掐指算来，我们已一起生活了 57 年
我已八十有二，可感觉年轻的像个孩子
想想我拥有爱，并把它们带到老年，这难道不是幸福？
所以，对生活我没有什么抱怨
我每天尽情地享受日光，享受热水澡，享受周末的家庭聚会
我想，上帝也会这样
把我召回

退化之诗

爸爸从空气里来，又停在空气中
我肉眼看不见

畜生们看见了
一头老水牛打了一个响鼻
狗也觉察到异象
对着天空一阵狂吠

它们叽叽哼哼，比我还着急
——你怎么不和自己的父亲说话啊？

那些畜类啊
我有难处有业障

想从前，我们也不进化，四肢妥帖
我们磨蹭皮毛原地打转
我们有灵敏的嗅觉……

立秋

月亮在磨基山上。我穿过火车站
附近的枕木，左耳一阵麻热、微痒
接着一小块东西松动、掉落
没有声响

百姓假寐灯火惺忪
从铁路坝到果园路
突然一道流陨划过东南角
——哦，一枚天外的石头

一块只属于我的耳垢
它们落在不同的地方，也不惊动什么

想起今日立秋气流分岔
宇宙星宿必有微妙的变化
而我们难于觉察……

四月二十日，与女儿登山

蜜蜂做着针线活，这使山区的早晨
接近中午。我是一个懒得比喻的人
可还是忍不住：把女儿、冒气的牛粪
和滚落的松果放在一起
一阵风吹过来，四周的林子有些松动
爬过一个山坡，在一块石头上歇息
我们松开了鞋带
我们没有说话

我们顺着原来的路下山
其间经过了一座废弃的渠道
几头懒洋洋的山羊
这时，又一阵风吹过
它和前一阵风
隔着一段缓慢的山坡

下雨了
那种不紧不慢的雨
它们落在土里，无影无踪
女儿在前面跑，我甜蜜地分享有些慌乱
——这在世的幸福
我担心时间是否足够

天黑，和父亲回家

那是多年前的事情，乡下还没通公路
我和父亲走完亲戚，徒步摸黑回家
其间，我们要经过长江的
一个渡口

那已是冬天，风有些刺骨
我们在江边搓着手，跺着脚；焦急地等待
偌大的江面，只有北风打着白浪
我感到河水的阴森、恐怖
感到回家的路，有些漫长
黑暗中，我紧紧抓住父亲的衣角

终于，一只木船歪歪扭扭开过来
好几次，它似乎快要沉下去
快被北风吹到下游
但它使出吃奶的力气，靠过来
它越来越响的马达，终于盖住了呼啸的寒风
父亲吆喝道：伙计！今晚喝了几两？
船老大豪爽地掏出怀中的酒瓶，晃了晃

一晃多少年就过去了。如今
那个渡口已经废弃，我的父亲也已作古
但每次从江南到江北，途经那条叫长江的河
我就想起夜渡的经历
就感到回家的路是多么漫长
这时，我总情不自禁伸出手
可我身边空空荡荡，再也抓不到什么……

走失

有一次，我离开自己的肉体
跑出很远。
回来时，我迷了路
一点也想不起我居住的身体是什么样子
我从鼻子、眼睛、嗜好、脾气一点一点往回找
它们挤在一起，让我陌生，好像一个我不认识的怪物。

天慢慢黑下来。而出窍的灵魂还找不到居所
我开始着急。
这时，远处的灯亮了。
它让我一下子想起窗口、房间、一张熟悉的床
想起我是一个有着妻子和女儿的人
我浮现出她们的脸，并从她们的眼神、话语和呼吸里
看到我的轮廓。它从她们的身体里跑出
一路奔向我。它紧紧拥着我发抖的灵魂说：
——兄弟，尽其所能地活，我们不要走失……

保留之诗：给母亲

我爱一个女人，也喜欢过另外几个
在此之前，我早把你
从她们中区分出来。
你位置牢固，只有在你那里
我不会为爱担心。
但妈妈，处境不妙；我快认不清
自己了。众多的事物已把我瓜分
妈妈，我坏吗？作为你的儿子
你肯定不会这样说。
可妈妈，有时我真的很坏

我不像你恪守古老的忠诚，
也不会因为爱把自己几乎忘记。
妈妈，他们都在赞美母爱
而我一直不想作声。
作为一个没有诗意生活过的人
我不敢动用文学
我为你保留一首不会去写的诗歌……

在生活的难处里写作
——论毛子的诗歌

刘　波

在《时间的难处》后记里，毛子为这本诗集的缘起和题目做了如此解释：对于诗人来说，时间的难处，就是生活和写作的难处，这一难处，是支撑诗人坚守于诗歌现场的动力。正是有了迎面而来的诸多难处和困惑，他才可以一次又一次挣扎着从失败感中走出来，让自己以诗歌的方式沉入到对人之境遇的探寻里，去还原人的难处、家的难处、写作的难处、生活的难处，乃至生死的难处。

与诗结缘多年，总要阶段性地为自己清空一次，而后再次踏上新的征程，这是很多诗人惯常的选择。然而，很遗憾，在整体释放了自己的过去后，毛子并没有变得轻松。这种放下包袱的轻装上阵，在他者那儿顺理成章，但在毛子这里，并未获得轻松的响应。他回不去了，只能背负着思考前行，怀疑与警惕，追问和担当，无处不在周遭发生。“这些年　迷惑一直在扩大/我承认：在存在之中/我看到的往往是不存在的事物……”（《短句：自画像》）生活看似出人意料，却又无处不在预料之中，诗人逃不出那道生活的怪圈，他只能有节制地去打破局限和束缚，以求内心的自由。他在这样要求自我的同时，也在不断地激励朋友：“江心收月，尔等收心。/写还是要写的，只是如何写？”（《戏谑：与曹平桥河而作》）他要为文字留下一种值得被反复打量的狠劲，同时也为审美疲软的写作提供超越的力度，我们在其中见到了诗性主导的理想主义，那是诗人能够在面临写作的难处时继续下去的理由。

面对生活中无处不在的欲望、圈套和潜规则，诗人是清醒的，但诗歌往往暧昧不明，经不起直接的言说，但这并不妨碍诗人时常站出来，以良心对待冷漠，以冒险对抗耻辱，并做得决绝、干脆。诗人在喟叹生活如意与否时，也对精神犬儒和思想缺席做尖锐的批判。在俗常的生活面前，他同样面临选择，是任由灵魂的荒凉成为现实，还是在虚构中完成对精神的救赎？诗人知道自己需要什么。唯其知道，他才懂得清醒的意义。

并不是所有的事物都在关闭
但我看到了时间的难处
——当那些曾和我们一起的人
不再回来
我能反对空气吗？

反对是无用的，那就不反对吧
我对身体里那个一直在挖井的人说：
兄弟，又一年了
出来歇歇吧

我知道快乐也是无用的，那就独饮吧
你看所有的人都变得偏远
所有的群居都充满怀疑
哦，一切都旧了
我却无法以旧换新

——《难处》

这就是《难处》的语境，对过去之物事的怀念，并不能终止诗人对世界的质疑；当一些事物在向外界关闭时，诗人尝试着做自我修炼，不反对，独饮，怀疑，矛盾的心绪，正是难处的无限尴尬所在。此时，诗歌是无法明晰的，能在诗中说清楚的，或许就不成其为诗了。就是那种难以言传的内心纠结，如此宣告了诗意的到来。

在经验的世界里写作，毛子并没有忘记时常作反思，以审视自我，见证具体的生活。只有生活的细节呈现，诗歌才会显得瓷实而富力量，断不是高高在上的无趣说教，他由此找到了某种写作的镜鉴。一个人与文字打交道，并非最后都要流于一场虚空，否则，或许真是利益的诱惑、浮躁的速度感导致了国人的信仰危机。文字本不脆弱，关键在于诗人怎样去把握好那个尺度，一种让文字富有力量的精神尺度。正因为诗歌是语言和精神之事，它可以让一个人心甘情愿、无怨无悔地去做，并以一种执拗的快意去拒绝，或接纳。作为有存在感的诗人，毛子是活在一种内心正义里，他与劫持公平的社会对抗，与现实做短兵相接的博弈，他有批判，有审视，更有他观察世界的独特角度和立场。而在一个未有公平的世界里，对于弱势群体，他有同情之意，也有悲悯情怀，还于灾难中告慰所有无辜的逝者。这时，毛子的诗歌给人印象最深的，总是一种隐隐的痛感，那是诗人精神成人的标志，预示着他能在集体投向欲望的世界中，重新发出打破精神危机的召唤之声。

如果不对这个世界心存敬意，而仅仅做一个生活的旁观者，有时也难免走向世俗的虚无，但可能正因为诗歌，毛子没有让自己滑得太远，而是不断地从空洞的说教中返身折回，回到生活的现场，去爱，去恨，去介入和实践，去洞察与创造。虽然他在《尘世》中慨叹："唉，太多的瓜分/已让我破绽百出"，但他在《与谁人书》中也有冥想之后的平静："我端庄地坐着，我的尘世和你的没有区分"。作为一位灵魂的歌者，他终究还是渴望回到尘世，回到日常中，去领受那份岁月的馈赠，用宁静软化那坚硬的现实。

> 我能细数的事物　是故土和女人
> 她们有一样的山丘、河道
> 以及消失到远方的潜流。
> 有时，故土高出的部分让我怀远
> 而肉体凹陷的部分使我回乡
>
> 无法肯定，我会偏爱她们中的哪一个
> 我并不中立，但有苦衷。
>
> 唉，太多的瓜分
> 已让我破绽百出
>
> 现在，只有老年是我的
> 可靠的老年啊　它并不糊涂……
>
> ——《尘世》

在毛子的诗歌里，我总是能感受到岁月这个词的力量，而且随着时间的流逝，这种感觉愈发强烈。“再也不会说爱了　只说唇亡齿寒/在愈陷愈深的衰老中　我的恐惧变本加厉”（《反爱情诗》）。当所有的内心秘密都被逐渐公开时，再没有什么可以阻挡诗人将生活的一切和盘托出，除了时间，因为它一直在现场，并将继续下去。时间所带来的恐惧，对诗人来说，是一种“深深的孤独”，它无法被即刻排遣，而是长久地郁积，只等化作诗行的那一天。即便有岁月催人老的说法，但诗人有他最后的底线，面对无法弃之不顾的情思，他需要以坚韧的心态去体察和回应。比如，对于很多诗人笔下的乡愁情结，毛子就有他理解的“难处”。

乡愁，这一被帕慕克称为“呼愁”的心绪，似乎人人都有，但诗人尤甚。任何一个有自己独特思考维度的人，都可能在人生不同阶段去触及乡愁的边界。不管是背井离乡，还是永守故土，诗人心中对乡愁的那种矛盾纠结，总是挥之不去。所以，他如此发问，“什么时候月亮变成诗词的月亮、乡愁的月亮/和卿卿我我的月亮？”（《月亮》）甚至直接切入乡愁的内核，说出“我的乡愁和你们不同”。是的，他没有远离，或者曾经远离，在别人的故土上，诗人只是充当了过客，当他返回到生长于斯的原点，一种悲愤接踵而至。“在宜昌，我并不快乐/我与周围的生活格格不入/为什么一直在后退/为什么我快把没到过的地方当成了祖国？/它们是布拉格、伊斯坦布尔和维尔诺……”（《我的乡愁和你们不同》）他对生养自己的地方不满，无法找到精神扎根之所，这可以理解。而决绝的是，诗人干脆地“直把他乡做故乡”，那些盛产思想者的异域之城，或许正是他的精神高地，他无法不去追寻，去向往，去靠近那自由理想之处，去接近那些高贵的灵魂（《给薇依》），以便安放自己的文学命运。

在岁月与乡愁的裹挟下，毛子的写作并没有完全退向古典的沼泽地，而是在我们不易觉察的地方隐秘地前行。此外，我们还从他那些带着呐喊气息的诗作中，发现了浓郁的现代品质，尽管有的作品不乏粗粝，但的确富有野性的力量。随着他对自我的清理，其创作越来越透出一种感伤的格调。这一格调的形成，源于他对人生做深度思考的结果。因此，与那种纯粹的技巧相比，毛子可能更注重的是修辞表达和思想深度之间的平衡感。我不止一次听到有人告诉我：过于注重思想性，诗之美感即会丧失。对此，我一直心存怀疑：如何在二者之间达到一种平衡，正是诗人需要用力之处。

它们不使用我们的语言，也不占用我们的智慧
它们在枯荣里开花、结果
它们各有其土，各有其名
它们跑到高山之上，平原之上
在夜里，它们会跑得更远……

它们砍下做栋梁，就成了人间的部分
做十字架，成信仰的部分
做棺材，成死亡的部分
做桌子、椅子，成生活的部分

我们成不了这些，我们只能成灰，成泥土
在泥土里，我们碰到了一起
所以，那么多的树，都是身体之树
那么多的人，都是无用之人……

——《树木》

对于日常生活的敏感，对于存在执着的探索精神，让诗人以纯粹的真性情来介入最普通的事物，这首《树木》即是如此。在虚实的交替循环中，那每一种说法都似真理，那每一套笔墨都显微妙，细细读来，令人感觉意味深长。人之死亡与树木的死亡，看似迥异，实则殊途同归。树的结局，是一种有用，而人的结局，像是一场宿命。有用之用和无用之用的辩证法，在诗人笔下获得了具体的呈现。这是诗人在感性的表达与理性的思考之间，所做的智慧的穿越书写，这是一种透彻的领悟和感慨，也是诗人对生活之事最真切的体验。

时间的难处，这里的“难处”包含着诗人诸多的困惑，既有生活上的，也有写作上的，但这似乎都可以归结为时间的困惑。他近年的诗作《春节一帖》，正是对这一困惑的解读，其中有形而下的描绘，也有形而上的回应。对于春节，诗人在罗列了很多具体的“不知道”后，最终给出了抽象的答案：“他们只能用喜庆，抵御时间的恐慌……”还是归结到了时间流逝的无奈之中，这是诗人真正在感受、体验与思考生活的感喟。于生存体验中，一个人才能获得最真实的认

识，也只有在真切的体验中才能做到有感而发，这一诗歌最古老的原则和功能，在毛子这里，获得了现实的回应。他在宜昌送走了多年前于新疆认识的朋友，感慨万千（《在宜昌，送友人孙晓杭》）；他怀念父亲，以儿子的名义（《往生记》）；他以无胜有地将自己对母亲的那种爱，用别具一格的方式表达出来（《保留之诗：给母亲》）；他捕到獐子并为它疗伤后，在悲悯之心的驱使下将其放生（《捕獐记》）；他坐公共汽车时让思绪远走高飞，而只捕捉那超越的一瞬（《走神》）；他担忧自然的被破坏，并警惕生态危机（《麻雀之歌》）；他写“中秋望月”的感受，也写“雨中进山”的情怀；他以“立秋”营造诗意的氛围（《立秋》），也以“清明”怀念逝者，审视自我（《清明短章》）。这一切，都是诗人以生活体验接续上了那条记忆之链，同时，又在思考体验中寻找言可及物的隐秘通道。

体验是诗人获得切肤之痛的途径，而经验却是他发出自我之声的方式，当乏味和无趣成为一种写作的时髦，毛子为自己有重量感的写作难度进行了定位。他拒绝无力的媚俗，也放弃安全的无厘头写作，而是向流光溢彩的平庸宣战。他并未像很多诗人一样恪守于麻木，或者走上层路线，忽略精神来源，一切从头开始，这不是毛子的风格。清醒的诗人，他感时伤世，不能堕落，也无法洒脱，他背负着启蒙的责任，所以，他会在生活的苦楚到来后，仍旧选择毅然前行。对于社会的暗处，灵魂的死角，他告诫自己没有理由不去挖掘真相，于是，痛感和悲剧性就出现了。诗人笔下的悲剧性，既源于对逝去之亲朋的纪念（《丧失之诗》），也来自人生中隐秘的失败感（《走失之诗》），这种失败感并非走投无路的绝望，而恰恰是灵魂对接现实的写作动力。他警惕小情小调的旨趣，同时也防止被过分的荣誉感所瓦解，清醒并发掘创造的可能，是毛子最日常的状态。这种清醒，不是对生活琐事的斤斤计较，也非狭隘的功利主义吁求，而是他懂得正义与不公、善良与邪恶之间的界限。于此，他才会有心力去捕捉生活的点滴，去触摸社会的表情。更多时候，诗人是以一种宽恕去容忍个体的原罪，而用省悟之言，去揭示出喧嚣社会集体的荒谬。这是诗人的个性所致，也是他的责任所在。

毛子以自己的情感之真，竭力写出这个社会关于存在的真相，他虽持批判之意，也渴望有超越之感，但这批判并不是一种恶毒的怨气，而超越也非凌空蹈虚、不着边际的玄想，他需要为诗人重新找回关于身份认同的尊严，为诗歌寻找一条通向自由与个性的出路，这或许才是他写作的精神基点，也是其解决写作之难处的突围契机。

作者简介：

刘波，1978 年生，毕业于南开大学中文系，文学博士，三峡大学文学与传媒学院副教授，北京师范大学文学院在站博士后。

凝视与聚焦·六刊一报
新世纪诗歌作品联展

编者按：

为了总结新世纪十年的新诗状况，展示优秀诗人的创作成果，《诗刊》、《诗探索》、《扬子江》诗刊、《作家》、《花城》、《诗选刊》(下半月)、《文学报》六刊一报共同商定，在2013年度联手推出36位新世纪以来一直活跃在诗坛的优秀诗人的作品、创作简况和相关的评介，希望借此推动对这一时期中国诗歌状态的关注与研究。

各报刊联展情况：

《诗刊》2013年11月号，刊发诗人北野、李轻松作品及创作简况。

《诗探索》（作品卷）2013年第4辑，刊发诗人伊路、丁及作品及创作简况。

《扬子江》诗刊2013年第4期，刊发诗人蓝蓝、蓝野作品及创作简况。

《作家》2013年第8期，刊发诗人庞培、郜筐作品及创作简况。

《花城》2013年第4期，刊发诗人李琦作品及创作简况。

《诗选刊》（下半月）2013年第8期，刊发以上九位诗人简介和照片。

《文学报》刊发以上九位诗人的综述和诗人简介。

伊路自选新世纪以来短诗十首

作者简介：

伊路，生于1956，诗人，国家一级舞台美术设计师。著有诗集五部。诗集《永远意犹未尽》入选中国作家协会2009年度重点作品扶持项目。诗作被选入多种诗歌选本并有作品编入中学语文课本。有部分作品译文在美国、英国、加拿大等国家的诗歌刊物发表。舞台美术设计作品曾中选布拉格国际舞美展，上海国际舞美艺术节展。获福建省优秀文学作品奖，福建省百花文艺奖，中国话剧舞美设计“振兴奖”等奖项。

新世纪以来创作简介：

1. 新世纪以来创作的重要组诗和长诗

《世界的风》（组诗）发表于《诗刊》2001年第3期。

《看见》（组诗）发表于《诗刊》2001年第11期。

《干净的纱布》（组诗）发表于《诗刊》（上半月刊）2002年第3期。

《蓝色亚当》（诗剧）发表于《福建艺术》2002年第4期。

《一树的鸟鸣》（六首）发表于《诗刊》（上半月刊）2003年第5期。

《伊路诗九首》发表于《诗选刊》2003年第7期。

《寒假的校园》（七首）发表于《诗刊》（上半月刊）2003年第10期。

《不要飞走》（长诗选一、三章）发表于《星星》诗刊2004年第1期。

《将逝之物》（组诗）发表于《扬子江》诗刊2004年第3期。

《荒凉的春暖花开》（组诗）发表于《扬子江》诗刊2005年第1期。

《伊路诗歌及评论》发表于《诗选刊》2005年第11、12期合刊。

《那一蓬蓬白花的苦香》（组诗）发表于《星星》诗刊2006年第6期。

《伊路作品》（八首）发表于《诗选刊》2007年第2期。

《一定有什么在帮忙记住》（组诗）发表于《星星》诗刊2007年第3期。

《人间工地》（组诗）发表于《诗刊》（上半月刊）2007年第5期。

《世界有多疼》（九首）发表于《诗歌月刊》2007年第7期。

《或许一声悲唤就能提走整座海》（组诗）发表于《诗刊》下半月刊2008年第1期。

《愿你的心灵能代替我保护你》（组诗）发表于《诗歌月刊》（上半月刊）2009年第3期。

《伊路的诗》（七首）发表于《诗选刊》（下半月刊）2009年第4期。

2. 新世纪以来出版的书籍

诗集《看见》（中国文联出版社）

诗集《用了两个海》（中国文联出版社）

诗集《永远意犹未尽》（文化艺术出版社）

3. 新世纪以来获奖情况

2001年《诗八首》获福建省第十六届优秀文学作品奖。

2002年诗作《尊严的方向》获诗刊社“金诚杯”全国诗歌大赛二等奖。

2005年诗集《看见》获得福建省第十九届优秀文学作品奖。

2006年《海中的山峰》（组诗）获福建省第二十届优秀文学作品奖。

2008年《人间工地》（组诗）获福建省第五届百花文艺奖、福建省第二十二届优秀文学作品奖。

2009年诗集《用了两个海》获福建省第二十四届优秀文学作品奖。

伊路诗十首

生命中的桃花与金桂

我十岁的心灵覆盖在
　　祠堂的黑瓦下
但桃花怒放向天空
像祠堂的呼吸

整半天我盯视着桃花
蜂蝶会不会觉得
它们和别的地方的桃花不一样

春天也需要这祠堂里开出的桃花
需要这潮湿泥地下的粉红信息
桃花的恐惧
有些一定经过了我的身体

我十三的时候
世界觉得我已经老了
它把我移居到一座寺院的
　　一棵金桂树旁边

在那人烟稀少的山上
金桂站在那里已经许多年
没有一个人看见也开花

多少个百无聊赖的午后
我把那细小的落瓣捡进破瓦里
那稀拉摆放的课桌椅　加上金桂
加上我　就是荒凉的骨架

金桂的香辟进我的胸腔
穿通了一些巷道……

多年后我栖居楼房林立的城市
心里常会浮起一块荒野的平台
我凝视着苍风中的桃花和金桂
世界就深远空阔起来……

2001 年

上新漆的水泥搅拌机

国庆节停工三天
人们给水泥搅拌机上了淡蓝的新漆
它站在那里很像一座小小的湖
它原来可以这么安静的
圆鼓鼓的滚腔仿佛孵着一窝云朵

除了那次盖和我有关的宿舍楼
它通宵达旦的吼叫使我像在听欢乐颂
一般情况下　它都令人讨厌　挨骂
它咀嚼石子沙粒不得不发出的磨牙声
　　没有得到谅解

有一次我在它旁边驻足了片刻
看见那钢铁的五脏六腑在限制中疯狂错动
那齿轮与齿轮在烦躁和紧张中精密结合
滚腔下生猛而脆弱的电线在糊满泥沙时仍然保持清醒
不起眼处　一个插头和插座无声地协作
电正从那不知在何处的源头输向它的各个部分
这使它的劳动显得跟它无关却又生死相连

水泥搅拌机自有它尊严的甘苦

正如那被翻耕过千万遍的泥土依然沉默
那爬不上岸的海永远在爬

现在它站在冷清的工地上
和那些上街的小车隔着一片废墟和一堆垃圾

我忽然觉得它像是被什么绑扎了似的
　　渴望爆裂
渴望把粘满泥沙的内里崩翻出来
把那只在滚腔里窜来窜去的老鼠崩翻出来
让我想象的云朵狼狈地乌有

捡破烂的老巴来了
捡起一个被污水泡湿的水泥袋晾在它的身上
像一块清凉的纱布

2002 年

早　春

忽然发现整片原野唯一在动的是
　　四只牛的尾巴
庄重如凝着风暴
一撩一拨都似叮咛
牛低沉的头仿佛和身后的尾巴无关
牛也仿佛与自己无关
被它啃进的青草是否也和肠胃无关
四条拂天拍地的尾巴间
多了一只翻山越谷的蝴蝶
这蝴蝶也仿佛与它自己无关

2003 年

观望瀑布

水从绝壁上失声叫喊下来
惊恐万状下来
散乱的魂魄般下来
不知道这里有绝壁吗
那么是一脚踩空

水更像是大笑着下来
露出全部牙齿的大笑
口沫四溅的大笑
永不会笑完的大笑
把什么东西都笑出来的大笑
这样大笑
越看越令人毛骨悚然

又像是在做游戏　在玩耍
绝壁的形状越奇特复杂
就玩得越兴奋起劲
越花样丛生
越好看刺激

又分明是被追赶着的
被自身的重量坠扯着的
停不下来　身不由己　不能慢一点
这就更让人目不暇接
生怕错过某个细节

却又像是被绝壁架在那里
展示展览　像一幕接着一幕的演出
像有无穷无尽的水在排队赶场
一次性　过了就过了

无穷无尽的水其实只是一道水
互相连接　密不可分
看得出每一份水都非常认真努力
好像它们知道在共同做着水似的
该如何做水似的

2004 年

那只鸟

那只鸟叫着
一针一针地叫着
一锥一锥地叫着

抖动的树叶
妨碍了它的精心
它变动着落脚点
哪儿都不合适

它叫着
似乎生来就是为了叫
叫就是生命

它的叫
在哪里碰到了阻挡
使它在树干间狂乱地蹿
好像整个世界都不能帮它
好像那发不出声的叫
全都刺进了心里

像一小块
快要迸裂的春天

2005 年

两个瓷瓶

第一天　我看见它——
春风　春水　荷花　荷叶　莲蓬
摇摆　迷人　纷乱……
瓶口至底有一尺多深的暗和静
我把手伸进去
像伸进一个凉凉的潭
我抱住它
一直抱到旅馆的房间里

第二天　它在等我——
野山　野树　野溪　野云　石桥　瓦屋
一排淡淡的鸟不知要飞去哪里……
我也去抱住它
像抱着一个故乡
一腔的空
很轻

我把它们抱到回程的火车上　抱到我家客厅
有时它们会一高一低地浮动进烟尘　那年
上海的街头
有很多孤独的瓷瓶

2006 年

总有东西不是海

阳光　月光　是两件衣裳
表面的动是因为有风和潮汐
下面很暗　很静
鱼儿安详地游
海沟　海岭　海礁

秩序井然　甚至水流
也没有拐弯
风暴带动不起海的全部

海在礁丛间的样子像人的心窝
白色的心酸终年不息
那是海浪撞碎在石头上

海潮的声音已全部听进去
每一声都有无尽的意义
却是潮水扑向沙滩的声响

茫茫的琴键　白的　黑的
谁的手在上面　谁的心在下面
都是无边的风浪

像一场一直要演到世界末日的悲剧
导演是惆怅茫然的你自己

海只是
地球在毫无准备的情况下
形成的一个大水坑
地球也会以同样的方式毁灭它

可我还是不明白
为什么那么多淡水流向海
也不会稀释海的咸　反而一起变成咸的
这咸从哪里来
为何只有海水像泪水

总有东西不是海
或许一声悲唤　就能提走整座海

2007 年

感　受

把自己放进这张宽大的木椅中
感受它的朴实　简洁　芳香
身体靠上硬朗的椅背
感受被怜恤着的细细骨头和颤颤的心
胳膊伸展在光滑的扶手
感受和蔼和纵容
长久地
感受水流慢慢活跃在凉爽的山谷

2008 年

素描关系

这是亮部　这是暗部
这是明暗交界线
这是阴影

要不断对比
暗和暗比　亮和亮比
没有一个地方的亮是一样的
没有一个地方的暗是一样的
因为　亮面在逐步地转向暗面
暗面也逐步地转向亮面

暗的地方不能画得太死
要有透气感　注意来自别处的反光
亮面不能浮掉　要沉得进去
最亮的地方只有一点

现在　换一组光源

看物体的明暗是怎样变化的
瞧　阴影更长了
说明光源低了点
再补一点侧光
这样　素描关系就更丰富了

2009 年

运货车

黑白的栏杆放下来
火车过来了　一辆又一辆
都是密封着车皮的运货车

等待通过的卡车已排成了队伍
也都垒着高高的货物　和火车一样
疲倦　灰尘满面

灵巧的小汽车们拐别的路走了
笨重的卡车不可能有这样的选择
它们的神态饱含隐忍的耐心

而火车
节奏单一地爬行　节奏单一地发出声音
只为了能够前进　能坚持到目的地

卡车等着火车开过
如同劳累的给更劳累的让路
如同苦难看着苦难　没有尽头

2010 年

丁及自选新世纪以来短诗十首

作者简介：

1969 年 5 月生于江苏吴县，上海师范大学历史系毕业，后获澳门工商管理硕士，多年在基层财经领域工作，系江苏省作家协会会员。中学时开始诗歌创作，近年来发表组诗于《文学报》、《作家》、《花城》、《钟山》、《诗选刊》、《扬子江》诗刊、《绿风》诗刊等，作品曾获全国及地方奖，入选年度中国最佳诗歌选本，著有诗集《骆驼爱玫瑰》，还主编《南社王大觉诗文集》、副主编《陈去病全集》等。现居苏州。

新世纪十年创作情况简介：

1. 新世纪以来出版的重要组诗和长诗

《相城之约》，组诗，《文学报》2008 年 12 月

《爱之波》、《梦之岸》、《痛之翼》，组诗，《文学报》2009 年 8 月

《一味酸汁》、《一抹刘海》、《一泓心泉》，组诗，《文学报》2009 年 8 月

《骆驼爱玫瑰》，组诗，《诗选刊》（下半月刊）2011 年第 2 期

《宫殿》，组诗，《钟山》2012 年第 3 期

《在城市的边缘》，组诗，《作家》2012 年 8 月号

《午后一小时》，组诗，《花城》2012 年第 6 期

2. 新世纪以来出版的书籍

《骆驼爱玫瑰》（长江以南诗丛），2010 年 10 月第 1 版，山东画报出版社

3. 新世纪以来的获奖情况

2009 年 11 月《阳澄之恋》获中国作协主管学会“阳澄湖杯”全国征文诗歌优秀奖

丁及诗十首

北　岸

最后一朵玫瑰自你唇边吐落
我平安泅过界湖
抓住盘根错节的老树
爬上了北岸

暮春在北岸
等待雨水心肠的我
曾经的罂粟在南岸的水洼里眺望
看倒流之水洗濯我洁白的双脚

曾经挥泪之际的万箭穿身
荡漾开这万亩湖泊
闪烁幽幽的红光
映着北岸旷野的余晖

我醒来于长满红果树的北岸
无形的巨掌给我一个宁静的黄昏
肢解一首首苦难的歌
平淡之水潺潺相送
那些媚笑远去了

北岸的灵芝哥们生长茂盛
温静的爱人们捧着纯洁的花瓶
为你摇响星月的对话
英雄的情怀随风北吹
几世几秋的青春
重返我的心灵流荡

而你在南岸北望
床前明月照着你满头白霜
凉秋立于你窗外
翩翩舞过晚钟里的青苔
恍兮惚兮——
却仍在空白之巅

2001 年

时间的缝隙

在时间的缝隙里，总有一场好戏
譬如黄昏。我将看到
无数个时间的结合，把自己变成
一棵古树，斑驳陆离
又新芽萌动
应当做一个呼吸，比做一个吻
还要舒畅

只是天光的韵律在飘舞
淡然的坐，悠远的躺，如河、如云
青底白絮，绿水缭绕
宛如一老者，独钓岸边
抑或排遣自己的一副残棋

就在此，时间的风
吹在深深的山谷
我看到那些无名的蝉
张开透明的翼
指挥着各种叶的气息的交融
而把一些冷暖的门叩开
已没有了严冬和酷暑

在时间的缝隙
我如同穿行在又一个陌生的故里
在浓荫馥香的街区
做了一个陶醉的问路人

2002 年

变矮了

那一年
所有卧底径直走向我
梦惊醒了生命的花
最后一把钥匙
在快失忆中被捡起

麦田覆盖冬天了
我开始仔细阅读
那些黑风的标签
孤独的回声
原来可以照亮果园

没有门打开
没有有关高度的密谋
没有无关紧要的盛馔
没有镜子没有尺子
我变矮了

2004 年

水中的火焰

我来到这个城市多年

每天穿着消防衣

之前我生活的那个城市
到处都是雨衣

这个城市的白发
起源于水中的火焰

人们漂浮于水面
听不到安禄山的马蹄声

月光生产出水
哪吒的故居却藏在水的深处

耳环映出男儿的娇柔
一颗葡萄串不起回忆

当哪吒的火光升腾于水面
惊醒了异国的婚姻

有人开始注意这个城市里的我
和我的陌生的消防衣

2006 年

草起草落

我们一直在草起草落中生存
我们诞生在草地，用草擦干脐带的血
我们吃草，生病的时候也吃草
我们住草棚，草帮助我们呼吸空气
我们恋爱于草地
青草的香味激发了我们的情欲

我们的力量在草堆的翻滚中壮大
我们呐喊于草场，驰骋于草的疆土
我们又做着草的生长旺盛的实验
我们看到几千年的水在草的经络中流过
而草的根系在时间的土壤里蔓延

草又生长于我们身体
满身遍野生长于我们皮肤的每一个沟壑
我们浇灌了我们身体的每一棵草
我们不怕火
草的青绿指引着月光的沐浴

阳光下，爷爷在庭园浇草
孩子们在草地上绽放了笑容
爷爷的眼前是一片苍苍莽莽的草地
有牛马羊群的叫声，他们知道草的委屈
但光环始终在草地上产生
墓碑竖立在草地
一个草莽时代又一次诞生

2007 年

纸

每天，我醒来于一张白纸之上
用热烈的手指
涂鸦昨夜夙愿似的梦
一个个笑容绽开
淡淡的月季红随之流淌
在纸的全身

我会用纸做成我的衣裳

舞蹈着这片朦胧的天
云开日出之时
我的温度会随衣的爱恋飘去

纸里有水的结构
和我的营养
还可以用火点亮我的眼睛
我咀嚼着纸的旧情
就像准备好了一天的满足

在纸的中央漂浮
更像是一场戏的开端和结局
粼粼波动真实的
仍然是我的柔柔的身体

纸又如舞台
在我的掌中折叠
折叠不同形状和功能
而我以纸的名义
告白舞台上
我的措手不及的同路人

2008 年

核 桃

我见到半开的核桃
像刚刚醒来被敲开的脑
一只神秘的眼睛
带着落叶和无力的钟摆
窸窣窸窣远去

没被打开的核桃无数

里面所有思维的回纹都不一样
静谧的、喧闹的心事全在里面发生
当欢娱时刻来临
也有爱情出走的气息从里面散尽

震荡的核桃是活的
他可能主宰着所有婴儿的生长
盛大的帝国、孤独的王后
还有活跃的舞台可能都接受着
这个微小果物的思想按钮

当我找不到思维的原动力时
我就会在阳光下把玩核桃
相信有神秘灵性跻身于硬壳之内
就像阳光一样无形却温暖
而我，是否也去过那里面？

2009 年

宫　殿

抵达宫殿时
周围却一片泥泞
只有那棵移栽的树
高高挺拔于蓝天
那是我故居的老朴树

宫殿里挂满了我的肖像
月光移动我也移动
更多的时候
我蜷伏在故居的地图上
听过去时间的呼吸

好多事情
在不经意间起舞
冬天的火盆
熄灭在大臣们转身的一刻
胡须遍长于我的脸庞

想到身体和身后的托付
我徘徊于宫殿的窗前
看看朴树的微笑
想象那些根系生长着
盘绕于宫殿深处

2010 年

大超市与小树林

一个大超市
落在了小树林的身边
我俩从前村庄的小树林
从旧城一路向南

拐角处。多少反季蔬菜
进出超市，多少蕾丝边衣物
装饰了建筑的空间　等待
多少旧城人胃口
多少新城人单调的肢腿

吞吐。超市咀嚼着
一群群不明生物的颅
剩下我俩　脱离
烘热的超市
走进以前的小树林

一片小树林
还是那么多挺拔的身影
听沙沙的风声越过
城市最后的标志
凉爽的气候　开始模糊
城市进出的脚印

在小树林里
我俩自然伸展　开启
颅内阳光　小鸟般私语
将一枚枚呼吸的绿叶
贴成胸口的膜　过滤
飞翔的灰烟

在城市拐弯处的路人
看到我俩了
一张张陌生的脸　有的
开始分辨小树林的路
从大超市惶惶而出
更多的随后来了
距离那么短　浮动起
相互仇视的疑云

2011 年

做一个睡眠

在动荡的水面上
做一个睡眠
像藏入花蕊中的一只小虫
没了担心　风的方向
吹不熄阳光　五彩羽毛
始终围绕　你舞动

那缤纷的万花筒
不断变出绚烂的花

走得太远
忘了睡眠
忘了为何出发
忘了一声吼的无奈

做一个睡眠吧
白天也做
就像点一个逗号
灯光下投一个篮
就像漂亮的花朵
长得脸蛋一样的

美。做一个睡眠
捏紧骨头
让尘封的档案慢慢糜烂
在睡眠中　打开
酸麻的双腿
放缓心跳
绽放水一样滴翠的

花。如你不再年轻
但被睡眠滋养着
就像包一个饺子
花开不再合拢
醒了就不再煮了

2012 年

诗坛峰会

汉诗新作

探索与发现

诗人子川特辑

新诗六家

五水图（组诗）

邓朝晖

大王殿

青菜有毒
晒干了也会念旧
大王殿里草裙飞扬
葫芦里兵戎相见
蛮夷不管杖戟
裸胸的女子怀抱孪生
肚脐下垂鲜花
双耳挂铜铃
竹篮护紧下河的后生

大王
且用柴刀割下猪头肉
酱卤的颜色，酒喷的香啊
还有猪蹄，猪尾
雨撒的清明，起落的龙舟
碎香三炷依了前世
黄纸普度阴阳

蓝锦布，麒麟图
袖口、衣角是浪子的心
大王
墙头贴满三角旗

神灵在上
香案有小酒
烟囱里腾起漫水村的云雾

香樟树挨紧红染房
苗族女子白衫白裤一路唢呐
她们在唱什么呢
石头有温热
大王降了凡心
上河的风雨下河的石磨
碑上刻满根源
心头留意漩涡

注：大王，即盘瓠大王，相传为蛮夷始祖。

唆　拜

到了这一站就放手吧
就此海棠雍容
竹山更迭了日暮
千面狐埋藏在井底
火葱洗手，一段葱白，一段豆绿
趁天色尚早，他们做起春分饭
惊蛰令，暗语生
香菇切成指甲状，花生、玉米
水边的芹菜入主衔安
我们不得不留下
到此算半生亦老
黄花不论英雄
糯米煮酒，也不过是当时的错
还要什么木炭煨火
残颜遮羞
你只有一身赤裸的曲线

弯刀折向来路
直线趺趺撞撞
倒向千疮百孔的下一场

注：唆拜，侗语，干杯的意思。

上炉到浮石烟

从黄溪村下行二十里是上炉
少年有时沉默
有接近青春期的忧伤
他家住上炉
一个弥漫烟火的村寨
在破旧的铜湾车站
最后一班车载着十二岁的心脏
有些愤怒和多愁

而我此刻在浮石烟村
一个神仙居住的村子
浮桥这边春水晚急
一只怀孕的猫舔着刚剖出来的鱼内脏
我望着它也想呕吐
日子血腥，孕育与残杀
守渡人背对木屋独自烹煮
屋里有砧板、瓦盆，锅灶立在墙角
酱醋油盐摇摇欲坠

我有母子相连的善感
锦江水涨，雾里苍生
兴隆街刚买的香椿叶子悄悄掉落
香味儿已大不如从前
它是凉拌还是煎蛋呢
最好的辣椒远在乾州

需经八百里云月

我　在

我在灵溪的时候你在乾州
此去二百多里山路
如果沿河而下
要经沅江、酉水、猛洞河
还藏有五代的城楼、唐时的寝宫、宋元的祠堂
明朝练兵的沙场
清朝撤离时迁徙的眼泪
我不因你不在而存在
大堂之上顿首人死了娘亲
烟雨中金钟吊兰垂挂街头
你是紫金山守灵的那匹石马
石雕的辔头木染的心
过桥的木板滑向心底
石头的城墙隔开废都三千户
杏子还是去年的青
映照的是初见的曲水还是陈年的沙

我不因你不在而存在
土著的菜肴只暖了当时的胃
更深的饥饿在黑夜
王村镇上烟熏火燎
一只田螺蜷起身体，乱发穿行

注：灵溪，土司王朝故都所在地。

去往日巴拉

日巴拉是一片荒蛮之地
那里有惊扰的小兽和刺破的熊胆

洗车古镇方圆百里星空作乱
流水失去贞操
杂树乱点鸳鸯谱
八面山上大摆鸿门宴
失意的人胡须染色长发蒙面
腰配短剑更多的时候刺伤了自己

不忍退去
已入龙潭虎穴
从吉首往西
经花垣的苗女
仓皇间差点中了蛊毒
保靖的穿山之术
一百多里已经半生的九曲回肠
到清水坪风清云淡
笑意里留心暗伤
只有里耶心怀开阔
秦时就知书简传情
你可以慢些再慢些
让酉水逆风而行
将一路的旧伤新恨绕水三周
肝肠寸断

注：日巴拉，地名，土家族语。

酱油园子

紫树桃花
有一半淹没在酱缸里
一群人在打牌
谁会落入窠臼自取羞辱
局中人自在心中
一堆乌黑的老坛沉默等候

多年的潮湿、萌动、欢喜与怀念
一直沤烂到心里
我忘了这个春天还会有惊艳
姚家巷里越深越迈不开
你可以不用被打扰
掀开平静的蓝花布
一簇小巧的迎春花从墙角开放
它模拟了一个人的嘴
那么小心，那么小心……

□水河

我只有一副贫穷衰老的身体
沙洲是背上增生的骨殖
桃花是舌尖自己吐纳的毒瘤
从贵州到湖南三十里
从波洲到夜郎三十里
还要去国怀乡
绵延入芷江，下安江
改道去黔阳
我已老无所有
只偏安一隅
坐等梨花开在一个又一个陌上
还要着小袄春衫
看秋龄恰好
赴一场物是人非的合拢宴

人面兽一头罩上地狱的面具
一脚浮云过天堂
这沿江而生的植物
浮萍、睡莲坐在自己的子宫里
有一半开合也是前世修来
野芹菜芳香低矮

桑葚果困顿如母亲

我已经老无所有
凸面落麦芒，凹面停针尖
夜郎国度春风十里
容我不动声色慢慢地返回

潺　陵

我只想放下　离你远去
躲避鲜花撒过后的灾难
一块城砖隐退了一个郡主
而我只是若干年前的一小朵梨花
我没有香味
空气中有咸腥
有小醉后的痴迷
手心有佛珠一粒
向着慈悲的黄花和出生地
我有飞驰后的快感
堕落的踏实
风声撕扯，缠绕
放弃一个又一个我

你有酉水三月的江南
荆州楚地乱世的苟安

安　放

在自己心里放下一条鱼
犹如在辰水里安放一张宽大的书桌
良人皆有贼心
浪子去往京城
左岸江东右岸浦市

阴雨天的江面坐着一个私奔的人

岸上没有集市
水里没有炊烟
鱼水之欢枉过了当年
我当你从此以后成陌路
你依然滩涂饮马过江东

那岸边的水草只作前景
手抱槐花的人去了他乡

钗头凤

送君千里
不过是从思蒙送到仲夏
此地有玉竹石、小青瓦
权且修复我易被惊扰的屋梁
我耕读在此三年五年不惑
楼板轻薄、栏杆诡异
客堂的浮雕门形同一面菱花镜
观照对面木桥流水封火墙的人家
也掩不住心里大大的黑洞
我自小没有钗头之凤
难以敌对小兽撞墙
不知曲水会伤春色
棋子落下弦外的琴声
我耕一亩暮春的薄田
收下茶树菇、重阳菌、紫薯豆蔻
雨后几垄青山，冬日红杏
墙角的飞檐
和一时浪得的虚名

如梦令

后塘煮酒
不如前塘看花
还需要有卧倒的姿态
才能看见这百年村寨的片刻迷离
可以有红色光圈盖住青色暗瓦
巧言的辞令遮住一世英名
在后塘，我是清醒的
我记得山路向左
绕过一个因此而后退的缓兵计
还有慢火车一路向西
万物都在慢
包括你
包括此前的光阴

芙蓉空绝色

这天清晨我卷一本线装书
在寒风中遇见你
黑底黄字，浮了少许金粉
你有一张琴，两盏宫灯
飞檐条桌，一对太师椅
几盆兰草苦菊
碟是青花的瓷
正应了我喑哑的命
我在新历的第一天抵达你旧时的楼阁
手没有涂红蔻
脚没有移莲花
十指粗笨蹬着不合时宜的旅游鞋
见字如晤
我还不会磨端砚写蝇头小楷

以花为媒约在扶风的柳下
我会什么呢
只有一张现代人的素面
齐刷刷的马尾里夹杂着尴尬的白发
在龙标之地
□水苍白呼吸急促
木雕花下
石头做的夫妻面目模糊

空　城

她也没有看你
她在看过去
过去是一部哑剧
有着镶金边的天鹅绒
牡丹花开富贵
玫瑰的伤口
晚蔷薇一弯一个空城
那也不是空城
是一面一面的镜子
椭圆形、花心状
微微上扬的下巴
中年的颧骨
“我和你之间的褶皱”
她的心里还有一座浮桥
一点山水，一个叫思蒙的古镇
她有点想往后躲
退回到镜子中
看到背后凉飕飕的自己

青楼记·闺中

有桃红色布幔挡门

粉色薄纱拦腰
君说食色性也
宫灯垂立两岸
纸伞败走江南
我舞起采莲袖
罩住良人心

屏风有二十四个金钗
一个移青莲碎花步，一个挽髻到云端
还有手提长笛
低头见胸中起微澜
我靠紧你
这木漆的绯红
纸画的江山
手打一个翻云掌
指尖拨出春水来
我靠紧你
醒来的多情醉里的薄命
十盏宫灯一个谜底
一个公子浮生的云烟

麋 鹿

我们在拐角的地方遇见
烟海洞庭
有青芦苇擦着火焰
白鹤忧伤地飞
年轻的江豚从背后抱住他
微微颤抖的妻子
你的神色痴迷
后面是漫长的春天
你望着我犹如一个惊恐的少年

在夜晚的横岭湖
我从来没有放松过自己

作者简介：

邓朝晖，女，中国作协会员，诗作 500 余首散见于《诗刊》、《人民文学》、《星星》等海内外数十家刊物，入选十几个年度选本。曾参加诗刊社第 23 届青春诗会，获第 27 届湖南省青年文学奖，出版诗集《空杯子》。

身体里的人（组诗）

小布头

老年痴呆症

她谁也不认得了
我喊她妈，她喊我母亲

她怎么能忘记呢
曾经的欢爱，心跳，日渐孤僻的丈夫
黯然神伤的儿女，日复一日的
米缸、鸡笼和满地琐碎

她的身体里，安装了
一个特殊阀门，清除暗物质
只保留一颗露珠的距离
隔着她和我，以及这个清凉尘世

她变小。躲在黑夜和白天的交界
小到正好够得到
神龛前领取圣餐的年纪

在接近天堂的地方，母亲
正以穿越的方式，返回俗世，或者
借一种叫“老年痴呆”的疾病
回到我们中间，让我们领受恩典
把母亲当成女儿，重新爱一回

羽毛枕头

天使围着妻子病榻
这一夜，她不再说梦话

有许多的嘴吃她
从太阳穴，到颈项凸起的蓝色月牙

它那么渴，以至于每条触须都重复一个动作
吮吸。它尖喙上的爱，带着古老的敌意

谁也没有发现，弥留之际的梦话包藏真相
羽毛枕头里有一张贪婪的嘴
日夜以她的血液当鸦片

两条终将相忘于荒漠的河流
交错于枕上人各自的掌纹

生命如此而已。孔雀收起羽毛，王者
褪下花冠；食指渐凉，恩怨消退于瞳孔
守灵人的痛，如空洞所见

死亡让他如此近地嗅出她，辨认她，铭记她
这种近，仿佛来自远古，来自他们各自的心房
也仿佛是，没有被言辞指认的爱

餐桌上的马

先隐身壁橱
然后走上餐桌，一匹马
通体发亮，体内的黝黑让鬃毛碧波荡漾

哦，就餐的老人、中年人和孩子
哦，尊贵的客人，走马灯式的
每只餐盘的谷香里都躲着个卑微的神灵

“是时候了！”我的曾祖父推开餐盘
九十八岁的他神情安详，洗个温水澡
尿完尿，让我祖父搀扶他躺进棺木

我祖父比曾祖父少活十四岁
他看见餐桌上的马时正好过八十四寿辰
“每个人的口粮，都是有数的。”
他合眼之前叮嘱我父亲

马匹旋转，带走我族谱里的至亲
吃过罂粟的人，与死者缔结盟约
但我还是忍不住悲伤，沉默于一句圣灵的哀歌
餐盘被送上餐桌，更多的新成员在加入聚会

一匹马，走在去餐桌的路上
一匹马，距离一张餐桌，还有一段缓慢的路程
春天的田野，它按下马头
不急不缓的马蹄声，如静默之钟

丧钟为谁在鸣！当我们谈论它时
我们匮乏的餐桌尚可豢养一只小马驹

不遇

年兽撕咬梦者衣角，骑过腊月、正月
访友的人，身体里的船只遍插杨柳
琴被月光一遍遍擦拭，它大音若稀
引而不发，如头上悬置的剑气

我提灯笼，我出东门，我刮东风
我穿绿布衫、红灯笼裤，我的马儿不用扬鞭它也是疾呀
它咕咚，咕咚

前方是大运河，船儿弯弯的地方是月亮湾
我剪一片月亮给你当风筝
我剪一角童年为你抵春寒
我剪母亲的背影扶你上马鞍
我剪一段高山流水绕着你的村庄转
我剪一根青藤弯弯曲曲拐到你门前
我剪一册史书把你藏啊
我剪一部地理有你在的地方命名桃花源

去年的词儿新谱了曲
那声声慢
那缠绵
疾驰的马儿裹足不前
深深寺院，年兽走远

抱琴不遇的人袖藏梅花
怀里为你积攒的雪千年不化

坐在吴山茶舍

云的拂尘

轻掸了一下对岸的吴山
湖水把吴山，和吴山茶树摇晃的
身子，折叠成湖上皮影
像有个怀揣草木的人
采集晨光，摆弄着手上七色光谱

光影拽动色点，穿过湖面湿气
绕住伺茶的我
有一架旧月琴，在我的盏底
凌波仙步，弦含吴山青茶的前生

谷雨前夜，吴山茶树
一夜间　获取了疗治的秘笈
它们　山顶上站着修行
火焰里翻滚着修行
密闭于茶仓，黑暗中修行
一苇泅渡，深渊里修行
在枯坐者体内，卧着修行

而我把盏，嘬饮一小口
这光阴小蛇就缩小了一圈
直到杯底浅现，内心铺开草纸
记下本草良方的人，目光如鹰
一粒古茶树的种子，落向静虚处

身体里的人

我在梦中梦到父亲
我在下一个梦中梦到你
我在梦中对你说我梦到我父亲了
接着，我还梦到其他许多人

在梦中有个人试图带我加入一群人

我拒绝，我一个人走入无人的街巷
但那个人，还有其他人紧紧跟着我
他们像我身后涌动的一片黑森林
或者更像深蓝色的海洋
那些不断堆砌和卷高的死亡之浪
试图吞噬我。

这时候我又看见了我的父亲
他微笑着推开门
他在房间里找他心爱的小女儿
以至于我这么小，他看不见我
我高声喊：“父亲，你怎么来啦？
我在这里！我在这里！”

我行将老去，我替许多人老去
我的颈椎病把我固定在一张单人床上
空无一人的早晨有很好的阳光照进来
却照不见我身体里装着的那么多人

作者简介：

小布头，女，原名王洁，祖籍湖北十堰市，居北京。作品见之于《中国作家》、《诗刊》、《星星》诗刊、《中华散文》、《小说林》、《芳草》、《草原》、《延河》等刊。出版有中短篇小说集《看你的翅膀能够飞多远》。

诗四首

陈马兴

童年的海鸥

很久没有听到海鸥的叫声了
是我远离了大海
还是它们消失在涨潮的海滩

从渔村到城市的道路
是不是候鸟迁徙的路线
候鸟依然来去自如
但我已回不到从前
在一片浮云里
我只看见自己的影子

在这被物质充塞的年代
很多人的空间不如一只候鸟
我也忘了心灵的故乡留在哪里
只是常常想起童年
看海鸥在大海上鸣叫，飞翔

幸福的闪电

雨，仍在下
屋外的蛙们叫个不停
像磁针陷在破损的唱盘里还不停转动
单调的鼓噪，磨出夜的缝隙
熟睡中的女儿嘴角微微翘动

她的梦？
幸福的闪电，划过我的天空
山谷的晨风，撩动诗神的鬓角
天马浮云，得意的马蹄踏破春风
掖好女儿踢翻的被角
此时，我的心中
似有一颗蓝星在雨夜里闪动

恐怖分子

拉登沉尸大海
美国人长长地嘘了一口气
今日，枪声又起
疑凶已擒
冗长的新闻
流血的画面
抽紧了他的思绪
他调整了姿势，找娱乐频道
但还是被各款秀
镂空，覆盖
电视已成为同谋
甚至报纸，网页和宽阔的江水
都漂浮着地沟油，塑化剂和死猪的气味
一个在物质时代寻找幸福的人
他不知道，如何躲避
将他死死瞄准的魔幻武器

纪念母亲

今天是母亲的忌日
我再一次写到母亲
这些文字，这些笔尖里滴出的泪痕
是我与生俱来的血液

它们属于母亲

每当今日
我总是噙含不住酸楚
想起那个萧瑟的秋天
电闪雷鸣　天崩地裂
单位里那部老式电话铃响
撕心裂肺
毒蛇似的噩讯追赶着我　撕咬着我
我们兄弟的嚎恸，唤不醒母亲
在一条通往天堂的路上
白衣飘飘的母亲在远去

26 年了。母亲啊，你走失在你的 58 岁
母爱的戛然而止，我掉进无底的空白
揪心的痛后，渐渐是年少时光温暖的情景
电影一样幕幕回放母爱的细节

母亲生于 1930 的曲溪村
离我家 6 里地，两村一衣带水，地暖水明
我稍大一些时，她常常带着我
沿曲溪水库的沟渠而上
穿过一片桉树林，回娘家
父亲捕到的鱼虾常让外公格外地快乐

母亲高挑的身材
一头乌亮的长发
瓜子的脸，白皙如春天的百合
她长长的睫毛，大大的眼眸
藏着故乡的春水，充盈着我年少的时光
旧时代也有好姻缘
是爷爷和外公在一次集市上
为他们定了终身

像莫氏的小说
他们一个出海捕鱼，一个耕田织网
虽有风浪，但也千帆过尽是蔚蓝

母亲有一个好名字
村里人却都以村名称呼她
曲溪姑　曲溪嫂　曲溪娘　曲溪婶
母亲是村里的好名牌

世上最甘甜的音乐
莫过于母亲唤我的声音
唤我送鱼给邻居
唤我晨早去上学
唤我穿上新衣过新年
那些童年如花的日子，连田间的歌谣
也像母亲甘甜的呼唤

一生省吃俭用的母亲，身影留在艰辛的岁月
病得再重也舍不得花钱服药
她只把亲人们钻心的痛吞回肚里
而把微薄的积蓄留给我们兄弟的前程
母亲啊，我们的出路尽是你的牺牲

透过祭台渐渐低矮的香火
从 1987 到 1961，这倒回的岁月
母爱，我在星光里数也数不完
而今夜，我仰望星空，寻觅最亮的那颗

作者简介：

陈马兴，男，广东雷州人，香港中文大学金融财务硕士，广东作协会员，《诗探索》理事，深圳市体育中心执行董事/总经理。作品散见《中国年度诗歌》《诗刊》《诗探索》《中国诗歌》《诗歌月刊》《诗林》《南方日报》《羊城晚报》《中国日报网》等，著有诗集《回到迈特村》《大海心潮》。

诗六首

赵　青

青　橘

走过金黄的油菜花地
再绕过一丛竹林
就可以看到年少时嬉戏的江岸了
江水在细雨中缓缓流淌
沿河滩逆流而上
就是那一片湿漉漉的柑橘林

泪一样的雨滴
沿青青的橘子慢慢滑落
让人想起黝黑稚气的脸庞
我依稀看见当年的我
站在橘园旁泥泞的小路上
同桌把在图书馆里抄录的名篇
郑重地放到我手里
她说她用不上了
又不忍心用它来引火烧柴
她说本子的扉页上
是她最喜欢的《桔颂》

“愿岁并谢，与长友兮”
我却从那以后再没能见到她
中学的毕业照里没有她
我现在几乎已经忆不起她的容颜
只记得一枚青橘
在江岸连日的风雨中

摇曳　坠落　消失在岁月里

江　岸

夏日的阳光
透过湖蓝色的玻璃
在水面撒下缕缕丝线
室内泳池旁妈妈偶尔投来的目光
让浮出水面的我
恍若回到儿时芳草鲜美的江岸

那时
我和小弟在长江边嬉戏
妈妈一边刺绣
一边在翠竹摇曳的草坡上朝我们张望
我和弟弟一会儿搬开鹅卵石
寻找指甲盖大小的河蟹
一会儿在浅水中垒起袖珍湖
期待大浪过后留下一两尾小鱼
每当有所收获
我们在河滩上雀跃欢呼
妈妈都会停下手中的绣花针
向我们挥手微笑

妈妈的身旁
江水缓缓流淌
似火的江花静静绽开

索道深秋

举目远眺
岩石间杂生的灌木稀疏萧瑟
在缓缓上升的缆车里
她不时望见

"秋风吹下红雨来"

流水的光阴是带动缆车的绳索
人们都在向山顶前行
每节车厢都隔着一道时间的悬崖
她无法穿过岁月再走进青春的年代

当年的女子
如今已是生命索道秋凉中踯躅的老人
每当东篱把酒黄昏后
漫天飞舞的枫叶
在昏花的泪眼里
依然会被当作玫瑰色的请柬

灰

白加上黑就成了灰

桌子是灰色的
椅子是灰色的
落地窗的窗帘也是灰色的
站在窗前放眼远眺
天空黯淡
园林萧瑟
从玫瑰花铺上空飞过的那只喜鹊
也成了灰色的

每当我走出这座高楼
总有一种感觉
似乎那些灰色中的一切
就像燃烧到黎明的蚊香一样
一圈一圈地化作了灰烬
它们消失在我的背后

而我将跨过一座小桥
“缘溪行，忘路之远近。
忽逢桃花林……”

站在铁丝网前

站在铁丝网前
我举起相机
一只蟋蟀
爬过柠檬色的花蕊
沿着芦草长而细的叶片
闯进了我的镜头

一身戎装
昂首阔步
在挂满雨泪的铁丝网上
乱山平野烟光薄
它不紧不慢
先唱了一幕“借东风”
又开锣了一曲“群英会”
随风的青草
淡香的紫色小花
仿佛成了台下不时为它喝彩的听众

在我按下快门的一瞬
这个敢于把樊篱当作舞台的小生命
它正将地平线上的残阳
踩在长着细绒毛的脚下

丛林深处

走向丛林深处
热浪如一股股的温泉
骑着大象披荆斩棘

同伴说有点像探险队
我知道吴哥窟古庙就在前方
却觉得越来越接近童年的时光

记得年幼时
只要一听说放电影
家家户户的椅子板凳
转眼之间就会摆满操场
秋日　夜空明净
场地边摇曳的桂花树暗香浮动
有时一阵大风
露天电影的银幕被吹成了漏斗形
演员扭曲
扩音器嗡嗡作响
但人们仍聚精会神
当剧情发展到男女主人公
在热带丛林中的合欢
镜头却突然转向篝火
年少的伙伴们连连发出叹息的嘘声

走在丛林深处
记忆中转动的胶片会定格在哪里
是灯火阑珊处
夕阳刚刚点燃的芭蕉叶
还是媪热的夏夜
露天电影的白光一闪
偶然映入幼年心中的一对情侣

作者简介：

赵青，生于1968年7月，在四川泸州上小学和中学，1985年考入国防科技大学，因病退学后开始阅读文学名著，九十年代末尝试诗歌写作，2001年首次发表诗歌作品，作品散见于《诗刊》、《中国诗人》、《诗探索·作品卷》，有作品入选漓江版《中国年度诗歌》。现为河北省作家协会会员。现供职于安全环保研究院检测中心。

心灵牧场（组诗）

包容冰

背西面东

背西面东
这样的坐姿，谁会诗兴大发
兴一番感慨
发一通不必要的牢骚
几年前，有算命先生说
你看书写作时，一定要面朝东方
必有官位福禄找上门来……

而我工作的房舍，坐东向西
我不得不按自然方位面向西方
恰恰相反。难怪这些年
官禄远离。难道真的坐错了方向吗

今天在四五二的雀笼里
背西面东，写一首诗
缅怀消失的岁月
我在乡下度过将近五十年的时光
磨掉棱角。听清风弹琴
伴明月休眠。闲暇时
在《金刚经》里打捞智性的沉船

面朝东山，看着朝阳从东方升起
在西方落下。太阳的一生
仿佛就是人的一生

难怪佛陀在西方等待觉悟的众生

在寒露与霜降之间

在寒露与霜降之间
风加速了它行走的脚步
冰凉且有些坚硬
撞到杏叶上，杏叶红了
撞到桦叶上，桦叶黄了
碰到白杨叶子上，白杨叶子一片片落了

看到飞扬的叶子，像上帝发来的牒文
我感到生命的沉重和坠落
不由发出一声长长的喟叹

晨露凝霜。草叶枯黄
远去的大雁带不走我
落地生根的思想
我闲暇时，给身边活动的事物说
霜降到了，冬天不远
你们要准备好过冬的食物
友情养不活爱情
爱情替代不了友情
为情所伤的人
趴在月光做伴的冷炕上
眼泪已停止流淌

在寒露和霜降之间
我再三清洗发黄的思想
戒掉抽烟饮酒乱语的陋习
直至心境，像霜雪一样洁白冷凝

走走停停

一路走来，一路走去
走走停停的过程中我看到
苍茫迷离的风景——
一个砍柴的樵夫停下斧子
看过两个陌生人下完一盘棋
转过头来，斧柄已腐朽
江山依旧
百年时光，在一盘棋子里浓缩

所以我走得很慢
像蜗牛一样挪移
让每一寸属于我的时光
都贴上落伍的标签

正因为大半生人在乡下
车轮在泥泞的道路上打滑
看到的不是醉人的风景
风景那边传来的也不是
让我心跳加速的谎言

秋末述怀

难以回首的岁月里
是非们碰撞得鼻青眼肿
谁胜谁负也难解难分
长长短短的倾诉与辩解
画下羞赧的句号，人生的匆促短章
在另一个段落里寻找答案

又见秋末，季节在轮回中

述说风雨变幻的往事
天命在召唤。我走向哪里
情仇爱恨在我修道的历程上
一半光亮
一半黑暗

冬天说到就到
我在灾难过后的废墟中
给无家可归的亡灵
搭一间遮风挡雨的窝棚
以爱传情
以诗传法
在物我两忘中点一盏
续命的酥油灯
照亮游弋不定的鬼魂登上
归家认祖的彼岸

立冬前后

五年前，鸟声们在事物的光影里
鸣啭。一个进山的人
割倒山坡的黄蒿
镰刀老钝，心事重重
窝棚里袅袅炊烟
表达山野落寞，人迹稀缺

立冬后，众多鸟虫消遁
树干裸露的枝柯有亲无顾
风奔跑着，吼叫着
刮疼我的嘴脸与脊梁
刮瘦冷却的夕阳
羞赧的脸庞

立冬前后
我怀揣济世的黄金和典籍
依然走在城乡坑坑洼洼的路上
我能看清众生毛骨悚然的未来
他们却读不懂我悲天悯人的情怀

作者简介：

包容冰，中国作家协会会员。先后在《朔方》《飞天》《诗刊》《诗歌月刊》《中国诗人》《诗潮》《扬子江诗刊》《中国文学》等多家刊物发表作品。出版诗集《我的马啃光带露的青草》《空门独语》（上下卷）等。作品入选《甘肃散文诗十家》《陇中青年诗选》《中国诗萃》《新时期甘肃文学作品选》《甘肃的诗》等多种选集。主编《新时期甘肃文学作品卷·诗歌卷》。岷县作家协会主席，《岷州文学》主编。

诗四首

蒋三立

黄　昏

山坡、河流、小路，没有什么不刻在心上
剥蚀摇晃的木桥，低矮的旧屋
是不是和我一样在岁月中有着梦想
土墙边的老人蹲得和旁边的木桶一样旧了
表情有着磨损的伤感。高过屋顶的
树上的空巢，塞满了夕阳的影子
在回家的路上，丢了魂的蝴蝶，擦着暮色的清冷
翅膀张得比黑夜还宽
它扑打着我的心灵
像是挣扎，一下、两下、三下

远　行

把爱连根拔起
离开这个城市。却不能像鸟一样远迁远飞
没有行李，没有深情的凝望
没有浮尘，没有夜风刮落的低语
只有黑夜为大地尽情地散开
只有列车渐渐启动眼中的泪水
只有深秋的寒意
带着深夜里我和这趟列车更加孤独的冷
以及心被这座城市拉扯的巨大的疼
飞驰在风中

有时候

有时候觉得很温暖
有时候感到莫名的心碎
有时候觉得这世上至少还有些人没把我忘记
有时候觉得生活中曾有过许多的安慰
有时候在烦恼中回味过去唱过的几首歌
有时候在迷茫中呆看匆匆行路的人
有时候看见挑担卖菜的老人就想起年迈的母亲
有时候静下心想想还觉得愧对过别人
有时候不知不觉太阳就落下了山
有时候秋风一吹就觉得落叶飘零、黄草成堆
有时候一滴泪水浸湿的土地
宽广无垠、宽广无垠

陈旧的

我喜欢陈旧的、发黄的、青亮的、斑驳的
被人迹擦亮的、有着生命沧桑的

那是许多人看过的、用过的、走过的、爱过的
留下来的陈旧的。街道、房子、家具、衣服、书本
被时间掏空的陶罐，或别的什么。
它们是天空和大地的灵物，抑或是女神怀里的孩子
散发出生活固有的芳香
令我眷顾的目光长时间地停留
没有什么被终老而去
穿过生长的树林
它们是吹向远方的风
它们是温馨的怀念，引来更多的足迹
是同一个地方的另一个开始
是牵涉一代又一代人情感的不朽的场景

作者简介：

蒋三立，1963 年 4 月出生于湖南永州，系中国作家协会会员、国家一级作家。1984 年开始发表诗作，曾在《诗刊》、《人民文学》、《人民日报》等海内外数十家报刊发表诗及诗论文章600 多首（篇），其中，有数十首作品入选中国年度诗歌选本。著有诗集《永恒的春天》、《蒋三立诗选》、《在风中朗诵》等，多次获诗歌大奖。

短诗一束

雅鲁河水静静流淌（外二首）

张文睿

我们坐在远离尘嚣的雅鲁河畔
对岸是一片鹅黄返绿的山坡

河套里的卵石，在微风中
和我们一样自由自在地仰面躺着
看鸟儿从头顶飞过
看白云飘来飘去

流水一去不回头
石片打出的一串串的涟漪消失了
消失了的还有时光
和梦中倒转的童年的欢悦

我们坐在雅鲁河畔
心情像河水一样宽阔起来
那些琐屑的生活和无聊的人与事
都被我们扔在河里流走了

请记住一个叫刘刚的人

汽车顶上站着一百多个游客
水越来越大、越来越急、越升越高
这是在京港澳高速出京方向 17.5 公里处
积水中漂浮的轿车
像六色五颜的甲壳虫

请记住这个时间：2012. 7. 21

路边露出一对惊愕的眼睛
一个年轻人像羚羊般狂奔
数不清的树木从他身边闪开、倒退
在一个污水处理厂门前
他已经说不出话来了
气喘吁吁外加
吁吁气喘

农民工们走出了厂房
开始是三五个人
然后是十几个人
接下来几十个人
一百多农民工背着绳索、照明灯、救生圈
和年轻人一起狂奔
……

一百九十个生命得救了
当最后一位游客离开了车顶的那一瞬间
在水中如同玩具般的大客车
消失在激流之中

那一夜，许多人看到了这个年轻的身影
污水处理厂一位川籍农民工
用家乡话告诉我
他是一个“半拉子”警察
他的名字叫刘刚

请记住，这位叫刘刚的保安
他是我们每一个北京人的兄弟

雨过城南　满地槐花儿

一个男孩儿总被同学欺负
他想报仇　背着书包　在街口
四顾茫然
那一年　他十岁

男孩敲开了一个小巷中的门
在一个雨天儿　满地是槐花儿
男孩没打伞：
“你是‘威震城南’吗?”

一双糙手递来一条毛巾
一个三十多岁的男人抬起头：
“等雨停了，你回家吧
别让你妈着急”

一条伤疤　在男人额头
若隐若现

男孩儿隔几天就往小巷跑一趟
没有人敢再欺负他了
那男人总是说：
“这年头儿　不兴打架了”

三个月后　男孩搬家了
老师跟爹妈说他跟流氓混
男孩儿有些惆怅　他想写一封信
说好多好多话

许多年过去了
雨过城南　满地槐花儿

一个男人和他的妻子
路过一条正在拆迁的小巷
他蓦然停住了脚步……

窗外（外二首）

王永祥

站在窗户旁的合适位置
我知道你今晚还会低头路过
你的后颈白如玉兰
绿色汹涌晦暗
我不敢正面看你
这是一段恰到好处的小径
你每过一次
它都会向远方延长一寸
低头而过的你
后颈白如玉兰
我的目光已经成了
没有重量的蝴蝶
守在高楼窗口
等待一个美丽的落点

（2011. 04. 29）

听苏菲·珊曼妮

安静的音乐
总会覆盖我的心
其实我的内心没那么多伤痛
但是她的音乐让我的心变得细琐
仿佛内心深处有一个小花园

玫瑰在黑暗中慢慢开放
或许我应该在那个花园门口
等待一个像苏菲·珊曼妮一样的女孩
她有忧而不痛的童年
只是我不能确定
遇到她　是在一个宁静的下午的马路上？
遇到她　我该怎样开口和她说话？
她会有干净的裙子
简约的装饰
对着天空发呆的安静
北欧无污染的天空
让每一个吉他音纯净无比
面对自己的伤痛　她的感情已经
有了坚冰的质地
就像月光落在一个人的身上

2012. 10. 22

曾经在街上见到的一幅景象

那个男人背对着女人
使劲地抽烟
烟头一红一暗
像一颗裸露的心脏在跳
女人抱着头对着河水哭泣
她穿着好看的短裙
有着时髦的发型
伤心把她的美丽
蜷缩成一枚秋叶
大街上的车流淹没了
男人的愤怒
女人的伤心
那个男人猛地扔掉烟头

蹲下安慰女人
亲爱的　我们要个孩子吧
女人哭得更伤心
我们生个孩子吧
男人慢慢转过身
俯身扶起哭泣的女人
他们偎依着走了
他们想关掉今天的门
打开明天另一扇门
大街上的车流还是那么凶猛
没多久　他们就在人群里消失

2012.3.4

路遇（外二首）

雪　马

在一个路口
他撞见了他的过去
他们拥抱、哭泣
一度失语
用泪水清洗
三十年的误会
现在他们枯老了
蹒跚迈进一家餐厅
腋下夹着一堆旧时光
安然就座
然后他们掏出
身体内的密语
放在餐桌上
供彼此享用

减法运算

我的一生
不得不在做减法运算
首先减掉幼稚、天真
然后减掉童心
再减掉无知、减掉愤怒
减掉狂妄、减掉疼痛
减掉快乐、悲伤
减掉身体内的寂寞
减掉脑袋里的幻想
减掉思维和细胞活动
减掉亲人和仇人
减到地下继续减
首先减掉光明和喧闹
再减皮减肉
减掉一身壳
减到白蚁对白骨

江流湘上

船在江上走
慢吞吞到了民国
一桥下的霓虹
黄昏里出来溜达
月亮岛野草疯长
离中流戏水
隔了几个音符
清风来弹奏
星期六的烟花
总如约而至
与杨柳唱诗
和江岸惆怅

杜甫在江阁已住下
不再沿江而浪
多年的酸楚
化作满楼灯火
对岸的麓山
夜尽有钟声
一缕禅语时常过来
踱步橘子洲

风，挤挤总是有的（外一首）

蔡晓舟

昨晚
难得有阵清风
在我额上逗留了一会
当我转身时
风已先我一步落在远处的树梢上
荡着离别低吟的秋千

这个季节
风，就是稀客
就是我走失的灵感
它很少再眷顾我
想要，就必须自己调制
迷糊和幻觉各半
简直就是林间松涛

天燥地热
更须心定人静啊
风，挤挤总是有的
湿润心头的雨也会有的

光　线

小河的光线
被晚祷的炊烟梳理
最后变成一丛岸草
黛黑并枯燥着

虽然
有寂长的夜豢养
但足可以做些捡拾的工作
比如捡拾
一串马兰菊上迷惘露珠
捡拾梦游人一丁点花絮
捡拾几颗被夜空筛落的稀星
捡拾一遍在辽阔中寂寞的尘埃

其实，在黑暗的狡黠中周旋
并非本意
觉醒的光线
执意要加入一支黎明前的雁阵
它要借飞翔的名义
唤醒小草的两片乳叶
想一起展翅
一起迎接晨曦

晒太阳的老人（外一首）

吴成进

路边
一位老人安静地坐在藤椅里

任阳光写满斑驳的脸

她双眼微闭着
嘴角反射出暖暖的笑意
这熟悉的一幕一定在哪见过——
故乡
或者，一幅油画

浮尘和喧嚣
一点也没有惊动老人
阳光，则慢慢地变换着角度
试图读懂她心中的暖意

炊 烟

离开村庄时的脚步
沉重又压抑

那么的缠绵曲折
那么的缱绻难舍
郁结心中的炊烟
分明就是那一腔乡愁

村庄渐渐远了
一位念家的孩子
把乡愁捻成一根细线
自己，就是细线那头一只
摇摆着的风筝

我是个吝于叫好的人（外一首）

袁靖凯

这个字已被春天的花朵用烂
又被雨水冲去它应有的护栏
现在　它可疑地闪着银光
我是个吝于叫好的人　却又
为一棵小草推开压在身上的石头
暗自叫好
为翠鸟松开叼在嘴上的鱼
失声叫好
为寒冬那个替桥洞下流浪汉送去大衣的人
流泪叫好
为衣服都来不及脱就跃入刺骨江水救人的人
在电视下拍掌叫好……

尽管这个字眼如今肤浅得令人鄙夷
可每当它来到我口中
就如一朵玫瑰或一朵莲花
盛放

罚　单

清晨　大雾开了一张罚单
要我为奔走T台的楼阁　嚣叫的车辆
抽雪茄的工厂　江中突突穿梭的船舶……
买单
如逮着的窃贼　颤抖的手
迟疑　在焦煤味的空气里
签下羞愧的大名

为表诚意　我咬破手指
在天边按下一个贫血的
手指印

瞬间（外二首）

朱绿和

时间是均匀流淌的
这是世间最大的谎言
为了那一个个光芒穿透身体的瞬间
我们默默忍受
一束光与一束光之间的黑暗
听老人们说
那暗淡就叫作生活

往日里奉为箴言的意义
一层层剥落
可那神秘而恐怖的核心是什么？
如果是虚无，我将死不瞑目

在最熟悉的地方
一种陌生像蒲公英的种子
被风吹着在天空中漫散
有朝一日，也许
一切熟悉的幻景会轰然倒塌
在开满雏菊的溪岸上
世界将在一瞬间向我呈现
另一种可能
另一种美丽

破　碎

我到死也不会明白
你轻轻吐出的几个字
如何成为两个世纪的分界线

在那个星光寂寥的夜晚
原本完整的我
破碎成片断，难以还原

那些关于你的记忆
是迷失在森林里的小鹿
找不到回家的路

还有你的眼睛
欢乐如雨后雏菊
悲哀如深山夕阳
我应如何安放？

我其实并不在意
你把谁写进了今天的日记
我只是放不下
那些曾经的欲望和梦想
都飘向了哪里

玫瑰色的结局

我多么希望
时间能停在
这玫瑰色的结局

别告诉我：万事万物，须臾不曾止息

把这冷酷的悼词留给那些苍老的哲人吧
他们用弯驼的脊背、苍老的容颜
换回这一句
悲伤的告白

而我只想任性一次
哪怕用我未来的全部日夜作为交换
哀求时间老人能够看到
我宁可用我微不足道的青春供奉他
直到我衰颓残败的身躯在晚风中颤抖
只为他的一次垂怜：
让时间停在这玫瑰色的结局

假如我真能如愿以偿
我可有一肚子的话要对你说，对最最亲爱的你说
你看远方，水天交界的地方
壮美的夕阳慷慨无私地把最后的绚烂洒向天空
变成数不清的燃烧的玫瑰
还有洁白的水鸟
悠然潇洒地飞翔
那声声鸣叫倾诉着它们的喜悦还是悲伤？
还有这脚下的岩石
亿万年沧海桑田
它们是最孤独，但又最痴情的见证人
陪伴它们的只有海浪的合唱

我想让你记住
曾经有一个这样的我
不介意过去，不祈求未来
只为和你凝固在这玫瑰色的瞬间
还有我的心如何被撕成两半
一半用来默默祷告
一半用来记住你，记住你被落日镀金的笑靥
以抵挡日后的凄风苦雨和孤灯长夜

梁子湖之夜（外一首）

于　华

今夜，我来到梁子湖
一个人静静地坐在梁子岛的码头上
犹如梁子岛静静地坐在梁子湖上

内心深处，像梁子湖一样
无风也有三尺浪
不知对岸的人
能否听见这浪涛的声响

孤寂中，凭栏远眺
黑暗中的梁子湖看似平静
其实，暗藏的波澜
正在此起彼伏，此伏彼起

整整一夜，涛声依旧
拍打着我的无眠
我的心搁在这里，像岛屿一样

等你赏梅

年前，你说年后来赏梅
梅在寒冬里聚集饱满的热情
年后，你说梅花节时来赏梅
梅在枝头上摇动内心的温柔

二月，性急的梅
为你点燃一团团火焰

为你绽放一瓣瓣情怀

三月，含蓄的梅
满怀的相思开成满树的繁花
用最后的绚丽迎接你的到来

我站在幽思缱绻的梅前
揽一缕梅香
酿一壶深情
等你

诗坛峰会

汉诗新作

探索与发现

诗人子川特辑

专题论诗

我对“叙述性诗歌”的简单认知

——在“21世纪中国现代诗第七届研讨会”上的发言

北　野

各位老师，各位专家，各位朋友：大家好！

我不是一个诗歌研究者。我写过几首简陋的诗歌，也算得上一个有诗为证的诗人，但那些作品大都是边疆性质的、游牧习气的、顺乎自然的和自生自灭的，几乎没有什么理论装备和技术支持。早期的如《马嚼夜草的声音》，近期的如《在海边的风声里》，都像是寒酸的过眼烟云。

我来到这里并且发言，可能得益于我目前供职于山东大学威海校区。作为本届研讨会的主办单位的首席代表，孙基林先生不仅是我的同事，还是我的朋友。他可能过高估价了我的诗歌理论修养。其实我不懂学术语言，我对大部分过于理论化和技术化的东西，还抱有一种消极的抵抗情绪。我喜欢自然而然的事物，习惯于混沌未开的状态，醉心于自然天成和自生自灭，不太适应被高深理论所包裹的、过分技术化的制作。早在十多年前我就写过如下句子：

整整一个冬天仿佛一辈子：没落、恍惚而伤悲。
我举着山谷中的蜡烛，探望了几次
斯蒂文森放置于田纳西山顶的坛子
那么多死去的艺术门类心照不宣躺在四周。

我已经厌倦了文本、产业和众鸟的聒噪。
厌倦了技术化的美国诗歌。
厌倦了《观察黑鸟的十三种方式》。
艾略特的《荒原》也像被不断轮奸的克利斯蒂娜，令我
　掩面而去。

我倒是喜欢那光线幽暗稀里糊涂的《三贤哲的旅行》；
喜欢那，向自己抛撒灰尘的满怀诅咒的约伯。

我们来到这个世界孤立无援，在三大宗教之间被流氓
追赶
教堂里的钟声何其温暖，而我们的厄运何其漫长！

——1996《致西安 A 兄》片段

1

但是此刻，我面对的是“叙述性诗歌”这个话题。这是本届研讨会的核心议题。

在我看来，抒情、叙事和说理，大约是诗歌艺术最为常用的三种修辞手段；而诗歌的修辞手段还应包括象征、隐喻、暗示、通感以及节奏、韵律等等。我不明白为什么要人为地制造出一个“叙述性诗歌”的新概念，将简单的问题复杂化。也不知道是谁最先发明使用这个概念或从国外引进这个概念。总之，对此我一头雾水。

但是，确实有一些作品看上去合乎“叙述性诗歌”这个概念所指认的语言特征：“观察与描述”（孙基林）。如：

雷平阳：《杀狗的过程》

这应该是杀狗的
唯一方式。今天早上 10 点 25 分
在金鼎山农贸市场 3 单元
靠南的最后一个铺面前的空地上
一条狗依偎在主人的脚边，它抬着头
望着繁忙的交易区，偶尔，伸出
长长的舌头，舔一下主人的裤管
主人也用手抚摸着它的头
仿佛在为远行的孩子理顺衣领

可是，这温暖的场景并没有持续多久
主人将它的头揽进怀里
一张长长的刀叶就送进了
它的脖子。它叫着，脖子上
像系上了一条红领巾，迅速地
蹿到了店铺旁的柴堆里……
主人向它招了招手，它又爬了回来
继续依偎在主人的脚边，身体
有些抖。主人又摸了摸它的头
仿佛为受伤的孩子，清洗疤痕
但是，这也是一瞬而逝的温情
主人的刀，再一次戳进了它的脖子
力道和位置，与前次毫无区别
它叫着，脖子上像插上了
一杆红颜色的小旗子，力不从心地
蹿到了店铺旁的柴堆里
主人向它招了招手，它又爬了回来
——如此重复了5次，它才死在
爬向主人的路上。它的血迹
让它体味到了消亡的魔力
11点20分，主人开始叫卖
因为等待，许多围观的人
还在谈论着它一次比一次减少
的抖，和它那痉挛的脊背
说它像一个回家奔丧的游子

诗评家李少君认为：这首诗“残忍、细致而准确，这是一种现代才有的表达方式”。

我曾给新闻系学生介绍过这首诗，认为它是“零度写作”的典范，而新闻报道所追求的正是这种“冷静、客观、精准”的风格。与此相反的是宣传、广告和文艺作品的语言风格：煽情，主观，夸张。下面的两首诗同样具备这种“零度写作”的语言特征。

黄灿然：《祖母的墓志铭》

这里安葬着彭相治，
她生于你们不会知道的山顶，
嫁到你们不会知道的宴田，
丈夫娶了她就离开了她，
去了你们都知道的南洋；
五十年代她去了香港，
但没有去南洋，因为
丈夫在那里已儿孙成群。

她有两个领养的儿子，
长子黄定富，次子黄定宝，
大媳妇杜秀英，二媳妇赖淑贞，
秀英生女黄雪莲、黄雪霞、
男黄灿然、女黄满霞，
淑贞生女黄丽华、黄香华、
男黄胜利、女黄满华。

七十年代她把儿孙们
相继接到香港跟她团聚，
九十年代只身回到宴田终老，
儿孙们为她做了隆重的法事，
二〇〇〇年遗骨迁到这里，
你们看到了，在这美丽的
泉州皇迹山华侨墓园。

世上幸福的人们，
如果你们路过这里，
请留一留步，
注意一下她的姓名，
如果你们还有兴致
读她这段简朴的生平，

请为她叹息：
她从未碰触过幸福。

王夫刚：《安全帽上的遗言》

聂清文死于一次煤矿事故。他知道
活着的人，会把这次事故称之为
“4·16 矿难”，他还知道
家里大概能得到两三万块钱的
补偿：这是一条性命的可比价值。
与他困在一起的，共有 17 个人
他们曾拼命地敲击着井壁
想让外面听见（外面的人，
也听见了敲击声，由强到弱
与米沃什讲述的雅德维加小姐的消失
惊人的近似）。6 天以后
他们作为尸体回到了光明的世界。
尽管年轻，尽管把绝望和痛苦
留给了恨之入骨的黑暗
但光明的世界已不再属于他们。
除了聂清文，因为用粉笔
在安全帽上写下遗言
而意外地成为一篇报道的主角
其他死者只是构成了一个习惯缩水的
统计数字，跟在死亡后面。
想到一个人将亡之时写下
他欠别人的钱和别人欠他的钱
并叮嘱妻子把自己火葬
大地是不安的，而愤怒
啊！如果我们没有权利通过愤怒
表示愤怒，就忘记他吧
聂清文，男，38 岁，湖南人
涟源市七一煤矿安监员

死于“4·16矿难”，但留有一个安全帽
和用粉笔写在安全帽上的遗言

2

以上三首诗的作者雷平阳、黄灿然和王夫刚，都是我比较熟悉和看重的当代诗人。

既然他们的创作为“叙述性诗歌”这一概念提供了文本或曰外延支撑，我还有什么理由抱残守缺拒绝接受这一概念呢？

我想起了二十世纪六七十年代美国新闻史上轰动一时的“新新闻主义”流派。一些年轻记者不满足于采写“干巴巴的事实”，又不能突破新闻界根深蒂固的“用事实说话”的底线，于是尝试着杂交出一种“细节真实总体虚构”的新文本，类似于我国的“报告文学”。这一流派崩盘于一部事后被证实完全虚构并被追回奖金的普利策新闻奖获奖作品，当事记者承认他是在一家酒吧里完全靠想象写出那篇细节逼真得令全美国人民不寒而栗的“独家报道”的。

“新新闻主义”流派虽然被美国新闻界抛弃了，但作为一种写作风格，即“像新闻报道一样有鼻子有眼”的纪实风格，却被文学艺术界继承下来。一些“纪录片风格”的影视作品，就是这一流派的余响。

“叙述性诗歌”会不会也是“新新闻主义”流派在当代中国诗坛的一道投影呢？

为什么有人开始厌倦抒情、哲理、唯美、象征、暗示、朦胧等等传统的艺术表现方式，而对赤裸裸的“呈现与描述”情有独钟？这是一种单纯的技术层面上的变化，还是有其更深刻的社会历史文化渊源？

根据长期以来一直关注“诗歌叙述性思潮”的诗歌理论家孙基林先生的研究：“早在八十年代初即已开始的第三代诗歌先锋实验，就已然给我们时代的文学书写带来了一种有别于象征性诗歌典式的叙述性风气和思潮。”

他解释说：“诗歌叙述性思潮是基于一种回到事物和生命本身的行为或‘在路上’的行走状态而开始它的路程的，为此，它的思想方法便是很看重澄明的现象本身和人的存在的过程，所谓事物本身、生命本身，以及行为的过程、事件的过程、事物与体验的过程等等，由此可以说，这一思潮是在走出了本质主义的决定论之后，开始回到现象，走向生命感性与过程主义的行动诗学和叙述性诗学。”

孙先生用“去蔽与还原，观察与描述”，概括叙述性诗学的基本策略与方法。他对于坚等人的叙述性诗歌给予极高评价。我注意到他的相关研究甚至追溯到了“诗歌叙述性思潮的发生学”层面。

孙先生的追溯让我想起法兰克福学派著名的思想家西奥多·阿德诺。阿德诺广为人知的名言是：“奥斯维辛之后，写诗是野蛮的。”阿德诺在《否定的辩证法》一书中写道：“奥斯维辛集中营之后的一切文化，包括对它的迫切的批判，都是垃圾。”“奥斯维辛集中营之后，任何漂亮的空话，甚至神学的空话都失去了权利，除非它经历一场变化。”

关于奥斯维辛，我从相关资料上读到的最深刻的解说，据说是下面这两句问答：

问：告诉我，在奥斯维辛，神曾经在哪里？

回答同样是一个问句：人曾经在哪里？

有人总结道：在奥斯维辛，缺席的不仅仅是上帝，还包括人。奥斯维辛之后写诗之所以“野蛮”、“残忍”与“不可能”，乃是因为诗歌已经失去了得以存在的“人性基础”。

鉴于诗歌曾经遭遇奥斯维辛的残酷史实，我隐约能够领会“叙述性诗歌”摒弃抒情与说理等等传统审美追求的伦理学依据——因为按照阿德诺的解读，“奥斯维辛集中营”不是一个孤立现象，不仅仅属于纳粹和犹太人，它属于整个人类：它象征着整体性和同一性对个体性、差异性和丰富性的粗暴干预、整合与消灭。因此，诗歌必须回到破碎的作为表象的个体，并从形式上彻底扬弃对“完满的感性外观”的历史幻觉。

阿德诺说：“面对集体主义把根除差异作为共同的目标，解放的社会力量只能暂回到个人领域。”在这种背景下，我能够理解诗歌回到个人、诗歌写作回到当下的哪怕是破碎的与粗鄙的生命本身的合理性。

让我们想一想，当诗歌遭遇奥斯维辛，当纳粹军人指着一根烟囱对即将受死的犹太人说，“明天早晨你们将化作一股青烟从这里升天”，当那些焚尸炉的操作者听着贝多芬的音乐甚至朗诵着歌德的诗歌将同类活活烧死，你还能保持诗意的幻想吗？

……我承认，我同意诗歌摒弃抒情、埋葬哲理、直面现实、丢掉幻想。

3

然而，合情合理的诗歌理路，未必就是多么了不起的诗学进步。把它推崇到一个似乎是原创性的、先锋性质的、带有启示录意义的诗学高度，更不妥当。因为“叙述性诗歌”的边界有待勘定，而它的口水化、段子化、粗鄙化、以及无标准和无难度的制作习俗，潜藏着某种诗歌的生态灾难。

科学界有转基因产品。英国和俄罗斯的实验室已经代替上帝研制出转基因物种，包括“狗羊”和“人猪”。我国动物园也杂交出了“狮虎兽”。至于转基因玉米、大豆和西红柿，早已不是新闻。这些东西令人耳目一新，甚至震撼。其中有些东西，由于投入产出比的诱惑，还可能大行其道风靡一时。但是，我不看好这些“创造物”，因为它打乱了物种之间的起码界限，其后果很难设想。

十年前我就在《诗刊》发表过一篇题为《转基因诗歌》的短文。看来这个话题今天仍需继续。

我不是否定我前面列举的那几首诗。事实上，我特别喜欢它们，并喜欢它们的作者雷平阳、黄灿然和王夫刚。我还喜欢路也的《心脏科病房》。它们都是这类作品中的杰作。

我要说的是，汉语世界是一个缺陷严重的世界：既没有气势恢宏想象丰富的史诗传统，也没有客观精准真实全面的传播习俗。对一个现代国家而言，这种情况就像是一个既没有记忆也没有眼睛的白痴。在这种情况下，文学作品（尤其是所谓的“叙述性诗歌”）“以虚构的名义行使呈现真相的职能”，实在是一种大无畏的献身。

从正面看，它是生逢其时的、纡尊降贵的、策略的甚至是悲壮的，它也受到了应有的敬重。但是从负面看，它越界了，它侵占了赋有揭示真相职责的新闻报道的地盘，这种侵占有可能造成受众对“报道的缺席”的习以为常。而一个既不在乎记忆也不在乎眼睛的社会，即便它有非常出色的“叙述性诗歌”，它也是令人遗憾的：既无想象的高度也无真相的深度。

诗歌应该保持它的传统高度。过于琐碎的地面情况应该交给新闻报道。诗人们用打造钻石的手艺去包饺子，至少是一种资源浪费。顺便说一句，“叙述性诗歌”之所以在我国还能给人以耳目一新之感，和这个国家缺乏真正的新闻作品有关。关于这一点，翻一下美联社的优秀报道，尤其是那些新闻特写，就一目了然了。

4

有关“叙述性诗歌”的负面意见，主要集中在技术层面。

“破碎化”、“粗鄙化”、“口水化”、“段子化”等等，是经常被提及的。

我承认，无论是新闻写作，还是文学写作，还是科学写作，还是应用写作，还是宣传与广告写作，“叙说与描述”或者像电影镜头那样“直接呈现”，都是非常重要的传达手段。

但是，一种文本，尤其是诗歌，把“叙述与呈现”高度优选为唯一的传达手段或标志性手段，就有点画地为牢了。且不说新闻写作会不会让出这项“专利”，从诗歌的传统与本质特征看，这种故意为之的做法也是有点自残倾向的。就我个人的喜好而言，我喜欢“纪录片”，但更喜欢“史诗般的”大片。

“叙述性诗歌”的明显不足是维度单一。一个过于具体的碎片化的人物或事件，值得我们透过显微镜对那些剔除了灵魂的碎肉仔细观赏吗？就算值得，鉴于样本太多，我们看得过来吗？“单向度的人”本来是我们的噩梦，现在我们却迷上了享受这种噩梦，这不是很荒谬吗？

以《杀狗的过程》为例：它确实精准地传达了人的残忍和狗的奴性，但它遮蔽了一群德国黑背撕碎并吃掉了它们的主人的血腥场面：它用局部真实震撼了我的心，但我这颗心却装着另外一些记忆——妇产科的电烤箱烤煳了一个新生儿，老鼠啃掉了一个被遗弃老人的眼睛等等。物种之间以及同类之间的因果关联，在这里并没有被触及，仿佛那是一场孤立的、偶然的、供我们观赏的行为艺术。

当然，它引发了我的联想。雷平阳的出色天分正在于他的这种不言之言。

关于“叙述性诗歌”，还有一个根本性的问题需要澄清：叙述是手段，还是目的？如果是目的，那就可以说“诗到叙述为止”或“诗到语言为止”。如果是手段呢？如果“叙述”仅仅是诗歌实现自己的一种手段，那么越过“叙述”，诗歌剑指何方？

有道是：“项庄舞剑，意在沛公。”

如果抽掉意在沛公的“意”，项庄舞剑和公园里中老年妇女的晨练有何区别？

我认为，好的“叙述性诗歌”就是项庄舞剑；

而糟糕的如“口水诗”，就是老妇晨练的花拳绣腿。

作品与诗话

第三次写故乡，是今年五月，再读诗经之后。……是诗经展现的人类原初生活的那种简单、质朴，人们在劳作、爱情、欢乐、苦闷、忧愁中展现出来的那种生命张力，一下子唤醒了我的童年记忆。

——安遇

马桑溪，我好像写了很久了，又像才写了个开头

安　遇

我的故乡是四川中部丘陵地区一个叫望五里的小村落。由西向东的凹地两边是低矮的山坡，中间有一条小河弯弯曲曲地流过，在长年累月的日子里，偶尔放眼望去，可以看见它青色的光亮。像我们皮肤下一根毛细血管末梢，不注意，也许你根本看不出来。

马桑溪是我给它取下的名字。

虽然马桑溪这几个字是最近才出现在我诗稿里，但我写它已经很久了。

开始写诗，就是写故乡，写故乡的一条小河。1989 年，受命去找几个文化人，写报告文学宣传地方经济。临书稿送出版社前，我用分行形式写了代序《蓬溪不是一条小河》（那时我家乡隶属蓬溪县），算是我写诗的开始。1990 年我的处女作《又见村庄》在《星星诗刊》发表后，接着又写了《一个南瓜，就是一个铜矿》《辣椒挂在墙上》《大路是一支黑色的盲人音乐》等诗作，没几年，就把写诗的事丢到脑后，忙别的去了。现在想想，那时写诗是学着来，喜欢跟风，有点小小的忧伤，但因为忧伤，又觉得有了些美好。今天再看那些东西，依然能给自己当初那种鲜活、那种感动的篇什，已是难得一见了。

再次写故乡，是进入新世纪以后。那时，人们像大逃亡一样，陆陆续续离开了自己的家乡。土地、庄稼、村落、人家户的破败景象开始显露出来。时代的变化来得太快，多少人还没明白过来，昨天的看

法、想法、计划、情感、人与人的关系，一下子就显得过时了、不管用了。慢一步，可能你就成了落伍者，甚至成了乡村的一个问题、社会的一个问题。作为政府机关的工作人员，国家的大政策我是知道的，未来10年、20年的大趋势、大走向，也是我可以看见的。但面对眼前的一切，自己的思想和情感，还是难以言说。有太多的疑惑，太多的忧患，太多的追问，没人回答我。同时我也知道，历史的车轮还会加快，任何人也改变不了什么，你也不要想去改变什么。作为诗人，我只能说，我时时关心的是人，我时时关心的是这个大时代里的那些小人物的命运。对他们，我有我的情意。几年间，我接连写出了被人归类于私人地理的《望五里》《河边场》《罗家湾》《石马乡·罗都复庄园》《鄞口镇》《鄞江两岸的油菜花》《那时》等篇什。这些诗在《星星诗刊》《诗刊·下半月刊》《诗江南》等刊物发表后，多篇被《中国新诗年鉴》《中国诗歌精选》《中国诗歌年鉴》选载。在我心里，这也许算是我对故乡一点小小的回报吧，因为它也许能让更多的人看到我对故乡的爱，看到我说出了我想说、我能说的话。而当我在《罗家湾》一诗里写出最后一句“除了身份/他们什么也没带走/除了老房子/门神/他们什么也没留下//剩下这些/山叫青山，云叫白云，静如汉语的/童年”之后，故乡的景象就那样一直定格在了我的脑海里，过了很久，都不敢再去触碰它。

第三次写故乡，是今年五月，再读诗经之后。前年出了诗集《后来我们说》之后，很久都没写点什么，对故乡，好像也麻木了，不想再说什么。是诗经展现的人类原初生活的那种简单、质朴，人们在劳作、爱情、欢乐、苦闷、忧愁中展现出来的那种生命张力，一下子唤醒了我的童年记忆。我的童年没文化的熏陶，同时也没文化的污染，由然，使然，天性自然。我眼里看到的，就一个简单的世界，天很蓝，水很清，邻里乡亲和气，友善，人们日出而作，日落而息，为春荒愁，为夏收喜，饿肚子时节，说鸡鱼面蛋，看人吞口水，温饱之后，讲男人女人事，取笑他人。我和我的那些小伙伴，完全由着儿时的天性，整日在尘土里，山坡上，河沟里撒欢，逃学，去河对岸偷花生，打枣子，爬到生产队晒坝的草垛上去看火烧云，数星星。乡村的童年少年，欢乐多多，故事多多，我觉得，我要写点什么。

于是，今年五月的一天午后，我在键盘上敲下了《她是谁》几个字。

也是那天，我把故乡那条小河，取了一个名字：马桑溪。

马桑溪，我好像写了很久了，又像才写了个开头。

接下来，我能写出多少？一篇，一组，还是一本？我不知道。

福克纳说：“我的像邮票那样大小的故乡是值得好好描写的，而且，即使写一辈子，我也写不尽那里的人和事。”

马桑溪很小，但是，借用福克纳的话说，即使写一辈子，我能写尽那里的人和事吗？

显然，我不具备那个能力。

故乡的土地使我们眼里常含泪水。故乡的亲人，他们的勤劳，正直，善良，让我终生受益，也让我终生感恩不尽。我在那里学会了爱。这么多年的人生奔波让我懂得了，一个人学会了爱，就学会了做人。而要写出献给故乡亲人的颂词、恋曲、挽歌，我该如何落笔？看今天的诗坛，诗人技艺非凡，个个了得，他们可以把一片叶子或者一个词写成一部丛书，可以随便让一棵什么树开出各种各样的花，玫瑰、紫罗兰、鸡冠花、石头花，不一而足。但我的马桑溪永远是朴素的、缓慢的、笨拙的，她不需要那些倏然而过的惊乍经验，不需要那些支离的意象、淆乱的修辞。我也提供不出那样的高妙。我要做的，就是回到马桑溪两岸的土地上去，回到马桑溪的亲人中去，还原一个马桑溪人的身份，再用自己的话说出，用自己的话轻轻说出，我对她永远的、深沉的爱。

2013 年 9 月 15 日于龙湖三千城

诗经马桑溪（《少年干净》选章）

安　遇

马桑溪人家

马桑溪人家好客
知书
达理，敬读书人
你来了
官人
乞丐来了
有狗吠
有人忙着跑出来招呼

马桑溪生命汹涌
万物安静
核桃树忙着开花，结果
马桑林
只一个劲绿着
偶尔
落下几滴鸟鸣

是行者
到了马桑溪
人就散了
灵是灵骨头是骨头
在石头上
在空气中

高　堂

小青瓦
泥巴墙
祖上的中正格局
没有变

中间
堂屋
天地君亲师位
没有变

请请请
请坐
请上座

马桑溪深处
屋檐低
高堂高

麻柳湾

只因一把好水呀

就来了她们
一，二，三，四，五，六，七，天上的仙女

城里的
妹儿

牛郎和他的子孙们
在水边

又坐了一个夏天呀

那是野鸭子

马桑溪的野鸭子在水上收获了爱情
嘎嘎嘎，嘎嘎嘎叫，叫
张开翅膀扑扑扑飞

听笑声
你就知道它们的爱：自由，大胆，干净

只有马桑溪知道

只有马桑溪知道
我心里
有时真流氓
我喜欢那个小妹崽
好喜欢那个小妹崽
河边割猪草
我小声说
你是我的七仙女
你是我的海螺姑娘
话出口
把小妹崽吓着了
把我也吓着了
五岁
十五岁
我的童年
少年
马桑溪河里有泥腥味
我的爱
童子尿味

她是谁

想年少，不知春日短
像走草狗
追着她影子
一下
就射到梦外边去了

而后，就到了初夏河边
她说，羞不羞呀
我一惊，先把自己
打湿了

河之州

总以为，我也有一个她
会在水边出现

少年梦
情色初开，有点怕，有点野

有时把天上有的，眼前无的
也分不清楚

这样写马桑溪小说的开头
我就是
山沟里长大的小情种

这样说马桑溪长长的夏日
它才是
我最干净的一条河

五妹崽，五妹崽

那个春天，我很二
笑她
又黑又瘦那个美呀

那个春天，不懂二爹的话
他说
五妹崽，五妹崽，就是单薄了点，单薄了点

那个春天，我装二
悠她
又黑又瘦那个美呀

门　楣

七月的风
扯着红绸子奔跑

经过的小队伍
千年不绝
锣鼓冬冬
金子一样沉着

排列好谷仓和儿女
牺牲
和纸神像

扶着日子的
门楣
想起久远的问候

乡村三人行

杀猪匠

弥留之际
家里人悄悄拿来
盆子
刀子

放到他床底下

石　匠

手里提着錾子、锤子、撬杠
往坡上走

灵魂升天那些事
他不说信
也不说不信
修椁
砌坟
刻碑
一戳一錾，像在为他自己做

教书匠

在黑板上板书
背后
轰地乱开了
他慢慢转过身来
指着一个
又是你

给老子站起来

他盯着他
黑着脸
像他父亲

年，月，日

青菜
萝卜
葱葱
蒜苗
一箩筐

苦瓜
丝瓜
一箩筐

年过去
月过去

影子
一箩筐

墙上一幅画

房前一棵麦
堂屋一本书

墙上一幅画
画上几个字

主人不在家

屋门半开着

干草堆

他一生耕种
从不知道
节约爱情

像水土流失严重的薄土
她的影子
更薄了

他才不管呢
一句好听的话
也没有

他总是拍打拍打她的肩头
说这个女人
这个女人

在火烧云的余晖里倒下去
她骂他
一声一个死鬼

谷　雨

雨水敲打瓦房屋顶
酣畅的感觉
胀得骨头骨节直响

他从墙上取下斗笠
和蓑衣

干瘦的三月
甩过来
水淋淋的长发

谷雨深处
他看见自己的女人刚刚出浴
腹部丰隆
乳房青青

马桑，马桑

马桑坡
马桑坡
今天在她泪水中
看山
不是山

贫穷和美丽
原来是
亲亲的姐妹
马桑
马桑
碧玉般的小嫁娘
就要上路了

马桑坡
马桑坡
你嫁出去的女儿
她不是
泼出去的水呀

突然的唢呐声

突然的唢呐声
小河一样明亮
迎亲队伍
吹大鲜艳的天空

四季花轿
摇晃喜庆的日子
抬走了
美丽的小嫁娘

大地三起两落
翻过山冈
娘家人占据村口
母亲
回到高高烛台

月光下的马桑溪静水长流

真实故事
姐姐走了妹妹来了
她前脚出门
她后脚进屋

以至后来
脸都不要了
于是战争
但姐还是姐妹还是妹呀
于是共和
男人呢
男人是一种天谴

月光下的马桑溪静水长流
月光下的乡村故事
旧如斯
新亦如斯

父　亲

像经过冬天的草垛
父亲的影子，在大田的暮色里
矮下去
没了

房前的芦竹
是儿女洪亮的哭声长起来，长起来
胀破肢节

最后的人间

把手放下，就是把什么都放下
那天，你那样平静，就像那个黄昏
在青山落日之中，有人在天黑前匆匆赶路
最后的人间，有狗吠传来，有人大声呵斥孩子
抱柴火回家，就在那个时候，你平静地走了
你让我们后来一直相信，那天我们看到的
好像你真的是，放心地走了

儿女道场

在黑蝴蝶的飘飞中
他们跪下了
跪下了

他们不痛哭
也不说话
给她
给小鬼，给飞天

也不求宽恕
当他们转过身来
快速
搬动一些
扔掉一些

在黑蝴蝶的飘飞中
他们又跪下了
又跪下了

没事他也去山凹里转转

没事他也去山凹里转转
游魂似的

偶尔遇到他，跟他说起某某人
说起某某事

他也只是，哦，哦，哦
他也仅仅
止于
哦，哦，哦

他关心他的土地
没人说他的土地

父亲，抓心的痛（组诗选六）

向天笑

陪父亲回家

以前，陪父亲回家
总是让他老人家坐在副驾上
这一次，我坐在副驾上
他躺在担架上

以前，从来不告诉他地名、路名
他自己知道的，都会告诉孙子的
这一次，他再也看不见路了
只有我坐在前面告诉他

上车了，出医院了
到杭州路了，快到团城山了
过肖铺了，快到老下陆了
新下陆到了，快到铁山了

沿途，就这样不断地告诉父亲
让他坚持住，祈祷他能坚持到家
铁山过了，快到还地桥了
过工业园了，潘地到了

矿山庙到了，张仕秦到了
马石立到了，车子拐弯了
教堂到了，向家三房到了
向家上屋到了，严家坝到了

沿途的地名越来越细
离老家也越来越近
前湖肖家到了、吴道士到了
后里塆到了，快到家了

车到屋旁的山坡上
大父亲九岁的二伯
坐在小板凳上等他
我也告诉了父亲

救护车以二十元钱一公里的价钱
一路奔驰，只花了四十八分钟
一分一秒，都让我提心吊胆
幸好父亲很坚强，坚持到家了

一个人的秋天

父亲一个人蜷缩在地嘴山
他的周围，寸草未生
光秃秃的，吹在秋风中
还有我内心长满的荒草

父亲的身心紧贴着大地
一个人守着孤寂的日子
听飞鸟鸣叫
看云朵飘浮

只是这个秋天
父亲再也听不见我们的叫唤
再也看不见我们为他祷告的身影
更看不见我内心长满的荒草

多少个秋天
父亲都没有收获的喜悦
只有满身的疲惫伴随着他
父亲累了，终于在这个秋天躺下了

多想陪父亲坐一会儿

突然想起父亲
多想陪父亲坐一会儿
他的嘱咐还回响在耳边
他的音容还晃荡在眼前

他怀念的人早已不在人世
他想念的人也快油尽灯枯
他舍不下的人，年纪还小
现在每天晚上靠小狗跟他作伴

多想陪父亲坐一会儿
哪怕一句话也不说
静静地，他望着我，我也望着他

有父亲在身边的时候
是多么安静的时候
现在再安静，都有一种孤寂围拢过来

还有两天月亮就圆了

今天是你的生日，我的父亲
还有两天，天上的月亮就圆了
可我们家的月亮，再无法圆满

中秋的风吹过低矮的山冈
月亮也会爬上低矮的山冈

你躺在地嘴山的山嘴里
就算满山长嘴，你也不会再说一句

手机收藏的联系人里，你还在
我迟迟都不想删去
总盼着有一天，你的图像
会跳出来，与我讲话

再过两天，月亮就圆了
圆满的月亮，像花圈一样
摇晃在你低矮的山冈上

在黑暗里

你停止漂泊，返回的日子
是一个阳光明媚的日子
可是，当你走下站台
天地就一团漆黑

从黑色的八月开始
延伸到黑色的九月、十月
明天就是七七了
我在黑暗里居住了四十九了
黑暗已长满胡须
挂在我的下巴上

可你在黑暗里待得更长
这种暗无天日的日子
将会伴随着你
我分明听到你喘息与心跳
还有喃喃自语
渴望身子倒下，影子雄起

此刻，阳光像蛛网一样笼罩着我
我睁不开眼睛，周身比黑暗更黑
你在黑暗里汗流浃背
我在阳光下泪流满面

阴阳相隔

江有江的味道
湖有湖的气息
你，也有你独特的气味
弥漫在这沉静的山冈上

可是隔着一层泥土
像隔着一扇沉重的铁门
任凭我怎么敲打
也听不到你的半点回声

你的影子
还在我的面前走动
悄无声息，分明夹有喘息
只是触摸不到你

宁愿你在天堂充满喜乐
宁愿我孤守奈何桥，无可奈何
也不愿你饱受折磨
那种揪心的痛，痛入我的骨髓

作品评点

苗雨时

诗主情，尤贵真情。真情是成就一首诗的先决条件。但有真情也未必是真诗。它需要审美的浓缩与升华。向天笑的《父亲，抓心的痛》，正是这样一组记写父子情深而又经过诗化处理的，因而感人肺腑、催人泪下的优秀之作！

很显然，此诗不是父亲去世时立即写作的，而是在剧烈的哀痛已过去，他平静下来，痛定思痛，让记忆与现实结合起来，去回味和放大已有的悲哀，重新唤起那份"抓心"的感动。然后，把这经由艺术沉淀的感情，用近乎直白、平实但有呼吸脉动的文字朴素地表述出来，从而完成了诗意的凝结和话语的形塑。

在这组诗中，诗人并没有铺开写父亲颠踬顿踧的一生，而是把笔墨集中在父亲病逝前后几天里，因为这是生死之交的包孕的时刻。在此种时空中，既可以写父亲临终前的思绪、愿望和各种作为，也可以写自己心灵的惊悸、震动和思念的绵长。不论写父亲，还是写自己，他都着力于细节的捕捉，正是这细微处见真情。他写：父亲病体已十分衰弱，但还是要艰难地爬楼，去看他最小的孙子；父亲在垂危之际，他还惦记着回老家，那是他永难割舍的生命之根；父亲辛劳了一辈子，经历过多少秋天，他却在这个秋天躺下了，让肉体与灵魂归于泥土……就是这一切，使诗人感受和体验到了父亲的伟大。他以亲缘的感恩之情扶持父亲的病体，顺从父亲的要求：他背着父亲一步一步上楼；他陪着父亲回家，一路上悉心呵护；他多想和父亲面对面多坐一会儿；父亲走了，再过两天月亮就圆了，然而月圆人不圆，只有坟边山中的荒草在秋风中瑟瑟；他甚至为没能遵从父亲的嘱咐翻盖老房子而追悔莫及……写父亲，也写自己。父子情深，是灵魂与灵魂的交感，是血脉与血脉流贯，是生命与生命的续接！集中，细节，浓烈，成就此诗的艺术风范！……

父爱如山。母爱似海。父母是文学的永恒的原型母题。父母与子女的亲情已积淀在种族的集体无意识之中，埋藏在生命的血液里。因此，这一原型的现代书写，就具有无限深广的意涵。因为它触及了种族之魂，所以，在人们心灵最深层的震颤中，释放出比个人心理经验更为强烈的集体的心理能量，从而引发广泛的共鸣。这也正是这组诗的长久的艺术生命力的所在！……

讲坛上绽放的诗歌花朵

——读段升群的课文咏唱

吕家乡

捧读段升群的五十多篇课文咏唱，我的心中涌起了意外的惊喜。真的意外！一年前，升群告诉我他打算写一批和中学语文课文有关的诗，我当时给他泼了冷水。我想：他是在一个重点中学教高中语文，升学压力很重，一篇篇课文教学都要有助于升学即应试，老师和学生都很忙迫，难以对课文从容品味，更难以由课文引发诗情灵感。偶一为之固然不妨，成“批”生产难免刻意为之，没有灵感硬写，只怕会重蹈当年郭老硬凑一百首《百花齐放》诗集的覆辙。升群说：他“无丝毫勉强，而是欲罢不能”。现在面对着升群写出的这么多优美隽永的课文咏唱诗，我怎么能不由衷地惊喜呢？这又一次验证了闻一多的论断：“诗这东西的长处就在它有无限度的弹性，变得出无穷的花样，装得进无限的内容。”（《文学的历史动向》）

段升群的课文咏唱诗可以分成三类，一类是紧扣课文内容的，另一类是抒写课文作者的，第三类是与课本中的诗歌作品唱和的。它们都不是以诗歌形式对课文或作者生平加以改编，而是由课文内容或其作者传记材料触动了灵感和诗情，欲罢不能地欣然命笔。以下分别举例介绍。

第一类课文咏唱诗虽然紧扣却并不黏滞于课文内容，而是在课文内容烂熟于心的基础上，发挥联想和想象，把课文及其相关材料重新糅合，孕育，升华，使之变形变质，诞生出了崭新的诗歌宁馨儿。请看两个例子。

课文咏唱《三朝围正》的确是扣住课文《烛之武退秦师》而写

的，段升群塑造的烛之武形象的确来自课文提供的素材，但同时段升群又按照自己的领会和灵感的提示，不由自主地对素材有所改造。在课文中，当郑国国君召见三朝圉正烛之武，请他出山排难时，烛之武曾以年老推辞。国君又道歉（为了一直不重用烛之武），又劝说，烛之武这才临危受命。段升群的课文咏唱诗重新塑造了烛之武的形象。诗歌一开头，浮现在读者眼前的就是一个身在马厩、而对时局变化了如指掌，忧国忧民、而毫不计较个人升沉荣辱的烛之武，他是主动地为国纾难的。课文中他以唇枪舌剑说动秦伯退兵的情景也变成了这样的特写镜头："在自己将亡、国之将灭的刀刃上/将三朝锁在眉心里的思考，化作一只孔武有力的/手掌/伸出去/伸——出——去/推开一辆又一辆撞向郑国，载满腾腾杀机的战车//秦国的马，矫健地走了/晋国的马，低垂着愤怒走了"。根据史料记载，烛之武在立功后就升了官，在诗歌里却不然，他立功后又回到马厩，"这个叫作武的老人，抚摸着自己马厩里的马匹"。这才是诗人心灵里的忧国忧民的烛之武老人的归宿。课文诗里的烛之武形象是在史料框架的基础上，由段升群的不由自主的想象产生的，充盈着段升群的审美理想，因此富有内在的诗意。

课文咏唱《关中，在春天》是紧扣着课文《我不是个好儿子》（贾平凹作）的内容而写的，诗中母亲的籍贯（关中）、职业（务农劳作）、性格都和贾平凹所写的母亲一致。但课文咏唱诗提供的又是一个崭新的母亲形象。不仅对素材处理的取舍、详略与贾平凹的原作不同，更重要的是贾平凹所写的母亲形象是具象的、生活化的，而段升群写出的母亲形象却是只能存活于想象世界中的亦真亦幻、亦实亦虚的。"漆黑的母亲/梦见遥远的城，遥远的儿子"，"《浮躁》的是世界/《废都》与她无关"，这些抒写的确贴合贾母的特点。而时空背景却由实而虚了："关中唐月/朗照着春天的汉家黄土"；"漆黑的云朵/擦过黄帝陵，擦过黄土高坡"；"在汉砖唐瓦的碎片里/耕种生活"。在这样亦古亦今的时空背景烘托下，不是让读者觉得这似乎是一位从汉唐一直活到现在的历史巨人母亲吗？"层层云天下……/荡漾的麦浪就是母亲的笑容"。这样的抒写进一步渲染了母亲作为巨人的特点。至于她的忙碌，她的贫穷，她的漆黑的脸色，她的情趣（在院子里种上几株花树），她对子女的疼爱和隔膜，等等，不也是从汉唐延续至今没什么变化吗？诗歌中的母亲就这样成了贾平凹之母和历史巨人母亲的合成体，打动读者的不仅是她的勤劳、善良、慈祥，尤其是她的悠久而沉重的历史负载。对这样的母亲形象如何评价？涌起的是何等复杂的感情？不着一字，都凝聚在诗歌形象中了。

语文教师在备课时不能不对课文作者的生平、创作有所了解。段升群的第二类课文咏唱诗抒写的就是由课文作者所触动的诗情。诗情不同于实情，总是和想象伴随的。课文咏唱诗中的作者形象并不是作者生平的图解，而是段升群把作者生平融化在心灵中，以想象赋予新生命的创造。这里也举两个例子。

为《永遇乐·京口北固亭怀古》（辛弃疾作）而作的课文咏唱诗《挥毫》是概括了辛弃疾一生的赞歌。正如诗歌题目所示，“挥毫”成为全篇的中心意象。在段升群心目中，辛弃疾的一生是“挥毫”的一生；他用笔墨在纸上挥毫，更用刀枪在战场上挥毫，其实都是用他的心血在天地间挥毫。“狼毫太软，纸绢太薄/你只能选择战马、利刃和大地”，这是他不得不然的挥毫方式的选择。“在你祖的国、父的国的残躯上/你蘸血挥毫，书写着一个时代的愤怒”，这是他挥毫的内容。“现实太硬，朝廷太软/你只好在梦里浏览‘沙场秋点兵’”，这里已经预示了他的“挥毫”难逃悲剧的命运，“生前66年悲愤，死后68年蒙冤”，种种挫折不幸都可想而知了。课文咏唱诗最后这样抒写辛弃疾暮年在京口的作为及其后续故事：“他以生命为墨，挥毫/书写了一个残缺而不朽的汉字/沉落进长江底//70年后，一个被元军俘获的宰相路过//认出来，那是一个丹心的‘心’字”。事实是辛弃疾在京口壮志未酬，死后还受到诬陷，他的赤胆忠心在70年后却为文天祥所理解和继承。这种精神谱系在诗歌中变成了写字和认字的关系，纳入了中心意象“挥毫”的笼盖之下，保持了诗歌形象的有机完整性。

为《雨巷》（戴望舒作）而作的课文咏唱诗《丁香》则是概括了诗人戴望舒一生的赞歌。“丁香”和“油纸伞”这两个优美的意象伴随着戴望舒的终生。“丁香”似乎是戴望舒的另一个自我，随着戴望舒的成长和命运变迁，“丁香”也在不断变化：“1905年，杭州，嫩绿的丁香/将宁馨的馥郁搁在一粒粒晶莹的雨滴里”。“1927年，上海，淡紫的丁香/将斑斑点点的血迹凝成一朵朵无语的墨花”。“1941年，香港，洁净的丁香/捧在一双残损的手掌中”。“1950年，北京，鲜润的丁香/开放在一个黎明，北方蓝格格的天下”。在丁香的映衬下，诗人在时代变迁中的坚守（始终像丁香一样纯洁）和变化（越来越坚强和开朗），写得那么诗意浓郁。“油纸伞”是戴望舒始终魂牵梦绕的偶像，在他回首平生时，“淡紫的油纸伞”总在心头浮现，这暗示了诗人在精神追求上的专一和执着。身旁的“丁香”和心中的“油纸伞”，以此映衬多情的诗人戴望舒的形象真是再恰切不过了。段升群的诗歌灵感可能得益于《雨巷》的触发，但如果不是对于戴望舒的经历（包括爱情经历）、性格和诗作烂熟于心，灵感的火花即使闪爆也不可能延伸为如此花团锦簇的意象群。

第三类课文咏唱诗较少，只举与课文《行行重行行》唱和的《十月》为例吧。《行行重行行》（古诗十九首之一）是以思妇口气抒写对游子丈夫的思念的，对应的课文诗《十月》则是以游子（我）的口气对家中妻子（你）诉说。段升群无意复原课文里古代游子和思妇的心情，他所抒写的是当代人的、首先是他自己切身体验的离情别绪。课文里思妇最担心的是“浮云蔽白日，游子不顾返”。（有的注释是，乡里邪佞谗害忠良，致使游子不敢归来；有的注释是，别的女子缠住了游子，使游子不愿归来。）课文咏唱诗里游子的心情却是：“十月，我很想回家/……而走在高高窄窄的栈道上，/我却回不过身来/因为有一个声音总在前方反反复复喊我的名字/周遭美丽的风景，属于美丽，或者属于风景/但不属于我//十月，我们丢失了很多/我甚至怕丢失了自己，而这是你最珍爱的”。可见这个游子是一个理想追求者，其理想是与“周遭美丽的风景”不同的，是以坚持自我个性和独立人格为基础的，这基础也为“你”所珍视，你我是心心相印、相互信任的伴侣。共同要面对的是理想追求和生存实际之间的矛盾，共同担心的是在生存环境的重压下动摇甚至迷失了自己的个性和独立人格。切身体验让段升群写起来得心应手。诗歌中一再强调十月、秋天、秋夜这种意味着成熟，又容易勾起离情别绪的时间特点，这也和人到中年的段升群的切身体验有关。他从大学毕业已近 20 年，工作岗位几次变动，一直夫妻分居。爱情的甜蜜和夫妻分离之苦，理想的追求和实际生存空间的差距，这些生活素材和感情素材在他的心灵仓库里有丰富的积累，在课文《行行重行行》的触动下，“游子”和“理想追求者”的意象不由得在“我”身上重合起来，“我”的一切情思都自然地具有了亦此亦彼的双关性质，诗的内在魅力就这样产生了。

读段升群的课文咏唱诗，常常想到清代吴乔关于素材和诗歌的关系好比米和酒的关系的精妙比喻。米变成酒，需要在容器里发酵、酝酿；素材变成诗歌，则需要在诗人心灵里发酵、酝酿。经过心灵化（尤其是灵感的照射），才能使素材变成诗歌的内容。

在表现技巧上，段升群的课文咏唱诗有两个值得称道的突出特点。

一、段升群善于把具体的场景或镜头和巨大的时空背景相结合。他喜欢把目光聚焦于一个精心选取的具体场景或镜头，同时把这个场景或镜头置于深广的时空背景之下。请看：

“此时，三国鏖战的箭镞尚未腐尽，距离大唐尚有二百年/此时，在任八十余日的彭泽令/……踩在中国知识分子的心坎上张望/北方茫茫，五胡十六国，血流漂橹/江南苍苍，十五年后，东晋灭亡”。（《天地一大儒》，《归去来兮辞（并序）》课文咏唱诗）焦点就是陶潜在张望。把它和时空背景联系起来，小小镜头的巨大历史意义就凸显出来了。

“月下的1927年，一盏盏灯/幽微的清芬裹着长江口的血腥/碧叶散发着927年的暗香/黄蕊蜷曲着27年大汉王朝的背影”。（《莲花朵朵》，《荷塘月色》课文咏唱诗）把清华园的荷和1927年的时代背景联系起来，就很不平常了，何况还把背景推溯到927年和27年。公元1927年国共由合作转为分裂，公元927年正是五代十国初期，公元27年正当西汉与东汉之交。随意又精心排列的三个年代都是动荡年代，三个意象连缀起来就把从古至今，出淤泥而不染、当乱世而坚守的莲荷人格的深远传统凸显出来了。这些都是在朱自清的心目中浮现的，朱自清面对荷塘时那种思接千载的内心世界就对应地表现出来了。

有时他还打乱时空的实际结构，代之以重新组合的心理时空。“大汉的风在吹/这位放飞木鸟的南阳才子追逐着/渐行渐远/渐行渐/远//月亮的背面有一座‘张衡环形山’/遥远处是‘张衡星’//喂——你可何时归来”。（《木鸟》，《张衡传》课文咏唱诗）“我的隔壁是稷下/大都市里的人都走光了，留下一座小小的村庄/这堵墙有2200多年//稷下的隔壁是屈原/……这堵墙有2200多公里”。（《隔壁的屈原》，《屈原列传》课文咏唱诗）显示了轻而易举地穿越时空阻隔的思维特点，以厚重的历史感和宽阔的人类意识感染着读者。

二、段升群注重意象的铸造和组合，但并不追求“纯意象”，而善于把意象抒情、形象抒情和直抒胸臆等多种手段结合起来。请看：

“蓝蓝的汉字，在鲁迅先生的笔下/淙淙流淌（比喻）//蓝蓝的心，在她们倒地的一刹那/飘落进中国的良心（意象）//民国远去，但残忍却不独属于过去/贞观、开元、康乾也曾属于历史，光荣并不能保障光荣（直抒胸臆地评点）”。（《大河舞动》，《记念刘和珍君》课文咏唱诗）

“如果没有御史台的乌鸦/汴京的美酒里只会有一个旷代高才飘逸的身影（借代）//……没有‘如果’/才是历史（评点）//……黄州，凌乱的东坡/等来劫后余生的苏子瞻（拟人）//……见证过周郎风采的江水涌进你的心，又涌出你的心/浮尘落尽，唯见星辰般光亮的文字（意象）”。（《千堆雪》，《念奴娇·赤壁怀古》课文咏唱诗）

微妙的意象、鲜明的比拟和警句式的评点，这种三结合的表达方式，合成了既有感染力又有启迪性的诗歌境界。

有些东西本来是很平常的，段升群往往用复沓、重叠的方式，使之在诗歌中多次反复出现，不但增强了诗歌的整体感，而且使原本寻常的东西具有了超常的意味。例如：“东汉的一块木头在天上飞”（《木鸟》，《张衡传》课文咏唱诗），这句话多次复沓重叠，飞翔的“木鸟”在读者心目中，不就成了张衡源源不绝的创造灵感的对应物和汉民族古代智慧的载体吗？

“达·芬奇走在凯撒命名的翡冷翠”，“达·芬奇走在大师云集的街道上”，“美男子达·芬奇走过翡冷翠”……（《翡冷翠的大河》，《蒙娜丽莎的魅力》课文咏唱诗）这样的重叠让读者体会到，原以为达·芬奇总是忙碌在绘画室里或雕塑架上，这设想是错了，他的创作素材，创作灵感，创作成就，都来自他所热爱的、熟悉的、不厌其烦地走来走去的翡冷翠大街。

“乡村医生契诃夫”、“俄罗斯的医生契诃夫”、“人类的医生契诃夫”……（《套中人》，《套中人》课文咏唱诗）把契诃夫作为医生的身份反复地又有所变化地加以提示，让读者由浅入深地体会到契诃夫从治病救人的乡村医生变成用文学感召人类的精神医生这二者之间的联系和演进。

段升群的课文咏唱并非每篇都是精品。有的诗歌对于诗情还缺乏必要的控制和整理，脉络和层次有点紊乱。对于情绪的内在韵律的把握及其在诗歌结构和语言上的体现，还缺乏足够的自觉，因此有的课文诗的篇幅有点拖拉。有时语调和情调还不够和谐，朗诵起来有时不能朗朗上口。但作为繁忙的教学工作的副产品，这些课文咏唱所取得的艺术成就，是值得肯定的。

身为语文教师的段升群，把高中生作为他的课文咏唱诗的首要期待读者。他在写课文咏唱诗时有两个朴实又强烈的愿望：一是希望这些课文咏唱诗能够充当中学生和诗歌之间的桥梁，让中学生了解诗歌不是顺口溜或佳句集锦，而是出自心灵的吟咏，进而能够欣赏诗歌，爱上诗歌。为此，他在创作中虔诚地倾听心灵的召唤，没有灵感绝不硬写。二是希望自己的课文咏唱诗成为中学生提高语言的示范，切实有助于破除陈腐的八股调，引导学生学习运用新鲜活泼的语言。为此他在锤炼语言上精益求精，不敢稍懈，但又绝不一味追求新奇，脱离学生的接受水平，而是力求做到雅俗共赏，陌生化和亲切化兼顾，既让学生觉得好，值得学，又让学生觉得不是高不可攀，能够学。他的愿望切实落实到了创作实践中，因而如愿以偿地受到了学生的热烈欢迎，每一首课文咏唱诗写出后，在班上朗诵、在校内网站发表之外，学生们还争相传诵，或抄录下来，反复揣摩。

段升群在大学读书时就显露了写诗才情，1993 年大学毕业后，分配到山东省沂源一中教书，一度调入党政机关，这在许多人以为求之不得，他却不适应，几经辗转又调到淄博实验中学任教。他热爱教学工作，以钻研教学为乐趣。又始终保持着如饥似渴的阅读习惯和旺盛的创作激情，出版过诗集，还写了许多散文和短篇小说。他的创作才能的发挥不仅不影响教学，而且成了提高教学质量的手段。每一次让学生作文时，他都亲自写一篇（甚至不止一篇）“下水作文”，向学生公布，数年如一日。就说这一项吧，有几个教师能够做到呢？

在高考指挥棒的强力制约下，许多语文教师无奈地把语文课弄成了各种考试题型的操练，支离破碎，枯燥无味。有些坚持素质教育的语文教师，又往往拒斥应试需要，由于事关学生升学前途，因而得不到学生和家长的响应。段升群既坚持人文素质教育的理念，又足够重视应试的要求，尽力寻求素质教育和应试要求的结合点。“说一千，道一万，提高教学质量是关键。”上每一堂课时他都如演员登台一样，全神贯注，情绪饱满。即使在冲刺高考的临战气氛愈益浓厚的高中三年级，他一面兴致勃勃地向学生传授种种应试诀窍，辅导学生做大量模拟考试的习题作业，一面仍殚精竭虑地把素质教育的灵魂灌注到课堂内外。在许多毕业班已经停止讲课、全力以赴地进行考试演练的时候，他仍能把每一堂课上得有声有色，生动活泼。更出人意料的是，在忙于备“考”的高三毕业班，他还让学生把各人喜欢的课外书集中起来，互相交流，把学生的课外阅读开展得热气腾腾。他送过多届毕业班，高考的语文成绩都令人满意，因此多次受到学校和上级嘉奖。他曾根据多年的“兼顾素质教育和应试需要”的教学经验写成《蛹化蝶》一书出版，很受好评。

从这些课文咏唱诗也可以看出，段升群对课文的钻研是多么深刻透彻，品味是多么细致入微。他对课文和作者的相关知识又是多么丰富，可见他在备课（近距离备课和远距离备课）上下了多么大的功夫！这些课文咏唱诗是中学语文讲坛上绽放的奇葩，更是一个教师兼诗人呕心沥血的敬业精神和天马行空的神思妙想的共同结晶。我作为一个曾经在中学教过语文，又曾在大学教过诗歌的退休教师，诚挚地向段升群表示钦敬，欣喜地对他的课文诗的成功探索表示祝贺！

2012 年 9 月 18 日于山东师大

课文咏唱 12 首

段升群

智　者
——读《富有的是精神》（谢冕）

方块汉字里榨出的美酒
流淌在生活里，歌唱的人，在春天

点燃的汉字

散发着幽微的蓝焰
温暖着被侮辱、被损害的人

一个残酷的时代终于落幕了
蓬勃的生命从汉字的笔画缝隙里涌出来

诗人的歌，不是狄奥尼索斯的悲吟
是一个自由的诗群在合唱

“凌辱和损毁，会退场吗”
这样朦胧的问题，得到的只能是
语焉不详的
答案

是的
有限的汉字会堆成无限的智慧
无限的苍凉也会凝成一个一个
名词

但《在新的崛起面前》，滚烫的声音
把紧紧包裹着苦难的词汇
融成春水绵长的歌

长歌里，一个智者
不断地提醒中国
敬畏“尊严”

致木棉
——读《致橡树》（舒婷）

你举着橙红的灯盏，照亮南国的彩云
馨香的椰风吹亮你娇柔的祝福，一句句，一滴滴

为着一个欲言又止的诺言，在花蕾的薄壳里
芳菲了目光，熏透了梦境

当村庄只剩下石头，当石头只剩下苍凉与喟叹
我依然想用不甚宽广的胸怀为你洒下一片绿荫

你举着橙红的灯盏，柔光照着许多无解的谜语
其实，那不过是厚积的年轮和挤压的苦痛
在你固执的目光里，颤抖着的一页页光碟

在每一阵风里，那些不能磨灭的记忆，便在心中唱响
涌动着潮来潮往的无奈和坚守

我想擎着最美的一片云，在那茫茫的蒹葭梢头
轻轻擦去你颊上的红晕
却以举手发问的僵硬姿态
傻傻地站在彩云边，弯月下，清风里

银亮的月牙儿，在南国的凤尾竹里哗啦啦地穿行
而你，在我心中，正用大颗的泪珠擦亮月影

晨曦里，你举着橙红的灯盏，笑成一树红硕的花朵
以我的眼睛为窗口
照彻世界

关中，在春天
——读《我不是个好儿子》（贾平凹）

关中唐月，朗照着春天的汉家黄土
漆黑的母亲，梦见遥远的城、遥远的儿子

漆黑的云朵，擦过黄帝陵，擦过黄土高坡
漆黑的雨滴，落在母亲皴裂的手背上

母亲干枯的手心里
捧着带有汉唐温度的种子，捧着生命

漆黑的母亲种植在院中的花树
今夜含苞待放，湿漉漉的心事伴着麦穗拔节
《浮躁》的是世界，《废都》与她无关
只有一两声《秦腔》和着鸡鸣，在春天的残月里

漆黑的母亲被红艳艳的灶火照亮
她直起劳累的腰身，走向阡陌，在汉砖唐瓦的碎片里
耕种生活

层层云天下，是生人养人埋人的古老大地
荡漾的麦浪就是母亲的笑容

母亲直了直酸痛的腰身，在崇尚黑色的三秦
张望着每一条走进村庄的道路

月光如水照缁衣
——读《为了忘却的记念》（鲁迅）

龙华的朱砂梅，开在1931
雪朵包裹着猩红的花瓣，花瓣包裹着年轻的名字

殷夫、柔石、冯铿、李伟森、胡也频
这些蘸着黄浦江水，书写一个时代愤怒的书生

在江南，无边的月光里
这些火一般的名字，如片片硕大如席的雪花
铺在一个惶惑的民族的
惶惑道路上

牺牲不是悲剧，忘却才是

在低低地怒吼的长江水里
正涌动着一个古老族群流血的丕变

大地枯瘦时
躯体中的心脏却如雷鸣翻滚

缁衣，恐怖，暗夜
绝望的死地里，是冰天雪地的孤独
冻彻肺腑的孤独却流淌着朱砂梅的殷红

月夜的江南，又黑又硬的水墨在纸上
长歌当哭，大先生一笔一笔誊抄着血写的事实
在一个看不到“希望”的时代
只能用牺牲证明“希望”尚存

“希望”
弥散着哀伤的温度，摄氏37

三朝围正
——读《烛之武退秦师》(左丘明)

马厩里，刺鼻的半块月亮
沉沉地压着佝偻的武
一朝，一朝，又一朝

烛地的武，须发皓白
唯有眼神犀利如闪电

城濮之战，还是衡雍之盟
但见晋师、秦军的车轮碾轧着中原的肋骨
肋骨下的心是郑国

这个身影在史册上一晃而过的老人

将用口舌销铄一个“秦晋之好”的铁律

在自己将亡、国之将灭的刀刃上
将三朝锁在眉心里的思考，化作一只孔武有力的手掌
伸出去
伸——出——去
推开一辆又一辆撞向郑国，载满腾腾杀机的战车

秦国的马，矫健地走了
晋国的马，低垂着愤怒走了

这个叫作武的老人，抚摸着自己马厩里的马匹
那浓得化不开的沉默，在月下
是沉重的黄河水
无声涌动

隔壁的屈原
——读《屈原列传》（司马迁）

我的隔壁是稷下
大都市里的人都走光了，留下一座小小的村庄
这堵墙有 2200 多年
稷下的隔壁是屈原
峨冠博带、忧心忡忡的三闾大夫端坐在马车
忧伤的马匹正啃食着野菊花
这堵墙有 2200 多公里

一部壮阔的历史大剧即将谢幕
箭镞如暴雨，周王室的铜鼎绿起了一层锈花
强悍的秦王将九州粗暴地一抹
就像抹去一个写歪了的篆字
我隔着厚厚的墙，看见

屈原咯下的血染红了天空的闪电

喜欢吟唱的屈原像一树嘉木
立在驿道边，播散着绮丽柔美的芳菲
喜欢吟唱的屈原在流放中悲歌
湘水之神、巫山之鬼，和着节拍而舞

身穿黑色铠甲的白起，焚烧了郢都的城门
一个忠诚的政治犯、一个瘦骨伶仃的诗人
自投汨罗江，密密的波浪翻卷着，延展着
在一代一代的人心，刻上一圈一圈的细纹
2200 多年间何曾止息

我的老唱片里，有一口浓郁的荆楚话
那苍凉的吟哦像融化的铜汁
淌过许多大川的河床，流成一条条肋骨
拱卫着华夏的心口

木　鸟
——读《张衡传》（范晔）

东汉的一块木头在天上飞
帝国的心脏里跳动着渴望飞翔的名字
崔瑗、马融、王符、窦章

一座月亮背面的山，在天上飞
一个天才思索了十年
写下对大地之城的礼赞和忧患

东汉的一块木头在天上飞
中国第一次以这样的姿态俯瞰天下
渴望飞翔的木鸟啁啾着，停在铜杆上
那只叫作候风仪的鸟，一千年后才落到希腊人的屋顶

那个手持刻刀雕琢木鸟的天才
从一个时代思维的极限处，抱回一只大酒坛
当趴在壁上的八条铜龙吐出一颗铜球时，历史惊呆了

东汉的一块木头在天上飞
辉煌的飞翔，让一个民族走向睿智和深邃
《灵宪》、浑天仪、指南车
是用青铜，对神叩问

在一个领跑世界的时代
一个领跑时代的旷代奇才，在河间创造过一片清明

大汉的风在吹
这位放飞木鸟的南阳才子追逐着
渐行渐远
渐行渐
远

月亮的背面有一座“张衡环形山”
遥远处是“张衡星”

喂——你可何时归来

竹 屋
——读《陈情表》（李密）

三国的黄昏很老，眉山草药弥漫的竹屋
呆立在一个苍凉的时代

一位 96 岁的老祖母
摇晃着生命的灯草芯
昏暗的灯光里，孙儿李密正修着一封

《陈情表》，在清空的猿啼里

此时洛阳城下
竹林七贤的竹屋正漂泊在血海里
山涛之“仕”，刘伶之“酒”，王戎之“悭”
一间，一间，又一间
在《广陵散》的绝唱里，像一朵朵别致的竹花

李密之“孝”在眉山
司马氏的诏书奔驰在驿道
风烛残年的老祖母受惊而起
伸出固执而无力、操劳了近百年的双手
将孙儿紧紧搂在怀里
手捧草药苦汁的李密，瘦骨嶙峋
泪水一滴一滴打在碗里

当《陈情表》天下流布，祖母如竹叶落进泥土
他要践行自己的承诺，太子洗马、温县县令、汉中太守

许多年以后，他回到竹屋
细雨霏霏，天地寂寂
一池莲花，尽是慈颜

韩愈，退之
——读《师说》（韩愈）

大唐的正午，阳光照耀着
一段红袍的身影，此时洛阳牡丹芬芳着中原

叫作“退之”的愈
倾听着千载之上孔子在牛车里的诵读声
刚毅地行走
一个帝国的大地，已经熟得很软很滑

于是，他直立在旧家望族喧嚣的耻笑声里
端庄地说着《师说》，门下俊彦星驰
欧阳修来自宋朝，方苞来自桐城

于是，他直立在帝王的震怒里
直面天下释教信众汹汹声讨
一丝畏惧也没有飘过他明亮的眼眸

于是，他直立在镇州兵营的刀丛里
只手抚平藩镇叛乱的烈焰

叫作“愈”的退之
从长安出发，一路走向潮州
如潮的韩文灌满他的脚印
他知道这些脚印会重重叠叠
在弟子们朗朗的诵读声里，越来越深
但他不知道这些清晰的脚印会站起来
成为璀璨星辰，照耀未来

千堆雪
——读《念奴娇·赤壁怀古》（苏轼）

如果没有御史台的乌鸦
汴京的美酒里只会有一个旷代高才飘逸的身影
畅通的帝国驿道依然奔驰着
头插鲜花、光明磊落的男儿
没有“如果”，才是历史
湖州刺史被押解在囚车上，锁在文字狱

黄州，凌乱的东坡
等来劫后余生的苏子瞻
它将用自己朴素的名字重新命名这位巨人

黄州明月，将他满心的愁绪照成落寞，化为旷达
黄州米酒，将他的友情化为江浪，化作江浪般的酣眠

黄州的东坡上，你开辟荒野、种下粮食，作为丈夫和父亲
见证过周郎风采的江水涌进你的心，又涌出你的心
浮尘落尽，唯见星辰般光亮的文字

常州、登州、杭州、扬州、定州、惠州、儋州
毁满天下，誉满天下
吏部尚书、兵部尚书、礼部尚书、翰林学士知制诰
却最终停在皇宫端礼门外元祐党人碑

一个繁花般的盛世就停留在一块普通的石碑上
失神地张望，大地正隐隐訇訇地颤动

而你，一个被长江水澡雪的不可救药的乐天派
已化作星空下的赤壁，涌动着千堆雪、万堆雪
那砖礫般的雪浪
千载如斯

守马人
——读《罗密欧与朱丽叶》（莎士比亚）

这是“人生”吗
17 岁的罗密欧，13 岁的朱丽叶

这是“爱”吗？一见钟情的夜
第二天，第三天，第四天，第五天不足

文艺复兴的潮水，一浪高过一浪
拍打着莎士比亚的心坎

几百年后，咸咸的海水依旧在你心中澎湃着

从你眼眶缓缓地涌出来

罗密欧的剑花，应该在谁的胸口盛开
飞翔的天使，将拯救的手，应该伸向谁

经典，一个强有力的说谎者
磨制出的魔镜，晃乱世界的眼

斯特拉夫镇的守马人
已经打着火把，为你备好鞍鞯
去找寻一个答案

真相，难以抵达
但，这又何妨

“爱”就是“人生”理由
那么，神呢

提　醒
——读《我有一个梦想》（马丁·路德·金）

一瞬间的坚持
让蒙哥马利的公共汽车空荡荡地行驶了385天

一个普通的女裁缝
引荡一段浩浩汤汤的大历史，金博士不再等待
为了不再等待一个“等待”，“要把监狱填满”

拒绝暴力，拒绝被暴力
提醒权利，提醒自由，提醒平等

热烈的金博士在林肯纪念堂前，在世界面前
让金色的阳光映着黝黑的真诚，和执着的信念

“我有一个梦想”
这个经典的声音，提醒《独立宣言》，提醒《联邦宪法》
提醒理性，提醒民主，提醒人性

1968，一颗饱含罪恶的子弹击中金博士的喉咙
让他不再说话

但他的声音，已经融在美利坚的云彩里
融在每一滴雨中，洒在历史进步的脚印里

2011，大理石的金博士伫立在华盛顿广场
金色阳光下的身影，是一座水墨的桥

诗坛峰会

汉诗新作

探索与发现

诗人子川特辑

杂念丛生（组诗）

子　川

端　午

一个人的意识中
世界怎么会变得这么狭小
随手敲开一枚核桃
其间阻隔甚多
我什么也没有去做
只读了一些史书上的陈词旧说
在比例尺还原的地图上
坐飞机或高速列车，四处走走
我去过一些地方
也遇上许多故去的人
在世界狭小这个问题上
他们和我一样无语
略带点怏然
在另外一些时候
我总在想，人死了之后
世界会不会变得宽敞一些
又想，今天是端午节
一个写诗的人能不能活过今天
还不好说

杂　物

又是夏日
火炉一样的城市

我躺回平时放杂物的凉椅

如果没有手边书
铅笔头和纸片，偶然飘过一片思绪
我还真的成了一件杂物
衣冠不整，陈放暑热空气中

这个夏日是哪一个夏日
掰手指头：三十，四十，五十
一路数过来
不免感到手头拮据

白鹭洲的晚钟，一下一下敲响
有一下我听出来是爱
还有一下是死亡

在这两种声音中
我静静躺着
像一件落了灰尘的杂物

守株不待兔

怎样才能知道
为何临近时
那车子要掉转方向

从视野中消失
带着灰尘的车屁股，像兔子
一撒腿儿跑得没了影子

眼前是生长在成语里那棵树
守在树下的农夫
很难说他懒惰还是执着

兔子的长耳朵
在动，充满暗示
它想逃离的不仅是那个成语

牵　挂

小鸟藏在看不见的地方
有一声没一声地
叫。小河边

垂柳与垂柳之间
几棵个头不高的桃树
开着白的和红的，不同颜色的花

东风也知道
不该一年四季都刮
也不会从四面八方吹过来

从路边书报亭，我借来一支笔
在一本杂志的空白处
记下我的牵挂

那是一本被叫作春天的杂志
一个走过冬天的人
用一支在秋天掉过毛的笔

只有一个人知道我牵挂什么
钢琴演奏家牵挂五线谱
发出声音的一堆豆芽

浮　云

调匀气息
把那片浮云
放在山峦与山峦之间的峰谷
你放下飘浮不定的心

手边是一支画笔
画笔边上，是缤纷的颜色
绷得紧紧的画布

也许压根与绘画无关
只是一个记忆
一个情感的误会

那片云，在头顶上方
盘旋了一小会
像一枚种子播下去，渐渐长成
再昙花一现

你看不见往事前生
满目青山绿水
你只知道生命是那么短
短得难以置信

害　怕

“跳一跳，会怎么样”
老槐树下的蚂蚁
被声音发出的气流震动了一下
队列稍稍有点乱

没有翻译在场
蚂蚁没听清我的自言自语
也从未想到跳起来
去够取什么

凌晨两点
一个蚊子窃听到另一句话：
“时间不多了，现在相信还来得及”
蚊子在头顶上飞翔
可以更清楚看到我的孤独

有一阵我在想
如果蚊子都在爬行
蚂蚁却一个个跳起来
我的心还会不会像现在这样乱
你是不是还像过去那样，总害怕对我好

为 何

许多废话自不同的嘴说出
一些花哨动作，在雾霾里层出不穷
多姿的生命
有时是这样虚无

目力不及之处
死，一声不吭地守着
不经意带走一些生命与生命的痕迹
它的坚韧，超出坚韧这个形容词

在一个安静的时间里
我常常会去想我心爱的女人
起初我以为是自己的脆弱

一条无人的小巷
我与死亡狭路相逢简单胜出
这才明白，人们为何还要活下去

春天的篱笆墙

篱笆墙
把春天分成两块
墙内的红杏，墙外的眼睛

梦中醒来的人
对着窗外发了一小会愣
他在想，要不要把篱笆墙筑得更高一些

再高的墙也挡不住东风
挡不住小草的脚步，越走越多，渐行越远

用篱笆墙隔开春天
总是一种缺憾
可没有了篱笆墙，谁来关红杏

放　牧

把零零星星的时间
吆喝到一起，像放牧一群羊
去找一片绿草茵茵的山坡
让风吹呀吹
让云在头顶上飘过

下面的问题
谁是那放牧的人
绿草茵茵的山坡意味着什么
还有风，还有云

莫非正在跳一曲探戈

跳探戈不会出错
顿挫感很强的节奏
比现实生活要容易得多
把零星的时间变成完整的时间
其实是在为自己办后事

许多人与我一样
不知道这一点
不知道我们放牧时间的时候
时间也在放牧我们
像放牧一群无家可归的犬

幼　稚

曾经丰满的树
一下子变得清瘦
枯黄叶片，纷纷落地
为清扫它们，清洁工忙了许多天

生命太容易耗损
花开花落
也就是从楼下走到楼上
甚至等不到从楼上再走到楼下

没有太多的奢侈
也没有关键时刻的放弃
时间揿下删除键
让你什么也来不及梳理

许多时候
总不能说服自己

当我自以为对世界有多重要
这个世界刚开始准备好原谅我的幼稚

十点钟

长途车站的挂钟
长短时针绞成了十点钟
一个疑似哑女前来
乞讨十点钟
疑似的内涵其实很多
十点钟

梅雨不停的十点钟
栀子开花十点钟
谁在太阳升起的方向
牵挂十点钟
雨季的阳光向往
十点钟

穿过马路十点钟
心里有个东西指向十点钟
被时间冻结的父亲
辞世在十点钟
他的手指最后一次擎起
十点钟

似　有

似有铁轨的旋律响起
像铜管，抑或长笛
可以是弦乐，也可以不是
有时也像键盘乐
夜很深

似有稀疏灯火
闪过车窗
似有车在行进，阒寂如我
像一个短促休止符
任由一些无可名状的东西
在颠簸中旅行

其实是一条废弃的路轨
虚拟的夜行车
空洞如思想
没有站台，也不会有终点
梦，未被叫停
一堆声音的碎片留在记忆里

狗叫起来

二十三年前，一次迷路
不知所措的狗吠
深深浅浅的路
通向哪里　六月里大雪纷飞

有些事，人不可以去做
可良知已死
是非的天空黑下来
不见灯光，也不见柴扉

狗吠处，是谁
在等一个迷路的人
二十三年　我总在清洗自己耳朵
回忆中，事情并不复杂

人不再去想报应，是人的死亡之日

可上天，真叫我无话可说

春天是一道门槛

是什么随风而逝
被遗忘还是被空气吸收
都说爱会消失，我只是不想回头

烟花爆竹的声音
此起彼伏，彼此无法破译
又各行其是

暴风雪，穿过普希金的诗行
让未来成为过去
还有很长的路要走

最后一次，我在南方想象
春天是一道门槛
跨过去，再使劲也退不回来

花了太多时间

给未来的自己写一封信
是16岁时的梦
他把收件人的年龄
设定为56岁　或活得更长久的自己

靠着苦楝树的16岁
看一只蚂蚁在土坷垃里
曲折漫长地爬

终于活够了收信人的年龄
他回过头，看见16岁的想象力

像一枚又老又硬的榛子

他终于明白毕加索为何要说
“我们花了太多时间才变成年轻人”

拒　绝

把时间化整为零
你会发现，它走得那么快

“到大多数人那里去”
也就是到你该去的地方去
准确又简捷的表达，叫作死亡

春天凋落的是鲜花
我是一株不起眼的小草
好歹熬到了秋天

最后一幕，古典名著中
大师的笔下
人们会看到许多人物匆匆登场
用一些剧烈的行动（通常是战斗）
向人们展示高潮

我拒绝“登场”与“高潮”
我那出竖排的戏本
还没有唱完
一切，还没有结束

南靖山中

绿的树，香的草，山的影子
客家土楼

沾了几粒露珠
朝阳透过挂在树枝上的蜘蛛网

清晨一声声鸟叫

山间的静，让山溪轻易划破
“哗哗哗”的流水声
突然让人有点难过

在没有狼、看不见野兽的山里
安静会让人绝望地向往
声音与动静

我似乎很需要一份安静
而更多时候
这正好是不安静的理由

在南靖，山中
我杂念丛生

子川论

叶　橹

悄然现身的背影

子川这个笔名首先会使人联想起“逝者如斯”的感慨，他是借此暗喻生命的瞬间即逝的短暂，还是要表达生命之流的绵延不息呢？也许这样的穿凿都过于夸大其词。我从这个笔名中更多地想到，它也许只是表示自己是一道不显眼的小小支流，默然无声地流淌着，能否成为人们眼中的一道风景，或许并不在他的期待之中。

之所以写这么一段开场白，同我对子川之出现在中国诗坛的方式和过程的感受与认识密切相关。在1990年代之前，喧嚣动荡的中国诗坛几乎看不到他的身影。此前他出过一本《总也走不出的凹地》的诗集，但在诗坛可以说没有产生什么影响。我恰恰是在这时候得到他的赠书的，他也是在这时候第一次使用子川这个笔名作为诗集的署名，此前他发表诗歌的署名为张荣彩。多年以后，当他以子川的笔名频频现身于各类报刊时，我也不断地收到他寄来的一些诗篇打印稿。直到2004年《子川诗抄》的出版，并因此而获得2004年的“紫金山文学奖”，子川在诗坛虽然还谈不上声名远播，但至少已经是获得了不少的知音。在他离开了《扬子江》主持人的岗位之后，他的诗歌创作的潜力却得到了极大的发挥。尽管他佳作不断，但此时的中国诗坛已经不是产生轰动效应的年代，所以子川依然只能默默地流淌，而在许多诗家的心目中，这条“子川”还在流向越来越广阔的远方且开拓出新的境界。

客观地说，从子川的《总也走不出的凹地》的出版到《子川诗抄》的引人瞩目，几乎相隔近20年，这样的时间段完全可以让人忘却一个诗人曾经的存在，而子川却借此复苏了他诗人的名声。这在斑斓杂呈的中国诗坛，至少也可以算得上是一个奇迹。

我之所以把子川的成名形容为“悄然现身”，的确是同我对他诗歌的阅读感受的过程相关，也同他在诗坛上得到同道们的认可的过程有关。就一般的情况而言，子川写诗出道时的年龄并不符合最佳时段，而他又恰恰是在1990年代以后的寂静期逐渐得到人们的认可和赏识的，这个过程的实现可以说更为潜隐艰辛而又难能可贵。

一个诗人实实在在地依靠自身的创作实绩而不是人为炒作引起同道们的瞩目，在我们这个浮躁的时代，是一件非常不容易的事情，子川恰恰是这样一位不事张扬而被人们认可的诗人之一。阅读子川的全部诗作，会给人一种他不是向我们迎面走来的风华正茂的风度翩翩者，而是一个在人们不经意的目光中突然发现的已经在历史的风尘中跋涉而去所留下的背影。这个背影虽然有点显得步履沉重，有点岁月沧桑，但他的内心依然是淡定而稳健的。这也正是造就他的诗作中那种虽不事张扬不迎合时尚却总是能够勾引和激发起我们内心诗弦的震撼和脑际间的思索的重要原因。我多年前在读到他的《总也走不出的凹地》时，虽然感觉到他的诗语中透露出的某种清丽之气，但并没有意识到这个“凹地”所具有的丰富的象征的内涵。多年以后我以对生存感受的体验而发现了它的永恒性的象征意识，内心不禁感受到一种再阅读的惊喜。也许当年还年青的子川，还只是感慨地触及到这种生存感受，但是他的这种直觉的诗性是可以让他日渐走进一个极为丰富深邃的艺术宝藏之秘境的。

既然我把子川的悄然现身诗坛作为一种悄然发生的现象，自然是意味着他从潜在走向彰显是一个渐进的过程。他的诗最初引起我注意的，是那些在艺术内涵上不同于《总也走不出的凹地》这本诗集中那种大抵属于“纯抒情”的基调，因其有某种对历史的回顾和反思而呈现出的艺术品质的新现象新景观而吸引了我。所以我曾经以《子川之变》为他写了一篇短评。后来又以《与历史共存亡》和《1970 年发生了什么》为题写过评论和赏析性的文章。从那以后，子川以大量的新作让我为之目光闪烁心灵震颤。他的《背对时间》诗集的命名，恰恰切合了我对他的诗歌阅读的总体印象和感受，使我在着意写这篇论文时，首先想到的就是他的“悄然现身的背影”。一个把背影朝向时间的人，是一个错过了许多青春美的时光的人，他也是在历史的过程中丧失了许多宝贵的东西的人。“背对时间”意味着有许多不堪回首的东西在折磨着他的内心，他已经不忍心回首那些往事了。然而，这一切难道真的能够心如止水地“背对”吗？那么，他又将怎样地“面对”未来的一切呢？作为一个诗人，我们只有在面对他的诗篇所透露的种种讯息，才有可能对之做出较为真实的和全面的了解。这也正是我执意要写这篇文章的目的。我希望它能够至少有助于我们对子川这样一位诗人的存在及其价值的认识和判断。

历史碎片的显影

子川以背影而不是迎面的姿态现身于诗坛，或许是历史在他身上笼罩的一层朦胧的暗影。当他以一个 15 岁的少年只有小学文化水平的“下放知青”身份投入那片“凹地”时，少不更事的他，能够在心灵深处产生乃至形成什么样的认识和观念吗？以我的设想，只能用“朦胧”二字来形容。许多当年曾经以种种印象而存储在他幼小心灵深处的事物，能够简单地用“美好”、“冷酷”、“苦难”这些词语来概括吗？或许都不能这样一言以概之。我只能认为，这些充斥在日常生活中的种种印象和经历，大抵上都是作为“发酵物”而聚集在他幼小聪慧的心灵深处，留待日后慢慢地消化酝酿成诗性的因素而得到升华。

他的前一本诗集之所以命名为《总也走不出的凹地》，就最直观的印象而言，真实反映和体现了在那些日日夜夜含辛茹苦的岁月中，他从幼小无知而日渐趋于成熟理性的心智，促使他产生了“走出凹地”的意念。尽管当时的“凹地”可能还只是一个相对具体而狭小的地域概念，他还并不能够明确地意识到一种从生存的凹地走向精神的高度来审视一切的境界。

尽管如此，在子川最初写的那些诗篇里，我们依然会感受到他具有对事物和现象的敏锐而诗性的把握能力。不妨以他写于1985年的两首短诗中的诗句为例。《雨后》的结尾：

一只投入的蛙
仿佛一枚熟悉的石子
击起层层涟漪
在记忆的潭底

振动羽翼自远方来
一群纯墨色的大鸟
栖落了

再看《乡间小路》的结尾：

乡间小路，草长蝶飞，
勾起许多回忆。
农家女只对柏油大道钟情，
像快乐的候鸟，
她们沿着我来的方向，
一群群，飞向我身后的城市。

这样的诗句，不仅证明了许多的日常事物印象何等鲜明地储存在子川的心灵和脑际，而且也从这些印象的事物中透露出些许时代与历史的痕迹。

对于一个诗人来说，最可宝贵的品质之一，也许就是那种对日常事物中持之以恒的敏锐感和新鲜感。保留对日常事物的历史记忆，无疑是诗人得以不断攫取诗性创作题材的源原的方式。子川在少年时代到青春时期，经历过我国历史中一个特殊的年代，许许多多的日常事物在他的心灵和脑际所形成的聚焦，不仅作为一种历史的碎片而保留。仅仅以碎片的形式作为“自在之物”而存在，或许具有某种观赏性，但是如果从这些零星的碎片中发现或发掘出一种相关性的历史渊源，它对于人们的心智的启迪，乃至一种审美素质的提高，无疑会达到真正意义上的诗性的启悟。子川写过一首《向日葵》，这是一首在不动声色的叙述中勾引起人们的历史记忆并引发深沉思考的诗：

> 凡·高，你这个疯子！/割掉自己耳朵，/一次次扭曲我所熟悉的向日葵，/花瓶里金色的向日葵，/灿烂得令人起疑。/画笔颤栗，并把颤栗传染给画布，/画布想必也疯了，/疯了的还有价格，那价格总想提醒人们：/那收藏者也是一个疯子。
>
> 我有一副常人的目光，/看世界一片辉煌。/我们相信，但视线到达不一的地方，/才有黑暗，彻底的黑暗，/相信有四分之三地球，/处在水深火热之中。/我们是东方的向日葵，/曾经向着永远不落的红太阳。
>
> 那是一个夜晚，/在一个据说很文化的茶吧，/那里面，悬挂着临摹的凡·高的向日葵。/我信手抓起一把葵籽，/不小心嗑出一堆1966年的阳光。

不必考究他是在怎样一个“很文化的茶吧”中突发奇想地把凡·高、向日葵同1966年的阳光联系起来的，重要的是，作为历史碎片的记忆，在“很文化”的阳光联想中，勾起我们对于一种时间和空间的瞬间聚焦。对于没有这种历史记忆的人，也许很难从子川这首看似平静的日常叙述的诗中引起共鸣。可是对于有这种历史记忆的人，一定可以从中体味到它的苦涩和反讽乃至五味俱全的诗性意味。

从少年到青年时期的子川，他本身并没有受过正规的课堂教育，而在他的内心深处所储存的许多记忆，说它们是一种历史碎片，是因为这些碎片本身无法构成一种系统的理论知识，但是作为诗人的子川，却以极度敏感而聪慧的心灵感受，使这些碎片在保留下来的同时，竟然经过时间的酝酿并发酵成为诗情和诗性得以升腾的契机，的确是令人惊讶的现象。

阅读子川的诗并目睹他一步步走向淡定和沉稳，不是简单地用“刮目相看”所能够概括的。任何一个诗人，一般地都会从纯情的抒发而迈开步伐，子川当然也不例外。然而在子川身上，我们似乎读出了一种有如神助的自觉的坚持和坚守。他几乎是无师自通地完全凭借自学的努力而达到了不为风气和时尚左右的境界。他并不固守什么，但也不追求时尚而随大流。我们只知道他不断地写着，在不同的时候写出具有不同的艺术特质的诗。我最初被他的诗所吸引所打动，是他的那些写有关“凹地”记忆的诗篇。我曾经有过那种生活感受和记忆，有过他对诸如“小火轮”、“二胡”手等等琐碎的生活印象的触及。也许我没有他那么鲜明地对具象事物的表现和传达的能力，但是一经他在诗篇里有所表现和传达，总会使我在阅读时感受到一种心灵的震动。有的诗，在一些人看来似乎没有特殊的吸引力，可是在我阅读时，却往往产生奇妙的心灵共鸣。譬如这首《秋原》：

一只乌鸦在飞。
树梢，秋天的枝条，
画在蓝天背景上，消瘦，萧疏，
寂寞。却不乏峥然。
风，没有一点点颜色。

平原。没有山的起伏，
也看不到小桥流水。
静静地，面对那些黄色的土地，
凝视良久。

一只乌鸦在飞。
那墨色，鲜亮醒目，
令视野生动。

读这样的诗，我们似乎感受到曾经多次身历其境的历史记忆被唤醒。那样的寂寞，那种凝视良久的视野生动，它们是某种个人处境和心境的呈现，它们又具有什么样的时代氛围和气息，从中能挖掘出什么深厚的历史底蕴和文化内涵吗？也许什么也不是，而只是一种个人的内心的悲怆和凄凉。然而它使我沉迷，使我不禁泪眼迷茫。可以坦率地说，让我进入子川诗歌中那种对既往生活的回忆，与其说是一种对个人命运的悲凉感，不如说更是一种对人的生存之境的反顾和思考。个人的命运在时代和社会的运动大潮中，往往是无奈而渺小的，但是为什么如此众多的个人命运，却被一只无形的大手所左右并玩弄于股掌之间呢？子川在他的诗篇中虽然留下了种种历史碎片的显影，但是历史是无法完整地还原的。人们只能从他的历史碎片的呈现中引申并构想一些更深远的东西。

子川的诗，并不像有的人那样痛心疾首，也不以剑拔弩张或嬉笑怒骂的方式宣泄对历史的怨愤。他在呈现某些历史碎片或影像的时候，往往是从对许多具有连续性的日常现象中发掘出令人深思的事物。正是在这种不动声色地对日常生活现象的表现和发掘中，我们发现子川的睿智和幽默所具备的穿透力。他写过许多看似平淡无奇的日常生活景观的诗，这里只以《扳罾取鱼的过程》为例：

这个春天　我想起一个扳罾取鱼的人/扳罾取鱼让我想起先前的土匪断路/断路者喝道：“此山系我栽，此路系我开……”

扳罾取鱼的过程是这样：/横跨河道置一个罾网/把它沉放到水下/取鱼的人坐在河边草棚前/抽一锅子旱烟　有时也会抽上两锅子/用绞绳把罾网扳起/出水的网中　被捕获的鱼在跳跃/鳞片在日照下闪光/这时　取鱼的人站在跳板上/用小网罩　够着　把捕获的鱼捞进鱼槲

做这一切时　取鱼的人心安理得/他对那些落网的鱼说/我已经给了你们一烟锅子或两烟锅子时间/我也只能这样了

一个毫无情节的故事，一次读起来多么乏味的叙述过程。然而子川的睿智和幽默却赋予了它让人联想的契机，它会使你想起若干遥远又近在眼前的历史事件。像这一类的日常生活中屡见不鲜的事物，在子川笔下竟然成为能够引发人们会心一笑乃至灵机一动的思索的现象，不能不说是基于他在长期的观察与联想中形成的一种“天性”所使然。就诗歌写作的角度而言，子川属于那种缺少青春激情的诗人，并不是因为他没有过青春的浪漫时期，而是因为他的青年时代的生存状态制约了或者说淡化了他的浪漫激情，等到他能够以诗笔去表达和表现他那个时期的内心状态时，便难免呈现出过多的迷惘和惋惜的心态。子川在某种程度上的缺乏激情，丝毫不意味着他内心诗性的缺失。恰恰是因为青年时代灰色的生活色彩，造就了他对其后的生活变迁所形成的反差的极度敏锐的感受。也正因为如此，我们才能从他所呈现的若干历史碎片中，阅读到另一种生活的真相和真实。

我之所以把子川形容为不是向我们迎面走来而是让人们感受到是悄然现身的背影的诗人，就是因为我们在他的身上几乎很少看到青春的灿烂笑容，而在他的背影中留下的足迹，依稀显现的则是那种稍纵即逝的辉煌之后的寂然。他写过一首以《瞬间》命名的诗，一般人也许并不十分注意它那种若隐若现和若有所失的心态，我注意研究它在“一个辉煌的时刻即将开始了”的期待中，接踵而来的都是种种不安的“暗示”。“你知道你将永远失去/你无望地揪着那跃跃欲试的色蝶/属于你的时间越来越少”。诗的最后写道：

这时，就听见一个宏大的声响
炸雷一样轰击你的头顶
前所未有的痛楚瞬间爆起
然后平复，记忆丧失成一截真空
你漠然注视所有辉煌的色彩
泼洒过来并且凝固

如果说我在前面所引用的子川那些属于叙述性的记录着某种生活片断的日常影像的诗，可以称之为历史碎片的话，这首诗应该就是属于他思想历程中的一幅碎片。那“漠然注视所有辉煌的色彩/泼洒过来并且凝固”的形象，或许就是子川曾经多次体验到的一种生存之境的再现。一个诗人在青年时代的物质与精神生活的缺失，其后由于生存状态的改变而唤起的回忆与思考中，必定会因为当年的许多未能深入理解的现象而重新加以审视。这也许就是我们从子川的诗中所看到的那些有关历史碎片的显影得以显现的重要原因。

从1980年代到2010年代这30年中，子川有过10年左右没有写诗，在进入新世纪以后，他的诗作产量猛增，而且诗风走向沉稳淡定，对历史和现实的感悟也似乎进入一个新的层次。当我们在回顾他的有关历史碎片的记忆和写作时，自然会勾引起许多五味俱全的生活体会。然而随着我们对他的诗歌写作的逐步深入体察，将会发现，他在对诸多历史碎片的回忆中，正日益深入地把自身的生命形态作为一种生存的形式加以审视，从而使我们看到了他的与日俱增的诗歌追求。

生存感受的困窘与迷惘

从对日常生活现象的诗性观察和审视，到进而把生命现象和自身的生存状态当作一种“存在”来加以表现，是一个诗人的诗性与智性走向统一和谐的过程。我不能说子川已经在这条道路上走得多远了，但至少令我感到他是在向这种境界迈开了可喜的一步。

阅读子川近10年所写的诗，一个极其鲜明而深刻的印象就是他的沉稳与淡定。没有激情澎湃的呐喊，也没有愤世嫉俗的诅咒，有的是处之泰然的冷静和沉思，以及不时显现在眉间的皱纹和嘴边的微笑。一些人往往喜欢用“中年写作”概括这种现象，这或许有一定的道理。但是“中年写作”往往也会因人而异的。子川式的“中年写作”自有其独特的艺术内涵。

也许是因为子川自身的生活经历所决定的，他可以说是从生活的底层挣扎出来完全靠自学的努力而取得诗人身份的人。他的诗，既不是通常所说的那种“民间写作”，也不是具有民族意味的“知识分子写作”。他的身上散发着书卷气，但在生活中却具现着标准的平民身份。他也许不具备“经国伟业”的抱负，但也不自贬或矮化自己的人格。他能够彻悟某些社会机制中的玄机，也不时正视自身人性中的弱点和荒诞。正是这种彻悟和正视，造就了他“中年写作”的睿智中的沉稳和淡定。

也许是出于对诗性写作中寻求突破的一种内心潜在的欲望和追求，我们发现在子川的写作中，他的诗语日渐呈现出某种“变法”的意味。这种“变法”的愿望的产生，或许同他长期浸淫在一种语言氛围中的感受密切相关，也或许是因为在所谓“语言囚笼”中的困囿和挣扎有关。正是因为这种感受、困囿和挣扎，我们看到了他的一些表述这种体验的诗篇。如果我们仔细地阅读子川上世纪80至90年代写的那些诗，尽管具有一种对历史碎片的鲜明记忆的特色，但是它们的语言方式和抒情特色所透露的格局难免有似曾相识的意味。进入新世纪以后，我们似乎感觉到他的语言表达方式正在产生变化，传统的抒情方式也在悄悄地呈现某种变异。新世纪之初他写过一首《在母语里流浪》，这是一首借他人酒杯浇自己心中块垒的诗。据说他是在读一本同名的书时产生了“汉语方块字的内涵越来越少/虽然周边世界看上去很丰富”的感受。在诗中出现的“她”，“直觉告诉我，她是一位诗人”，其实这是一个虚设的形象。她的“所指”应该就是子川对“母语”的认定。我们不妨引述此诗的最后一节给以解读：

像对着散漫空气顾自开屏的老孔雀
这样的感觉似乎有些另类
与日常生活毫不相干
至于她是否已经撩开被湿意束紧的肢体
往事的羁绊是否在严格的母语中一一解开
已不再追问。有一种虚静空明，
在岁晚，把枝蔓伸过来

这些读起来好像有点隐晦曲折的诗句，写的其实还是他对母语的“方块字的内涵越来越少”的一种担忧和期待。在一些自以为掌握了话语权的具有暴力倾向的“施屠者”的践踏中，我们的母语的确呈现“内涵越来越少”而面目可憎的模式化八股化倾向越来越严重的危机。这样的语言方式的确是有点像“顾自开屏的老孔雀”，而把丑陋的屁眼暴露在光天化日之下。子川可能有点忧心忡忡，所以他期盼“有一种虚静空明，/在岁晚，/把枝蔓伸过来”而出现的新格局。这或许体现了子川在自身的体察中一种对母语的自觉性省悟。这也正是他近10年来诗语方式呈现较大的改变的根本原因。作为一个诗人，他的生存感受中最大的困扰之一，也许就是对所谓“语言囚笼”的突破。子川对于诗语方式的自觉性的认识，大概同他日常所面对的大量模式化八股化的语言氛围密切相关。而在数年之后，我们又读到了他《尝试用毛笔写诗》，宣称“我只想摆脱对电脑的依赖/摆脱技术因子导致的进步与速度”。这样的宣告所表达的，依然是一种被围困的感觉。从模式化八股化的语言氛围到对现代科技发明的依赖，几乎是无所不在地影响着渗透着人们的日常生活，处在这样的生存困境之中，诗人何以能摆脱对生存感受的困窘与迷惘呢？

如果说在面对视而不见的时间之流时，子川可能用“背对”的方式给以自嘲式的消解，而在面对周围实实在在的现实中的人和事时，则是无法不直视和面对的。

在子川近些年的诗中，明显地呈现出一种对私密化的自我感受的表达和表现。这或许同他这些年的个人生活际遇相关，更同他对诗歌方式的理解与把握相关。

随着年岁的增长，子川的心境逐渐走向沉静。他的沉静表现在对内心感受的愈益细微的体察，因此他时而会产生像《中途下车》那种不无遗憾的诀别心态，或者像《掉下去了》所表现的生命的卑微与无奈的感同身受。有的时候，他又像“一只被丢弃的蛋壳”，“里面的蛋黄和蛋清/被做成一碗蛋汤”，他甚至感觉到，“如今只有一捧碎蛋壳/堆在墙角/等着被笤帚清除”。以上种种有关对自身生命存在的审视与自嘲，绝对不是一般意义上的自怜或自贬，它们呈现着一个现代人在复杂纷扰的社会现实中萌生出的无奈的荒诞味。就像卡夫卡笔下的“我”一夜之间变成了“甲壳虫”那样，它的真实性不是“形”而是“神”。子川作为一位敏感而睿智的诗人，以他对社会现实的体察，在对斑斓杂呈的生活现象进行提取和过滤的艺术思维的同时，不时地把自我置入审视乃至批判自嘲的境遇，正是他的自知之明，他的勇气和真诚的表现。

生存在现代社会中的一些智者，常常会因为对许多暗箱操作中的事物的了悟而产生智慧的痛苦。对于这种智慧的痛苦的表达和表现方式是因人而异的。子川是一个有点与世无争，有点坚韧自重的人。然而，当不公或不幸的事情降临之际，他内心的积怨或迷惘，依然会以不同的表现方式呈现在他的诗中。

对于子川诗中这种个人的际遇和内心私密的表现和表达，一直没有引起评论者的充分注意。原因大概在于，这种类型的诗很容易被理解为纯属个人私怨的倾诉，不具备什么“社会意义”。其实，自古以来，许多伟大诗人的名篇佳作，都是他们个人际遇和心态的表现和表达。“安能摧眉折腰事权贵，使我不得开心颜”，“人生在世不称意，明朝散发弄扁舟”，李白的这类诗句不都是所谓的个人际遇和内心积怨的传达吗？甚至连李煜、杜牧那些极其私密化的佳句也千古为人传诵，何以到了我们这个斑斓纷呈的时代，人们反而有意无意地回避了这样的话题呢？我之所以特别注意到子川近年一些写他个人内心独特感受和体验的诗，一方面是基于我对他这些年生活际遇的了解，另一个方面也是想借此阐述我的一些思考。

有关“个人化”的话题，在诗歌界可以说是一种“不绝于耳”的声音。但是它却总是因为同“社会化”和“大众化”这样的命题与要求相抵触而难以摆脱困窘。依我的看法，它是一个社会学问题而非诗学问题。从社会学的观点看，任何个人都是不能脱离社会和大众而存在，因而必须是自我中有社会大众的影子，以往长期争论的“小我”和“大我”的关系就是这个问题的体现。但是这个问题无论怎样深入地讨论下去，却是无法把它落实到诗人的具体创作过程中的。因为诗性的表现和表达，它不是要解决个人与社会大众的关系问题，而是要传达出个人在日常生活中所感受和体验到的一种诗性意味的存在。而这种诗性意味的呈现，恰恰是在每一个诗人身上都有着不同的方式和特色的。他写过一首题为《看见》的诗。那么，他究竟看见了什么呢？原来是“又一次暗算/还是石头　从看不见的地方砸下/短暂的轰响/碎片与火星飞出”，这似乎是一种对社会现象的意象化呈现和描述，然而在这种呈现和描述之后，由于“我”的介入而具有了某种程度的“私密性”了：

后来我看见扔石头的人了
她扔完石头　把脑袋藏起来
屁股像鸵鸟翘在外面

我还看见爬山的人
无法猫下身　来不及躲闪
只能拿自己当一块更硬的石头

这无疑是在“私密性”的语境中同时揭示出某些人际关系的复杂

性，而它们的这种纠缠，又远远地超出了所谓个人恩怨而具有了对社会现象的穿透力的揭示。因为子川在诗的最后所做的自我审视中终于不得不承认：

两块石头　哪一块伤得更重
从我所在的位置与角度
看不大清楚

我最后看见　风把尘埃吹下山涧
那些时间里的生命
渐渐尘埃落定

我虽然认定这是一首具有私密性的诗，但又从个人阅读中深深地体味到，它绝不是一首以发泄私心愤懑为主旨的诗。因为我们从中可以读出许多透视当下社会中人际关系奥秘的意味。或许我们还可以说，任何诗人的属于个人述怀性质的诗作，固然是具有私密性的产物，但又同时隐含着一种对社会现象的关注与穿透的深层揭示。只有当“尘埃落定”之时，人们才会从中悟出它的社会意义。正是在这些看来似乎属于个人际遇的呈现与描述中，恰恰蕴涵着子川对社会生活的一种特别富于诗性的体察，而它的意味也可以说是难以尽说的。

诗人的诗性直觉是一个难说清的问题。神秘与明晰往往兼而有之或互相交替，才会有诗人在不同的人生境遇中写下的面貌各异的诗。子川在《景物》中说的“融雪时，似乎真相大白/只要走近去看/会发现任何东西都有缺陷”，这其实写的是对遮蔽和掩盖的真相被揭示后的一种恍然大悟的心态，但是在此之前，那一片茫茫白雪所呈现的，都是令人惊喜的纯白的美色。看似真实的景物，却遮蔽和掩盖了许多事物的本来面目，从而造就了误判和荒诞感，同样还有被误导的迷惘。在《请向右看》中，子川写道：

事情有多种可能
原谅我无法全部知道
进门时有一个提示牌：请向右看

右边有一棵常青树
那是一棵没有生命的仿真树

生活中几乎无处不在的这种误导和以假乱真的现象，在子川优雅而不动声色的呈现中，幽默和荒诞的本质被揭示和暴露出来。

面对复杂纷纭的生活现象，诗人的诗性直觉如何在某一个焦点上同它碰撞出灵感的火花，这真是一个无法从理论上加以明确指认的“暗箱”。只是可以肯定一点，这必定同诗人具体的遭际相关。在子川笔下呈现出的许多看似平淡无奇乃至琐碎不堪的日常感触中，我们不难从中窥视到当下社会与人际关系中的种种玄机和奥秘，它们其实并不是什么“重大题材”或“剧烈冲突”，却实实在在构成和造就了我们的生活氛围。生活中也许存在着各种各样如他笔下的那种《五幕剧》，而那“根本就没有拉开”的大幕，观众们无法看到，只有幕后人才心知肚明。在子川对生活真相的不断揭示和探究中，那些若隐若现的日常细节，似乎都具有了某种耐人寻味的东西蕴涵其间。像《玻璃杯碎了》所写的那样：“整个过程中　没有人在场/没有人听到动静/这世界太嚣闹　盖住许多声音/我只知道玻璃杯碎了/不能被复原”。对于一个诗人来说，倾听一只玻璃杯碎裂的声音的过程，也许正是他触及并深入某种社会胴体和体制的过程，或许是他对人性内心奥秘和蕴涵的体察的过程，只是许多生活中的此类现象，却往往在人们的粗心大意或灯红酒绿中被忽略了。

内敛的诗性张力

从《总也走不出的凹地》到《子川诗抄》和《背对时间》，在 20 多年的写作时间里，子川的诗作不多，甚至有点时断时续的意味。这期间固然有一些不以人主观因素能左右的原因。但是作为一个诗人，子川身上最宝贵的一个品质，是他具有非常清醒的自我认识和自我调节的自觉性。在进入所谓“中年写作”的诗人中，像子川这样能够清醒地意识到需要具备一种“文体自觉”的人并不是很多。30 多年来诗坛上的潮来潮去，常常表现为一种对时尚意识的追逐，意识的自觉往往掩盖了文体的自觉。我所说的文体的自觉，绝对不是那种对具体的诗歌形式的追求，而是一种针对诗人自身对诗歌的认识和理解的符合诗性文体要求的自觉性。子川在近些年的诗歌创作中，一直呈现出一种对诗歌语言和文体的悉心关注。他的一些诗作，明显地表现为感情的内敛和语言的简朴，迥异于他早年那种具有浪漫化抒情的特色。

一个诗人在创作过程中能够不断地审视自己的创作状态，并且能够自觉地意识到需要不断地调节和适应时代的审美观念的变化，这实在是一件非常不容易的事。因为在任何一种时代的变迁中，审美观念的变化本身就是一个具有丰富内涵和多向性选择的空间。任何一个诗人，即使具有清醒的自我审视的意识，他也必须在这种多向性选择中寻找到符合自身创作个性的艺术方式。当子川摆脱了那种属于青春躁动期的浪漫抒情之后，他毫不犹豫地选择了以感情的内敛和语言的简朴作为自己诗歌创作的基本方式，显然同他自身的经历和对生活的独特观察与体验方式有关，同他自身的艺术基因和品质有关。在经历了多年的生活与创作的实践之后，子川忽然产生了一种"愧疚"感，他的这种"愧疚"是因为："年轻时/我喜欢普希金　莱蒙托夫　洛尔加/他们一个个早逝/如今我作为一个热爱诗歌的老人/想起这些比我年轻的歌手/常怀愧疚/为自己长时间占据这个世界。"这是他《愧疚》一诗的开头一节。它所表达的这种心情，是作为诗人而感到的愧疚，而"作为一个凡人/我渴望自己能久存人世"，这样一来，我们会感到子川是一个诚实的诗人，他知道作为"诗人"和作为"凡人"的不同身份面对生命的长度时的价值判断的相异之处。他对那些比他年轻的歌手们的评价是："相对于那些传之久远的悠扬的歌声/他们的生命长度已经足够"。这种借前辈诗人的艺术生命价值以审视自身生命存在的做法，或许对子川的警示就是促成他内心的一种紧迫感。于是我们读到了他的《秋歌》：

我的鞋要换鞋底了
脚比我先知道
然后是路　它仍在脚下延长

在流水经过的地方
我还有没写完的诗
还有很沉的东西　必须搬走

我不需要太厚的鞋底
那是因为　时间不会很多
但一定要结实
那时因为还有一个高坡
等我去爬完

如果我们也模仿时下一些论文提要对“关键词”的选择的话，我想“鞋底”和“高坡”必定是当之无愧的了。任何一个稍具读诗常识的人都不会以为诗人是为了换一双鞋底去爬高坡而写下此诗的吧。这首诗相当充分地体现了子川的内敛与简朴的诗性品格。它在处理“我”和“脚”与“路”的关系时的那种直接、朴实而又极具象征意味的呈现方式；在表达“流水经过的地方”和“没写完的诗”、“很沉的东西”这些诗句中的内涵时，它的那种自然而然的诗性指向，很容易引起人们对诗人主体意识中的艺术追求产生无穷的遐想。所以这首看起来语言简朴的诗，在一种极具冷静的陈述中，把诗人内心中的复杂而丰富的遐想，只用了“那是因为还有一个高坡/等我去爬完”这样一句简朴的诗句，就传达出了诗人在诗路跋涉中的自审与思考的内心波澜。而诗的艺术张力也因此而获得了弹性的表现。

对于一个诗人来说，几乎无时无刻必须面对的，就是那种对语言的敏感性。一方面他要力图冲破所谓“语言囚笼”的束缚，尽量摆脱庞大的陈词滥调的包围；另一方面又必须在语言的汪洋大海中捕捉和攫取那些新鲜而有表现力的词语。从某种意义上说，判断一个诗人的才力的高低，很大程度上就是对他的语言表现力的评价。语言的表现力并不在于一味地求怪求奇，而在于能够从平常的语言中提炼出一种独特的感受。我之所以特别强调子川近些年的诗歌中那种基于感情的内敛而形成的语言的简朴，是因为我从中体会到他内心的复杂纠结。在现实的生存状态中，他对冥冥中主宰我们生存命运的“无形之手”所造就的种种现象，难免不时产生一些“存在之思”。在《降临》这首诗中写道：

花已谢了　花枝上只剩下叶子
对花的怀想
纠缠叶子的一生

我们的生活因此而改变
一条不够长的被子
扯了这头就够不到那头

这些诗行中传达出的对纠缠和不足的思考，其实是人的生存状态中无法摆脱的存在。诗题取名《降临》，似乎是对冥冥中命运的不可逆料的事物之存在的忧虑，然而他又说："真正事情降临/命运可以把大山移走"，这里的"命运"一词，又似乎蕴涵着一种对人的主观力量的信任。正是这种不可知与可知的不断纠葛中，显示出人的复杂生存状态。在不可知与可知之间的这种生存空间中，人处于一种精神悬置的状态，从而产生不知所措的心理现实。子川在《最后一班船》中表现了这种"没有人知道/最后一班船到达的时间"的心理现实。一方面是"花在窗外盛开"，而人们在"梦醒的时候　嗅觉丧失/可见花的颜色"；"用时钟的指针/走一条永远走不完的路"；"守望中　另一些人在那里说话/汽笛没有响"。在这一系列的存在与虚幻的对比中，他对自身的定位却是："我不在船上　也不在岸上"。这种处境是尴尬还是清醒，恐怕只能让读者自己去琢磨了。而我们也正是在子川这种看似不经意的陈述和呈现中，体味到了简朴语言中的诗性张力。

子川是一个内心感情丰富且思考幽深复杂的人，但是在诗的表现方式上，他很少有"聊发少年狂"的动作。他自称是"一个热爱诗歌的老人"，说明他至今依然沉溺在对诗歌写作的不断思考与探索之中。他的感情内敛与语言简朴，同他的个人生存方式相关。在《乡音》这首诗中，我们似乎可以读出一些他的生存方式的韵味：

我走到哪　都带着方言
这好比背着家乡
到处行走

都知道我不擅交际
都不知道理由
为爱惜乡音
在异乡　我尽量少说话

对于“方言”和“乡音”的固守与珍惜，如果被误读为守旧与固执，显然是一种粗心大意。在子川那里，方言与乡音隐喻着一种内心的执着。“背着家乡”和“爱惜乡音”，与其说是一种生活习性不如说是他对诗歌的坚执信念。我们正是从他“尽量少说话”的表白中，认识并理解了他在诗歌语言上的简约朴实的风格。

在坚守诗歌领地并力图开拓新的领域时，诗人所面对的是双重的压力。一方面是来自外部的种种思潮与倾向的引诱和胁迫；另一方面是如何调整自身内心的艺术认同感和适应感。在一个多元取向的诗歌领域，人们不可能认同和适应一切的艺术方式。所以子川尽管面对的是庞杂丰富的诗歌现实，但他依然有自我的调节与变化，但也同时有他的坚守与执着。而他的这种自我审视的清醒意识，也是在潮起潮落的风吹浪打中逐渐获得的。他写过一首《回头是岸》，相当精确地描述了这一切：

你面前是一片汪洋
而水在沸腾　舟将倾圮

回头吧　风这么说　浪这么说
还有熟悉的帆樯
也这么说

身后是近在咫尺的岸
大树下　系着一根古旧的缆绳
似乎已生了根

这时的炊烟很贤良
像温馨女子　守在远处
小心地纺织平安

把舵的手
却执意不肯返航
它只是想看看走近的死亡

是什么模样

把这首诗全文引出，是因为它的叙述过程所呈现的，是一个诗人在面对危机与引诱的种种胁迫和压力时，以一种置之死地而后生的勇气，“执意不肯返航”的心态。它恰恰证明了子川的艺术选择是经过内心的风暴之后才做出的决定。对于曾经“熟悉的帆樯”，以及“古旧的缆绳”和“纺织平安”的“炊烟”，他完全可以置之不顾，而对于“走近的死亡”，他是在“看看”中认清了它“是什么模样”了吗？这恰恰是一个未知的世界，或者说是一个需要在探索中逐步接近的世界。

对于一个似乎永远只能接近而最终不能进入的世界，人们为什么还会始终不渝地力图去亲近它呢？这正是一道永远无解而又始终吸引着一代又一代的人去求解的话题。子川在自己的创作探求中也对此深有所悟，但是他并不因此而放弃了自己的努力。就是这样一个永远的话题，让子川在《永远》一诗中感叹：“永远是一个很长的时间/许多东西不能从这头走到那头”，还让他认同，“世界是所有人的/一个人只有很短的时间　来往在上面”。对于永远到达不了的“永远”，人们就只能以自己的切身体验来独抒己见了。有一次子川在一座名为“长生庵”的庵堂中，听到了“梵音”的“绕来绕去”，竟然有了对“大悲咒”的心领神会。在“不时有人来进香/我都不在/我把自己夹进一本经书/外面落满了灰尘”的幻境中，他似乎看到了“时间的背影/从那里越走越远”。远逝了的背影其实是心造的幻影，而蒙尘的经书中“夹进”的“我”，又何尝不是呢？都说诗人是白日梦的患者，但是没有了这样的白日梦，人类的精神领域岂不成了荒漠一片？他还在《往事如烟》中写过：“时间从不睡觉/却不记得人的情感”。一种自在之物的冷漠，同自为之物的人的主观世界形成的反差固然泾渭分明，但是恰恰是因为有了人的感情世界，才使得“时间”的冷漠被赋予了沧海桑田的内涵。我们从子川这种看似轻描淡写的诗句中，更进一步地体验到了一种历经沧桑后的沉稳淡定的风格。恰恰是这种沉稳淡定的姿态，奠定了子川诗歌中的内聚力与扩张力。

尽管在看似“无解”的话题中浪费了许多历代诗人的笔墨，但是它所带来的依然是一种促使诗人热爱生活执着现实的精神。存在与虚无之间的相互纠缠，注定了要成为人类精神生活中的不尽的话题。诗人面对自身的生命存在，不能不在反复的精神拷问中匍匐前行。子川是诗人，也是凡人。在一次偶然的“病变”中，促使他更亲近地逼视死亡。这一次逼视同《回头是岸》中写到的“想看看走近的死亡”，具有截然不同的性质。在《最坏的可能》和《一切已经发生》这两首诗中，他写到了面对“打开头颅”时的心思和玄想：“那么多的事/整个世界和真理/还有爱情　都盛在这口碗里”，但是一旦“碗盖被打开　眼前是一枚颅骨标本/干燥　洁净　空无一物/却不是我想要的/能够自由思索的空间”，因为“我想要的/仍是那些烦心事/这口碗装得下很多烦恼”。这就是一个诗人的真实思想，真实的生活状态。尽管人生存在很多烦恼与不快，但是较之空无一物的“颅骨标本”，“装得下很多烦恼”的“自由思索的空间”，毕竟是一具活生生的大脑。所谓识尽人间一切烦恼，终能成就人生之大彻大悟，我们从子川的诗中又一次品味弥深了。

子川还写过一首短诗《美好生活》：

美好生活可以这样来定义：
从枝头摘下一颗桃
对更多的果实
视而不见

我们从这首诗中，也似乎可以领悟到他的一种艺术追求，即当他选择了这样一种内敛而简朴的诗歌方式时，已经无暇顾及其他色彩斑斓的艺术吸引了。本来，上帝赋予人类各色各样的生命形式时，就注定每一个人只能专做他所能做和擅长于做的事情。对于子川，我们还有什么理由要求他改变他对“美好生活”的定义呢？

2011.9.22 完稿于扬州

寻找这个时代不需要的

子　川　何言宏

谁是子川？

何言宏：许多人对你的第一个疑问，可能就是你的笔名，为什么叫子川？就是来自我们很容易想到的那句话——“子在川上曰”吗？

子　川：笔名本是个符号，但在设置这符号时，几乎所有人都会费些踌躇。汉字的趣味在于它除了本义，字面的意思，还有基于象形、指事、假借等造字方式带来的别的意象。另一个很容易想到的意象是“小河流”，这层含义很符合我早年插队的里下河地区的地貌：无限多的无名河流构成一个庞大的水网地带，“子川”是其中一条涓细河流。事实上，当我最终选择“子川”做笔名，以上两层意思都不靠前，其时，我已有10多年的写作实践，用张荣彩、石也、晓石、晓然、秦海等名字发表过一定数量作品。1993年，当我出版第一本诗集《总也走不出的凹地》想固定一个笔名，回忆起我最早的文学写作实践，那是1978年，我的第一个孩子因溺水早夭，他的名字叫张川。伤痛与怀念使我写下最早的一批诗篇。此外，从私密角度，启用“子川”这一笔名应当还有一层纯个人的寓意，原谅我不把它写出。

何言宏：原来包含着那么深厚的内容！大家都知道你是扬州高邮人，可否回想一下你的青少年时代，谈谈它对你精神性格的塑造与影响。这期《诗选刊》（2011年第10期）的“人物”栏目做了一个关于你的专题，但很特别的是，其中有不少内容是关于令尊张也愚先生的。经常会听你说到自己的父亲，我也曾读过你关于令尊感人至深的一篇回忆性散文《父亲》，我想不仅在书法上，在精神性格上，你一定也受到了令尊的很多影响。

子　川：我在高邮县城生活到15周岁，下放到高邮农村。十年之后，我离开农村并没有回高邮县城，而是到了邻近的泰州市造纸厂工作。因而，告别故乡对于我可以有两个时段：一是15岁离开生身之地高邮县城，二是25岁那年我离开高邮农村。

回忆青少年时代，由于一些现在看来很荒谬的“政治”（主要是家庭出身）原因，我13岁小学毕业后即告失学，再两年后由于相同的原因，我提前下放到农村去独立生活。没有初、高中阶段的集体学习生活，对我精神性格的塑造有什么影响，我说不清楚。有一点是确定的，这样的生活经历也许更加凸现了父亲对我的影响。我是父亲的第十个小孩，家父生我时已经43岁。由于当时的社会原因，生下我之后，父亲已从一个事业有成的业主，成了一个可以富余出许多精力来关爱子女的合作商店的普通职工。我6岁起即被父亲望子成龙的愿望挟持，跟在父亲后面开始学习写字、下棋。相对于儿童心态，这段时间的学习准确的说法应该叫作“被学习”。下棋渐渐赢得我的兴趣，也许因为棋类竞技胜负的公平性。尽管我当时还没有足够理性来评判基本生存层面的极不公平，但可能已有了“可以在棋局中找回公平”的潜意识。父亲的培养与我的兴趣，促使我从儿童、少年到成年，先后获得过县、地区、省各级棋类竞赛的冠军。而书法之所以未能激发我的兴趣，也许与它缺乏直接、简捷的胜负意识有关。

其实，棋与书法只是父亲试图影响我的某些方面，而我从父亲那里受到的影响远大于他的主观意图。由于很小时就跟在父亲身后，他对我的影响更多体现为不教之教。比如他把幸免于“肃反”时可能被处决的大劫难，归结于“平心守心不欺心”的结果；再比如他常用“多做少说”、“勤有功，嬉无益”、“皇天不负苦心人”、“受人之托，终人之事”这些做人行事方式来规范他自己的行为。这些都或多或少对我后来的做人行事构成一定影响。

还有，父亲的社交以及他的朋友似乎也对我产生过重要影响。父亲除了下棋、写字，还喜欢吟诗作对，在小城他有这样一些朋友，比如有名的孙岫峨老先生和李蔚亭老先生，他们都比父亲年长，我记得孙老蓄了一把长长的胡须，纯白而无一丝杂色，七八十的高龄，前胸依旧挺得笔直，很有一副仙风道骨的气韵。孙老好像晚清时中过举，算是小城名儒，写了一笔极扎实秀拔的小楷。李老是小城名闻遐迩、学富五车的乡贤，可惜是个板聋，跟他对话必须借助于笔。李老书房里通常都放一块小黑板和几个粉笔头，你得把你要说的话写在小黑板上。我记得小时候对这种对话方式很感兴趣。这种对话方式，倒真有点“往来无白丁”的意味。少年时我如同尾巴跟在父亲的身后，出入这样一些场合，不知不觉接触到一些旧文学常识，比如诗的平仄、格律、变格中“一三五不论，二四六分明”、“东冬”、“鱼虞”不能错韵等等，还能记下一些旧诗词与杂乱无章的知识。这些，是不是对我后来喜爱上文学并且最终从事文化工作，有潜移默化的作用，我也说不清楚。

何言宏：你对父亲和对儿时生活的回忆非常真切，也很让人感动。记得我在几年前和王家新的一次对话中，也曾专门谈到过儿时生活对我们精神性格的重要性和最根本的影响。你是何时开始文学创作的？诗歌创作呢？

子　川：我学会做旧体诗时间很早。少年时跟在父亲后面开始接触诗词歌赋，一来二去，渐渐弄懂了旧诗的做法，只是，那时人们只把做诗（旧体诗）、写字（书法）看成一个文化人的必备素养，与文学创作似乎关系不大。因此，当我插队时写下这样的少年习作：“人生聚别本寻常，何必沾巾泪数行；阔水深山原有路，南疆北国也无妨；虹霞艳丽娇难久，松柏庄姿淡始长；饯酒酬春花正好，鹏程万里翼初张。”也仅仅是模仿旧文人的感时抒怀，与文学创作应当没有关系。

真正有意识的文学创作，应该始于20世纪80年代初吧。

何言宏：你和20世纪80年代的很多人一样，都因为对文学的追求而改变了自己的人生道路，在时代历史和人生道路之间体现了一种非常独特的东西。

子　川：20世纪80年代对我这样的下放青年来说，是极其重要的年代。这里说“下放青年”而不说“知青”，其实是想说明自己作为一个小学生下乡与中学生下乡的区别。同样的十年下放生活结束了，而我竟然不属于“知青”，也不能参与后来“知青”的高考。尽管如此，改变依旧是巨大的，从一个种地挣工分的农民到每月可以领到工资、有着城市定量户口的工人，所有经历过那个时代的人都知道这种变化意味着什么。

二十好几的人，真正有了自己的一份职业，也有了自己的家庭与孩子，原该是好好生活的时候了。迟到的文学梦，伴随当时的社会价值取向，开始冲击无数有着读书饥渴症的年轻人。读书饥渴让书与知识一下子变得极其珍贵，也无形中推高了人们对著书人的崇敬。依稀记得，随着各类书籍的出版不断解禁，我每个月领了工资后的第一件事就是去书店买书。书与知识的魅力、文化开禁后的宽松氛围、一下子找回青春感觉的青年时代，以及当时的社会价值取向，形成一股合力，正是这种合力把我们扯上另一条道路。

从拼命读书开始，20 世纪 80 年代初，我开始进行有意识的文学写作实践，先后在《雨花》、《萌芽》、《青年文学》、《青春》、《星星》诗刊等文学期刊发表过一些诗歌、散文、小说作品，先后参加江苏作协的作家读书班和上海大学举办的“全国青年作家读书班”，最后，以 1986 年从工厂调到文化馆从事文学编辑为标志，我的生活重心已经倾斜到文学上面。

何言宏：是啊，这就是“子川”，一个后来叫作“子川”的诗人终于“诞生”！

“我热衷于寻找/这个时代不需要的东西”

何言宏：你有一首诗的题目为《糟糕的生活》，我非常喜欢。其中有一段这样的句子：“我热衷于寻找/这个时代不需要的东西/从一堆平庸的汉语中/满地找牙一样/找出它们的棱角　拼成新的图案”。我以为这一段文字非常明确地道出了你的一种自觉，就是非常热衷于去寻找这个时代不需要的东西，可否更具体地谈谈？

子　川：写这首诗的时间是 2009 年，我在文学的小径已经走了 30 年。30 年的跋涉，有了这点自觉其实是后知后觉，不值得称许。

事实上，上路的时候，几乎所有人的原始动机都很复杂。而“需要”则可能是出发时的动力源。今天，我们已经知道，许多实际的“需要”其实属于附加值范畴。附加值与价值之间的关系，许多人包括我自己，在年轻时都弄不太清楚。比如生活中的各种功用（包括名利），深究一下，其实都是附加值。可人性的弱点，注定了几乎所有人都很喜欢并乐于享受这些附加值。试想一下，谁不喜欢别人的称许？谁不喜欢掌声与鲜花？谁不喜欢自己活得很体面？谁不喜欢自己在物质层面拥有更多更好的生活条件？这本来无可非议。只是当过于强调功用的社会价值取向，放大了人性的弱点，人们都能清楚看到“这是一个需要的年代”，而没有任何实际功用的诗歌也就成了“这个时代不需要的东西”。尤其当“我常常陷在一堆语言里，像闯进一群陌生人中间的小孩，有点手足无措”，这样的情景更能显现诗人无实际功用的特性。

这里必须说明一点，那就是我的个人生活并不存在物质匮乏的大前提。换言之，如果在现实生活中存在着基本生活没有保障的实际困境，一个诗人还是应当首先去考虑满足自己的基本生活需求。就是说，我热衷于寻找“这个时代不需要的东西”，或言之，我有意克服并试图抵制的，其实是保障基本生活之外的过多或过分的需求。都说诱惑太多，其实，诱惑你的许多并不是你必须的内容，更多的是来自人性的贪婪与无限制的攫取。老子曰：“祸莫大于不知足，咎莫大于欲得。”从这层意义上，我理解的“美好生活”可以这样来定义——“从枝头摘下一颗桃/对更多的果实/视而不见”。

何言宏：呵呵，平时可是没少听你念叨这个句子，我们也没少开关于“桃子”的玩笑，毕竟，“桃子”的隐喻非常丰富。你所说的，主要是在功利性的时代价值取向之外你对诗歌的热爱与追求，而诗歌，真的是没有功利的。有一位在经商方面非常成功的诗人朋友曾经对我开玩笑地说过，他也曾经想通过诗歌来赚钱，但是无论如何，他都办不到，所以他就只能另辟他途，“养家糊口”了。另一方面，我其实更想讨论的，是你的诗歌在精神特征方面与时代也构成了张力，或者对时代性的精神氛围构成了抵抗，比如你的怀旧、你的往回看、往内心看，还有你的精神反刍的姿态。你喜欢通过对于个体生命的咀嚼与反刍来获得某种提升和启示，而且其中，我最喜欢某种比较坚定的东西。

子　川：基于象形文字的汉语是极具张力的语言，因此汉语也应当是最有魅力的诗歌语言。一个“桃子”能让你想入非非，其实是“桃”的语言背景在起作用。汉字与汉语在你组织使用它之前，往往已有某些固定义存在，假如将其称之为它的基本分寸，现代汉诗写作则需要我们找出其中“过分”的东西。孙过庭的《书谱》有一句“语过其分”，读到它时我突然觉得这句话应当引起诗人的关注，故而我把它写成一幅中堂，送给一个要好的诗友。毫无疑问，诗人不仅要关注汉字语言的内涵与外延，更要涉及基本分寸之外的东西。本雅明说：“诗人第一次像一个买主在露天市场里面对商品一样面对语言。他已经在一个特别高的程度上失去了对语言生产过程的熟悉和精通……所以他们只能在他们的词语中挑挑拣拣。”我所理解的“挑挑拣拣”，就是“从一堆平庸的汉语中/满地找牙一样/找出它们的棱角”。

你说我的诗歌“在精神特征方面与时代也构成了张力，或者对时代性的精神氛围构成了抵抗”，说实在的，我自己并不自觉也没怎么去想这样的理论话题。毕竟文学创作首先是感性的。同时，限于个人的理论素养，有时我也只能把理论话题简单化。比如，我常常会把知识与文化区分开来谈，尽管我这种划分并不科学。文化与知识或知识与文化常常被混放，有时甚至被一体化作为精神范畴的内容为人们习用（最简单的混淆是把受过高等教育的工程技术人员与诗人作家统称之为“知识分子”）。如果细分一下，我认为知识与文化其实是两个东西，文化属于精神范畴，而知识尤其是许多应用性的知识就不是，充其量也就是比较接近精神范畴的边缘。在我这里，计算机技术与诗歌艺术，前者属于知识范畴，而后者则属于文化范畴。衡量二者的不同还有一个指标，那就是“当下性”与“历时性”。我以为，但凡能应用于当下，对经济、对物质、对生活产生直接效能的大都属于知识或应用知识范畴，而对当下低效能或无效能的诗学或文学艺术，才属于文化范畴。所谓无效能或曰无用也只是相对当下而言，从历时性来看，经历无数时间岁月，人们会从唐诗宋词那里看到不具有当下性的文化的价值。

显而易见，今天的强调功用、重理轻文的社会价值取向，一定程度上决定了“时代性的精神氛围”与“诗歌的精神特征”相背离。因此，对“时代性的精神氛围构成了对抗”恰恰是“诗歌的精神特征”之一。也因此，我把你所说是你的诗歌“在精神特征方面与时代也构成了张力，或者对时代性的精神氛围构成了抵抗”看成是褒赞。

这里，还需要说明一点，日常生活中我并不守旧。比如，我对几乎所有的新兴技术都有很浓的兴趣，像网络技术、现代化管理知识，以及知识经济领域里诸多应用知识，等等。这不仅体现在我曾经最早办过电子期刊（1997 年我把《雨花》做成全国第一家电子版文学读物），写作出版关于网络的专著《网络中国投影》（上海学林出版社 2000 年 10 月出版），还体现在我常常把统筹法、优选法、滚动计划、看板管理等现代管理方法，应用到日常工作流程中。现代管理方法的核心理念是促进软环境的高效能，这是应用于当下的一种“快”。与此同时，我又恰如你分析的那样，在诗歌中有着“怀旧”、“往回看”、“往内心看”一些倾向，这些则是有悖于当下的一种“慢”。其实，我们的社会也应当这样，有快有慢，有当下性的需求，有历时性的前瞻，可惜我们今天只能看到几近荒诞的高速运行。从这层意义上，诗歌作为一种“慢”，它对我的个体生命意义重大。尽管你很希望我能说一说，我令我的诗歌如何如何，事实上，却是诗歌本身让我如何如何。我感谢诗歌！

中年、南方，或另外的诗学

何言宏：吴思敬先生在关于你的一篇文章中曾经用“中年诗学”来概括你的诗歌特征，很有道理。我也曾屡次向你说到过，其实你的诗歌是一种非常典型的南方诗歌，如果用“南方诗学”这样的说法来概括，似乎也有道理。在诗学特征和诗学追求上，你自己怎么看？

子　川：这是一个很有意味的话题。中年与南方，说的其实都是坐标，一个是时间坐标，一个是空间坐标。每个人（只要他能享尽天年）都会有中年，毫无疑问，中年确实有某些共性可以被概括并被理论梳理。吴思敬先生在他的文章中这么说：“对于中年人来说，不断沉积的外部经验被纳入深层心理结构，使他们看待世界时就有了多种角度与选择，这样当一种新的经验进入诗人心灵世界，会引起同化与顺应，却不一定能掀起内心的巨澜。冯至在里尔克逝世10周年时说过这样的话：‘在诺瓦利斯（Novalis）死去、荷尔德林（Holderlin）渐趋于疯狂的年龄，也就是在从青春走入中年的路程中，里尔克却有一种新的意志产生。他使音乐的变为雕刻的，流动的变为结晶的，从浩无涯涘的海洋转向凝重的山岳。’（冯至：《里尔克——为10周年祭日作》，见《冯至学术论著自选集》，北京师范大学出版社1992年版，第482—483页。）这段话谈的是里尔克，但对于我们理解中年的子川，却不无启发。”我个人是认同吴先生观点的。但同时，每个人又都是不能被替代的个体存在，因而，每个人的中年生存与体验，除了具有共性的一面，在个体体验上也会有诸多不同。

南方是我生身之地，南方对于我的诗歌到底构成什么影响？其实不好描述，正如一个南方人与北方人在体形、性格、生活习惯方面有许多不同，我们却不能简捷地描述到底是什么造成这样的不同。那么“南方诗学”又该怎么描述它呢？南方与北方，首先是地貌上的不同，北方往往一马平川，而南方则多山多水。北方一马平川，解决分歧与争端，常借助骑射，简单直接，因此北方尚武首先由地貌决定。南方有山之障，水之曲，有时没有舟桥，争端的双方只能隔水相望，刀兵不能相及，在武力不能压制对方的场景中言辞的作用凸现，因而南方崇文也是由地貌决定。尽管北方南方、初人今人、尚武崇文只是一种相对的说法。不过，文似看山，山重水复，曲径通幽，这些“文”的特质，都接近南方地貌特点。因此，如果我们不展开来做细致分析比较，大类去划分，说“武”更接近北方精神而“文”更具有南方精神，似乎也说得通。从细的类项，去看北方南方对文学、诗歌的影响，大约也是确凿的存在。只是不那么绝对，比如好的边塞诗未必都是北方人写出来的，写婉约风格的诗也不全是南方人的特权。何况，中国历史上曾有过许多次移民，而且往往是从北方向南方迁徙，迁徙后一次次通婚，不仅是北方人与南方人，即使是不同民族的人血统也已一次次混杂。我所理解的“南方诗学”大约是南方地貌，南方人的体质、性格、心理等诸多因素在文学诗歌写作中的折射。

关于当下的诗歌特征，我个人认为，中国新诗创作整体上已经跨越对翻译文体直接模仿的练习阶段，在强调现代汉诗的汉语性的同时，诗人笔下已呈现出母语的丰富性，这是在所有文体写作中，诗歌对语言的最大贡献。也许可以这么描述：在学习借鉴翻译文本的基础上所诞生的中国新诗文体，经过长达百年的培育成长，已经渐渐成长为一株大树。而翻译诗歌文本作为中国新诗文体的参照坐标，只是另一棵高树，“我和一株顶高的树并排立着/却没有靠着”。如果我们深入地去关注、细读，就会发现优秀的中国新诗文本，事实上已经并正在创造一种新母语。

具体到我个人对诗歌的追求，一是关注诗歌的汉语品质。翻译文体与外来语可以丰富汉诗语汇、改造我们的母语，但不能颠覆并使之彻底欧化。因而，我们必须有意识寻找那种既保留汉语基本特质又大于传统汉语的汉语（新母语），从早年的先锋小说开始，我就一直在警惕某种“过正”的偏颇，并始终关注自己诗歌中的汉语品质，努力使之接近更接近我所向往的“既是汉语的又似乎是大于汉语的诗意表达”。二是注重汉诗文体建设。新诗的文体虽不再具有传统意义上的形式要素，但在音步、分行、断句等方面，还是能找到与现代汉语合理搭配的区别于其他文体写作的某些带规律性的形式元素。这些并非固定规矩却有着符合汉语特质的内在规律性，通过各个不同的有意味的语言搭配，以及步律与分行，可以让不同阅读身份的人，从中感受到形式的美感。单纯从形式上看，每首诗都可以有不同的长短、句式、分行，却又能有一种内在的不同于其他文体写作的诗的形式感。这一点对于重建新诗的评价方式，有着非常重要的意义，也是新诗彻底完成革新的标志之一。我理解的现代汉诗的评价方式应当是：贴切地让内容与形式成为必须一体考量的东西，而不是机械地把形式与内容拆分进行分析的诗学评价。

何言宏：所以说，子川的诗学既是“中年的”和“南方的”，但也不能仅仅概括为“中年”与“南方”，因为你有你个人独特的思考，但这“另外的诗学”应该是什么呢？也许我们一时间还难以找到更恰当的概括。但我从你的谈话中能感受到你对语言的焦虑。我很认同你的说法，就是“中国新诗整体上已经跨越了对翻译文体直接模仿的练习阶段，在强调现代汉诗的汉语性的同时，诗人笔下已呈现出母语的丰富性，这是在所有文体写作中，诗歌对语言的最大贡献”。最近一段时间，有不少诗人甚至开始侧重于从中国古典诗歌和民间方言中寻求语言资源，做了不少这方面的试验，有的非常好。我觉得你的诗歌风格比较的内敛和典雅，在情感表达上往往有都引而不发，语言上一方面重视古典诗歌的语言资源，另一方面，也很重视口语。

子　川：关于我个人的诗歌写作，早期主要致力于改变自我的诗歌审美文化经验。在中国这个特定的曾经受到严酷禁锢的文化环境，一个人什么年龄开始写诗，或从什么时段开始进入诗歌现场，往往决定这个人的诗歌审美文化经验。而“文革”期间的诗歌审美文化经验，决定了即使让李白来写诗，也一定不出政治口号诗的范围。因而，在我早期的诗歌写作中，一个很重要的努力，就是不断修正自己的经验值。不如此，或许今天我尚不知诗为何物。幸运的是当我开始进入诗歌现场，已面临“文革”后的文化解禁，读书已很少障碍，尽管那时诗歌媒体的美学趣味普遍滞后，但自由读书完全可以让一些具备自省意识的年轻人，能充分洗刷并修正各自的文化经验。接下来，我们重做一个读者、重做一个诗人，开始真正的诗途上的跋涉。这是一场伴随整个生命长度的漫长而没有终点的马拉松，所有写诗人凭着各自的天分，借助于一个诞生时间不算太久的新诗体，以各式各样的姿势，走各自的诗路历程。尽管时间已经过去百年，尽管已经有了几代人的努力，但我们依旧可以称自己是新诗体的草创者。那是因为，时至今日，我们依旧能看到许多似是而非、不能以相对确定的评价方式予以评价的诗文本，它们是“自由”的产物，但其中必将有一些也会因“自由”之故而最终被淘汰。也正因为我们都是草创者，我们完全可以有各自的想法与追求，尽管我们的许多想法或许多追求可能会被时间无情抹去，但时间终究会给出一种结论，结论将来自我们的所有努力，或言之，在我们所有努力中或将产生最终的结论。

那么，我个人是怎样通过写作实践，来表达我对新诗体的理解？首先，我关注新诗体的现代性，如果依旧是传统诗歌的比兴，依旧是唐诗宋词的情怀，只把文言换成白话，那么一百年所走下来的，就是一段冤枉路。并且，新诗体的现代性应体现于形式内容之不可分割，但凡借鉴翻译文体把诗行断句拧得不像汉语句式的诗，在我这里，都不认为它具有现代性，即使他用什么俄国形式主义、用什么“陌生化”的理论来辩解，也一样。

其次，是新诗体的汉语性。新诗体需要我们去寻找能够承载并表达现代意味的汉语。这意味着不仅要从现成的汉语言中去寻找，也要从包括翻译文体在内的各种语言素材中去寻找，要真正寻得那种“既是汉语又大于汉语”的诗意表达。“既是汉语”指它符合汉语的语言结构方式与规范，“又大于汉语”则从语义承载面以及从音节、步律中去寻找那些富于变化又不逾矩的诗意表达，也可以说新诗体既拓宽了汉语的边界却又没有越界。

再就是，新诗体应当有区别于其他文体的文体意识。比如诗中的叙事策略及其应用。诗无定法，应当说在诗作中采用某种叙事策略来完成“诗的”叙事，本无可非议。引号里“诗的”其实指具有抒情特质的文体特点。只是，诗如果介入叙事，切不可停留在叙事层面，更不能为叙事而叙事，毕竟那是叙事文体该做的事。这也正是当下有一些带有叙事性质的诗在圈内颇受好评，圈外人却不以为然的根本原因。圈内人从文体内部来看，觉得用诗来叙事且找到一个比较好的叙事角度，能采用一种别致的不滞重的语言，不容易，叫好或许正是出于这样的理由。而圈外人则是从不同文体的比较的角度进入，他们的不以为然也很好理解，毕竟诗再怎么叙事也胜不过小说或其他叙事文体。因此，诗还是应当有其他文体不能替代的特质。这个特质大约还是诗的抒情性。也许是对曾经的过度的煽情、矫情的一种反拨，也许是趋时效应让许多人一拥而上追逐另一些时髦的东西，零度叙述、冷抒情这样一些西方现代派文学观点曾经受到过度的追捧，殊不知，这些理论观点自有其写作环境与理论背景，且只是诸多自由表达中的一种观点，它们存在的最重要作用是促使我们拓宽视域能从更多角度去思考问题。

最后，我的写作实践是尽量注意简约、平实、易进入，期望诗的张力更多在文字的后面显现，最好是读上去不觉得晦涩、艰深，却要让人觉得字面后面有更多的意指，像水下的冰山，把更大更多的未知留给读诗人掩卷之后的想象，像苏历铭说的那样："仔细阅读字里行间蕴藏的指向和音节，这样才会合拢诗集时，心中生出恋恋不舍的感觉。"

还有，你提到我在"语言上一方面重视古典诗歌的语言资源，另一方面，也很重视口语"。因为要涉及具体作品的引用，这里不便展开，简要地说一下，我用以写诗的语言素材是一个无限大的库藏，它应当包括书面语、口语，以及翻译文本语汇等所有语言材料。具体应用中，我除了关注它的意指，还充分考虑新诗体的形式元素。我发现，不同质素的语言其实可以通过音步、节律等形式要素，整合到一起，而且，我还发现不同质素的语言通过有意味的诗的形式组合起来，有时会产生意想不到的效果。比如："守住一口井/结果会怎样/许多事情不好说。"最后一句是口语，但如果前面两句不是这样的音步，或者它们也是同质的口语，效果会不会依旧是这样？再比如下面这首诗：

这该多么遗憾
我已经把你认出

报时的钟声　最后一记重击
我听出其中嘶哑的杂音
这让我很难过

在一堆平庸的词汇中
找到自己想要的词
需要一种灵性

此时刚好相反
我在我的藏宝匣
发现一块混进来的石头

事情有多种可能
原谅我无法全部知道
进门时有一个提示牌：请向右看

右边有一棵常青树
那是一棵没有生命的仿真树

——《请向右看》

很明显，口语“这让我很难过”的用法，与前后诗句不同语言质素的词语的搭配，与诗的分行断句、步律密切相关。因此，每当有人把口语写作或别的什么语写作，分得一清二楚，且喜欢扬此抑彼或扬彼抑此，我个人的理解那还是把问题简单化了，顶多算是一种省力气的选择吧。

不便展开还因为这话题显然更适宜专题来讨论，暂时打住。下次再聊。谢谢！

图书在版编目（CIP）数据

诗探索．第4辑．作品卷 / 林莽主编；诗探索编辑委员会编著．
—桂林：漓江出版社，2013.12
ISBN 978-7-5407-6954-3
Ⅰ.①诗… Ⅱ.①林… ②诗… Ⅲ.①诗歌—世界—丛刊
Ⅳ.①I106.2-55
中国版本图书馆CIP数据核字（2013）第321300号

诗探索　2013　第4辑　作品卷

主　　编　林　莽
责任编辑　庞俭克　付　妍
封面设计　石绍康
责任监印　周　萍

出 版 人　郑纳新
出版发行　漓江出版社有限公司
社　　址　广西桂林市南环路22号
邮　　编　541002
发行电话　0773-2583322　010-85893192
传　　真　0773-2582200　010-85890870
邮购热线　0773-2583322
电子信箱　ljcbs@163.com
　　　　　http://www.lijiangtimes.com.cn
　　　　　http://www.Lijiangbook.com
印　　制　北京大运河印刷有限责任公司
开　　本　787×1092　1/16
印　　张　13.25
字　　数　200千字
版　　次　2014年2月第1版
印　　次　2014年2月第1次印刷
书　　号　ISBN 978-7-5407-6954-3
定　　价　50.00元（全二册）

《诗探索》编辑委员会在今年的工作中依旧坚持：

发现和推出诗歌写作和理论研究的新人。

培养创作和研究兼备的复合型诗歌人才。

坚持高品位和探索性。在办好“诗探索中国新诗会所”的基础上，建立《诗探索》的有效读者群，办好不同层次的几种诗歌活动和诗歌奖项。

本年度依旧向全国 100 所大学图书馆、100 名诗歌研究专家、100 位优秀诗人和 60 家文学期刊的主编赠送《诗探索》。

诗探索

2013 第4辑

理论卷

主编 吴思敬

漓江出版社

通信地址： 北京市西三环北路 83 号首都师范大学
中国诗歌研究中心《诗探索·理论卷》编辑部
邮政编码： 100089
电子邮箱： poetry_ cn@ 163. com

通信地址： 北京市朝阳区 100026 信箱 156 分箱
《诗探索·作品卷》编辑部
邮政编码： 100026
电子邮箱： stshygj@ 126. com

目　录

编者的话

像一颗天边的彗星，燃烧着光华，却又倏地消失了。1991年9月24日，诗人戈麦自沉于海淀万泉河，过早地离开了我们。戈麦是诗坛的一个奇迹，在短短的四年中创造出一系列优秀诗作，凸显了20世纪80年代末90年代初一个青年知识分子内心的悲剧性冲突。他生前只发表过7首诗，大部分诗作在他去世后才得以面世。继《彗星——戈麦诗集》（漓江出版社，1993年）、《戈麦诗全编》（上海三联书店，1999年）出版后，人民文学出版社于2012年又在“蓝星诗库”推出了《戈麦的诗》。2012年6月8日首都师范大学中国诗歌研究中心借《戈麦的诗》出版社之机，召开了一个规模不大的“戈麦诗歌研讨会”，除去在京的十几位诗歌评论家外，戈麦的长兄褚福运，戈麦的生前同事陈朝阳、晓钟，《戈麦的诗》责任编辑王晓等也参加了。会上的发言，不仅有对戈麦诗作的精辟阐释，而且有对戈麦的成长道路，以及他辞世前的生活、思想状态的生动回忆与描述。有鉴于此，我们在发表颜炼军、林东关于戈麦的评论文章的同时，特把西渡根据“戈麦诗歌研讨会”录音整理的《“不能在辽阔的大地上空度一生”》全文发表，既是对这位早逝的诗人的纪念，也希望能为戈麦研究提供一些原生态的资讯。

进入新世纪以来，散文诗创作呈现了蓬勃发展的新景观，散文诗的学术研讨也在不断深化。2013年6月10日至11日，由中国诗歌学会、北京大学中国新诗研究所、湖州师范学院中国散文诗研究中心主办的“中国散文诗研究中心第一届年会暨耿林莽散文诗研讨会”在湖州师范学院举行。2013年7月18日至19日，由首都师范大学中国诗歌研究中心、河北民族师范学院、承德市文联主办的“新世纪以来散文诗的创作与发展研讨会”在承德举行。这两个在时间上紧密相承的散文诗学术研讨会，其议题涉及散文诗的文体特征、散文诗的创作态势，重要散文诗人研究等。本刊特从这两次研讨会提供的论文中，选发了灵焚的《散文诗身份尴尬的现状与成因》、陈亚丽的《散文诗文体特征探微》、黄永健的《欧美散文诗理论研究概述》。这三篇文章从不同角度对散文诗的特征、现状所做的理论探讨，当有助于进一步拓展有关散文诗的言说空间。

2013年6月21日至24日，由中国当代文学研究会、南开大学文学院联合举办的“中生代与新世纪诗坛的新格局——两岸四地第五届当代诗学论坛”在天津南开大学举行。来自两岸四地的30余位学者围绕中生代与当代诗坛、两岸四地中生代诗人之比较、中生代诗人与“70后”、“80后”诗人之比较等议题展开了深入探讨，彰显出鲜明的问题意识和诗评者的主体精神。本刊特选发王学东、王巨川、黄伶、罗小凤等人的文章，希望能引起读者对两岸四地中生代诗歌异同点与关联性的关注。

新时期的“归来的诗人”，指的是上世纪50年代以来，因“胡风反革命集团”案件被打成“反革命分子”或在“反右派”运动中被打成“右派分子”，在二十余年中被剥夺了写作的权利直到新时期才获得平反重新回到诗坛的诗人。新世纪的诗坛则有另一批“归来的诗人”，是指在80年代崭露头角的青年诗人，在90年代“下海”，尽管历经商海的浮沉与打拼，但他们对诗歌的情感终究难于割舍，到新世纪又回到了诗坛。比照后来的这些“归来的诗人”，我们可以说钟文先生是一位“归来的评论家”。钟文在上世纪70年代末80年代初，是力挺朦胧诗的诗歌评论家之一，他的那些有锋芒的诗歌评论文章曾辑成《诗美艺术》一书，1984年由四川人民出版社出版。90年代后，钟文出国、下海，他的事业经营得有声有色，但他并没有忘怀诗，他在百忙的商旅生涯中读了许多书，写下了许多读书笔记。最近他根据自己对诗歌的长期思考，写出了一组有关诗歌语言学的文章，本刊选发的《非逻辑的逻辑——诗意与语言游戏》便是其中一篇，从中可见出评论家的学识与眼光，堪称宝刀不老。

诗学研究

中生代研究

散文诗研究

新诗文本细读

现代诗人研究

关于戈麦

姿态与尺度

诗论家研究

外国诗论译丛

非逻辑的逻辑

——诗意与语言游戏

钟　文

一

把语言和逻辑绑在一起，最开始是亚里士多德。亚里士多德是用语言的逻辑分析来研究事物的，所以语言必须符合逻辑的原理，不符合逻辑的讲话不应该存在。这样的认识是在逻辑学刚产生的时候，逻辑学是对人的思维形式的一种总结，所以对人的思维和人的整个知识发展有很好的推动作用。后来，把语言和逻辑做彻底捆绑，有两个比较激进的推动者，一位是罗素，一位是维特根斯坦。罗素明确提出“逻辑是哲学的本质”① 的观点。在罗素看来，真理就是语言和事实的“符合”，而所谓“符合”，就是“符合逻辑法则”，凡是“符合逻辑法则”的就必然是正确的，反之，必然是错误的②。到了维特根斯坦，更是强调“全部哲学是语言批判”③。所谓的“语言批判”实际上是一种“逻辑审核”，维特根斯坦认为，只有“逻辑必然性”，“逻辑中没有偶然的东西”，“逻辑之外一切都是偶然”④。从这样一种他们倡导的叫作“逻辑原子主义”的理论发展到后来，甚至连牛顿都认为“像英语这样的语言太形象化了，以致难以承担科学严格性的重任”⑤。人类的这种绝对科学理性的倾向就必然把数学这种“科学中的科学”拿来作为主宰一切的利器，这样就有了逻辑的数学化，语言的数学化。力求把自然语言完全改造成为数学化的人工语言的工作，似乎成为人类的理想。他们甚至把这种语言称为逻辑语言、理想语

---

① 引自夏基松《现代西方哲学》，上海人民出版社2009年版，第125页。
② 同上第129页。
③ 同上第131页。
④ 同上第133页。
⑤ 引自《非形式逻辑导论》，人民出版社2009年版，第3页。

言。百余年来，人类在语言问题上的很多观点可能都是循着这样一种思路发展过来的。

对于这种把语言和逻辑完全绑在一起的做法，有没有人提出反对呢？有的，为数不多，最主要的是德国的海德格尔。海德格尔是从反对逻辑中心主义和工具主义的观点出发提出了他的一整套革命性的语言观。海德格尔在《存在与时间》中明确地提出“把语法从逻辑中解放出来”。他说：“逻辑把思了解为在自己的存在中让自己来在概念的共通内容中进行意象的存在着的意象。但深入存在本身的深思是怎样的情况，而这就是说，思存在的真理的思是怎样的情况呢？这种思才抓住逻各斯的原始本质，而这种原始的本质在柏拉图与逻辑的创立者亚里士多德那里已经被埋没而丧失了。”①

20世纪的70年代，因为美国年轻人反对越战，年轻人在课堂内外都开始造反了。他们认为，今天的人类面临着这样的战争、种族、污染、性别、核战争等20世纪后半叶以来的如此复杂糟糕的问题，他们认为，那种三段论式的形而上学逻辑根本没有办法概括生活。他们更想听一些像生活逻辑一样的，与日常推理相关的课程。于是，在这样的背景下，北美的大学里就推出了一门新的逻辑学，叫“非经典逻辑的逻辑”。这门学问从70年代开始推出以后，越来越被思想界所关注，这门学问与哲学、交际、心理学、法律、语言学、修辞学等这些学问越来越有关联。这门学科的创建者之一佩雷尔曼曾用这样一句话来概括“非经典逻辑的逻辑”研究的意义：“唯有既非强制性的，也非武断的论辩的存在，能够赋予人的自由以意义。”② 人的一切人文创造如果要归咎始源，就只有归咎到人的生存的自由基因上去。有自由，才有创造，要创造必先自由。

二

实际上，在北美学者对于“非经典逻辑的逻辑”的研究之前，在文化和思想文本上能够找到这种“非逻辑的逻辑”例子是有不少方面的，如果要归类的话，大概存在于如下三个方面：第一，存在于人类对形而上学逻辑还未创造完整之前的古代思想家的文本中，主要是中

① 引自《关于人道主义的书信》《海德格尔选集上卷》，上海三联书店1996年版，第391页。

② 引自《非形式逻辑导论》，人民出版社2009年版，第200页。

国和希腊的某些思想家的作品（由此可见，形而上学的这种逻辑归纳从某种意义上来说是对人类思想自由的一种束缚，乃至扼杀）。第二，这种“非逻辑的逻辑”可以发现在人类的很多宗教文本中，下面举的例可能集中于中国的佛教和欧洲的基督教。第三，存在于诗歌之中。这是我这篇文章重点要说的内容。由此是为了说明，诗歌是人类整个思想和创造最自由的因子。如果舍弃诗歌的发展与创造，那么人类的这种思想自由的本性表现就会从非常大程度上被窒息了。

中国早期思想家著作中的“非逻辑的逻辑”的文本例子，第一名当然是老子。老子的《道德经》中有很多非逻辑的逻辑的精彩描述，比如第22章：“曲则全，枉则直，洼则盈，敝则新，少则得，多则惑。是以圣人抱一为天下式。不自见，故明；不自是，故彰；不自伐，故有功；不自矜，故能长。”这可能是人类对二元对立的非逻辑状态中的逻辑关系最精到的表述。第40章：“反者道之动，弱者道之用。天下万物生于有，有生于无。”天下万物源自于有，而有却源自于无。这种描述与今天宇宙起源的研究发现何其相似！

庄子有关非逻辑的逻辑最多见于他的《齐物论》：“物无非彼，物无非是。自彼则不见，自知则知之。故曰：彼出于是，是亦因彼。彼是方生之说也。虽然，方生方死，方死方生；方可方不可，方不可方可；因是因非，因非因是。是以圣人不由，而照之于天，亦因是也。是亦彼也，彼亦是也。彼亦一是非，此亦一是非。”在庄子眼里，此彼、生死、可否、是非均是对立的，但这种对立又是相对而生的，可转换可并起，是非逻辑中的逻辑。庄子在语言问题上有一个著名观点，就是“夫道未始有封，言未始有常”（《齐物论》），庄子认为，道本来就是没有疆界的，语言本来也是没有定论的。所以，“夫大道不称，大辩不言……不道之道，若有能知，此之谓天府。注焉而不满，酌焉而不竭，而不知其所由来，此之谓葆光”。道之不可量测和语言之不可量测一样，这是一个宝库，注焉不满，酌之不竭，有无限的光明。海德格尔后期把思与言的最高境界形容为“道说”，明显是受老庄的影响。语言正因为有这样的注焉不满，酌之不竭的特征，所以怎能用一些形而上学的逻辑束缚得了呢?!

如果要与老庄这样的伟大的聪明相匹配的话，可能只有古希腊早期的个别思想家。比如赫拉克里特就曾经说：“我们踏入又并非踏入同样的河流，我们是亦不是。”和“不朽即朽，朽即不朽，此生于彼之死，彼死于此之生”①。古希腊哲学家巴门尼德也有相似的怪论：“对我来说都是一样的，无论从哪一点开始，因为我将会再返回那里。”“改变位置，以致变换色彩。那么，由于有一种最远的界限，存在就是完整的，从各个方向看都像是浑圆的球体。从中心到边缘各点都是相等的；因为它在任何一个地方，都不能再大，也不能再小。②”2000多年前的人就有这样的认识，令今人叹之也愧之。

佛教的经书中这种“非逻辑的逻辑”就更多了。《心经》开门见山就是“色不异空，空不异色；色即是空，空即是色”。佛教的《中论》中有一首偈诗：“过去世有我/是事不可得；/过去世中我/不作今日我。/过去我不作，/是事则不然；/过去世中我，/异今亦不然。”这里面“过去的我”和“现在的我”，“世中的我”和“世中的不我”，“是”和“不是”等，全部不能用逻辑的概念来解释。

在基督教文本中，像这种“非逻辑的逻辑”也有很多。教文中经常会有很“吊诡”的语言。比如“在那里没有一个安居者，但是在那里灵魂的火花比在它自己内更安静”。有像“水里的水，火里的火，以太里的以太”这样的比喻，还有像“炫耀的暗昧”“低语的静默”“繁荣的沙漠”等这些完全“非逻辑的逻辑”的文字③。

六世纪以后，中国禅宗的兴起与发展中这种“非逻辑的逻辑”表达更是到了一种发达成“猖狂”的地步。从“一切皆空”到“立无念为宗”。“无念者，是圣人法，凡夫若修无念者，皆非凡夫也。”什么是“无念”？“不作意即是无念”，“无念法不言有不言无”④。这样的表达已经是让智慧远离了层层推理，使得刹那顿悟修炼成了一种艺术。后来禅宗的表达甚至到了不立文字，棒喝即佛的地步。

为什么在形式逻辑没有那么发达的时候，人类的智慧倒是如此的有深度和闪光呢？建一套自以为很逻辑、很理性的形而上学的逻辑，反倒是对人类智慧和理性的束缚。摆脱这种形式上的逻辑却又是人类智慧发展的一种必须，也是整个人类对于宇宙、生物和社会新发现的思维需要。19世纪以后，人类在宇宙学、生物学、化学、物理学等学科中，越来越多地发现一种“混沌系统”或者叫“复杂系统”。这种系统所表现出来的不稳定性、非线性、不对称性、非平衡性等特征是

① 《赫拉克里特著作残篇》，广西师范大学出版社2007年版，第62页，第75页。
② 《巴门尼德著作残篇》，广西师范大学出版社2011年版，第77页，第90页。
③ 引自威廉·詹姆士《宗教经验之种种》，商务印书馆2011年版，第407页，第409页。
④ 参见葛兆光《中国禅思想史》，北京大学出版社1995年版，第258，259页。

人类以前从未发现的，而且这些特征又是一些根本性的特征。人类以前对宇宙，对世界的认识总以为是对称的、稳定的、平衡的，所以也是逻辑的。今天这个“世界是逻辑的”假象一下子被推翻了，实际上这是幻象的被推翻，说明人类在进步。当代思想家都认为人类的头等任务之一是认识并研究这个复杂系统，以及这个系统中的非逻辑的特征，或者叫对“非逻辑的逻辑”的发现，这正是人类寻找新的理性力量的某种努力之所在。

三

在整个人类的艺术文本中，诗歌可能是对于“非逻辑的逻辑”的发现和创造最为独特，最有普遍性的。就这点而言，作为人类创造力和想象力的代表可以说是当之无愧。

70 年代的西方的“非逻辑的逻辑”的研究专家认为，“非逻辑的逻辑”大致有以下四个方面：一、二值逻辑，或者叫多值逻辑。二、含混逻辑。三、辩证逻辑。四、悖谬逻辑。我将就一些新诗做佐证，诗歌是如何在“非逻辑的逻辑”发现中做出它独创性的贡献。

一、二值逻辑、多值逻辑。形式逻辑的真值或者真的蕴含永远只有一的。但是，在生活中有很多东西可能会有两个真值甚至有多个真值。从形而上学的逻辑学而言，这是违反排中律的。但是，在生活中却是常见。庄子说的“彼亦一是非，此亦一是非”就是指的二值逻辑。我们平时说“痛并快乐着”也是二值逻辑。发现二值逻辑是真实的复杂生活的本质真谛的第一人是克尔凯郭尔。克尔凯郭尔曾经这样说：“结婚，你会后悔；不结婚，你也会后悔；结婚或者不结婚，两者你都会后悔；要么你结婚，要么你不结婚，两者你都会后悔。去为世界的各种荒唐而笑，你会后悔；为他们而哭，你也会后悔；去为世界的各种荒唐而笑或者而哭，两者你都会后悔；要么你去为世界的各种荒唐而笑，要么你为它们而哭，两者你都会后悔。相信一个女孩，你会后悔；不相信她，你也会后悔；相信一个女孩或者不相信她，两者你都会后悔；要么你相信一个女孩，要么你不相信她，两者你都会后悔。吊死你自己，你会后悔；不吊死你自己，你也会后悔；吊死你自己或者不吊死你自己，两者你都会后悔；要么你吊死你自己，要么你不吊死你自己，两者你都会后悔。这个道理，我的先生们，是所有生活的精粹。”① 克尔凯郭尔的这段话是对生活中的二值逻辑和多值逻辑最淋漓尽致的发挥。有时生活不是非此即彼，而是非此非彼，反过来说也是即此即彼，两可两不可的。克尔凯郭尔发现，人的存在痛苦到了没法做选择的地步。为什么没法做选择？因为“真正的永恒不是在非此即彼的后面，而是前面。因此，他们的永恒也将是痛楚的‘时间上的延续’，既然他们都要有那双重的后悔来供他们慢慢消耗，我的智慧则很容易领会”②。克尔凯郭尔讲解了生活的聪明和智慧就在于认识形式上的单值是不永恒的，随着时间的拖延，这种单值会被慢慢消耗甚至被否定，所以，二值或者多值逻辑在生活逻辑上，或者说真正的逻辑上不但是存在的，是可以充分被理解的，甚至应该被聪明地接受和运用的。萨特说：“人是可以自由选择的。”这与克尔凯郭尔的“不可选择”构成了一对人生悖论。从根本上说，人的不可选择性比可选择性来得更本质。

举一首诗歌做例子，代表着这种二值逻辑或者多值逻辑的。台湾诗人管管有一首诗，“春天像你你像梨花梨花像杏花杏花像桃花桃花像你的脸脸像胭脂胭脂像大地大地像天空天空像你的眼睛像河河像你的歌歌像杨柳杨柳像你的手手像风风像云云像你的发发像飞花飞花像燕子燕子像你你像云雀云雀像风筝风筝像你你像雾雾像烟烟像吾吾像你你像春天春天像秦琼宋江成吉思汗楚霸王秦琼宋江林黛玉秦始皇像‘花非花雾非雾’”。(《春天像你你像烟烟像吾吾像春天》) 管管的这首诗很有名，整首诗不加任何标点符号，意图很明确，他不想落断说像什么，什么都像什么也都不像，诗中的整个形象是像也不像，也不是不像。妙就妙在这种“不在此也不在彼更不在中间”，在哪里？在“花非花雾非雾”，这就是答案。这就是诗歌的一种二值逻辑和多值逻辑的表现。

二、含混逻辑，含混就是没有一个准确的真值，形式逻辑非常讲究有一个真值。故意不说出真值是什么，这就是含混。管管的诗也有这种意味，但是，根本上他不是含混表现。在这里举两个人的诗为例，一个是台湾诗人痖弦的诗，痖弦的诗《忧郁》的最后一段：

只有忧郁没有忧郁，
是的，尤其在春天，

① 克尔凯郭尔：《非此即彼》上卷，中国社会科学出版社2010年版，第26页。
② 克尔凯郭尔：《非此即彼》上卷，中国社会科学出版社2010年版，第26页。

没有忧郁的，
只有忧郁

到底是在讲“有忧郁”还是“没有忧郁”，还是讲“没有忧郁的忧郁”，还是“有忧郁的忧郁”？这春天的“忧郁”的全部内涵就是这种美妙的永远无法定位的含混。痖弦的含混是说也说不清，讲也讲不明的含混。诗的含混还有一种叫同一件事情，但在多视角之下的含混。王寅的《没有窗口的春天》是讲年轻人成长过程的一首诗，这是最后一段：

我们多么无知，
这无知就像必须百般忍受的幸福，
就像时间上温润的预言，
总是被昏睡的手用作交易。

“无知”是幸福，但是这种幸福是一种“必须百般忍受的幸福”，这个“幸福”的含义就有了一种特别含混的意思。一个年轻人回首往事，从今天的角度讲，无知就是幸福，但视角一换，换到当时的年代，这又是百般忍受了。这种含混是非常形象地用两个视角来讲一件事情的不同含义。一件事若用多个时间、空间的视角去透视，不少是含混的。说年轻人的“预言”，最后是“被昏睡的手用作交易”，这也是一种含混，但正是这种含混才能把年轻时代的激情而又浑噩的生活状态写出来。怎样用最形象、最感觉化的语言把几个视角之下同一件事情的含混诗意地写出来，是诗的一大学问。

威廉·燕卜逊的《朦胧的七种类型》讲诗的朦胧特征，此书被视作诗研究的经典，此书所讲的诗朦胧最主要的就是讲这种含混逻辑。

三、辩证逻辑。辩证逻辑好像已被人广泛地接受与运用，臧克家的诗：“有的人活着，/他已经死了；/有的人死了，/他还活着。”（《有的人》）这首诗讲“生与死”的某种辩证性。比如卞之琳的诗：“你站在桥上看风景，看风景的人在楼上看你。明月装饰了你的窗子，你装饰了别人的梦。”（《断章》）这首诗反映了那种相对相和的辩证性。当然，卞之琳的那种辩证内涵要比臧克家的那种来得更复杂一些。辩证逻辑绝不仅仅是黑格尔的一分为二、对立统一的那一种，这已经在中国被应用到了荒唐的地步。

四、悖谬逻辑。悖谬逻辑是整个“非逻辑的逻辑”中存在最普遍，表现最充分的一种。这种悖谬逻辑已经被称为是一种后现代的思维方式，或者叫作知识法则。这种谬论的推理大量存在于数学、物理学、天体物理学、生物学的理论里面。悖谬逻辑存在的普遍性可能正是今天人类科学的一种进步象征。

悖谬逻辑在诗歌中的表现可能要比前三种“非逻辑的逻辑”要多得多。顾城的“你看我时很远，你看云时很近”就是悖谬的名句。再举例如下：“吃石头的刺刀走向极端/我听到空气的堕落”（柏桦），这个悖谬是含义上的悖谬。“爱抱怨的人找不到医生/他疯狂于皮包骨头的痴情”（柏桦），这个也属于含义上的悖谬。“云很天鹅/女孩子们很四月”（余光中），这也是含义上的悖谬。“一批怪石痛成虎啸”（余光中），这是语法上的悖谬。“我看见停止呼吸的月亮/天空比一块尸布更死气森然”（曼吉什坦姆），这个也是属于含义上的悖谬。“一脸大海，掉头而去”（欧阳江河），这是语法上的悖谬。“这醉我的世界含满了酒”（张枣），是语法上和含义上的悖谬，是“酒醉我”“我醉酒”的一种混淆。

在中国当代诗人中，从诗歌的运思到用词的构思与修辞对于“非逻辑的逻辑”运用最多的、最娴熟的可能就属诗人欧阳江河了。举他的诗《一夜肖邦》为例：

只听一支曲子。
只为这支曲子保留耳朵。
一个肖邦对世界已经足够。
谁在这样的钢琴之夜徘徊?

可以把已经弹过的曲子重新弹过一遍，
好像从来没有弹过。
可以一遍一遍将它弹上一夜，
然后终生不再去弹。
可以
死于一夜肖邦，
然后慢慢地、用整整一生的时间活过来。

可以把肖邦弹得好像弹错了一样。
可以只弹旋律中空心的和弦，
只弹经过句，像一次远行穿过月亮，
只弹弱音，夏天被忘掉的阳光，
或阳光中偶然被想起的一小块黑暗。
可以把柔板弹奏得像一片开阔地，
像一场大雪迟迟不敢落下。
可以死去多年但好像刚刚才走开。

可以
把肖邦弹奏得好像没有肖邦，
可以让一夜肖邦融化在撒旦的阳光下。
琴声如诉，耳朵里空有一颗心。
根本不要去听，心是听不见的，
如果有人在听肖邦就转身离去。
这已经不是肖邦的时代，
那个思乡的、怀旧的、英雄城堡的时代。

可以把肖邦弹奏得好像没有在弹。
轻点再轻点，
不要让手指触到空气和泪水。
真正震撼我们灵魂的狂风暴雨，
可以
是最弱的，最温柔的。

这是一首描述音乐的美妙，和音乐的至美享受的极尽智慧聪明、又特别有诗意的一首诗。它是利用听觉上的错幻觉而引起的悖谬。用最极端的荒诞来写美的音乐在人感觉上的微妙、精彩，所谓“绕梁三匝”，“曲终音不尽”等的最高端的美妙，但是，它用的方法却是悖谬思维。悖谬思维是让人从常规思维中逸离出来的最好手段。常规思维总让人无距离地看世界，悖谬是让人有距离地看世界。写诗者尤其需要这种能力看世界，距离越远越有可能发现诗意。

下面大致归类分析：

非逻辑的逻辑（悖谬思维）	诗意
“重新弹奏一遍”——“好像从来没有弹过”	音乐永远魅力中的新鲜感
“弹上一夜”——“终生不再去弹”	音乐的至美会给人留下永远的痕迹
听“一夜肖邦”——“用整整一生的时间活过来”	美的音乐能唤起人的全部记忆与情感
弹肖邦——“好像没有肖邦”	音乐在不断被演绎中的出新享受
弹肖邦——“好像没有在弹”	音乐享受中的至高境界

整首诗从第三段开始对美的音乐感受用了五个非常奇妙的比喻：“像一次远行穿过月亮”，“夏天被忘掉的阳光”，“阳光中偶然被想起的一小块黑暗”，“像一场大雪迟迟不敢落下”，“可以死去多年但好像刚刚才走开”，这完全是精彩的感觉语言，把音乐的美妙用形象的感觉语言表现出来。这首诗中的佯谬智慧（“非逻辑的逻辑”有时候，尤其在诗歌中的表现不少是佯谬）不是用思想语言演绎的，而是用感觉语言表现的。

欧阳江河从80年代开始写诗，尤其是从其成名作《悬棺》开始，一直在“非逻辑的逻辑”的诗意发现上做诸多探索，非常成功。欧阳江河会用很多种笔墨写诗，诗域非常广阔，但最能说明其风格身份的应该是卓有成就的智慧型诗人。

四

悖谬逻辑的追求在当代诗歌创作当中成为一种潮流，俄国诗人阿赫玛托娃的诗也很喜欢使用这种方法，比如“你看，她在快活地忧伤，如此花枝招展而又一丝不挂的姑娘”，阿赫玛托娃的评论者甚至把这种风格特点称作为“逆喻”。欧阳江河对于这个问题也有理论阐述，他把“非逻辑的逻辑”在诗中的用法叫作“反词”。他说：“类型化意义有一个两元对立的基本结构，词的升华由于预先规定了单一变化方向，词不仅自动获得意义，而且自动获得这一意义的对立面。两者都是类型化了的，属于同一结构中的两极。它们的对立面有时涉及价值判断，有时是不同语境的对比，有时是带有急迫的世俗功利性要求。但上述对立很可能转化为并无实质内容的纯粹修辞现象，因为意义的对立在这里完全可以和词的修辞性对立混用。换句话说，写作者升华过程中所经历的黑暗到光明、从地狱到天堂、从肉体到精神的种种变化，就已经是意义和价值的变化，还是得来不费功夫的措辞表演，两者很难加以区分。”①

欧阳江河的“反词”说法是既看到了内容的含义，也有修辞的含义。既把它看成是诗人在构思诗歌的时候，在人生体验的“黑暗到光明、从地狱到天堂”的变化中悟得价值的内容，而这个“反词”的获得又是“得来不费功夫的措辞表演”。在这点上，我认为他的体会是对的。因为，悖谬表面上的对立并不重要，重要的是悖谬背后的意义和价值，对于悖谬背后的意义和价值的表现才是诗意的根本。如果全然是一种文字上的两元对立、对比、矛盾、转化等的表演，那是一种肤浅的行为。最终给人诗意地看到生活和生命的内在意义和价值的变化，这才是诗歌表现的根本。如果没有这一点的话，那真是成了一个不费功夫的语言游戏了。在这个问题上，欧阳江河是清醒的。所以，他在另一个地方曾经说过：“我的意思是，反词是体现作者文本用意的一个过程，这个过程将词的意义公设与词的不可识读性之间的紧张关系精心设计为一连串的语码替换、语义校正，以及话语场所的转折，由此唤起词的字面意义，衍生歧义，修辞用法等对比性要素的相互交涉。”② 欧阳江河的这段话已经说得很清楚了，那就是，反词实际上就是一个诗人在构思一首诗的时候的一个起点，但又最终表现为一个终点。在这个过程中，诗人的反词设计是从语义对立到文本对应，从内容到修辞的全部到位。欧阳江河还认为“这个过程将词的意义公设与词的不可识读性之间的紧张关系”做精心营造。这的确是成功者的经验。反词实际上就是让诗的语词与意义在可公度性与不可公度性之间做精彩的危险平衡，这是一种诗的走钢丝。不可公度性是为了制造读者审美阅读中的陌生化刺激，或者叫对美的期盼感，但好的诗最终一定会让美公度过去，使诗人与读者成为强烈共振的一体。可公度又不可公度，这是诗的艺术。不可公度的可公度，这是诗的元规则。我认为，欧阳江河的这些“反词”理论正是悖谬逻辑的成熟思考，是他成功写作的夫子自道，他表达了一种独到的审美倾向和艺术理论追求。这种审美追求和他的诗歌创作是合契的。

---

① 欧阳江河：《谁去谁留》，湖南文艺出版社1997年版，第274页。

② 欧阳江河：《谁去谁留》，湖南文艺出版社1997年版，第284页。

五

20世纪的西方哲学家当中，法国的让·弗朗索瓦·利奥塔是最为提倡悖谬逻辑的一个思想家。他把悖谬逻辑称作为创新性的思维，是“后现代的知识法则”。他认为现代社会运用这样一种悖谬逻辑思维可以引进一种开放系统的模式，而这种开放系统的模式是为了打破现代不合法社会的“元语言”和“元叙事”。现代弥漫于思想文化领域的“元语言”和“元叙事”就是为了追求总体性、普遍性、确定性的一种哲学思想。利奥塔通过这种悖谬逻辑的提倡，实际上是提倡一种个性化、不确定化、非普遍性的哲学思想。利奥塔的这种悖谬逻辑的提倡更多的是社会学含义的叙事，对于现代性的合法性危机做出评价。他在谈到这个“后现代合法性的模式”以及这种“悖谬逻辑”的方法的时候，特别提倡了语言游戏。他是引用了维特根斯坦的概念来阐述，但其内容是独特的。

欧阳江河在提到“反词”的时候，他也是涉及了语言游戏。比如说他讲到了“非实质内容的纯粹修辞性”，他讲到了“得来不费功夫的措辞表演”，这个说法实际上就是语言游戏。

游戏这个词汇在中国总是带有某种贬义，实际上这是极大的误解。每个人的童年最不会褪色的回忆是孩童时候所做的游戏。游戏是必需的，尤其是对于语言。因为语言是太容易熟化、固化、老化。为了打破语言的种种逻各斯的需要，为了让诗的本真之言去树立语言的规范和语言法则的需要，我们有必要去做语言游戏。这样的游戏于现实、于历史、于伦理、于审美是太少太少了。当然，游戏有很大的高下之分，如果要分的话，我想围绕着诗歌的语言游戏可以分为三种：第一种是创造性的语言游戏；第二种是机械性的语言游戏；第三种是毁灭性的语言游戏。

什么是创造性的语言游戏？首先，创造性的语言游戏是诗人必须在内容上、情感上表现出非逻辑中的逻辑，诗要向人提供让人感动、让人思考，在内容上有价值性的东西。比如《一夜肖邦》罗列了如此多的非逻辑，“弹了等于没弹”“听了等于没听”“好像在弹，好像不在弹”“好像弹错了一样”，他把种种错觉上的那种非逻辑的东西，最后引申出来的却是诗意的逻辑，那就是肖邦音乐的美妙，引人入胜，出神入化。如果没有发现这样一种绝对的诗意逻辑，这首诗是无法感人的。

其次，诗的成功一定不是思的成功，而是感觉的成功。诗被称为最形象的文本艺术，根本就是诗是要把人对世界的全部最基本、最原始的感觉活动予以保留（人习惯于理性提炼，在生活中那么需要感觉，但一旦思维起来又总是弃感觉于不顾），甚至唯一性地加以创造性开发的这种人的本性需要。《一夜肖邦》全部是一种感觉语言，是用感觉来说话的。比如说诗描写音乐的流畅“像一次远行穿过月亮”，诗把音乐中的弱音形容为“夏天被忘掉的阳光”，诗说肖邦的“柔板弹奏得像一片开阔地”，“像一场大雪迟迟不敢落下”等，这些语言都是微妙的感觉编织而成的形象图画，而不是硬邦邦的思想语言。

诗的语言不可能不涉思想，但一定不是纯粹的思想。诗的语言的最大天地面积一定是感觉语言。在这一点上，诗人特朗斯特罗默有一首诗《词与语言》形象地谈及过这个问题：

> 厌倦了所有带来词的人，词并不是语言
> 我走到那白雪覆盖的岛屿。
> 荒野没有词。
> 空白之页向四面八方展开！
> 我发现鹿的偶蹄在白雪上的印迹。
> 是语言而不是词。
>
> （北岛译）

特朗斯特罗默在这首诗中说出了诗的一个秘密：诗的词是一种生硬的、生涩的、僵硬的东西，是一种硬邦邦的思想，而诗歌语言应该是一个活生生的语言，就像“白雪覆盖的岛屿”，“空白之页向四面八方展开”，“鹿的偶蹄在白雪上的印迹”，这就是感觉语言。利奥塔曾经形象地说：“梦的工作不是思想。”① 同理，诗的工作也不是思想。

最后，《一夜肖邦》的又一个成功之处是，这首诗附着深深的情感，这首诗让人感慨至深的不是因为诗人的智慧和思想，最令人感慨的是诗人挚爱肖邦音乐的那种迷恋，那种崇敬的情感。这种情感是深深打动人心的。诗歌如果没有情感的附着，它就没有了深度，没有了灵魂，它就会僵硬，它可以是一篇好散文，但肯定不是一首好诗。荷尔德林认为，作诗是“最清白无邪的事业”。对荷尔德林的这个判断，

---

① 利奥塔：《话语，图形》，上海世纪出版集团 2012 年版，第 291 页。

海德格尔万分欣赏，他说："何以作诗是'最清白无邪的'呢？作诗显现于游戏的相互形态之中。作诗自由地创造它的形象世界，并且沉湎于想象领域。这种游戏因此逸离于决断的严肃性。"① 海德格尔的这番话实际上指出了诗的语言游戏人必须是本真人、情感人的特点。

利奥塔在讲语言游戏的时候，特别强调一种东西，他引用了马拉美对自己创作的判断："诗句通过若干字眼重造一整个全新的、对于语言来说是很奇怪的、像咒语一般的词语，完成这种词语的孤立；它以至高无上的力量否认直到它为此始终存在于单位项（尽管这些单位项在意义和声音上得到巧妙的再次锤炼）中的偶然。"马拉美将诗命名为"一个字一个字被征服的偶然"②。马拉美的这句话里面有一个意思我认为是必须把它理解的。他说，即使像咒语一般的词语，它是独立的，但是它不是偶然的，它是一个字一个字被征服的偶然。在这种偶然中实际上有着太多的必然。所以我认为利奥塔利用马拉美的这些自述表达了这样一个意思：语言游戏不是一种轻率的、恣意妄为的游戏，它是被征服的偶然，这是一种非常危险的平衡状态。语言在游戏的时候，一旦是被纯粹地作为一种任意性的、可以无理据性的、可以恣意妄为的做法的话，那么，这个游戏就一定是变质了。为此，利奥塔为语言游戏作过三个值得注意的事项："第一它们的规则本身并没有合法化，但这些规则是明确或不明确的存在于游戏者之间的契约（这并不是游戏者发明的规则）。第二没有规则便没有游戏，即使稍稍改变一下规则也将改变游戏的性质，一个不符合规则的'招数'或陈述不属于这些规则定义的游戏。第三个意见刚才已经暗示出来了：任何陈述都应该被看成是在游戏中使用的'招数'。"③ 这三点实际上指出了语言游戏的本质：必须是去一已化、去功利化的，处在规矩和规则下的一种状态，游戏的招数可以变化但要被默认。这是语言游戏的基本要则。

我最近读到了一首台湾年轻诗人鸿鸿的诗《不管我在哪里》：

不管我在哪儿，我都不在那儿
不管我说了什么，我都是别的意思
不管我梦见什么，我都一样清醒，

① 海德格尔：《荷尔德林诗的阐释》，商务印书馆2000年版，第37页。
② 利奥塔：《话语，图形》，上海世纪出版集团2012年版，第73页。
③ 利奥塔：《后现代状态——关于知识的报告》，三联书店1997年版，第18页。

我爱，但我爱的不是别人，也不是你

如果我的心剧烈跳动，那只是因为
他们的心也跳得同样剧烈，同样无声——
那些睡在陌生人身旁的新娘
那些离乡背井的工人
那些在革命广场上呐喊
却突然感到茫然的学生
那些被自由束缚的情人

注视我，我便在你眼里
吻我，我便在你舌尖
握紧我，我便在你手掌中呼吸
忘记我，我便永远在你心底

这首诗一看便知道，诗的诗意铺设是用“非逻辑的逻辑”，是用“悖谬逻辑”来演绎的，“不管……我都……”“我爱，但我爱的不是别人，也不是你”，都是用反词去说某种正话，而这种反词背后的正话的表达是不经雕琢，但又到了感人至深的地步的感觉语言。他爱的是那些受压迫在呐喊的、受着委屈又茫然的那些人群，诗人的心和他们相通，所以他最后说“忘记我，我便永远在你心底”。像这种成功的悖谬表达，正说明了创造式语言游戏需要具备的三个条件：第一，需要能够把这种“非逻辑的逻辑”的内涵、核心——生命体验中的真意义、真价值体现出来。第二，它又必须是一种用诗歌的感觉语言写出来，而不是用思想语言来写。第三，它必须承载着诗人真挚而又强烈的情感。情感是诗的血液，没有血液，内涵核心、感觉语言都会失去承载体，诗意就没法成立。

六

我最近读了欧阳江河的长诗《凤凰》。读了好几遍，应该说这是一首智诗，一首令人感叹的精彩的语言游戏。这首诗的内容非常有意义，它讲的是中国当代的荒诞，讲中国社会的种种“熵现象”。这首诗的整个构思是用悖谬逻辑的思维来引发与编织的。他的反词罗列的范围非常广，从物质对精神，理想对现实，富裕对贫穷，古代对今天，废弃物对艺术品，艺术家对收藏家，等等。徐冰把一堆工具废弃物最后搞成了一个当代艺术品，诗人从这一点引思生发出很多社会意义的诗的思考。这首诗歌更多的是用动词来连接叙事，又用名词的转喻化与悖论精神来作为线条的办法来组织了诗的结构，这一点很成功。诗人把物化和诗化的凤凰的共时性和历时性的经纬编织作为叙述的策略，应该说也非常成功。诗中充满了令人感觉非常巧妙的形象智慧表达："政治局被一枚硬币抛向天空，/至今没有落地：常委们/会一直待在云深处吗？/列宁和托派谁见到过凤凰？/革命和资本，哪一个有更多乡愁？""请将电视和广播的声音/调到鸟语的音量：听一听树的语言，/或者从蚜虫吃树叶的声音/取出听力。请把地球上的灯一起关掉，/从黑夜取出白昼，取出/一颗火树银花的星系。/从黑暗中，越是黑到深处，越不够黑。"① 这样的诗句非常巧妙，也很有意义，但巧则巧矣，智者智矣，读者读来总感觉缺少一种深深被感动的冲击，也就是《一夜肖邦》中说的"真正震撼我们灵魂的狂风暴雨"。这种"狂风暴雨"是灵魂性的，非思想性的；是感觉性的，非理性的。这首诗不缺少，应该说有非常多的思想内涵，有着这么多的巧妙构思、策划，为什么它还是不能够达到诗歌的最高境界呢？我想是不是可以从老祖宗的话里找到答案："夫诗有别才，非关书也；诗有别趣，非关理也。然非多读书，多穷理，则不能极其至。所谓不涉理路，不落言筌者，上也。诗者，吟咏情性也。盛唐诸人惟在兴趣，羚羊挂角无迹可求，故其妙处透彻玲珑，不可凑泊，如空中之音，相中之色，水中之月，镜中之象，言有尽而意无穷。"② 这些老话让人耳朵生茧，但传诵几百年总有些道理吧！

七

可能因为是游戏的随性任意的特点，所以，游戏很容易被玩成一种恣意妄为的行为，这就是欧阳江河说的"得来不费功夫的措辞表演"。这种游戏的任意，不加约束，实际上违背了利奥塔在规范语言

① 《凤凰》，《今天》第96期。

② 严羽：《沧浪诗话》。

游戏的时候曾经说过的游戏的最基本“规则”：“任何陈述都应该被看成是游戏中使用的‘招数’。”“可观察的社会关系是由语言‘招数’构成的。”① 诗歌的语言游戏如果脱离了为内容、为情感的表达而去做游戏，这很容易走到我称之为“机械性的语言游戏”。怎么样的做法叫机械化的语言游戏？一个台湾的诗歌理论家总结了一套方法，他指出核心是八个字：虚则实之，实则虚之。引申为“意则象之，象则意之；情者景之，景者情之；小者大之，大者小之；此觉则彼觉之，彼觉则此觉之；远则近之，近则远之；动则静之，静则动之；主动者被动之，被动者主动之；多则少之，少则多之；正者反之，反者正之……”② 这个总结有参考价值，可以让诗人从悖谬的线索中找诗意，但如果整首诗歌的写作纯粹是机械化地用这种两两对立，对比相成做游戏，而不加以情感的参与和感觉世界的描述，那么，这首诗最大的成功也只是一种机械化的语言游戏。

最等而下之的那就是一种毁灭性的语言游戏。像这种毁灭性的语言游戏在中国诗坛里面有没有？应该是有的。我读了一些中国当代诗人的诗，含英咀华之外还有不少败坏食欲的东西，有不少是毁灭性的语言游戏的诗。一切的形象好像都在回避着什么，不是故意的，但又是故意的。一切都不通透，只是掩饰。最后掩饰的是什么呢？恐怕就是虚假和浅薄。这种低级游戏式的诗不要说别人读不懂，恐怕连他自己也读不懂。这与荷尔德林认为的写诗是“最清白无邪的事业”相去十万八千里了。

面对这种以糟蹋语言、破坏语言为能事的语言游戏，我联想到庄子对于惠施的评论。惠施是先秦的名家代表。惠施的名言里面有很多“卵有毛”“鸡三足”“火不热”“山出口”“狗非犬”等这种游戏式诡辩言论。庄子对惠施言论的评价是这样的：“惜乎！惠施之才，骀荡而不得，逐万物而不及，是穷响以声，行与影竞走也，悲夫。”（《天下》）庄子认为，惠施那种游戏是用发声来止住回声，身体和影子相互竞走的游戏，可悲啊！中国当代诗歌中那种毁灭性的语言游戏是否就是这种用发声来止住回声，身体和影子相互竞走的可悲游戏呢?!

［作者系法中文化交流中心主席］

① 利奥塔：《后现代状态——关于知识的报告》，三联书店1997年版，第18，19页。

② 白灵：《一首诗的诞生》，台北九歌出版社1991年版，第84页。

诗学研究

中生代研究

散文诗研究

新诗文本细读

现代诗人研究

关于戈麦

姿态与尺度

诗论家研究

外国诗论译丛

当代诗学“命名”的操作、意义及反思
——以“中生代”为例

王学东

当下诗坛，在一定程度上可以说，“诗歌命名”与“诗歌文本”有着同等重要的地位。当我们要确定一位诗人价值的时候，他所从属的“命名”（或者说社团、流派）便是其中一个重要的考量环节，甚至成为一个至关重要的砝码。于是在拉帮结派基础上，寻找并确定一个独特的命名，成为当下诗歌前进中的一股重要力量，愈演愈烈的命名冲动在当下诗坛不断上演。这样，以一个诗刊、一本诗集、一个论坛或博客、一种诗歌朗诵会等形式为阵地和平台，当代诗坛涌现出无数的诗学“命名”，各领风骚三五天。当代诗坛明显的“命名冲动”，不仅为我们呈现出了繁多的诗歌样态，也贡献出丰富的诗歌风格，成为当代诗歌不断推进的重要表征。

“中生代”命名，在当下诗坛有着一定的代表性。被誉为“中生代”诗人，有相当数量，而且都是持续写作的诗坛中坚力量，使得“中生代”诗学在当下诸种“命名”中，具有代表性。这里仅从“中生代”的“命名”出发，以对中国当代诗学的“命名”操作、意义做一点考察。

一

2005 年《江汉大学学报》“现当代诗学研究”开设“关于‘中生代’诗人”栏目，以“中生代”为讨论中心。2007 年以推动国际汉语诗歌学术交流，促进中国新诗的整体发展为宗旨的“当代诗学论坛机制”，其重要的成就便是建设、推进和完善“中生代”诗学。2008 年作家出版社出版的《汉语新诗百年版图上的中生代——首届当代诗学论坛论文集》，2009 年的《两岸四地中生代诗选》出版，使得“中生代”命名已成为当下诗学的一个非常值得关注的现象。

当然，在当代诗学中，“中生代”又可以说是一个比较庞大而复杂的诗学命名，其背后隐藏着多种因素的纠缠，乃至悖论，还需要我们进一步的讨论。这里即从“中生代”的诗学命名本身出发，探讨“中生代”命名的几个基本维度。

1. 时间维度

我们知道，“中生代”是一个地球地质纪年方式。地质纪年，即是以宙、代、纪、世四级来划分地球地质年代分期。第一级的“宙”包括太古宙、元古宙和显生宙。显生宙是地质年代分期中第一级“宙级”的第三个阶段，包括古生代、中生代和新生代三代。其中“中生代”则分为三叠纪、侏罗纪、白垩纪三“纪”。按《新华词典》的解释，“中生代”：“显生宙的第二个年代。约开始于2.5亿年前，结束于6500万年前。分为三叠纪、侏罗纪、白垩纪。”其实，这样纯粹的地质年代分期的知识，对于理解“中生代”诗学并无多大的意义。但从“中生代”的词源学探讨出发，“中生代”本身首先是一个宏大的时间分期概念，这是理解“中生代”诗学命名的一个基本维度。

作为地质年代分期的“中生代”，被借用到诗学之中，就成为一个诗歌年代分期的概念。这种划分最初出现在台湾诗歌界，当然此时台湾诗歌界的“中生代”命名，就并未完全依照“古生代”“中生代”“新生代”这样的地质分期来命名。而是，台湾诗歌界对台湾当代诗歌发展，以年代分期划分为“前行代”“中生代”“新世代”三代。其中的“中生代”诗人，主要包括20世纪台湾五六十年代出生的诗人。这样，之前的或已慢慢隐退的“前行代诗人”，作为当代诗人主要力量的“中生代诗人”，以及正在成长的“新世代诗人”，一起组建起了台湾当代新诗的历史。

大陆诗歌界对于“中生代”的关注，要迟缓得多，而“中间代”的出现，是大陆“中生代”形成的一个重要转折点。2001年黄礼孩、安琪编选《诗歌与人：中国大陆中间代诗人诗选》，开始出现“中间代”命名。之后的2004年，安琪、远村、黄礼孩编选的两卷本诗歌巨著《中间代诗全集》，由海峡文艺出版社出版，其中安琪的论文《中间代：是时候了!》，正式提出“中间代”的诗学命名。安琪说，“中间代”，是“介于第三代和70后之间，承上启下，兼具两代人的诗写优势和实验意志，在文本上和行动上为推动汉语诗歌的发展做出了不懈的努力并取得了实质性的成果"①。其中值得注意的是，"中间代"主要指的是大陆60年代出生的诗人，与台湾"中生代"所指的五六十年代出生的诗人有重合，这使得大陆诗坛与台湾诗坛有了相通之处。在大陆与台湾诗坛的交流与沟通过程中，本土"中间代"命名与台湾的"中生代"命名在精神气质上有了一定的相似性。正是在于"中间代"在大陆诗歌分期中与"中生代"在台湾诗歌分期中时间上的相似，"中间代"首先被纳入了"中生代"诗学命名的范畴。

但是，由于大陆诗学界对于"中间代"命名本身的不满，他们试图在"60年代出生"这一时间维度上，重新寻找更准确的诗学命名。于是"60后""第四代诗人"等概念就被频频关注，也逐一被卷入"中生代"诗学的命名之中。1995年黑大春主编的《蔚蓝色天空的黄金——当代中国60年代出生代表性作家展示·诗歌卷》，展示了十位60年代出生的诗人，这一"60后"概念，就进入了"中生代"研究者的视野。2000年"以出生于60年代中后期及少数生于70年代的诗人为主体"的《中国第四代诗人诗选》所提出的"第四代诗人"，也由于其"60年代诗人"为主体，被"中生代"多次提及。

所以，"中生代"首先就是一个时间分期概念。从词源本身，到诗学命名，都体现出强烈的时间特征。

2. 空间维度

"中生代"不仅是一个时间命名，更是一个空间命名。如果说"中生代"从词源上来说是一个时间分期概念，那么"中生代"命名在诗歌界的传播过程以及它最后的诗人群体构成，就明显地体现出它的"空间特征"。这正是"中生代"诗学命名中的特异之处，而这种空间特征，也为"中生代"诗学命名增加了更为丰富的意蕴。

正如我们前面多次看到，"中生代"本来是一个解释地球地质年代的人类共同术语，属于全人类共有。但到了诗歌界，这一命名就有了丰富的"空间特征"，更何况这是具有特殊政治意味的空间，使得这一术语有着特有的"空间意义"。

这一"中生代"命名在诗歌界中的使用和传播，就是从一个空间向另外一个空间的转换过程，体现出明显的地域特征。"中生代"命

① 安琪：《中间代：是时候了！》，《中间代全集》，海峡文艺出版社2004年版，第2306～2313页。

名首先是在台湾诗歌界崛起，然后进入大陆诗歌界，通过诗歌界和学界的共同努力，在大陆诗坛获得了长足推进。然后“中生代”诗学获得了新的生命力，又重新返回台湾，重构台湾的当代诗歌发展历程。与此同时，这一命名向香港、澳门等地推进，介入港澳诗歌的发展之中。而到了当下，“中生代”更是向全球挺进，把目标瞄向了整个国际华文文学，以便整合当代华文文学。

另外，从“中生代”诗人群体的构成来看，也是一个明显的空间诗学概念。2009 年出版的《两岸四地中生代诗选》①，就比较明显地展示了这一倾向。我们知道，“两岸三地”主要是一个政治地域术语：在台湾海峡的“两岸”，一边是中华人民共和国，另外一边是台湾地区，以及香港、澳门地区，这样共同组成了“四地”。《两岸四地中生代诗选》完全按照这样的地域格局来编选。这本诗选的主编有三位，吴思敬、简政珍、傅天虹，分别代表大陆、台湾、港澳。而入选的“中生代”诗人中，大陆有三十位诗人，台湾十三位诗人，香港六位诗人，澳门两位诗人。从这样的编辑阵容和作者群体来看，“中生代”完全凸显出了一种地域特征。如果这样带有总结性的“中生代”诗选还要继续编选，应该会以世界华文为地界了，成为《世界华文中生代诗选》。这里尽管我们可以将这种“两岸四地”的编选方针、编选体例看作是策划，乃至炒作，但是“中生代”背后所体现出来浓浓的空间跨度，是值得我们注意的。

所以，此时当我们提到“中生代”的时候，已无意识自主地在前面加上了“两岸四地”这个限定词，乃至整个华语世界。也就是说，当我们说起“中生代”的时候，我们实际上是在谈论“两岸四地中生代”，我们所指的是“两岸四地中生代”。“两岸四地”这一空间特征，已成为“中生代”命名的一个重要操作维度。

3. 诗学维度

尽管“中生代”的命名，具有时间特征和空间特征，但“中生代”本身是一个诗学概念。其实，在大陆诗学的命名中，并非地质年代中的“中生代”，而是“新生代”概念最早引起了重视。因为在地质年代分期中，“新生代”时期出现了哺乳动物，人类也是在这个时期出现的。比起“中生代”来说，“新生代”的命名，更能为诗学注入一些新的意义和价

---

① 吴思敬、简政珍、傅天虹主编《两岸四地中生代诗选》，作家出版社 2009 年版。

值。不过，1986年牛汉在《诗的新生代——读稿随想》提出了“新生代”，“《中国》文学月刊的这一期的十位诗作者，年龄多半在二十岁上下，都属于新生代”①。他的“新生代”特指朦胧诗之后的一股诗歌新潮“第三代诗”，并非这里所要研究的诗人群。

但是，“中生代”诗学一开始，就有着自我的“诗学诉求”。在台湾当代诗歌谱系中，对于“中生代”的命名，是对作为当下诗坛主力、核心、中坚力量的期待、呼吁、支持，实际上是对一种成熟、理性、大气的“中年写作”，以及明显的“个人化写作”的诗学观照。之后“中生代”的大陆之旅，也被不断地构建，进而纳入大陆的诗学谱系。“中生代”诗学，正如“中间代”诗人对自己的评价和定位一样，“从朦胧诗人强调对社会的反思和批判，到第三代诗人旗帜嚣张地揭竿而起，中间代诗人显出了一种多元多解的语言态势，他们注重个人主体精神价值的实现，注重不事声张的写作方式”②。所以，“中年写作”“个人化写作”，便成了“中生代”命名的主要诗学倾向。

当然，正是由于“中生代”本身是作为一个诗学群体命名，但又追求个人化的诗学风格，所以，“中生代”诗学呈现出强烈的悖论特征，“由于这批诗人艺术观念、美学风格、修辞手段等的各不相同，在诗歌技艺上更综合化，文本呈现上又更个人化，因而，中生代研究必须建立在具体的具有代表性诗人及其作品的深入研究、梳理与把握之上，否则难以获得有价值的指认与确立。中生代诗歌具有‘非代性’这种悖论性特征”③。而回溯文学史上的诸多流派，这种“群体属性”与“个体写作”之间的背离也是并不鲜见的。尽管这一诗学命名在“群体归属”与“个人写作”之间存在着莫大的张力和空隙，但“中生代”已为自己设置了比较明确的诗学目标。

二

对于“中生代”诗学的意义，学界已有诸多精彩分析。如吴思敬先生就站在诗歌史的大背景之下，对“中生代”命名做了深刻的回

---

① 牛汉：《诗的新生代——读稿随想》，《中国》1986年第3期。

② 安琪：《中间代：是时候了！》，《中间代诗全集（下册）》，海峡文艺出版社2004年版，第2311页。

③ 臧棣、张桃洲：《现当代诗学研究——关于“中生代”诗人》，《江汉大学学报》2005年第5期。

答。他认为“中生代”命名是有现实需要的，“是对当代诗歌进行宏观描述的需要”“是沟通海峡两岸诗歌创作与研究的需要”“是消解大陆诗坛‘运动情结’和化解形形色色的山头的需要”①。他对于“中生代”价值的阐释，无疑是相当有价值的，这也为“中生代”的进一步发展奠定了坚实的理论基础。如果我们回到“中生代”的命名现场，从诗学本身出发，我们发现“中生代”还蕴含着重要的诗学意义。

一方面，“中生代”诗学多元、包容的特点，乃至可以不断增值，具有无限扩充的可能，成为一种“弹性诗学”。

本来，一种诗学命名除了有自己相对稳定的诗学倾向之外，都有着自己相对固定的创作主体。而“中生代”诗学，从台湾诗歌界起航，以“60后”诗人为主体，然后从时间和空间上开始了不断地扩容、增长，乃至把相近的一系列诗人都逐渐地纳入自己的体系之中，使得“中生代”诗学具有相当的弹性特征。

“中生代”诗人群，时间跨度和空间地域上都在不断地扩容，正如屠岸先生的统计，“有人认为中生代‘主要是指20世纪60年代出生而又不同于新生代的尚未有共同指称意义的诗人’。有人认为中生代指‘出生于60年代后期及少数出生于70年代的诗人’。有人把中生代上溯到1950年代出生的诗人。有人更进一步，认为‘1940年代末到1970年代初出生，特别是差一两年的诗人’也可以考虑进去。这样，对中生代就产生狭义的和广义的两种认知。如果按广义的理解，中生代就涵盖了1940年代后期到1970年代初期出生的诗人。曾有人把可以归属到中生代的诗人们列出了名单，面及中国大陆、香港、澳门和台湾。名单中有的诗人出生于1940年代后期，如傅天虹、北岛；有的出生于1950年，如简政珍；有的出生于1970年代初期。这样，中生代诗人的年龄差距在四分之一个世纪之间”②。“中生代”诗人群在时间和空间上的无限扩容，这就更加体现出这一诗学命名的包容性和多元性，可以将更多的力量汇聚到“中生代”之中，一起参与到“中生代”诗学的建构和发展。同时，“中生代”的这种“弹性特征”，也可以将自己的力量渗透到更广阔的角落里，为中国当代诗歌的发展构建一个良性的发展平台。

另一方面，“中生代”诗学命名的多元、包容，特别是它整合的

① 吴思敬：《当下诗歌的代际划分与“中生代”命名》，《文学评论》2007年第4期。
② 屠岸：《关于中国新诗“中生代”命名的思考》，《诗探索》理论卷2008年第1辑。

特点，呈现出一种“综合特征”。在当代诗学走向“集大成”之时，“中生代”诗学既是对于“集大成诗学”的期待，也成为“集大成诗学”的一种表征。

从1917年2月胡适率先在《新青年》杂志上发表《蝴蝶》等《白话诗八首》以来，中国现代新诗持续到今已经将近100年的历史。这其中，出现了一批极为优秀的诗人和诗歌。这些诗人和他们的诗歌作品，一方面比较丰富地呈现出中国新诗特有的语感和表达技巧，集中地展示出中国现代新诗的特有质素，强烈地冲击并改变着我们固有的传统诗歌观念。另一方面，这些诗人的诗歌也较为深刻地击中了我们生活着的现实世界与个体的现代情绪，挖掘到了现代人关切个体问题、人类问题，造就出感性和理性交融的高深思想，这使得中国现代新诗已经成为现代人精神需要的一个重要领地。然而，即使到了影视、媒体、广告一统天下的当代，现代小说、现代散文、现代戏剧都早已在当代社会站稳了脚跟，而对于现代新诗的质疑、讨伐之声却依然嘈杂不绝。这不得不让我们思考，除了外在社会的通俗文学的强烈冲击之外，是否是整个社会对于现代诗歌有着“克里斯马”式诗人的强烈期待，或者说是对“现代新诗集大成者”的默默期许。

从时间跨度和空间地域上说，“中生代”诗学具有指向“海外华文文学”“世界华文文学”这样一个宏大的视野，试图构建出如洛夫所期待的“大中国诗观”，“早在上个世纪80年代中期，笔者曾率先提出一个‘建立大中国诗观’的宏观视角。这个主张乃企图整合中国新诗发展的历史书写，版图重构，和对台湾与海外华文诗歌的重新定位。这篇文章不仅在阐述两岸五十年来各个发展的诗史，更在促醒当时（文革末期）大陆诗歌的独立性格与现代化的启蒙意识，希望借理论与创作的交流、对话，以消除人为的狭隘的地域性与族群的意识形态阴影，使两岸的诗歌既能各自保留其精神和艺术风格的独立性，也能整合成一块完整的大中国诗歌版图”①。应该说，对于中国新诗的发展来说，“中生代”从时间和空间上无限扩大的诗人群体，正是对于中国当代诗歌资源的完全整合。

更重要的是，这种诗人、诗歌资源的整合，不仅是时代、社会的需要，更是诗歌自身发展的需要，也是开阔当下诗人视野，以培养

① 洛夫：《大海诞生之前的波涛？——序〈两岸四地中生代诗选〉》，吴思敬、简政珍、傅天虹主编：《两岸四地中生代诗选》，第8~9页。

"大诗人"的需要。对于诗人的成长来说，这种整合无疑是非常必要的。而在大的时间、空间等方面的整合之中，具体来说则是不同题材、趣味、手法、风格的诗学资源的整合，也是各种环境、身份、职业、国籍、语种的诗人的沟通、交流和整合。应该说，从宏大的历史使命，到细微的诗学碰撞、诗学交流，"中生代"诗学的这种"综合特征"，在当代诗歌的发展中，是非常值得期待的。

第三，"中生代"诗学命名体现出特有的文化意义。"中生代"诗学所体现出来的当下诗坛这种"命名冲动"，正是我们走向独立精神、走向自由意志的重要起点。这种冲动，体现出当代文化与文学自我"正名"的努力，凸显了当代文学的独特价值。

在当下的各种文化杂凑之中，我们已没有自己的体验，我们也构建不出属于自己的文化概念和文化系统，也就是说，我们没有自己的独立价值。当下诗坛这种"命名冲动"，正是我们走向独立精神、走向自由意志的重要起点，值得为之摇旗呐喊。当下，我们还在中国传统文化与西方文化的夹缝之间艰难地生存着，我们必须构建出可透视当代文化与文学的自我"正名"，以确证当下文化与文学的独特性，为当下文化确定当下现实的根基。"用独立的名称指代中国现代的各种文化和文学现象，就是用它们自身的逻辑思考它们自身的特征，思考它们赖以产生和发展的原因，思考它们自身演变的脉络以及与其他文化或文学现象的关系（其中包括与中国固有文化传统和外国文化的关系），也只有如此，我们才能看到我们自己的现代的文化和文学的历史。"① 而且，我们也必须在当下种种杂乱的"命名"中冲出来，才凸显自己的文学的个体性，为自我的存在正名，彰显个体价值。

在当代文学的创作和研究中，"中生代"诗学命名是当代诗人和批评家们寻找自己批评概念的共同努力，这也是当代诗人和批评家共同为当代诗歌寻找独立性的努力。正是这样的努力，将成为中国当代诗歌不断成熟的一个标志。

三

当然，"中生代"诗学操作过程中的问题，甚至是致命性的问题，也是值得我们深思的。

---

① 王富仁：《中国现代文学研究中的"正名"问题》，《北京师范大学学报》1995 年第 1 期。

作为一个重要的诗学命名，必须有严格而明确的知识限定，有相对稳定的诗学内涵，构建出一个相对固定的理论平台。只有这样，这种理论在与别人交锋之时，才有一定的基本立场。并且，此后的研究和阐释才能从知识上对这种理论有所推进。“中生代”其诗学内涵的基本面目是比较模糊的，在诗学上既没有可“破”之处，当然也就难有“立”的基点。同时，“中生代”在时间宽度和空间地域上又无限扩充、膨胀，试图一统诗坛，包举宇内，这不仅是不可能的，当然对于诗学的多元良性发展来说，也是有害的。

我们还需清醒地明白，面对着整个社会对于现代诗歌“克里斯马诗人”的强烈期待，以及“现代新诗集大成者”的期许，如果仅仅靠一个命名来推动，这肯定是幻想，也是难以实现的。正如灾难不能拯救，一种诗学“命名”当然也难以有这样扭转乾坤的伟力，“中国当代诗歌的拯救首先与更为宏大的社会格局和文化生态紧密相关，而且没有这一良性社会格局、文化生态的建立，‘人’‘自我’不能获得拯救，文学也只有短暂的辉光。自我拯救包括文学的拯救从本质上更需要持续不断的坚守、奋斗、拼搏、努力，靠在‘常态’人生中点点滴滴的细致的建设，只有这样持续性的努力才可能积累更丰富的文化的遗产，而这个时候发生的灾难也能适当产生特殊的推进效果。但是没有扎实的长时间的奋斗，什么突发性的力量也拯救不了我们”①。对于中国当代新诗的种种期许，其实并不需要什么突发性的力量，而是需要我们扎实的长时间的奋斗。

另外，“中生代”诗学的命名背后，也是当代诗坛“命名焦虑”的体现。也就说，当代诗坛的“命名冲动”更多地体现为“为命名而命名”的“命名焦虑”。不仅肆无忌惮地追求各种翻新的“命名”，甚至其诗歌写作、诗歌活动乃至诗学追求均以“命名”为绝对中轴。特别是当下，“命名”的冲动与努力是前仆后继，不绝于缕。但种种诗学命名并未附加出更多的诗学价值，这不但没有朗现出“命名”本身所应具有的力量，甚至在一定程度上释放出“命名”的负面效应。因此，在这样一个“命名冲动的时代”，对于“命名焦虑”的诗学表征，值得我们进一步反思。

［作者单位：西华大学人文学院］

① 王学东、李怡：《拯救的几重含义——由汶川地震诗潮谈起》，载《湘潭大学学报》2010年第3期。

非诗时代的诗歌困境与生长空间

——兼论中生代诗人的命名现象及创作特征

王巨川　黄　伶

21世纪初“中间代”诗人的集体亮相无疑成为当代诗坛中的重大事件，虽然他们最初的出场有“你不给我位置/我们坐自己的位置/你不给我历史/我们写自己的历史”（潘默子《献给70年代人》）的焦虑之惑和冲动之感，但在对“中间代”以及“中生代”的命名及其争鸣过程中，越来越明确的是，大多数的诗人与诗歌研究者们都能够以理性而客观的态度，从艺术美学和诗学建设这样两条相行不悖的路径来探讨这一现象，从而使更多的人又开始关注当代诗歌的今世前生，在关注中了解诗歌的丰富内涵和存在价值。而“中间代”或“中生代”诗人之所以能够如此引起诗坛的轰动性效应，不可否认地说，是当下多元发展的社会所导致的非诗时代集体性焦虑所致。

新世纪以来，许多学者都曾不无忧虑地指出自20世纪90年代中后期以来，大陆的诗歌创作已经进入了一个“非诗时代”，虽然在这一时代中仍然有大大小小的诗歌社团、流派纷纷相继揭竿而起，特别是网络化时代的催动下，各种诗歌文本以其“野火烧不尽，春风吹又生”的顽强生命力在各类诗集和刊物以及网络空间中疯狂地生长集结着。但整体来看，许多人认为表面的繁华景致已经无力支撑诗歌厚重的身躯，因为越来越多的人似乎已经难以辨识出“诗”为何物了。学者们对“非诗时代”的忧虑所指并非是诗歌本位的缺失，而是针对诗歌“堕入繁而不荣的疲软与沉寂”（罗振亚）状态和“失去了轰动效应”（王光明）的边缘化境遇而阐发的。在这样一种表面繁荣的快速“生产”和边缘化的现实境遇状态下，诗歌何为？诗人何为？已成为许多诗人和学者们常常困扰于心的问题。但我们同时也发现，新世纪以来的诗歌困境并没有如有些学者所忧虑的严重性，众多好诗人、好文本层出不穷，只不过是暂时性地被遮蔽被忽视了。因此，在非诗时代的动态空间中深入研究和阐释中生代诗人及其作品，其意义和价值是不言自明的，我以为主要表现在三方面：首先，为诗歌回归世纪文学之主流序列提供鲜活的现场资源和饱满的精神动力。其次，对当代诗学理论的整体性构建有着重要价值和现实意义。再次，中生代诗人自身特有的美学范式对引领当代诗歌的良性发展起到了积极的表率作用。

一、“重新做一个诗人”的焦虑症候

“重新做一个诗人”出自于王小妮的一组同名诗文，是诗人成熟的“诗心”在面对现存世界、自我人生时深切的体验与思考：“关紧四壁/世界在两小片玻璃之间自燃。/我预知四周最微小的风吹草动/不用眼睛。/不用手。不用耳朵。/每天只写几个字/像刀/划开橘子细密喷涌的汁水。/让一层层蓝光/进入从未描述的世界。//没人看见我/一缕缕细密如丝的光。/我在这城里/无声地做着一个诗人。”这是一首用平白流畅的文字呈现诗人在宁静的空间中体验诗歌世界的心灵文本，但她对“重新做一个诗人”的命题思考又何尝不是许多诗人在非诗时代所产生的集体焦虑感的共鸣呢？诚如王小妮在另一篇同题随笔的开篇所说：“那声音说：今天，有什么东西跌落得像诗这么快！那声音夹杂在抢救森林和濒危动物的众多呼叫声中，弱小而急促。”①

在人类社会的进程中，世纪交替的前后十几年间只是人类历史时间中的一个节点。但对于中国而言却是极其重要的阶段，经济制度的转型与社会格局的多元带动了物质水平的提高，在社会物质生活进入快车道和快餐式的文化充斥着整个社会的同时，也促使社会文化层面发生了整体性的价值观念转型，那些需要用历史时间加以沉淀的文学艺术形式，却正在逐渐被边缘化。这其中，诗歌作为纯精神存在的艺术形式在一切向“钱”看的社会语境中毫无悬念地被悬置、被边缘。

当代诗歌犹如回环反复的历史剧，从开场走向高潮，又从高潮走向落幕，各种剧目交相演绎着诗歌历史的悲喜剧。1980 年的“朦胧诗”开启了新时期呼唤人性、关怀伤痛的大幕；随着“第三代诗人”的崛起，诗歌转而成为反崇高、反英雄、反理性、反文化的代名词，最终导致了“庙宇”和“江湖”的恶战；70 后、80 后乃至 90 后犹如“那涌向天边的排浪”，不断冲刷着诗歌的岸堤，在抢滩的同时更是把诗歌带向一片虚无之地。中国新诗在几十年间汇聚起来的巅峰历

---

① 王小妮：《重新做一个诗人》，《作家》1996 年第 6 期。

史，在世纪交替的节点中轰然坍塌，表象的繁荣背后是虚无的内质，诗歌精神已经从诗人的笔尖和生活中游弋出来，留下的是一片废墟，犹如“阳光和风的手下/从前的花朵悄悄地枯萎/好像什么也不曾发生……”（叶宁《花朵和心灵》）恍惚一夜之间，诗歌的圣殿中布满了一扇扇尴尬的“冻门”，“那些我们以为/是房间的，现在不过是一片虚无/到处都不再有区别，而你必须放弃”（吕德安《冻门》）。所有曾经建构起来的诗歌传统、精神家园乃至诗歌信念、诗歌责任等那些足以慰藉人类心灵的温度都消失殆尽，韩文戈在诗中写道：“我经常路过的白杨树上/喜鹊飞走了/留下一个空巢/里边的炎凉/在昼夜之间交替。”“现在只有一个异乡/和风一样刮过的人群/他们走在我的身旁/人越多，越荒凉。”（《在我周围》）在这样的诗歌语境里，诗人思考如何“重新做一个诗人”就不足为奇了，而且，有这种思考的诗人也绝非止于王小妮一人。因为诗人的神圣光环在日益逐利的潮涌裹挟下迅速地消退，诗学的精神向度与诗人的存在困境便成为诗歌中挥之不去的影子，就像民间诗刊《白丁》的扉页中写的“《白丁》不死，诗歌不死”一样，在豪迈的言语中也渗透出一种无奈、一股心酸，诗性面临着何去何从的抉择与调整。

“非诗时代”的产生有诸多因素，其中的一个重要因素是“以经济建设为中心”的主流形态对文化领域产生了重要的影响，从而产生全民性视觉中心的转移，最终导致诗歌作为时代代言人的角色及其时刻孕育着的运动性、思潮性现象在大众视野中逐渐淡化，诗歌从高蹈的形而上跌落到凡夫俗子的日常世界，比如“身体写作”“底层写作”“口语写作”以及由此出现的“梨花体”“羊羔体”等诗歌作品，诗人曾经受膜拜的神圣光环被抛弃，在诗人的精神世界中也逐渐模糊了“生活是虚幻的，艺术是真实的”（D. H. 劳伦斯）的艺术哲学命题，写诗不再是精神与心灵对话的方式，不再是担负社会责任、唤起生命价值的武器，而演变成占山头、捞银子的工具。王光明在讨论 20 世纪 90 年代诗歌的时候这样说：“在社会转型与诗歌探索的交汇点上，在从斗争走向对话、从计划走向市场的年代，大历史的叙述已难以为继，文化英雄向各路明星让位，知识断裂为无数自我指涉、各自为政的单元，整个文化致力反抗的已经不是传统的权势，中国诗歌的确存在作诗姿态、想象方式、抒情观点和阅读期待的自我调整。”①

① 王光明：《在非诗的时代展开诗歌》，《中国社会科学》2002 年第 2 期。

因而，在以市场经济挂帅带领全民向“钱”看的时代里，诗歌这种形而上的精神创造之物唯有潜隐在时代角落里寻找自我调整的机会。这种自我调整的推手并非是来自于诗歌自身内部的动力，而是社会整体性转型过程中的一种必然，是来自于包括社会结构、思想观念以及语言形态、文化想象等四面八方不断冲击的无奈之举。拉兹洛曾说：“文化是受价值引导的体系。由于文化同人类生物需求的满足无关，同人类自身再生产的需求也无关，由此可见文化满足的不是躯体的需求，而是价值标准的需求、想象的丰富和信仰的深度需求。一切文化都同这种超生物的价值标准相对应。”① 作为文化系统中重要文学形态的诗歌在非诗时代如何存在，首先需要解决的是如何重新构建整体性文化认同的问题，在没有一个全民性的文化认同空间中谈诗歌的健康良性发展无异等于纸上谈兵抑或说是“空想社会主义”的翻版。也正因如此，诗歌精神在边缘化中越来越趋向繁而无序的个人化、世俗化的写作姿态，虽然包括中生代诗人在内的许多诗人、诗论家们试图突破这一困境，并一直努力使诗歌创作走向一种秩序并回归诗学本真的路途，但是，当下大部分的诗歌写作仍然在各种形式主义的框框中打转，而过多地追求和重视语言的变形、意象的突兀、诗体的怪异等方面的内容，却离诗歌内在的气质和摄人心灵的诗魂越来越远了。

因而，“失望”与“希望”共同成为这一时期困扰诗人的两种情绪，前者认为现时的诗歌已经成为一场梦碎了无痕的“春梦”，因为有人曾宣称“文学不再是青年情感和梦想的寄托”，“那些今天仍在以诗歌的名义四处蒙人乞怜、招摇苟且的人，是一些对现实无关痛痒、早已被世界抛弃而不自知的冷血植物”。② 伊沙更是决绝地“呼吁”：“饿死他们/狗日的诗人/首先饿死我/一个用墨水污染土地的帮凶/一个艺术世界的杂种。”（《饿死诗人》）而后者们努力寻找的“希望”又不断地四处碰壁，“我挨个琢磨写过的诗/哪一首能够留住/我一首首掂量、甄别、取舍/能留下的越来越少”（韩文戈《孤独是每个人的，别人不知道》）。的确，当诗歌精神随着诗人的放逐而被放逐，随着海子、戈麦、昌耀等诗人以自弑的方式而成为诗歌的历史和诗性的隐喻。在及物化社会的商业利益驱使下，诸如海子“面朝大海，春暖花

① E. 拉兹洛：《用系统论的观点看世界》，闵家胤译，中国社会科学出版社 1985 年版，第 92 页。

② 江熙：《我和我的诗歌兄弟》，《南方周末》2002 年 10 月 24 日。

开”的诗句被包装成豪宅广告语的现象不断上演，娱乐化、商业化粗暴而无情地把形而上的诗歌放逐于“代达罗斯的迷宫”之中。

因此，在世纪交替过程中的非诗时代，诗歌与诗人的在场身份成为一个“烫手的山芋”，“重新做一个诗人”不仅仅是诗人自我向度的再选择，也是诗歌本体存在方式的再选择。在这一过程中，诗歌的诗性从形而上的精神世界转向形而下的及物社会，诗歌语言从追求凝练、雅致的书面化向日常俚俗口语化，如何面对和解决“在场”的身份困境是诗歌存在的关键所在。而这种转换的过程，无疑也萌动着当代诗歌一个新时代的开启。

二、非诗时代的诗歌在场身份困境

在中国的历史语境中，不论是传统诗歌抑或现代新诗，在社会的规约和自身“最高存在的意识”（马塞尔）要求中凸显出来的是“我存在”“我言说”的自主性在场意识，诗歌所表达的能指言说意义要远远超越所指的传达意义。同时，诗人主体意识中的“大我”形象也使得诗歌与社会、政治等形态保持着一种既密切又游离的状态，俯瞰的姿态一直都是诗歌的主导性架构。然而，20 世纪 90 年代以来纯文学被边缘化的状态日益凸显，在整个时代都鄙弃文学、拒绝诗歌的现时语境中所产生的非诗时代对诗歌的发展无疑产生了剧烈的影响。非诗时代的到来使上述种种姿态与言说无疑成为失效的一种幻象。当“诗人之死”成为“诗歌已死”的隐喻性征兆之后，这种幻象就犹如“游走的幽灵”一般弥散在整个诗坛之中。“季节在一夜间/彻底转变/你还没有来得及准备/风已扑面而来”，非诗时代的诗歌堕落在人们毫无准备的情况中骤然而来，“如此逼人/风已彻底吹进你的骨头缝里/仅仅一个晚上/一切全变了/这不禁使你暗自惊心/把自己稳住，是到了在风中坚持/或彻底放弃的时候了”。（王家新《转变》）放弃还是坚持？无论如何选择，如果没有明确的方向的话对于诗歌来说都是一种伤害，因此，就有了于坚的“诗人何为”的思考和王光明“在非诗的时代展开诗歌”的寄予。这一时刻，“诗歌似乎真的走入了黄昏与黑夜，它在公共社会失去了感召力和影响力，没有众望所归的诗人，没有众望所归的诗篇”①。原本赋予诗歌与诗人的所有期待已经完

① 王光明：《在非诗的时代展开诗歌》，《中国社会科学》2002 年第 2 期。

全不在，“诗人何为?”“诗歌何为?”等追索式的要求使诗歌与诗人在场身份的价值也受到众多诟病和质疑。无疑，在20世纪90年代的社会转型中诗歌面临的最大问题就是需要重新确定自己的在场身份。

然而，对于中国诗歌传统中所积淀的上千年的在场身份意识的转换又谈何容易。中国诗歌传统古老济世的在场性决定了知识分子选择以此形式作为重要发言形态之一，不论是忧国忧民的爱国情怀还是针砭时弊的愤世之火都会通过诗歌这一载体呈现出来，诗歌的功能性作用在知识分子主体意识和统治阶层政治需要的双重合力中不断被强化被加载，在这样一种语境中培养出来的诗歌不仅仅是个体精神情感的凝聚与抒写，更多的则是意识形态化的政治性功能与“救世者”形象的展现。传统诗歌中“重群怨而轻兴观”的状况自不必说，现代白话诗的产生也不能简单地归结为诗歌发展过程的必然之列。从“诗界革命”到“新诗运动”，从“颂歌”再到“朦胧诗”的每一个节点的流变过程中我们看到，诗歌承载了太多的社会期望和人们的寄托，每一次的诗歌运动都把“文以载道”的传统济世精神发挥到了极致。

如果说诗歌政治化或者说政治化诗歌是对诗歌本质的一种伤害的话，那么，正是从社会要求和诗人自身愿望的驱使下，使诗歌过多地强调自身在场身份从而发挥更大的社会功能性使然，而常常忽视诗歌本身的内在情感、语言、审美等艺术化气质。中国20世纪50年代所出现的“颂歌”形态就明确地证明了这一点。这一时期的诗歌，除朝鲜战争期间出现的“战歌”外，基本属于以一种“早春的情调”涌动诗潮，诗歌创作的革命化、群众化成为顺应时代要求的主潮，从歌颂新中国到歌颂新人、新事、新风尚，“颂歌”的形态成为当时新诗创作的主导、主调、主要规范。由此产生的“政治抒情诗”作为一种特殊的诗体，作为一种艺术的求索，为中国新诗如何思考与表现大时代、大哲理探讨着一种可能性，其成败得失都为新诗发展积累了经验。“政治抒情诗”在当代诗坛经历了一个由兴起到极盛的过程。最初的阶段，是在50年代的颂歌中，就有一部分作品属于政治抒情之作，在单纯、明朗、充满热情和理想的歌吟中含有政治性内容；进入60年代，在“反帝反修”“千万不要忘记阶级斗争”的主旋律驱使下，“颂歌”发展到与“战歌”相结合，强烈的政治性和斗争的火药味成为主调，配合政治运动和反映重大题材得以强化；到了70年代前半期，“政治抒情诗”与“文革”互动，“假、大、空”与混淆是非共生，就无法在“诗”的美学范围里讨论了。

相对于诗歌创作主体的诗人自身来说，很少有人能够抛弃潜意识中的历史传统，“文以载道”的文学精神和“不学诗，无以言”的历史隐喻，以及“兴观群怨”的功能性使诗人们从来都是以“天下大夫”“救世者”的身份伫立于世的，即便是现代社会的知识分子们也很少有人能够逃避这一藩篱的影响，“经世致用”的知识品格使诗人在寻求社会价值存在的过程中，其精神诉求和潜在意识中都会有着或隐或现的权力话语的追求，使自己成为“二维的存在者”，将自主性追求与现实干预的矛盾担当起来，因而他们常常处于一种“出世”和“入世”二律背反的对立当中，“一方面，他们必须从属于一个知识上自主的、独立于宗教、政治、经济或其他势力的场域，并遵守这个场域的特定法则；另一方面，在超出他们知识领域的政治活动中，他们必须展示在这个领域的专门知识和权威”①。

我们看到，20 世纪 90 年代以后的中国社会在敞开国门广纳群才的同时，也使各种思想意识、文化形态在这一时空中汇集一堂，西方文化思潮与本土诗学观念在相互碰撞中生成了更多的写作空间，更为重要的是在经济的高速发展过程中社会形态从一元化向多元化转换，而在这种转换中，人们现存的价值观也发生了逆转并直接导致了全民皆诗状态的终结，诗歌与诗人高蹈的在场身份也处于被质疑被修订的尴尬境遇。基于根深蒂固的历史传统而言，诗人试图对在场身份的重新修订和转换就显得尤为困难，他们在重新审视和怀疑中或选择坚守或默默离开。而这一历程中首当其冲者正是后来被发现被塑造的“中间代”诗人们（或者说整个中生代诗人），他们在精神之中有着“崇高”的传统思维和历史感受，同时又身处于“及物化”的当下社会，在传统与现代、西学与中学的四维空间架构中希望寻求一种融合与提纯的状态，在传统与现代、东方与西方的缝隙中他们艰难地用诗歌表达自己的观念、理想和追求。因而，20 世纪初对“中间代”诗人的“发现”或“塑造”，同时，以这一起点对当代诗人代际序列的重新定位才凸显出尤为重要的意义，这种序列划分中所呈现出来的中生代诗人及其诗歌创作唯有在历史还原中才能显现出历史本真和诗学气质。

---

① 参见布尔迪厄：《现代世界知识分子的角色》，赵晓力译，《天涯》2000 年第 4 期。

三、“中间代”与“中生代”命名的思考

对诗人群体或流派的命名，在中国新诗的百余年历史中从来就没有当代诗坛如此之多。特别是自20世纪90年代以来，无数个诗歌流派、诗人群体揭竿而起，诸如知识分子写作、民间写作、下半身写作、第三条道路、他们文学社、通灵诗群以及非非主义、新自然主义等社团与流派纷纷亮出自己的诗学招牌抢占山头，一时间使得当代诗坛中插满了各色旗帜。[①] 然而，面对满眼的各色旗帜和繁杂多样的诗歌文本，我们发现，当代诗歌的发展依然像陈先发诗中的“雁行”一般，“比过去要缓慢得多”。

尽管当代诗歌的现实境遇比照20世纪90年代之前已然是“失去了轰动效应”，然而作为诗坛中流砥柱的中生代诗人依旧在承受着精神与现实的血脉被斩断的剧痛中努力地在纷乱芜杂的缝隙中寻找诗学新的生长空间，他们犹如生存于社会缝隙中的垦荒者，并努力使其能够自然地开花结果。他们在“对人性的呼唤和世界不合理的沉默之间”（加缪）阐释着文学存在的最大意义和价值，并“在这毫无意义的世界里重新获得其地位”（莫尼埃）。中生代诗人对诗歌有着与其后辈的80后、90后们更为执着的态度与坚守的精神（这种执着、坚守与盲目崇拜或利己主义思想毫无关系），他们通过诗歌表现自我存在的状态，通过诗歌展开与精神世界和现存困境的对话桥梁，使自己获得了应有的一席之地，虽然这个“地位”并没有那么容易得到。这一点从“中间代”的提出再到“中生代”命名轨迹便可窥出。虽然安琪与黄礼孩在2001年编辑民刊《诗歌与人——中国大陆中间代诗人诗选》，由此提出了“中间代诗人”的概念，又于2004年出版了《中间代诗全集》，从而使这一诗人群体在诗坛和学界整体性亮相，但安琪对“中间代诗人”的命名并没有在诗歌界和学术界达成共识。2005年，《江汉大学学报》意在弥补“中间代”命名的“不甚缜密和科学，也不具备质朴、准确与有启示性的特质”，进而在“中间代”的基础上提出了“中生代诗人”的命名，[②] 反倒引起了诗歌界和学术

---

① 从“中国诗歌流派网”中统计的结果来看，当代诗歌流派、诗社总计有377个之多（包括中学生社团61个；徐敬亚等人主编的《中国现代主义诗群大观1986—1988》中69个），而现代时期的流派和社团只有11个，相比较来看，90%以上的社团流派都是在20世纪80年代后成立的。

② “现当代诗学研究·编者按”，《江汉大学学报》2005年第5期。

界许多人的关注和讨论。从世纪初至今的十年间，谢冕、吴思敬、罗振亚、子张、朱寿桐等学者纷纷著文来阐述各自的观点。

在众多的讨论观点中，较有代表性的观点是2007年刊发的两篇文章，它们分别是吴思敬先生发表于《文学评论》第四期上的《当下诗歌的代际划分与“中生代”命名》与子张（张欣）教授发表于《西南大学学报（社会科学版）》第三期上的《“中间代”或“中生代”：诗人自我意识的一种方式》，这两篇文章基本反映出诗歌界的两种观点。吴思敬认为中生代诗人“可定位于20世纪50～60年代出生的诗人。这样‘中生代’就成了文学史时间序列叙述的一个概念。与‘中生代’相配的往前说是‘老生代’（即台湾诗界所说的‘前行代’）……与‘中生代’相配的往后说，则是‘新生代’……当下的新生代诗人实际上是指‘70后’‘80后’这批诗人”。进而他又指出这样划分的理由及意义：“由于时间是流动的，那么基于时间而提出的‘新生代’‘中生代’‘老生代’概念及其所指，也就是不固定的。如果按眼下的标准，把大陆‘中生代’定位于20世纪50～60年代出生的诗人，那么，十年后的‘中生代’就应是‘60～70年代’出生的诗人了，而且这一分野，也并不如户口簿那么严格，特别是处于临界点的诗人，更要结合他的经历和诗歌的特点，才有一个更好的归类。‘新生代’‘中生代’‘老生代’的提法，虽然有其不稳定性，但毕竟20年一代的跨度，也还是相当长的一个时间段，利用这一套概念，还是可以抓住时间变化带来的艺术上的新变，对当下诗坛做出较为客观的书写的。”① 而子张的态度则正好与之相反，虽然“从命名者角度说，是一种对文学史现象的敏感与自觉，是意识到自我与他人的差异之后自然而然的表现，是这些诗人自我意识的强烈表达；从被命名者的角度说，则意味着一个文学史‘存在’的日益彰显”。但是，他认为“‘中间代’或‘中生代’并不能构成一个独立于‘第三代’或‘中生代’的‘代’，从其组成人员、诗学传承和精神品质诸侧面考察，他们应属于‘新生代’的一部分或一种写作倾向，或者应称为‘新生代后期诗人’”②。谢冕先生也曾坦言道：“‘中生代’是台湾诗歌界关于诗歌断代的一个命名。这样的命名却是我感到陌生

① 吴思敬：《当下诗歌的代际划分与“中生代”命名》，《文学评论》2007年第4期。

② 子张：《“中间代”或“中生代”：诗人自我意识的一种方式》，《西南大学学报（社会科学版）》2007年第3期。

的。中国社会发展的形态不同，意识形态的差异，造成了包括新诗在内的文化上的种种差异。”①

从上述摘引的观点中可以看到诗歌研究者们对“中生代诗人”这一群体的基本态度，即并不能简单地把这一群体画地为牢式的予以命名，而应该在更为豁达和开放的视野中，以建设性的态度观照当代整体诗人群落，从而更加规范、科学地进行诗人群体的命名。那么，对已经“浮出历史表面”的“祭酒式人物或中坚力量”，并且被“各路新生力量试图急切地抛离和超越的对象”到底应该如何定位或命名，是否可以如子张所说的归为“新生代后期诗人”的序列之中呢？我更倾向于以整体性的宏观视野把20世纪60年代到20世纪70年代出生的诗人们确定为“中生代”，诚如吴思敬认为的那样，把当代诗人按照“老生代”“中生代”和“新生代”的序列划分，“用‘中生代’的称号把他们在诗坛的位置突显出来，以引起评论界及读者对他们的重视，既可以对这一代诗人进行整体考察，又可对他们中的代表性诗人进行个体解剖，这对当下诗坛的建设和未来的诗歌史的书写很有意义”②。而对于当下已然炒作起来的“中间代”诗人划归于“中生代”序列中的一个诗人群体，以此来区别于他们与“第三代”等诗人群体在创作风格、审美特质等方面的不同。一方面，“中间代”这一群体虽然已经大致形成个体或群体的诗学风格，但是在不断的创作中其诗歌风格、诗学观念、审美意识等诸方面还会发生变化，比如作为20世纪80年代诗歌符号的北岛在后期的诗歌创作与他前期的诗歌风格就有明显的不同，而这种不同却被文学史所忽略了。另一方面，有学者已经明确指出，安琪等人命名的“中间代”诗人并没有完全一致的诗学观念和统一的诗歌口号，只是“有个人立场，但是又没有盟主的一个诗歌场”（赵思运）。因此，在我看来他们最为相近的方面就是精神内质与存在态度的趋同，即大多数的中生代诗人在相近的教育背景和心理历程中对生命的理解、对历史的态度以及自身的价值有着近似之处，而创作风格和诗学观念则各不相同。如侯马对诗歌使命的担当、黄梵对诗歌语言的历史性理解、树才对诗学与生命的体认、吴晨骏对诗歌本质与人性挖掘的思考等，桑克则更为直接地说出自己创作

---

① 谢冕：《承上启下的中生代——〈两岸四地中生代诗选〉序》，见吴思敬、简政珍、傅天虹主编《两岸四地中生代诗选》，作家出版社2009年版，第1页。

② 吴思敬：《当下诗歌的代际划分与“中生代”命名》，《文学评论》2007年第4期。

的目的："我只想让读者看到我为他们描述的我所看到的世界的真相，以及关于我们这类卑微生命的细节。"①

从"中间代"到"中生代"的诗群或代际讨论，所表现出来的不仅仅是诗坛或诗歌发展过程中对一个诗人群体、一代诗人的命名，其深层孕育的恰恰是当代诗歌在各方压力中对自身存在的一种焦虑症候，这也促使我们在不断反思、不断争鸣中考量诗歌发展新的生长点。也许，对中生代诗人的定位或关注，是诗歌重新回归文化主流地位的一个历史契机，使诗歌历史再创新峰成为可能。同时，作为诗人自身和诗歌研究者也应该对这一诗人群体抱有宽容和理解的态度，不应该过多地以历史使命、社会功能、诗学表率等方面来强调中生代诗人的诗歌创作，毕竟诗歌仍旧属于诗人精神层面中最具神秘性和想象性的语言艺术。

四、中生代诗人的诗学特征与创作

应该说，中生代诗人是生存于转型社会的缝隙之中的诗人，诗学观念的阐发与诗歌文本的写作都显现出一代人乃至一个社会的症候。伊沙的《饿死诗人》《中国底层》，宋晓杰的《走在陌生的地方》《长途客车上》，马永波的《本地现实：必要的虚构》，臧棣的《个人书信史话》等诗歌文本，无一不是诗人在这个非诗时代精神灵性的闪现和诗语言说的智慧。

从中生代诗人自20世纪90年代以来的诗歌创作上来看，他们并没有严格一致的诗学观念和创作风格，如果想要把他们的创作做学理上的归门别类确实是一件困难而危险的工作。相反，他们更多地是在个人化的创作中表现出各自的诗歌语言、观察尺度等方面特殊性的诗学风格，如马永波在西方现代主义诗歌中的游弋、臧棣对诗歌语言技巧的探险、王小妮对日常生活的诗意呈现以及被苇岸誉为"最后的浪漫主义者"的黑大春对现代"诗"与"歌"的成功结合等。虽然我们试图从整体性的角度来归集他们的创作特征会有以偏概全的责难，但在他们20世纪90年代以后的创作中依然可以在明显的差异中窥探到细微的趋同性特征，总的来说可以归集出三种趋同特质：即把个体

① 参见马铃薯兄弟编：《中国网络诗典》，江苏文艺出版社2002年版，第24、54、193、240页；《诗探索》2001年第3~4辑。

现实存在感通过历史性记忆表现出来，诗歌意指朝向历史现实主义方向发展，在日常口语中提炼冷静、凝练的诗意语言和在持守文化主潮意识的同时强调个体的社会责任的诗学内涵。

首先，在大多数的中生代诗人那里都面对着巨大的现存感与历史压力的困扰，这些出生于20世纪60年代的诗人在登陆诗坛的时候不过才二十几岁，他们有过金色的童年，见证过被欺骗、被愚弄、被遗弃的灾难性环境的少年时代，也感受过“朦胧”的一代人那种“黑夜给了我黑色的眼睛/我却用它寻找光明”（《一代人》）的迷惘和失落。也正因为有了这样的生命体验和精神淘洗，出生于60年代的中生代诗人对自我的在场身份认同要远远比其上代人和后代人有着更多的历史焦虑，同时，他们对历史的思考远比70后、80后们具有更深层的历史现实主义倾向。就像冉冉的诗句中表达的那样：“这么多年/我的公开身份/是朱雀的母亲/而我的秘密身份/是痛苦与哀伤的女儿。”（《朱雀听》）两种“身份”正是现实存在与历史沉积的交融。

因而，中生代诗人更多的是喜欢冷静地倾听而不是狂热地发言，诗歌创作也表现出一种以生命体验为内核的历史建构倾向。桑克的《圣·索菲亚教堂》一诗除了学者们指出的戏谑、反讽的特征之外，其诗歌内核之中更有一种当下个体现存与历史记忆的熔炼与思考，在客观、冷静的现场扫描中，诗人的“在场”不但没有对历史进行解构，反而又是一种对历史的再建构。马永波的《响水河信札》中同样是展现出虚构的历史和真实的历史的二维空间，“在哈尔滨你见到的不是我/这个城市与我存在于不同的时间中/石头街道上的雨，淋不湿走在雨中的我/你所看到的尖顶和塔楼/其实早已坍塌，我已离开/我们是否真的在夜晚/走过百年的街道，谈论着/一座不存在的城市/你见到的一切都是幻影，包括我/真实的哈尔滨，只存在于/我的诗中”。

陈先发早期800余行的《狂飙》一诗是历史消解和历史重建的诗歌文本，在历史时间和现存时空中呈现出“拙朴神秘的埃及”“自由奔放的希腊”“救赎颂歌中的耶路撒冷”“消极生存的古中国生态”以及“毁灭与急剧滚动的现时文明”“废墟与碎片”“沙漠与生命力的再次孕育”等交错繁复的历史架构中摹写自然世界和人类历史图景。他后期的另一些诗歌《丹青见》《鱼篓令》《秋日会》《黑池坝》《青蝙蝠》和《黄河史》等也都从不同角度表现出“儒家式的悲悯情怀”和独特的诗性言说品格。

其次，大多的中生代诗人面对历史记忆的时候不再关心那些大叙事的抒写，而是尊重于自我内心的敏锐感知以及由琐碎日常经验堆积起来的生命感受，通过细腻、从容和率真的语言表现诗意。谷禾在面对自己的记忆时所表现出来的那种诗思的冷静和语言的敏锐是具有代表性的，少年的成长历史与社会历史息息相关，幼小而懵懂的少年成长历史无疑也是这个国家的成长历史，他在《少年史》中写道："……活在记忆中，有时你怀疑/自己是否老了。亲爱的伙计/当你拎着行李卷儿/离开那座水上古城，是抬头的蓝天/带给你点点的慰藉，是挤破的/青春痘，让你无语——/接受命运吧/在邻村的小学里，你是孩子们的老师/二十三双清澈的眼睛里，星星开花/但你的光辉和灵魂无关——它在隔墙的/树林里，做着自我的俯卧撑/早晨，你在鸟声中说普通话/把一本《唐诗》背到封底，也没有找到/明天的座右铭/狗日的生活，它总是这样/净给人开些不大不小的玩笑/而两公里以外的村子里，一场大雪/落在初冬当口，你的父亲母亲/继续坚守在田野上，一次次把镐头举过头顶/像负荆的蚂蚁/背负着半生的宿命，和贫穷——"

陈先发的《扬之水》一诗既是从历史中走出的"怀古"意象，同时又是以平实、冷峻的语言抒写出来的具有个体现实存在的诗学作品。诗人把自己化为"悠扬之水"，"赤脚，穿过种满松树的/大陆"，在历史与现实的穿越中完成了"生命"的对话，诗人的理解与感受都是建构在现实经验之中，但通过诗性的提升与冷峻的语言所表达出来的恰恰是一直困扰着人类大命题，如其中的一段："第一层是尸骸/第二层是野花/第三层才是浮云和蓝天/对我这般罪孽丛生的人/蓝天是湍急和不能居住的。"扯木豪格的诗歌中，历史已经化为生命经验的省思，在《申请修炼》中他用平静的语言宣谕："安于贫困而不歌颂贫困的是思想者，/陷于贫困而诅咒贫困的是奋斗者，/诗歌不会永远遭受被放逐的命运，/请不必用愤怒的方式引起大众的怜悯。/不经意的今夜，不经意的你我，/在平静中提起不经意的笔，/别人拥有今夜的财富，/你我却怀抱今夜的一段生命。/别信'愤怒出诗人'的谎话，/别信'采菊东篱下'的牧歌，/今夜星光灿烂，/为子孙写一页历史，创造一个时代。/当我们手的化石被刨出地面的那天，/有人会鉴定，一个诗人曾经生活在月光下。"

再次，寻找诗歌最真诚、最本真的生命之源是中生代诗人诗歌创作的起点，他们希望能够在诗歌的圣殿中达到自我“生存可能性的无蔽展开”（海德格尔）。因此，中生代诗人在当代诗坛的群体性压力和无序性状态中如何展开自我个性抒写、保持自身优势基因便成为他们思考的基本问题。与此同时，在社会境遇和诗歌转型中寻找、探索诗歌的真谛，在非诗时代他们用真诚和生命体验的思考承担起对社会、对诗歌的责任。在中生代诗人的诗歌中常常会闪现出作为时代人的社会承担意识，如“我自豪，/我是一个矿工，/我在看不见阳光的井下，/开采太阳。……/背负着历史的重托，怀抱着时代的瞩望，/今天，我来了，/我走进地球的心脏。……//我自豪，/我是一个矿工，/我为祖国和人民，/开采太阳!”（桂汉标《我开采太阳》）这种强烈的社会责任承担意识虽然其内涵依旧是承袭着传统而来的，但其与集体性构建的国家叙事、民族叙事中“号角”式的担当意识却有着决然不同的区别，这里更多的是以更为具象的事物、日常存在的自我以及底层生活经验为诗学生成的出发点，从而显现一种个人化的社会承担与参与意识。诚如梅洛庞蒂说的那样：“我们承担着介入到世界之中的政治责任，而这种介入不是通过沉默，而是通过真正地说出我们的生活经验，所以我们必须成为艺术家，成为歌唱我们生活和我们世界的艺术家。”① 这句被许多中生代诗人所信奉的语言成为他们诗歌创作的动力，车前子在他的诗论中曾说：“审视人类生存状况的最后是诗人，因为他们被剥夺一空，剥夺一空是诗人的法器。”② 因此，中生代诗人大都不愿参与诗坛中的“武斗”，也无心拿诗歌当作“占山头”的工具，而是“小心地维护自由诗的诗质，努力地提高自由诗的品格”（吕进），在诗歌中探寻慰藉心灵的精神之源的同时，持守着对社会现实批判、人类存在困境的责任。

综上所述，20世纪90年代以来中国社会的多元发展态势，让诗歌创作“百花齐放”的同时，也呈现出“二元悖反”的状态：一方面是社会群体精神价值观（传统寻根的焦虑）与转型期的经济价值观（重经济轻文化）的对峙；另一方面，诗歌在对传统文化的消解和对前辈不断超越的躁动中表现出更多的是对历史价值的抛弃。同时，诗人们试图展现个人化写作精神风格的同时，又在无数个诗歌生成空间

---

① ［美］丹尼尔·托马斯·普里莫兹克：《梅洛－庞蒂》，关群德译，中华书局2003年版，第89页。

② 《大陆先锋诗20年前子诗选·散装烧酒》，台北，唐山出版社2009年版，第218页。

中进行着及物时代的集体狂欢。因此，非诗时代并不是简单地对诗歌进行放逐，而是在放逐的过程中为当代诗歌预留了无数个再生可能性的动态空间。中生代诗人正是在既放逐又再生的多元语境中为当代诗坛呈现出具有社会特征和历史回望的诗歌文本，不论是个体自我的呢喃呓语抑或日常俚俗的现实模写，所展现出来的又不仅仅是个体的存在状态，而是代表了整个群体的生存现实、时代变迁以及诗学建构的历史在场图景。在当下及物化的非诗时代中，我们可能并不需要伟大的、创世的诗人，而真正需要的是能够在坚硬冰冷的大地上埋下一粒种子并静静地等它生根结果的辛勤农夫。也许，中生代诗人就是这样的农夫，他们在最喧嚣、最繁华的市井街巷中“无声地做着一个诗人”。

[作者单位：王巨川：中国艺术研究院战略中心；黄伶：国家图书馆参考部]

代际命名视野下“80后”与中生代诗人的比较

罗小凤

在当下诗歌版图上，以出生的生理时序为坐标系考量不同诗歌群体的诗歌特征似乎已成为一种“约定俗成”，“中生代”“中间代”“70后”“80后”“90后”“后一代”等各种以代际命名的诗学概念被各类专栏、报道、文章等广为征引。然而，这些概念虽然在术语的使用上已成为“流行”或“习惯”，但事实上，其概念内涵与外延至今未“达成一致”，不同的学者、诗人秉持不同的划分标准与观点，因而使这些概念更趋向纷繁复杂、纵横交错、眼花缭乱，甚至是“乱象横生”。笔者认为，以一个年代或两个年代人出生的生理标签作为诗歌特征归属的划分标准，其捉襟见肘之处常见，其不合理的尴尬处常见，这些年代范围内出生之人所经验的生活、世界并非完全不一样，因此一代人与另一代人的诗歌特点便既有不同，亦有同；同一代人亦是如此，他们虽然经验的生活、世界大体一样，但其诗歌特点却既有同，亦有不同。因而，将代际命名作为划分诗歌群体归属的方法，是不无偏颇的。由此，笔者只是将代际视野作为比较隶属于不同年龄群的诗人的诗歌创作特点的一个维度，而非标准或界定。那么，在代际命名的视野下，“80后”与“中生代”诗人之间呈现什么样的关系与发展状态？

一、“代”际划分中的“中生代”与“80后”

迄今为止，学界、诗界在“中生代”“70后”“80后”等概念的争议上一直相持不下，一方面是这些概念自身的内涵与外延界定未达成一致，一方面是这些概念之间的关系界定不清。这或许是由时代性的考量本身就不确切而导致的。

“中生代”的概念是从台湾移传过来而被大陆借用的，其内涵与外延一直变动不居，大陆对“中生代”的界定最有代表性的有四种：第一种是指“朦胧诗”以后20世纪五六十年代出生的诗人，包括了“第三代诗人”，此观点持有者有吴思敬、朱寿桐等；第二种是指“第三代诗人”之外的20世纪五六十年代出生的诗人，安琪、黄礼孩等将之称为“中间代”；第三种则是指20世纪50年代末至70年代初出生的诗人，此观点持有者有荣光启等；第四种则以诗人出现的时序而非出生的时序为参照点认为中生代是从朦胧诗开始的，是指20世纪70年代末至20世纪90年代末活跃的一批诗人，此观点持有者为屠岸等。可见，关于“中生代”概念之内涵与外延的争议众说纷纭。相较之下，笔者倾向于吴思敬所言：“我觉得中生代的含义应该单一化，即不把它看成是流派概念、诗群概念，而仅仅是作为一个断代的时间概念，在目前可定位于20世纪50至60年代出生的诗人。这样‘中生代’就成了文学史时间序列叙述的一个概念。”主要指“朦胧诗人之后，包括于坚、韩东、西川、王家新、翟永明等在内的加入或未加入诗群、流派的‘第三代’诗人，以及安琪所开列的中间代诗人，均可称之为中生代诗人”。这种划分法涵盖了20世纪八九十年代活跃的不同诗歌取向的诗人，相对而言较为客观。

诗学场域中的“80后”这一概念是由“70后”衍生而来，一般而言是指20世纪80年代出生的诗人。而笔者认为，“80后”若指称1978年—1989年出生的诗人可能更合理、更科学一点。这一时间范畴曾被王西平在其主办的民刊《核诗歌》推出“1978—1989年之间生人诗歌大展”时冠以“后一代”的概念，全称为“中国改革开放后一代诗人”，指称1978—1989年出生的诗人，将1978年、1979年出生的诗人与20世纪80年代出生的诗人收归为一个概念之下，有学者指出：“这两年出生的诗人，在人生经历和精神气质上，其实更接近1980年代初出生的诗人，因为他们经历过相同的时代背景，有着相同的生存环境，也基本上是受着相同的教育。”① 因此，“后一代”概念将1978年至1989年出生的诗人作为一个考察对象，显然比单纯指20世纪80年代出生者要稍显科学，笔者在此借用这一时间范畴用以指称“80后”的内涵与外延。

但学界目前由于“中生代”概念的不清晰而导致“80后”与

① 刘波：《重塑青年的诗歌精神？——中国1978—1989出生诗人编年大展（二）》，《核诗歌》总第3期（2010年）。

"70 后"、中生代的关系问题亦是纠缠不清，吴思敬、朱寿桐等认为："70 年代以后出生的诗人，可称为新生代诗人，含 70 后诗人、80 后诗人，乃至即将破土而出的 90 后诗人。"① 而荣光启等则认为 50、60、70 年代生者归为"中生代"，而将 80 后、90 后归为"新生代"。笔者认为，"中生代"若指 20 世纪五六十年代出生的诗人，"70 后"则是承前启后过渡的一拨诗人，部分诗人曾跟随"中生代"中的"第三代""闹革命"、打江山，呈现了许多与韩东、于坚、伊沙等一致甚至是发展到极端的作品。因此，"80 后"诗人既与"中生代"诗人不同，亦与"70 后"诗人不同，因而不能将 70 后、80 后统归于"新生代"，或许由于时代发展的进程加快，也改变了"代"的时间范畴，瞬息万变的社会导致了时间序列上更为细致的划分，使我们不能将"70 后"与"80 后"统而言之。

依照生理时序的划分，"中生代"与"80 后"正好是两代人，正如吴思敬指出的："一般说来，构成社会的一定的年龄层（通常为二三十年）的人，有类似的历史经验、类似的生存方式和文化传承，通常就被称为一代。对于事物的看法，父母与子女间、年长者与年轻人间、老师与学生间，往往有很大的差别，这种代与代之间出现的差异与裂缝，也就是社会心理学上所说的代沟。"② 那么，在当代诗歌的发展地图上，这两代人之间，其诗歌写作呈现怎样的关系状态？是断裂还是沿袭？是新一代诗人叛逆、否定前一代诗人的各种探索、尝试还是亦步亦趋地跟随前一代诗人所引领的诗歌潮流？笔者认为，他们的诗歌写作既有同，亦有不同，"中生代"们在生存环境、时代、政治背景、教育、经验、传统等各方面的经历与"80 后"都不同，但在诗歌写作上却呈现出选择性的承传并发展、超越的迹象，而非如学界、诗歌界一直所认定的"断裂"甚至是"垮掉"。尤其是当下，"80 后"中不少诗人已过而立，承受着来自生活、家庭、婚姻、精神等各方面的压力，他们的诗歌与初入诗坛时的风格已呈现出集体"转型"，他们刚出场时的诗歌地图已无法再引导当下的学者、诗人们透视"80 后"诗歌创作生态，学者、诗人们对"80 后"诗歌的印象亦亟待切换。

---

① 吴思敬：《当下诗歌的代际划分与"中生代"命名》，《文学评论》2007 年第 4 期。

② 吴思敬：《当下诗歌的代际划分与"中生代"命名》，《文学评论》2007 年第 4 期。

二、无从选择的时代境遇与生存态势

由于所处时间序列的不同，“中生代”与“80后”诗人在时代境遇与生存态势上显然呈现着巨大的“代沟”，但“80后”并非如外界所认定的那样“幸福”，每一代人都无从选择地遭遇其所适逢的时代、环境，每一代人有每一代人的风雨、辛酸、压力、问题、困境，这是形成他们诗歌中不同的底色、趣味、主题、风格等诗歌特征的背景与指数。

首先是“中生代”与“80后”诗人们出生、成长、成熟的环境不同。20世纪五六十年代的中国适逢各种政治运动，其间出生的诗人在各种政治、时代风雨中出生、成长，直到1976年时局渐稳，“中生代”们已基本成熟，正如鲍昌宝指出的：“1950—60年代出生的诗人，他们的生活经历基本相似，都有着‘文革’的多多少少的记忆，都在1980年前后接受高等教育，亲历了中国改革开放的艰难痛苦的社会转型和嬗变，不断感受和思考关于现代性与后现代性的各种理论和问题，传统文化与现代文化的激荡与碰撞在他们身上刻下难以磨灭的印迹，血缘伦理、政党伦理与工商伦理混杂在他们的生命形态中，在归乡与进城中浅唱低吟，这种生存形态的相似和文化共性的存在使这一代诗人的命名又有了一种可能。”① 而“80后”们显然出生、成长、成熟于完全不同的环境，他们出生于改革开放后，成长于各种媒介、网络充斥的社会和信息爆炸、经济飞飙的时代，对此吴思敬曾指出：“80年代以后出生的诗人，从小生活在和平与稳定的环境中，在全球化的浪潮中成长，受商品社会与大众文化的影响，为影视与网络媒体造就的一代。”② 确实，“80后”们生逢社会经济大转型的时期，市场经济运作带来的经济至上、物质至上观念，使物质化、欲望化的消费观念、生活观念在不断的膨胀中瓦解了旧的道德和思想，导致了“道德空场”，而新的生活秩序主要为“追名逐利的喧嚣、个性至上的张扬、金钱欲望的膨胀、贫富差距的扩大、社会风气的滑坡、道德评价的偏离”等所充斥，改变了当时正处于塑型阶段的“80后”们的价值观、人生观、世界观，导致“80后”中极端者走向了叛逆、

① 鲍昌宝：《“中生代”：命名与引领》，载《诗探索》理论卷2008年第1期。

② 吴思敬：《当下诗歌的代际划分与“中生代”命名》，《文学评论》2007年第4期。

堕落、沉沦、虚无，但却并非如外界所评判的那样是“集体行为”，个别极端者确曾如此，但绝大部分“80后”们处于迷失与挣扎的双重拉力中，形成他们与“中生代”在压力、境遇等方面的不同。陈仲义曾指出：“80年代诗人成长的语境显然离不开大众文化和网络传媒文化的影响。”确实，媒介环境与网络成为“80后”们成长的一个显性背景，他们的成长是伴随媒介、网络等的发展而进行的，但渐渐的，他们中大多数诗人已仅将之视为一个创作的基本工具，而非“依赖技术，放纵粗糙、近亲繁殖，灌水‘复制’、缺乏必要节制，从而带来‘机灵有余，重量不足’”①。

在遭遇的压力、问题、困境等方面，“80后”们与“中生代”显然是不同的，即使与“70后”们亦是大不相同。“中生代”诗人们的压力主要来自政治，“70后”们笔下则充斥着“饿”“广场”，但他们仍心怀理想主义。而“80后”们，一向被认为是在“蜜罐”中长大，是“幸福的宠儿，是‘抱大的一代’”，“在父辈的呵护下长大，他们是物质、时尚、信息最早的受惠者，也是商业社会的焦急者与放纵者”②，这对于大多数“80后”诗人的出生、成长而言或许是事实，但在他们成人后所面对的社会环境之严峻、压力之大、竞争之烈却几乎很少关注。事实上，“80后”这代人承受了前所未有的压力，他们的经历若用“幸福的童年，悲惨的成年”来概括丝毫不为过。虽然他们在政治上没有经历过“文革”灾难、政治压抑，在经济、物质条件上没有忍饥挨饿、衣不蔽体，但他们遭遇了他们的“困顿”。当下，除了“富二代”“官二代”，大多数“80后”都面临着极其艰难的生存境遇。有人将此概括为“生在蜜罐里，长在战场上”③，这个“战场”不是抗日战争、内战那样的战场，而是生存、竞争的战场，他们没有经历过“中生代”那样的风雨飘摇，但他们所遭遇的困境与压力亦是“中生代”们未遭遇过的。“中生代”诗人们初中、高中毕业便已被视为“文化程度高”，享有不一般的地位与待遇，读中专者便已被视为“跃龙门”，读大学者更是飞黄腾达，风光无限；而“80后”

① 陈仲义：《在焦虑与承嗣中立足——“70后”、“80后”诗歌》，《文艺争鸣》2008年第12期。

② 陈仲义：《在焦虑与承嗣中立足——“70后”、“80后”诗歌》，《文艺争鸣》2008年第12期。

③ 刘露：《浅谈80后诗歌的写作取向》，豆丁网：http://www.docin.com/p-561094980.html。

却遭遇完全不同的情形。大体上，“80后”可分为两部分①，一部分是中学或中专毕业便打工的一批，他们中学时代正是经济大潮冲击最强势之时，打工、“下海”潮对他们造成极大影响，周围一批又一批人打工、下海，“70后”“中生代”下海后还能回头，因为他们大多在家乡有过工作或家庭，而“80后”在家乡没有任何根基，因此他们下海后便都无法回头了。另一部分则走上“知识改变命运”的道路，沿着“高考—大学”路径向前冲，但大学扩招、文凭贬值、就业难的现实却使原本怀揣一腔梦想经历“黑色七月”挤过高考独木桥的他们发现“毕业即是失业”，本科、硕士、博士文凭不仅无法改变命运，连最基本的生活都无法保障，大多数找不到工作，即使找到工作的，也发现房子买不起、婚结不起、孩子养不起、父母赡养不起，这是“中生代”们未曾遭遇过的，可见，“80后”们承受着他们的困境与压力，虽然他们没有政治的压力，却多了无数倍精神的压力、心理的压力。当下，物价飞涨，尤其是房价，压得“80后”们直不起腰；关于结婚的观念变化了，“结婚”与车子、房子、婚宴、礼服、婚纱照等直接挂钩，据说在上海找个人结婚至少需要213万，即言之，一个年薪8万的男人要工作23年并且省吃俭用才能娶得起老婆，养孩子、赡养父母则不计入内。如此沉重的生活压力，使“80后”诗人以哭笑不得的辛酸、戏谑笔法写出了广泛流传于网络的《80后出师表》，其中一节为：

> 夫80后者，初从文，未及义务教育之免费，不见高等学校之分配，适值扩招，过五关，斩六将，初中未结，寒窗数载，二十二乃成，负债三万。觅生计，背井离乡，东渡苏浙，南下湖广，西上志愿，北漂京都，披星戴月，秉烛达旦，六年无休，蓄五万。楼市暴涨，无栖处，购房金不足首付，遂投游戏，翌年缩至万余，遂抑郁成疾，入院一周，倾其所有，病无果，因欠费被逐院门。

这是“80后”们生存境遇浓缩的真实写照，当下的购房压力、就业压力逼迫着“80后”们，勒住了他们喘气的脖子。当下高校的真实就业率不超过20%，重点院校也仅在30%左右，大部分人只能南下

① 罗小凤：《80后诗歌写作的精神脉象》，《艺术广角》2013年第2期。

或北上做“×漂族”。可见，他们之中的绝大部分人并没有享受到经济增长的喜悦，相反，大多数人领着每月几百元的薪水，被“蜜罐”封住了口，简直要“窒息”。时代和社会逼迫着他们每天疲于奔命，他们手捧高学历却由于没有背景和关系而找不到好工作，他们由于无法承受高昂的房价而无法找到“蜗居”的一小片地方，他们在这物质主义和金钱至上的年代却身无分文，这便是他们的境遇，正如许泽平所分析的：“‘80 后’是史上最为悲剧的一代。他们在高竞争、高房价、高生活成本的重重重压下奄奄一息。”① 可见，“80 后”们所处的时代境遇与生存态势并不如前辈们所估计的那么“美好”“幸福”。每一代人有每一代人的机遇，同时每一代人也有每一代人的痛与伤。

三、诗性的自觉：选择性的承传、重建与突破

学界对“80 后”诗歌一直持否定态度，他们认为：“随着社会文化生活的消费化、卡通化、浅俗化和网络化的蔓延，诗歌扛顶着各种‘主义’的名目，从理论阐解到写作实践都在大踏步地走向非诗。各种背景的‘新生代’在后现代的鼓噪中挥舞着各种砍刀逼向诗性的价值观念和思维传统，这一切又无一例外地出自诗的名义。从某种意义上说，非诗化、反诗性已经成为后现代旗帜下新生代诗人的权力意志、意志行动和行动目标。”② 从总体上看，无疑朱先生是敏锐的，洞悉了当代诗歌史上的这一非诗化、反诗性现象，然而他认为这是“新生代”诗人的所作所为（他话语中的“新生代”诗人是指“70后”“80 后”诗人），而“中生代”诗人则扮演了“拯救”与“呼吁拯救”的角色。笔者认为，这种诗歌态势的始作俑者其实大多为“60后”和“70 后”，前者为其所谓“中生代”的一部分，后者为其所谓“新生代”的一部分。事实上，并非所有的所谓“新生代”诗人都如此，“80 后”诗人，尤其是近几年来，已对这种态势进行了冷静的思考与反省，并进行了规避，或许这正显示出代际命名的局限性，以代际考察不同诗人的诗歌倾向、风格、追求或许是行不通的，同一种倾向在不同“代”际的诗人中或许都会出现，而在同一代诗人中不一定出现，这便是“代”际划分概念的捉襟见肘之处。

---

① 许泽平：《80 后诗歌研究》，广西师范学院 2012 届硕士学位论文，第 39 页。
② 朱寿桐：《中生代诗人的群体焦虑与诗性自觉》，《南方文坛》2007 年第 5 期。

事实上，“中生代”这一概念的内涵其实是极其复杂而多元化的，包含了各种路向，既包括了“第三代”诗人，亦收纳了安琪、黄礼孩等命名的“中间代”，而“第三代”诗人中既有韩东、于坚等主张口语化、躲避崇高、消解隐喻、解构文化的诗人，亦有海子、西川、欧阳江河、张枣、臧棣等追求严肃、崇高和诗性自觉的诗人，因而“中生代”的概念下涵盖了各种诗歌取向、志趣与诗艺诉求。紧随其后的“70后”诗人在前期曾热衷于对“第三代”诗人的“躲避崇高”、口语化等主张的盲目跟风，并且将之演化到极致；而“80后”则在他们风云叱咤、争来争去之时，正处于成长之中，待到进入诗坛，这些诗坛风云早已停息，他们较少受到熏染，而是淘洗、辨认、择取。如果说“中生代”“70后”是弄潮儿，“80后”则是退潮后拾掇择取沙滩上的贝壳的一群，他们在诗歌的沙滩上将糟粕、垃圾淘洗掉，而选取了泛溢着诗意光环的贝壳，并将之在自己的诗歌领地里晾晒、发光、发彩。可以说，“70后”是一个过渡的年代，是由“中生代”向“80后”过渡的年代，中间呈现了许多躁动、探索，甚至是低俗的、肤浅的、垃圾的探索，而“80后”们在冷静审视这些诗坛风云后有针对性、目的性地择取了更接近诗歌本体的“传统”。“80后”中高学历的诗人居多，他们已不属于那个小学毕业、会写点东西便可成名甚至大红大紫的时代，他们面临更多的挑战与压力，但同时也是机遇，这使他们的整体、综合素质普遍提高，他们的诗里从而有了更多的理性自觉与诗性探索，摈弃了非诗化，而在一定程度上复归了诗性自觉，这或许是一种另类的“隔代相传”——“80后”们没有盲目跟随“70后”，而是隔开“70后”的影响而有选择性地将“中生代”的一些优秀诗歌传统吸纳进自己的诗歌建构中。正如唷篱所意识到的：“‘80后’与前辈们的心态越来越像了，尤其是诗歌理想。”① 具体而言，他们对诗性的复归主要体现在严肃性、崇高性、历史感的建构以及对诗艺本身的自觉，由此他们建构出了自己的诗歌特点。

（一）崇高性、严肃性的重建

“中生代”中的“第三代”诗人主张反崇高、反严肃、反文化、反诗意，导致诗歌写作出现了“崇俗”“崇私”或“祛魅”的诗歌倾向，“躲避崇高”的诗歌姿态彻底解构了诗歌话语的崇高性、严肃性，

---

① 唷篱：《80后依然是寻根的一代》，《新华副刊》2010年11月1日。

伦理、道德、人性的底线一再被践踏和僭越，不少诗歌低俗不堪、难以入目。与此同时，西川、欧阳江河、王家新、张枣、臧棣等诗人却依然执着于塑造“对苦难的坚忍承受，对精神生活的执着，对灵魂净化的向往”① 等诗歌精神，主张“在感情表达方面有所节制，在修辞方面达到一种透明、纯粹和高贵的质地，在面对生活时采取一种既投入又远离的独立姿态”②，强调诗歌艺术的独立性和诗人的使命感、责任感，以渊博的学识、开阔的文化视野和深厚的诗学造诣传达他们对灵魂、命运、民族、时代、历史、人类的思考。面对“中生代”内部不同的诗歌路径，初期“70 后”诗人选择了反崇高、反严肃、反文化、反诗意的“崇俗”“崇私”写作，甚至将之发展到极端，提出了“下半身写作”“身体写作”“垃圾派”写作等“先锋”口号并创作了一系列“先锋”诗歌，正如荣光启所分析的：“为了追求思想、精神的‘新’，无计可施，只好拿人性尊严的最后一点底线下手，决心什么都可以放逐、废灭，可以彻底，再彻底一些。……这样的情形，产生‘下半身’、‘垃圾派’、更垃圾一点的派都是很正常的，一点也不异类。”③ 而“80 后”诗人中虽然早期有部分不成熟的诗人不成熟地跟随这类诗歌实验进行了模仿、跟风，并被冠以“80 后代表诗人”的高帽子，但事实上，这部分“80 后”诗人并不能代表“80 后”诗歌的整体成就，至多不过是“小孩玩过家家”，当一些“60 后”“70 后”诗人的倾向整体转变时，他们的声音与形象自然随之逐渐弱化。而与此同时，可贵的是，“80 后”中大部分诗人并未追随而去，而是将“中生代”“朦胧诗”甚至整个现代诗歌传统、古典诗歌传统作为自己择取的资源库，从中选择性地承传了“中生代”的部分优秀传统诗质。他们向“中生代”诗人中的西川、王家新、臧棣、欧阳江河、张枣、陈东东等诗人学习、汲取，摈弃了糟粕、污秽与低级趣味，试图重新复魅诗歌的崇高性、严肃性。正如刘波所意识到的：“与很多70 后诗人相比，‘后一代’诗人在当下的写作，少了些当年流行的欲望叙事，大都转向了对生命本身的解析。”④ 更确切的，这

① 吴晓东：《王家新论》，《二十世纪的诗心：中国新诗论集》，北京大学出版社 2010 年版，第 51 页。

② 西川：《答鲍夏兰、鲁索四问》，《中国诗选》，成都科技大学出版社 1994 年版，第 246 页。

③ 荣光启：《“中生代”：当代诗歌写作中的一种“地质”》，《江汉大学学报》2005 年 10 月。

④ 刘波：《从青春书写到精神成人——论 80 后诗人与诗歌》，《星星》（下半月）2011 年第 2 期。

种“生命本身的解析”趋向了生命本体、人类存在等终极意义的思考，他们不是如伊沙的《车过黄河》那样戏谑、调侃地消解文化、精神，而是趋向了崇高、严肃、文化、诗意等诗歌精神的重建。具体而言，他们关注异化世界，批判贫富分化严重的社会现象，悲悯底层人生活极其凄苦、劳累的生存本相，如阿斐的《老家的亲戚》《拾易拉罐的中年人》、郑小琼的《女工》《午夜女工》等；他们在诗中呈现异化世界的各种病相，如崔澍的《卖脸》、蒙晦的《橡胶人》、罗雨的《空心人》、阿斐的《青年虚无者之歌》、李成恩的《物质女孩》、王西平的《创造塑料》等诗；他们对异化变质的人性进行解剖、批判与反省，如阿斐的《一个说谎者的自白》、杨庆祥的《杀人游戏》、胡桑《惶然书·十一》等诗，呈现了荒诞的异化世界与人类发展的困境，充满深深的忧患意识与悲悯感。同时，他们在困顿的生存境遇与精神状态中，依然秉持着内心的理想主义，试图为困境寻找“出口”，他们表达对生活的希望与爱，如郑小琼的《热爱》《坚持》、牛依河的《城市蚂蚁》等诗；他们在被挤压的困顿、尴尬与时代潮流的冲击中，许多诗人曾迷失自我，甚至完全背叛自我，更有甚者选择了结束生命，但大多数并未像外界所评价的“垮掉”“虚无”“堕落”，而是努力对自我进行追寻与救赎，他们善于解剖自己，反观自身，如丁成的《腐烂的也有心》《鹤顶红》、肖水的《从另外一个人理解我》、阿斐的《一个说谎者的自白》《青年虚无者之死》、郑小琼的《流水线》、王西平的《自画像》、罗雨的《另一个我》、李成恩的《照片》等诗都刻画了“另一个我”，是他们自己对自己的审视，是对自我的解剖，他们在解剖中试图重新追回本真的自我、救赎自我；有些诗人还对灵魂进行追问，书写灵魂，出现了“灵魂书写的转型”①，极为关注“灵魂”，如肖水的《往世书》、吕布布的《虚度的真实》《两个人》等诗对自己的灵魂进行审视，对灵魂的疾病进行揭露，这是一个极其严肃的话题，显然可以回击一些评论家所认为的“80后”诗歌“浅薄”、无信仰、缺少悲悯、沉重与严肃等观点，这是“80后”建构严肃性与崇高性的努力。

（二）历史感的建构

“中生代”中的“第三代”诗人消解历史、文化，主张对文化进

---

① 刘波：《从青春书写到精神成人——论80后诗人与诗歌》，《星星》（下半月）2011年第2期。

行反叛、颠覆、超越，如何小竹曾提出“减法”原则，要减掉诗歌中的任何意义①，彻底解构了文化、意义、历史。然而，提倡“知识分子写作”的一批诗人却注重历史感的建构，受杨炼影响颇深的他们喜欢写庞大、厚重而长篇的“现代史诗”。“80后”诗人开始审思那种消解诗歌意义、文化与历史感的诗歌取向，冷静的分析后选择了历史感的重新建构。

“80后”诗歌对历史感的重构首先体现在他们以自己的体验为基点，将自己的思想、遭际、境遇作为历史长河中的一个小片段，对此进行书写，从而呈现一代人对某个特定时代、某段正在形成的历史的思考、感受与体验。正如别林斯基所言：“我们的时代主要是历史的时代。我们的一切思想，一切问题和对于问题的答复，我们的一切活动，都是从历史土壤中，在历史土壤上发展起来的。”②“80后”们作为身处“历史”序列中的“此在”，他们在诗中呈现了他们对生存、婚姻、命运、精神等各种困境的体验，以及他们的困惑、迷惘与挣扎、突围、搏斗，如阿斐的《一个说谎者的自白》、李成恩的《物质女孩》、唐不遇的《坟墓工厂》、崔澍的《卖脸》、蒙晦的《橡胶人》、罗雨的《空心人》、梅花落的《木偶时代》、何不言的《病》等诗将个体作为“此在”的历史际遇与霉斑揭示出来，体察时代、历史，针砭时弊，折射了一个时代里人们的生存境遇、精神困境和一代人对历史、时代的体验，折射了当下时代与历史的症候，富有历史的穿透性。

其次，“80后”诗人们在诗中贯通了历史、现实、未来的思考，把历史、现实乃至未来熔于一炉，既回荡着历史的回声，又收纳了时代的激情，还蕴含着对未来的探求。他们在诗中引入古典维度、历史维度，以自己的经验、视野、知识结构“重构”古典世界，或以古讽今，或古今对比参照，或沉浸陶醉于“古意”，体现了丰富的历史想象力，建构了自我与历史、个体经验与历史想象之间的张力，如郑小琼的《魏国记》《七国记》、李成恩的《李清照传》《虞姬传》《武则天传》、唐不遇的《历史三章》、王西平的《新古典纪事》、肖水的《致李贺》《他的王国》、谢长安的《青铜调》、杨庆祥的《洛神赋》《游园惊梦》《古意》、徐萧《与水书》、罗雨的《从唐朝走来》《仿

① 何小竹：《加法与减法》，《6个动词，或苹果》，河北教育出版社2002年版，第7页。

② 别林斯基：《莱蒙托夫诗集》，《别林斯基选集》第2卷，满涛译，上海译文出版社1979年，第503页。

佛在古代》《黄昏里的古寺》、雪马的《江南》等诗都在对古典世界的“重构”中穿越现实世界，富有历史感。

此外，“80后”中有不少诗人尝试写长诗，如丁成的《黑太阳》、茱萸的《2010：仪式的焦唇》、郑小琼的《挣扎》、谢长安的《睡月》等，带有现代史诗的气息，无法掩盖其内在的历史穿透感。

艾略特曾指出，历史意识对于“任何人想在二十五岁以上还要继续做诗人的差不多是不可缺少的”，“80后”诗人已经“敏锐地意识到自己在时间中的地位，自己和当代的关系”①，开始注重“历史感”的营构，正在一步步走向“成熟”。

（三）诗艺探索的自觉

“中生代”中的“第三代”诗人主张“坚决剔除隐喻”，反对西化，提倡“口语化”写作，主张以直白浅显的口语表现日常经验，反映凡俗生活和客观现实，凸显其拒绝隐喻的“口语化”和“反诗意”倾向；艺术上他们追求自由，不大讲究诗歌的艺术法度，从而导致口语诗歌的泛滥成灾，甚至沦为大白话、白开水的口水诗、废话诗或粗鄙化、滥俗化的文字游戏、语言垃圾，使诗歌话语失去了语言维度的最低限度，陷落于直白、低俗的不忍卒读之境。而“中生代”诗人中的另一脉诗人却注重诗歌修辞学，注重吸收西方语言资源，采取与西方语言“互文性”的语言策略，并重视知识的作用，他们虽然也是用口语写诗，但正如欧阳江河所言，如何处理这种口语，如何使之水乳交融地渗透到各种视觉的、知觉的、幻觉的书面语言之中，如何使之经过诗人的生命、灵魂的智慧时带出更多样的语言光芒，投射出更多复杂的语言境界，形成更有力的语言气候——这也许是完成现代汉语诗歌革命的一个关键。因此，怎样将口语锻造成诗歌语言是诗人的必修课，但“第三代”诗人和“民间写作”诗人们却似乎大多没有修好这门课。部分“70后”诗人追随他们，大多不讲究诗歌技巧与艺术手法，拒绝隐喻、象征、通感等诗歌表现艺术，一味地平面铺陈、流水账式记录，只是把日常生活语言分行排列，过于平庸化、平面化。他们不再锤炼诗歌技艺，不再“十年磨一剑”，而主要靠“朋友”和“朋友的朋友们”的吹捧、扶持、帮助和关照而跃身为“著名诗人”。“80后”却非常重视诗歌艺术的探索，语言、诗体、节奏

① 艾略特：《传统与个人才能》，卞之琳译，《学文》第1卷第1期，1934年5月1日。

与韵律、诗歌技巧等方面都进行了探索与尝试。

在语言上，“80 后”们摈弃口水化、粗俗化，而注重语言技艺的锤炼，对生活语言进行淘洗、提炼、升华、锻造和打磨，李成恩、王西平、肖水、徐钺、王东东、熊焱、嘎代才让、王彦明、罗铖、谷雨、梅花落、徐萧、洛盏等都注重跳跃性、非逻辑性、写意性，以及含蓄、凝练、雅致等，形成语言的内在张力。梅花落喜欢扭断语词的语法逻辑，总是将句子从中间强行扭断，由此营构一种内在的情感节奏，如“始终是没有见过血的/深秋”（《静候》）“孤单仍是爱上你的/倦”（《重门》）；而胡桑的《惶然书》中则充满了语词风暴，常置身于与语词的追逐、寻觅、搏斗与纠缠之中。在诗歌技巧上，“80 后”们全面调动意象的组合及象征、隐喻、通感、夸张等各种艺术手法，极力拓展开诗的语言空间与语意空间，尽意驰骋想象与感觉，从而展开诗歌话语的广度、深度、厚度与高度，达到诗歌的立体审美效应，如他们笔下的“铁”“风”“柳絮”“浮萍”等意象都具有象征、隐喻等蕴含，负载了他们对时代的各种体验与感觉。在诗歌体式、节奏与韵律等形式建设方面，肖水、王西平、郑小琼等进行了各种尝试，如小诗、长诗、短诗、不分行诗、十四行体等各种形式体制。肖水受西川影响颇深，而西川是形式上最多变的一位“中生代”诗人，曾自觉地探索与实验诗歌的各种文体、形式，因而肖水亦注重形式建设，他的《公园》《风景》《艾草》等对四行诗的尝试，《乡村生活》对“方块诗”的尝试，《失物认领》对不分节的繁复体的尝试，《国界》等对两行一节诗歌体式的尝试，以及“速写”类的感悟小诗等。此外，杨庆祥、王东东、彭敏、何不言等亦进行了各种体式的实验与探索。

这是“80 后”诗人对诗歌艺术的高度自觉，是他们对“中生代”部分优秀传统进行选择性的承续、重建与突破的尝试与努力。

总之，在代际命名的话语场域中，“中生代”与“80 后”这两代诗人虽然所处的时代背景、环境与生存境遇不一样，但在诗质探索上却呈现出“80 后”诗人对“中生代”诗人有选择性的承传、重建与突破脉象，他们不是亦步亦趋地盲目跟风，而是一种诗性自觉的复归，重建了诗歌的崇高性、严肃性、历史感与诗艺，形成了“80 后”诗歌自身的独特风景。

［作者单位：广西师范学院文学院］

诗学研究

中生代研究

散文诗研究

新诗文本细读

现代诗人研究

关于戈麦

姿态与尺度

诗论家研究

外国诗论译丛

散文诗身份尴尬的现状与成因

灵　焚

自从1917年刘半农在《我之文学改良观》中使用“散文诗”这个概念以来，散文诗的身份问题至今没有得到解决。也许我们可以否定散文诗不存在“身份尴尬”，或者“身份焦虑”的问题。散文诗作为中国现代文学史上追求诗体解放之诗歌运动的一部分，其本身就是一种独立的文学体裁，哪来的“身份尴尬”问题？确实，只要我们把它作为一种独立的文学体裁，所谓的“身份尴尬”问题自然地就成了伪命题。然而，现在从事散文诗创作的大部分作者都把散文诗当作一种独立的文学体裁探索追求，而理论界的一些重要的学者，如诗歌理论家谢冕、王光明等也都认为散文诗是新文学的一种，给予了“独立”的认定，可为什么长期以来散文诗总备受冷遇？正如谢冕所说：“在中国文学史中的地位并不高，它在很大程度上受到了忽视。”① 根据谢冕的观点，这可能是由于散文诗属于“两栖文体”的缘故。既然说到“两栖”，自然就涉及分类问题，有分类就自然要面临身份的确认。那么，即使我们坚持不承认散文诗有“身份尴尬”问题的存在，而在现实中又为什么却处处遭遇这种尴尬呢？本文拟就这个问题的现状及其成因进行一些简单的探讨。

一、在形式似乎比内容更为重要的现实面前

根据一般的文体分类，从外在表现形式上划分是最常用的标准。所以，诗歌与散文的区别，往往只是以分行为诗歌、不分行就是散文来归类。正是为了这种分类法的需要，有些新诗作品，明明只是一句完整的话，说是为了情感、节奏的需要而被故意改成两行，甚至三行或者更多，这样从外观上看就能归到诗歌一类。而散文的外在特点当

① 谢冕：《散文诗随想》，载《散文诗》1999年第7期。

然是不分行，以段落与段落的形式展开具体的内容，从形式上看自然就与诗歌的分行方式区分开来。其实，如果严格地按内容进行文体分类，有些“诗歌”即使分行了，其叙事、抒情、表现等艺术内涵还是散文，不是诗；而有些较短的抒情散文，如果做一些简单的分行处理，远比一些所谓的诗歌更具张力，更接近诗。正如有些人写了一辈子诗却不是真正意义上的诗人，而有的人一生不写诗却更接近诗人的气质一样。虽然许多人都懂得这个道理，但人们却习惯地只把写诗的人称为诗人，不写诗的人不可能获得如此殊荣。诗歌界也如此，往往只是从形式上来区分散文和诗歌，并进行相应的归类，很少有人愿意从内容上进行严格意义上的本质区分。本来作为一种存在，其作为存在的内容更为重要，且是根本。然而从现实看来，有时却似乎形式比内容更为重要，特别是为了辨认、归类等需要，形式更是不可忽视的要素。因此，写作者如果要挑战某种人们习以为常、约定俗成的形式，从而能够获得突破与创新意义认可的总是极为少数，往往只在未来人们的时间里才得见天日，因为理论总是滞后于作品。所以，在挑战者、探索者在场的时间里，这种探索往往只能忍受寂寞与孤独的命运。

散文诗的存在就是如此，按照现有的文体分类，无论诗歌的分行与散文的不分行都无法收容散文诗。在这种境况下，本来应该把其作为独立文体，另立分类。比如王光明认为“散文诗在本质上是属于抒情诗的”。但是“本质上的类似，并不等于功能的一致”。由于散文诗的功能是能够“负载比抒情诗需要‘多得多的自由、细节’”，这种功能的不同，正是散文诗作为一种“独立文体存在的价值与意义”①。然而，这种声音在当今的理论界还过于弱小，而仅仅把本质与功能分开把握，还不足以为散文诗的独立意义获得足够的理由佐证。所以，至今为止一般的观点基本都是把散文诗归入诗歌的一种，只承认其“本质上是诗”的认定。比如谢冕认为：“它始终属于诗的，它与诗的关系，散文其外，诗其内，是貌合神离的。”② 可是，诗歌界却仍然不承认散文诗属于其家族的一员。而纵观散文诗的发展史，散文诗的身份尴尬，正是发生在这种把散文诗作为诗歌的归属性

---

① 参照王光明《散文诗的世界》，长江文艺出版社1987年版，第34～35页。

② 参照谢冕《散文诗》（见《北京书简》，人民文学出版社1981年版。转引自王光明《散文诗的世界》，第30页脚注）。

认定之上。

从中国第一章散文诗《月夜》（沈尹默）[①] 的发表（《新青年》1918 年第 1 期）至今已经近一百年了，从其诞生时期不难看出与分行新诗基本是同时出现在五四新文化运动的现代文学史舞台上，是追求诗体解放的产物。然而，在后来的发展过程中，分行的新诗成为从古典汉诗中解放出来的现代汉诗，即“自由诗”的嫡系，同样是源于“诗体解放”的追求而出现的散文诗却逐渐被人们疏远，乃至后来被主流文学话语冷落了几十年。这种现象的产生有各种因素混在其中，但绝对不能否定其中存在着由于两者“表现形式”不同所带来的结果。其实，关于《月夜》这章散文诗，我们现在可以看到两种版本，一种是分行形式，一种是不分行形式。最初在《新青年》上发表的是分行的形式：“寒风呼呼的吹着，/ ━月光明明的照着。/我和一株顶高的树并排立着，/ ━却没有靠着。”（━符号表示分行后退一格，为笔者所加）为此，根据王光明的观点，这只是一首“四行的押韵小诗……是草创时期带着散文化特点的自由体新诗”，把其作为“第一首散文诗”有失偏颇，第一首散文诗应是刘半农的《晓》。[②] 确实，从形式上看，《晓》是一首不分行的作品，形式上作为散文诗更具说服力。而《月夜》却追求每一句末以“着”押韵，即使变成了不分行，也不应该当作散文诗。然而，不知道是否受此形式问题的影响，我们后来看到的沈尹默诗歌选集，只看到不分行形式的《月夜》：“寒风呼呼的吹着，月光明明的照着。我和一株顶高的树并排立着，却没有靠着。”这是否源于愚庵把《月夜》作为“第一首散文诗”评语的影响，为了确保这种评价的合法性，在什么时候，是沈尹默本人还是别人把《月夜》改成了不分行呢？[③] 这是一个饶有意味的问题。但无论这是谁干的事情，这种现象已足以说明人们对于表现“形式”的重视。

按照王光明的说法，散文诗是化合了“诗的表现性与散文的描述

---

① 参照《新诗年选》（1922）愚庵对《月夜》的评语，亚东图书馆 1922 年出版（转引自王光明《散文诗的世界》，第 93 页脚注）。

② 参照《新诗年选》（1922）愚庵对《月夜》的评语。

③ 笔者尚未找到 1922 年《新诗年选》进行确认，究竟《新诗年选》上是不是分行形式，按理说既然是“年选”，就应该按照杂志上发表的原样选入。如果这样，为什么愚庵把其作为“第一首散文诗”？大概是因为在当时无论分行诗还是不分行散文诗，都是作为“自由诗”来看待的未分化历史时期的原因所致。那么，后来怎么变成不分行的呢？究竟什么时候开始变成了不分行？谁所为？笔者尚未找到确切的依据。

性”的文体①。这种表现过于抽象、笼统，不好理解。具体一点说，散文诗在形式上接近散文，以段的铺展为主，行的跳跃为辅；而在内容上却主要采用诗歌的表现，除了不可缺少的意象手法的运用之外，其中细节性、场景性、故事性等内容，也都是通过意象、意蕴、象征、寓言等因素的叠合，形成意象性细节或场景，并让这些细节、场景在跳跃性展开中重构世界，呈现抒情或者叙事的审美场域。正是这种形式与内容与一般文体划分规则的背离，曾招来了“非驴非马”（余光中）的诟病，对于习惯了以形式为标准的大多数分行诗作者和读者来说，很容易把它从诗歌的家族中除名②。可是散文诗到了散文领域其遭遇却相反，与分行诗领域从形式上归类不同，散文家族则从内容上判断散文诗。由于散文诗与一般的散文表现手法很不同，不需要完整的情节、细节、故事性、场景性等内容，或抒情或叙事都在跳跃性、寓言性、象征性等聚焦式片段中展开，让读者在跳跃的留白处自我完成内在的完整内容的补充等，所以阅读散文诗要求读者必须具备较强的审美重构能力。根据波特莱尔的说法，在这种作品中“一切都既是头又是尾，轮流交替，互为头尾……不把读者的意志系在一根多余情节没完没了的线上”（《给阿尔塞·胡塞》）③。由于在表现（内容）中尽可能最大限度地为读者留下审美重构空间，这是属于诗歌文学的特点，所以，散文领域同样拒绝承认散文诗与自己同族。就这样，散文诗既不被分行诗所认领，又得不到散文的接受，即所谓的“两栖性”，漂泊在两者之间。在追求形式重要于判断内容的现实中，长期以来它成了杂志、报纸填补空白处的花边文学。

当然，面对这种生存现状，散文诗完全可以考虑自立门户，追求作为一种独立的文学体裁而存在。可是长期以来，散文诗写作者要么只是不自觉采用了这种体裁写作；要么只是在自觉中非自觉写出了散文诗，尽管一开始就诞生了极其重要的作品，如《巴黎的忧郁》《野草》等，却由于他们缺少真正意义的文体自觉，其所建构的艺术表现

---

① 参照王光明《散文诗的世界》，第 44 页。

② 据吴思敬教授介绍，《中国新诗总系》（谢冕总主编，人民文学出版社 2010 年版）在讨论编选方针时，“编委会经过了多次讨论，认为新诗的最后形式标志，就是分行，所以分行是新诗确认自身身份的底线，也是编委们讨论认为必须坚守的底线，因此，《中国新诗总系》才没有收入散文诗”。很显然，这里是以“分行与不分行”作为最低判断标准选稿，从而造成把散文诗从 100 年中国新诗发展史中删除的结果。（参照陈培浩论文《文体、历史和当代视野中的中国散文诗》，刊载《伊犁晚报》2012 年 01 月 11 日）

③ 波特莱尔：《恶之花·巴黎的忧郁》，郭宏安译，上海人民出版社 2008 年版，第 425 页。

技巧无法得到应有的传承。那么，人们所追求的散文诗的文体独立只能是一种主观梦想，而现实中仍然无法摆脱等待着或诗歌或散文给予认领的命运。

二、徘徊在自觉与非自觉之间的散文诗创作

一般认为，真正意义上的散文诗首创者应该是法国19世纪著名诗人波特莱尔。这是因为法国在波特莱尔去世两年之后的1869年，结集出版了他的一本“描写现代生活，更确切地说，是一种更抽象的现代生活”的小书《巴黎的忧郁》（小散文诗）。他在首篇献词《阿尔塞·胡塞》中谈到自己是受到阿洛修斯·贝特朗（19世纪初法国诗人）《黑夜的卡斯帕尔》的影响，试着模仿这位诗人描绘古代生活的奇特而别致的方式来描绘“一种更为抽象的现代生活”①。如果我们从这种叙述来看，显然贝特朗更早采用与这种类似的形式写作。但贝特朗所写的是“古代生活”，与企图描绘“现代生活”的波特莱尔不同，且其友人在贝特朗死后帮其整理出版《黑夜的卡斯帕尔》时也没有把其冠以“散文诗”之名，尽管这本书被波特莱尔当作“神秘辉煌的榜样”，从而激发出“雄心勃发的日子”而写类似的东西，但波特莱尔最终却感到《巴黎的忧郁》是区别于贝特朗的作品之“特别不同的玩意儿”②，也因此《巴黎的忧郁》出版时在其书名后面用括弧形式，补充标明这是“小散文诗”，所以学术界一般把波特莱尔作为真正意义散文诗的首创者③。

如果仅从《巴黎的忧郁》卷首献词《阿尔塞·胡塞》来看，波特莱尔只是为了“梦想着一种诗意散文的奇迹”而创作一种“没有节奏和韵律而有音乐性，相当灵活，相当生硬，足以适合灵魂充满激情的运动，梦幻的起伏和意识的惊厥……这种萦绕心灵的理想尤其产

---

① 波特莱尔：《恶之花·巴黎的忧郁》，第425页。

② 波特莱尔：《恶之花·巴黎的忧郁》，第426页。

③ 当然，文学界有多数人认为第一个散文诗作家是法国的阿洛修斯·贝特朗，因为他一生写下了64篇散文诗，在1841年他死后由其友人为之结集出版，所以世界上第一本散文诗集是《黑夜的卡斯帕尔》（又译为《夜晚的加斯巴尔》），虽然他没有使用“散文诗”这个概念。波特莱尔是受贝特朗的影响，开始有意进行类似形式的创作，他的散文诗集《巴黎的忧郁》出版于1869年，比贝特朗的作品集迟了20多年。之后，法国出现了大批的散文诗作家和作品。19世纪末，散文诗首先出现在英国，接着俄国、德国、美国、印度、黎巴嫩、日本也兴起了散文诗。

生于出入大城市和它们的无数关系的交织之中”的作品[1]。所以，他想“写成一首歌”，是要把这种情绪“表达在一种抒情散文中”。上述这些表达显然表明，波特莱尔在创作《巴黎的忧郁》的时候，并不是明确地要写所谓的“散文诗”。即使他使用了“小散文诗”这个概念，而他当时对于这种文体究竟是什么也是拿捏不准的，所以在献词中就只字不提“小散文诗”这个概念。如果从这种情况判断，《巴黎的忧郁》中所采用的艺术表现形式，也只能算是一种不具备真正意义的散文诗文体自觉的创作。因为波特莱尔当时出发点只是尝试着模仿贝特朗作品之“奇特的别致的方式”，企图在自己笔下实践“梦想着一种诗意散文的奇迹”，其结果写出了现在我们看到的《巴黎的忧郁》这样作品，仅此而已。

当然，针对波特莱尔是否“自觉”地进行着散文诗的创作，许多人会有不同意见。比如，中国第一本散文诗论著的作者王光明就认为，“第一个使用‘小散文诗’这个名称，并自觉用这种体裁进行创作的人是波特莱尔”[2]。在他的注释中可以发现，他是沿用了徐志摩、滕固、李健吾、林以亮、柳鸣久等前辈的观点。确实，我们在滕固《论散文诗》中可以看到：“最先用这个名词，算是法国波特莱尔，所以法文叫 Petitspoimeson prose。”[3] 林以亮在《论散文诗》中也说“第一个正式用‘小散文诗’这个名词，和有意地采用这种体裁的形式的是波特莱尔”[4] 等。对于这个问题，大家基本异口同声说是波特莱尔第一个使用这个名称，并进而肯定他是“自觉地”或者“有意地”进行这种创作。可是，我们从卷首的献词《阿尔塞·胡塞》中却没有看到“散文诗”的表现，只是说“我给您寄去一本小书，……这里的一切都既是头又是尾，轮流交替，互为头尾”，“每一块都可以独立存在”，是区别于贝特朗作品的、一种“特别不同的玩意儿”，这段话可以作为其非自觉创作的一种佐证，说明《巴黎的忧郁》充其量只是一种自发性创作的产物。所谓“自觉”这个概念，在哲学上与“自我意识”基本相同，其基本特征是一种具有“自我同一性”的认识。而波特莱尔创作《巴黎的忧郁》中的50章作品时，并不完全具备这

① 波特莱尔：《恶之花·巴黎的忧郁》，第425～426页。

② 王光明：《散文诗的世界》，第16页。

③ 转引自王幅明主编《中国散文诗90年（1918—1997）·下卷》，河南文艺出版社2007年版，第1202页。

④ 转引自王幅明主编《中国散文诗90年（1918—1997）·下卷》，第1213页。

种散文诗与创作之间的“自我同一性”认识。真正意义上的自觉创作则需要明确自己要以什么形式（体裁）进行创作，这种体裁的本质特征究竟怎样，而自己如何实践这种体裁的写作，等等。而自发的创作只需要源于内在的需要，根据内在的需要自然地产生与这种需要相适合的作品即可。波特莱尔说他是要写出“足以适应灵魂的充满激情的运动，梦幻的起伏和意识的惊厥”的那种东西，很明确这是根据作者内在需要自然而然（即自发）产生了被后来的人们称作“散文诗”的这种体裁。所以，笔者认为波特莱尔的《巴黎的忧郁》只是一部在自发状态下写成的散文诗作品集，并非一种自觉的散文诗创作的产物。即使退一步说，那也只是一种“自觉状态下的非自觉”的产物。也就是说“自觉”地模仿贝特朗，要写出区别于《恶之花》那样分行并有押韵的表现形式，其结果诞生了“非自觉”的，又区别于贝特朗那样的作品——《巴黎的忧郁》。

其实，这种在自觉与非自觉之间徘徊的散文诗创作现象，在后来的散文诗发展史上一直持续存在着，许多作者往往最初不是明确要写散文诗而创作的，只是写作过程中不知道这是一种什么体裁而权且采用了“散文诗”这个名称。比如，鲁迅的《野草》就是这样，他在《野草》的自序中说：“有了小感触，就写些短文，夸大点说，就是散文诗，以后印成一本，谓之《野草》。”① 而日本散文诗人粕谷荣市讲得更为明确：“长期以来写散文诗，近四十年了。然而，没有一次想到是在写‘散文诗’。是想写诗的，自然地成为那样了。也许这就是所谓的不中用吧！为了自由，至少可以说，写作的时候我希望是自由的。就这样，不知不觉地采用了这种形式。”② 与日本这位诗人有相近经验的是我国50年代以后代表性散文诗人郭风，他说：“写作时，有的作品不知怎的我起初把它写成‘诗’——说明白一点，起初还是分行写的；看看实在不像诗，索性把句子连接起来，按文章分段，成为散文。”③ 以上这些作者虽然都留下了重要的散文诗作品，却不是自觉地要写散文诗，而是根据内心的需要而创作，最终却写出了散文诗作品。就这样，大多数散文诗作者，只是徘徊在自觉与非自觉之间，甚至一些人开始就没有写散文诗的自觉进行着属于散文诗的

① 鲁迅：《南腔北调集·〈自选集〉自序》，《鲁迅全集》第四卷，人民文学出版社1981年版，第456页。

② 粕谷荣市：《月明·散文诗观》，载《现代诗手帖》1993年第10期。

③ 郭风：《叶笛集·后记》，《叶笛集》，作家出版社1959年版。

创作。

正是存在于散文诗创作中这种自觉与非自觉的现象，造成了人们对于散文诗究竟是一种怎样的文学体裁无法达到最基本的共识。所谓最基本，就是说这种体裁究竟是诗歌，还是散文？还是这之外的另一种独立体裁？如果作为独立文学体裁，它应该具备怎样的固有美学特质？读者们该如何辨别这种特征？作者应该如何有意识地、自觉地按照其基本的美学原则进行相应的创作？等等。这些在散文诗诞生一百多年来都没有得到足够的确认与人们的正视。这应该是散文诗的身份一直得不到主流文学话语认同的原因之一。所以，造成散文诗“身份尴尬”的直接原因，不得不说首先就是源于作者们对此长期以来的自觉模糊所致。这就造成了一部分作者虽然在写散文诗，却不承认自己的作品属于散文诗。比如日本诗人高桥淳四就拒绝承认自己的作品是散文诗，他认为自己的作品只是根据内在节奏的需要而变成长短句不同的表现，被当作散文诗是别人的事情，而他自己从来没有打算写散文诗，只是在写诗。[①] 而我国著名诗人昌耀的晚年作品，西川的近年许多作品基本上都可以归入散文诗，可他们本人却不认为或者没有意识到自己是在写散文诗。

三、缺少基本共识状态下的散文诗命运

前述这种存在于散文诗作者内部的问题，直接影响了来自外部的评价和认识。有一个著名的言论就是余光中对于散文诗的诟病，他说：“在一切文体中，最可厌的莫过于所谓的‘散文诗’了。这是一种高不成低不就，非驴非马的东西。它是一匹不名誉的骡子，一个阴阳人，一只半人半羊的faun。往往，它缺乏两者的美德，但兼具两者的弱点。往往，它没有诗的紧凑和散文的从容，却留下前者的空洞和后者的松散。”[②] 余光中的这种偏见，影响了许多人的散文诗观。一些根本就是末流，甚至连末流都算不上的所谓的诗人，也总是以“非驴非马”的眼光看待散文诗。而理论界对于散文诗的看法也不客观，更不能说一致。比如，前述《中国新诗总系》（10卷），就出现了这种不客观、不一致的现象。据说对于散文诗是否入选的问题，编委会

① 参照高桥淳四《天使·散文诗观》，载《现代诗手帖》1993年第10期。
② 余光中：《剪掉散文的辫子》，《寂寞的坐看花》，中国书籍出版社1998年版，第157页。

讨论了几次，最终决定以是否分行作为最低限度的新诗判断标准，因为散文诗在形式上不分行，所以就不收入这套代表中国现当代百年的诗歌总系[①]。可是，有趣的是，这种编选方针并没有得到彻底的贯彻，由洪子诚编选的第五卷中，就选入了台湾诗人管管、商禽、痖弦等人的散文诗，其中商禽的《长颈鹿》最为著名。[②] 而张桃洲编选的第8卷也存在这种现象，其中昌耀的作品中有四首（章），西川的《致敬》组诗（章）也都是不分行的作品却被选入[③]。与此不同，由王光明编选的第七卷却是严格按照"编委会方针"，确实做到了一章散文诗也没有选[④]，可问题是他这么做却明显地与自己的关于散文诗的立场相悖。因为他始终认为散文诗是一种独立的文学体裁，但是归属于诗歌文学，比如他的代表作《现代汉诗的百年演变》中，专门辟出一章《散文诗的历程》来写散文诗[⑤]。如果散文诗属于现代诗歌文学的一部分，那么，作为现代汉诗一百年总结的《中国新诗总系》中应该把散文诗作为其中的一部分选入才是，然而，他似乎是为了遵循编委会的编选方针，却让自己陷入自相矛盾之中。即使我们不把王光明的编选当作一种自相矛盾，而认为散文诗是"诗的变体""始终是属于诗"的谢冕总主编，也难以自圆其说。以上现象说明，散文诗的身份尴尬不仅仅只是散文诗的归属问题，还让理论界的一些学者同样无法逃脱立场尴尬的窘境。

刚才说"不把王光明的编选当作一种自相矛盾"，笔者是想，如果从另外的角度来看，他的这种立场也可以理解为对于散文诗存在的良苦用心，是他对散文诗的独立无法释怀的坚持的体现。因为他坚持认为散文诗应该是独立的文体，所以，不应该在新诗中寻求身份认领。王光明关于散文诗的独立性观点很让人振奋，他说："散文诗不是散文化的诗，也不是诗的散文化；那种认为散文诗的好处是比诗解放、不受约束的流行观念也是表面的、肤浅的。散文诗不是为了自由解放而自由解放、避难就易的乖巧文体；恰恰相反，它是深沉感应现代人类内心意识和情感律动的独立文学品种。散文诗是既体现了诗的

---

① 参照陈培浩论文《文体、历史和当代视野中的中国散文诗》中吴思敬教授对灵焚提出散文诗遭遇理论界"冷暴力"说法的回应。

② 参照《中国新诗总系》第五卷，第328～331页、第340～341页、第345页、第377页。

③ 参照《中国新诗总系》第八卷，第8页、第11～15页、第107～118页。

④ 参照《中国新诗总系》第七卷。

⑤ 参照王光明《现代汉诗的百年演变》，河北人民出版社2003年版，第163～182页。

内涵又容纳了有诗意的散文性细节、化合了诗的表现手段和散文描述手段的某些特征的一种抒情文学体裁。”[①] 其实在《散文诗的世界》一书中的这段话，是他写于1982年9月，发表于《福建文学》(1983年第2期) 上的一篇《关于散文诗的特征》文章的修订稿，这篇修订稿完成于1985年7月。正是这一年，谢冕也写了一篇《散文诗的世界》，发表在《散文世界》1985年第10期上 (王光明的这本散文诗论著的书名，就是借用了谢冕的这篇文章名)。从文章发表的刊物《散文世界》看，多少也折射出当时人们对于散文诗身份归属的不一致。谢冕在文章中指出散文诗的“两栖性”特征，同样发出了令人鼓舞的断言：“它的‘双重性格’使它可能兼采诗和散文之所长 (如诗对对象表达的精粹和飞腾的幻想性，以及散文的流动、潇洒等)，摒除诗和散文之所短 (如诗的过于追求精练而不能自如地表达以及诗律的约束，散文一般易于产生的散漫和松弛等)。”根据王幅明在《中国散文诗90年 (1918—1997)》的导言“寂寞而又美丽的九十年”中我们可以了解到，“1984年是中国散文诗历史上不同寻常的一年。其标志是中国散文诗学会在北京成立。成立全国性散文诗作家学术性团体，这不仅在中国，在世界可能都是第一次”[②]。在这样令人鼓舞的现实面前，人的激情是很容易被点燃的。王光明在论著的《后记》中也谈到自己的感受：“如今，我国散文诗已经进入它有史以来最为繁荣的新时期。”[③]

然而，王光明对于散文诗美学特征的梳理与作为独立文体的论断都是建立在经典散文诗文本《巴黎的忧郁》《野草》等研究之上的，而新时期的繁荣却很快让他感到了失望，这在1989年为拙著《情人》所作的序言中可以找到其心境的印证：“面对近年令人眼花缭乱的散文诗繁荣景观，我有一种沉默的时候觉得充实，开口时反而感到空虚的感觉。”[④] 常言道“巧妇难为无米之炊”，新时期散文诗的文本，无法满足王光明的理论框架，他的理论成果来自于早期散文诗文本的支撑，特别是《野草》《巴黎的忧郁》的美学高度。我们可以从他的

① 参照王光明《散文诗的世界》，第45页。

② 王幅明主编《中国散文诗90年 (1918—1997) ·上卷》，河南文艺出版社2007年版，第19页。

③ 王光明：《散文诗的世界》，第239页。

④ 王光明：《悲壮的突围——序灵焚散文诗集〈情人〉》，见灵焚《情人》，海峡文艺出版社1990年版，第1页。

《散文诗：〈野草〉传统的中断》一文得到佐证。他说："20 世纪 30 年代之后，中国散文诗近半个世纪由内向外，由城市心态向乡村景象，由象征到写实，由复杂到简单的艺术转变。"这种转变体现在作者"把内容、信息、政治要求高悬于艺术形式的要求之上，努力想把较广阔的社会现实和更广阔的社会经验意识纳进一切艺术的形式结构之中"，这样的作品"无法创造一个既体现着自我和时代，又超越自我与时代，有着自在生命结构的散文诗的艺术世界"。[①] 正因为如此，自这篇文章之后，他就很少谈论散文诗了。[②] 这个现象说明，中国的散文诗理论界企图跟上散文诗的发展步伐，然而，1985 年前后的中国散文诗坛曾一度"雷声大作"，其结果只是"七八个星天外，两三点雨山前"。人们所期待的"稻花香里说丰年，听取蛙声一片"（辛弃疾词：《西江月·西行黄沙道中》）的真正繁荣景观没有呈现。散文诗的身份尴尬怪谁呢？还是那句老话，散文诗坛自身的问题。

从上述情况看，至今为止散文诗的身份尴尬，并不在于是否需要有人认领，关键在其自身能否独立，以什么独立、如何独立的问题。如果按照黑格尔的辩证法逻辑来把握，20 世纪的中国散文诗的发展情况大概如下：处于即自存在（此在）状态下的散文诗，为了寻求独立身份从自身走出（繁荣造势），开始了对自存在（彼在）的外在检验（寻求反响），即由肯定向否定过渡。然而，由于自身尚不具备坚实的、不断涌现的文本让自己足以确立，在对自性的否定性努力中恐惧丧失自身（掌声零落）的散文诗，又回到即自存在的状态（在散文诗学会内部相互加冕自醉），最终无法抵达"即自且对自"的否定之否定的肯定回归。那么，在其真正意义的独立身份得不到保障的情况下，只能陷入总是等待认领的"身份尴尬"的境遇之中，继续着自己"寂寞而又美丽"的梦。

总之，由于散文诗自诞生以来，许多最具代表性的散文诗人对于自己所创作的散文诗认识模糊，往往属于一种自发状态下非自觉地进行着散文诗创作，加上散文诗形式上采用不分行，内容上却有诗歌的手法，在缺少文体分类选项、其自身的文本发展又不足以自立类别的情况下，造成了其长期以来身份归属的尴尬。散文诗的归属不明现象

---

① 参照王光明《现代汉诗的百年演变》，第 192～193 页。

② 王光明：《悲壮的突围——序灵焚散文诗集〈情人〉》。

至今仍然存在。一些杂志、选本的编辑，有的把其编入诗歌，而有的则编入散文，理论界也莫衷一是。正因为如此，为长期以来关于散文诗究竟是什么的老生常谈提供了话语空间，进一步需要讨论更为重要的散文诗应该写什么与怎么写的问题一直难以成为论说主题，从而使20世纪的中国散文诗发展成果甚微。无论是作品，还是理论的发展都严重滞后。谢冕所期待的那种"在诗歌的较为严谨的格式前面，散文诗以无拘无束的自由感而呈现优越；在散文的'散'前面，它又以特有的精练和充分诗意的表达而呈现为优越"的散文诗，即回避了散文与诗歌"各自的局限"① 的独立文体，只能期待新世纪的散文诗作者们自觉的追求了。确实，令人欣喜的事情发生了，进入21世纪，散文诗的发展出现了根本性的改观，王光明曾经所期待的繁荣，谢冕曾经所抒发的理想正在日益呈现、日渐成形……遗憾的是，新世纪已经过去了十多年，散文诗的崭新发展，还没有得到文学理论界应有的关注。

2013年7月6日星期六睡云斋

［作者单位：中国人民大学哲学院］

① 王幅明主编《中国散文诗90年（1918—1997）·上卷》，第1259页。

散文诗文体特征探微

——以“我们”散文诗群作品为例

陈亚丽

散文诗自18世纪诞生至今，已经走过了二三百年的历史。在众多诺奖得主中，目前为止，还没有直接因散文诗作而获奖的。但是在获诺奖的作家当中，有一些同时也是重要的散文诗作者。比如法国的纪德、圣琼·佩斯；德国的黑塞、西班牙的希门内斯、墨西哥的帕斯、印度的泰戈尔等。换句话说，世界顶尖级的作家当中，许多人都有散文诗创作。与小说、诗歌相比，散文诗的历史虽然算不上悠久，但是散文诗的起点却是比较高的。众所周知，《巴黎的忧郁》使波特莱尔成为世界散文诗的真正鼻祖，而巅峰之作《野草》使鲁迅成为中国散文诗创作的标杆。在两位散文诗开创者的引领下，散文诗作品，无论数量与质量都令人瞩目。其中国外散文诗创作有结集的《世界散文诗精选》，国内专门的散文诗刊物有《散文诗世界》等。另外值得一提的是，在高雅艺术日趋边缘化的90年代，北京还成立了散文诗创作团队“‘我们’——北土城散文诗群”。种种迹象表明，散文诗这种文体具有无限生命力。有学者曾经这样讲：“世界上任何一个国家和地区不会像中国大陆这样拥有一支值得自豪，人数以千万计的散文诗创作队伍，和一个更为庞大的足令西方诗人们眼热心跳羡慕得要命的诗歌读者文化市场了。”① 尽管如此，散文诗，迄今仍无一个公认的定义和相对衡定的审美规范。所以散文诗的文体特征研究仍然可以成为今天我们要探讨的课题之一。本文试图以“‘我们’——北土城散文诗群”的创作为例，对散文诗的文体特征进行微观的探析，以求对散文诗的研究有所裨益。

散文诗不同于诗歌，但是在精神层面上，与诗歌最为接近。散文诗作为一种独立的文体，它首要的特征是诗性。所谓诗性，包括诗

① 楼肇明：《或是先知的箴言或是撒旦的诗篇》，《世界散文诗精选》，浙江文艺出版社2006年版，第12页。

情、诗思和诗意。作者的情感、思想以及驾驭语言的功底全方位地裸露在读者面前。散文诗是作者敏捷才思的直接呈现。

散文诗与诗歌一样，饱有作者浓郁的情思。散文诗自始至终包孕在作者“浓得化不开”的“诗情画意”之中，就抒情性的浓烈程度而言，散文诗起码是与诗歌并行的，而且是外露的、直接的。虽然在行文中不会运用过多感叹号，但是字里行间的情愫是饱满的，甚至可谓字字皆情语。比如周庆荣的《我们》的开头：“多少个日子里，我们在寒冷的季节静静地坐着，孤独而美丽。……我们试图不被忽视地活着，但一生中最为辉煌的只是寂寞和遗忘。”① 再比如爱菲儿的《可待因》：“所有的等待都有原因。/菩提等如来。/拈花等微笑。/因果等轮回。/我等你，今生的命运。”前者是对人生经历的艺术感悟，后者是借中药（毒品）药名的阐释融入人生真谛，处处皆感悟，笔笔皆有情。无论何种题材，散文诗应该是从第一个字到最后一个句号，都裹挟在浓浓的诗情里。说散文诗的作者是“情圣”，是不过分的。

所谓“诗思”，主要指散文诗的哲理性及深刻性。散文诗透过作者的心灵对客观世界的灼照，映射出作者对人类的命运哲理思考，是人类命运、人性善恶、人的心理意识轨迹和社会历史发展盛衰兴亡的艺术方程式。周庆荣的《我们》，从迷茫彷徨，到艰难地找寻与发现，再到最终的价值确定，反映了一代人从精神的迷茫彷徨、自省找寻到自我确立的全部阶段。再比如灵焚的《城市草稿》（作品 081202），“消费已经主宰了社会的时髦，商业宛如一群性感且妩媚的妓女，满街广告着欲望。每一个夜晚，霓虹灯把每一条街道打扮得露骨的丰满。繁荣本来与灯火无关，而灯火却能渲染繁荣的梦想”。作品将现代社会物欲横流的本质揭示得入木三分。散文诗的思想性、哲理性，是作品成败的关键。

所谓“诗意”，是指散文诗语言的华美。格律诗的解放构成了自由诗，自由诗的解放构成了散文诗；作为人类审美变革的产物，散文诗虽然冲破了诗歌形式严格的格律要求，但是内在韵律的呈现与辞藻的考究，依然是散文诗的重要特征。有人可能会讲，任何文学形式的语言都是美的，但那只是从整体而言，宏观而言；而散文诗的语言，则是需要句句精雕细琢，这恐怕是除诗歌以外，没有哪种文学形式能

① 周庆荣：《我们》（中英文典藏本），蕙兰译，译林出版社 2010 年版，第 7 页。

够与之媲美的。比如黄恩鹏的《孤独的梭罗》：

> 梭罗不孤独，一只小松鼠给他搬来了一座可以装得下全世界鸟鸣的森林！
>
> 他栽种山核桃、糖枫、白桦树和栗树。他听湖水的镜面打磨锋利的鸟鸣。他随清风吐扬文字的花香。那薄薄的香，切割着空气。他的孤独，是沿寂静而上、思想而升的雪花的孤独。他是一棵远离尘世的茅草，是一只浮游于天地的小木船。谦卑的小动物与朴实的大自然，是他内心频频闪亮的诗句，也是他超验生命的理由。

作品形象呈现了这位生态文学创始人的心路历程。每一句都朗朗上口、合辙押韵，艺术地展示了梭罗在瓦尔登湖的生活实景，无论是小松鼠、白桦树，还是雪花、小木船，所有的文字都给人带来美的享受。即便是写事物正反两个对立侧面的特性，文字本身依然是雅致的。比如《一朵花的力量》："打开紧闭的宫门与窗帏，一朵花，呈现它的杀气与祥和。五百年、一千年或两千年，深不可测。/可以让卑贱与高贵错位，可以让剑影与刀光聚拢，可以让兴盛与毁灭瓦解。/无论是倾城倾国的牡丹，还是生死相许的玫瑰；无论是啼血啼泪的杜鹃，还是与世无争的南山隐菊。一朵花啊，是一瞬也是永久。它释放香气，也容纳乌烟瘴气。/一朵花，亦真亦假，柔软坚硬，抵得上十万大军的刀枪！"这里有牡丹、玫瑰、杜鹃与南山隐菊，同时也有杀气、剑影刀光与乌烟瘴气，作者深刻地表现出"一朵花"（女人）的正反两方面的巨大能量。表明作者对历史与现实深邃的透视力。与30年代陈梦家的《一朵野花》表现感伤情绪相比，题材重大并严肃，但是文字本身却依然优美。所有成功的散文诗概莫能外。

诗情、诗思与诗意的融合自然铸就了不折不扣的散文诗的诗性，也使散文诗无可置疑地进入了高雅艺术的殿堂。这注定散文诗不能高产，读者也不可能是所有普罗大众。所以有学者说"散文诗是与人类精神世界、精神结晶、人生的意义、目的和价值以及人的心灵、人性的深层世界紧紧联系在一起的。散文诗体是人类文化精英们手中诉说对世界的感受和探求的一种便捷式的、使用起来能够得心应手的工具”①。诗性构成了散文诗的灵魂。

散文诗脱胎于诗歌，保留了诗歌所独具的诗韵，当然也与诗歌存在着明显的差异。诗歌表现客观事物相对比较集中、概括，因而诗歌中的意象相对比较抽象；而散文诗因为比诗歌更为自由、整体内涵更加丰富，所以散文诗的意象相对具体，对意象的描述也更加细腻。无论是思想的含量还是审美范式方面，散文诗均可称为“拓展版的诗歌”。

散文诗的第二特征就是散体，即整体上的散文形式。如果没有散体的特征，散文诗似乎就不存在了。诗性与散体是散文诗作的“一体两翼”，缺一不可。这种散体特征，成为散文诗区别于诗歌的标志的同时，还增加了散文诗表现的自由度或者说自由流动的随意性，因而不仅加大了散文诗局部的内涵，同时也扩大了作品整体的内蕴，使长篇散文诗作成为可能。周庆荣有分别写于 1993 年和 2008 年，共 46 章的《我们》；黄恩鹏有《一朵火被缚到人间安居》（组章九题）、《内心的剑光》（组章六题）、《魏晋名士》（组章十题）、《一粒盐的魂》（组章二十题）等。这些散文诗作品，思绪绵长，但不像散文可以声情并茂地叙事，更不像小说可以借助于人物、情节、结构去细腻地展开历史的长卷，长篇散文诗只能依靠自己的情思与才思，更需要作者有宏大的构思与恢宏的气魄。长篇散文诗中每一篇作品，又相对独立，好比一颗颗袖珍珍珠，最终连缀成一串富丽堂皇的珍珠项链。相比较而言，长篇散文诗创作的难度定然要高于散文与小说。以《我们》为例，看看散文诗的自由流动的随意性，可以产生怎样的“鸿篇巨制”。

《我们》在诗歌开篇，作者就直白地指出了“我们”这一代人“孤独”的生存处境。“我们”也曾有过努力挣扎，也曾向外界求助，但是均以失败告终：

> 不止一次的，我们希望每一次伸出去的手都能有所回报；不止一次的，我们怀着热烈的畅想，希望自己的这只手能不被人拒绝。
>
> 我们在数不清的场合里，握住的是空气的虚无，柔柔的空气

① 楼肇明：《或是先知的箴言或是撒旦的诗篇》，《世界散文诗精选》，浙江文艺出版社 2006 年版，第 4 页。

> 滑过指尖，惆怅因此总是难免；我们呼唤众人能手拉着手，因为世界上许多事情是一个人难以做完的。①

作者无疑对这种尴尬、艰难的处境有着极为清醒的认知。“被忽视”不是一种独立个体的境遇，而是作为一种群体性的困境而存在着，因而“我们”这一代人陷入了求而不得、自救无路的窘境。存在定位的不确定、存在意义的缺失，让“我们”充满了疲惫与焦躁两相交织的情绪。一方面，“我们”对境遇有着较为自觉的自省意识，而另一方面，“我们”的这种认知态度却又使自身迷茫与彷徨，继而做出了一系列自相矛盾的行为：

> ……于是我们寻找爱恋，又背弃了爱，仍然在继续苦求爱的神圣。②

作者深深反思了造成这种境遇的原因，他意识到，问题的根源首先在于“我们”这一代人自身：

> 想到有一双手曾向我们伸出，但又被我们忽视；想到一支歌曾真诚地响在耳畔，但唱歌的人依然遭到我们的冷落；想到一位女子会在最需要依靠的时候，我们却认为还有更重要的事情要做，将她推向无情的风雨。③

作者指出，“我们”被忽视的原因之一就在于“我们”也曾经忽视别人。这种间接拒绝的态度，一方面是因为“我们”试图走出一条属于自己的道路，另一方面是因为担心自己被“不忠与背叛”所伤害。

> 孤独的行人走在一条最为平静的路。
>
> 于是我们别无所求。我们目睹了背叛与不忠，亲历了重利而轻义，但奋不顾身前行的依然是一群不敢放弃最后信念的我们。④

---

① 周庆荣：《我们》，第 9 页。
② 周庆荣：《我们》，第 11 页。
③ 周庆荣：《我们》，第 15 页。
④ 周庆荣：《我们》，第 19 页。

19世纪的存在主义者克尔凯郭尔认为，死对人来说并非生命的最后之事，绝望才是人的致死之病。只有人才能拯救自身，而这契机也就正在反抗绝望当中。周庆荣对这些身处困境中的“我们”寄予了极大的同情与悲悯，但是人们应该勇敢地正视这荒诞、虚无的世界，不计失败的结局，坦然地承担自己的人生，并且时刻都要不停地进行抗争。就像加缪所倡导的那样，生命的真正意义并不在于结果和未来，而在于反击绝望与积极奋斗的过程之中。因而，“我们”这一代不断“被忽视和拒绝”又极其需要“被认同”的群体，只有抱着不灭的信念继续找寻下去：

> 我们遇到坎坷，想到的是曲径有终；我们遭到诋毁，想到的是快乐的前奏；我们受到冷遇，想到的则是总算有一个机会可以让我们不依靠任何的人，仅凭我们自己的智慧和血性，去创造生活，去证明自身。①

> 我们的成长和困惑始终相交相织，我们是带着问题寻找答案的一代。②

作为一代人的宣言书，周庆荣很明确地指出了“我们”所追求的价值取向，点明了“我们”的精神主旨。在他看来，“我们”是“追求生命的自如、追求一种洒脱的活法、追求平淡真切”的，“我们”不愿人为地铺张夸大，不愿吞吞吐吐，不愿伪装自己的心灵和行为。简而言之，“我们”只是追求一种对责任的担当和一种对存在价值的构建。

在找寻与追求的过程中，“我们”避免“拳头和斗争”而遵循“交流和友谊”的方法：

> 我们把近处看成是远方，丑陋或卑鄙都幻化成风景，我们以这种方式进行挑战，像迎接诱惑响应召唤！
>
> 我们的现实就这样越来越远离我们最初的理想。

---

① 周庆荣：《我们》，第21页。

② 周庆荣：《我们》，第33页。

鲜花终于不是为了美丽而开放，我们选择了果实，在收获的季节里，我们把丰收看成是人生的辉煌。①

最终，“我们”终于找寻到了存在的意义。“我们”意识到世上“生长着意义”，因而决定为“意义”而活。由此，作者笔下的“我们”的存在意义也被建构而成了。

这部散文诗集，作者以浅白朴素的语言，钩织成了“我们”这一代人找寻与发现存在意义的精神历程。作品中所表现的思想力度和深度、所体现的阅历和意志，绝非一般性的散文诗可以比拟。平淡，而山高水深。对于一部文学作品而言，再多的华丽辞藻和繁复修饰，都只是一种装饰，而字里行间中显露出的词锋、思想深度和启迪意义，才是一部优秀作品的真正价值。周庆荣的散文诗集《我们》，无愧为一代人的“宣言”，无愧为一部经得起考验的佳作。

由这篇散文诗作，我们可以清楚地看出，散文诗虽然形式自由，但是并非毫无章法甚至“意识流”，它不但可以表现“宏大叙事”，同时还能主旨鲜明，而且一以贯之，首尾相应。

曾经被誉为“德国浪漫主义的最后一位骑士”拿过1946年诺奖的黑塞（1877—1962）的散文诗作《烦恼的心情渐次消散》与周庆荣的作品，颇有精神上的相似性。“烦恼的心情渐次消散，离我远去了，生活又变得美好起来，天空又是一片晴朗，外出游荡又充满趣味。在这重新回归的日子里，我有一种身心复原后的感受：倦怠而没有痛苦，顺从而没有抱怨，感激而没有自卑。生命之线又开始缓缓上升。人们又哼起那配上了旋律的小诗，又摘下一朵花，摆弄着漫步时随身携带的手杖。人依旧活着，又挺过来了。想必以后还能经受得住生活中可能发生的一切。”②

诗歌，常规情况下，多是独语体。而散文诗，既可以是独语体，同时也还可以有家书（周庆荣的《家书》《写给朋友的信》等）以及戏剧的架构（周庆荣的《三人剧》）。散文诗在形式上接近散文，但是二者也有本质的区别。

就抒情性而言，散文诗比散文更浓郁。散文虽然也具有抒情性，但是散文不能是句句含情。散文要借助于叙事或者议论、说明来间接

① 周庆荣：《我们》，第89页。

② 楼肇明：《世界散文诗精选》，浙江文艺出版社2006年，第145页。

抒情，散文诗则更多的是直接抒情。就叙事性而言，散文诗的核心是抒情，散文的核心是叙事。虽然在叙事的能力上，散文诗比诗歌强，但是与散文相比，散文诗叙事的能力则略为逊色。散文，以叙事为核心，篇幅少则上千，多则上万。散文诗则以抒情为核心，相对短小，所以散文诗虽然涉及叙事的成分，但是与散文相比，只能算是“蜻蜓点水”了，散文诗比散文要凝练得多，“浓缩的都是精华”，更具概括性。散文诗的叙事带有高度的概括性，是“诗意”的叙事；而散文的叙事则是生活本真的叙事，原汁原味的叙事。

第三是情与思的高度融合。庞德认为散文诗是“智力和情感的瞬间复合”。情感的浓度与思想的深度，在散文诗里是不能分开的。散文在叙事时，大多直接叙事，当然可以带有感情色彩；但是在散文诗里叙事是被包裹在情感的窠臼里的，绝不是具体的事件本身。诗歌里，因为形式的限制，叙事本身就相对短暂，而在散文诗里，“诗情”则被相对拉长了。诗歌的思想，大体要在整首诗作中完整体现，但是在散文诗里，思想是更为丰富和多元的，思想的丰富性，导致散文诗里两三行（一小节）就可以表达一层意思，所以散文诗的意蕴是比诗歌更为复杂的，同时情感的融合却是自始至终的，因而形成了情与思的和谐一致。

我们观察一下灵焚的《城市草稿》作品 081108 号（节选）：

> 因为繁忙，人们企图用一杯咖啡的心情留住一段音乐的记忆，在任意一个无人陪伴的午后。然而，心思却总在计划里进进出出，让手机的铃声勒紧脖子，把惬意零零碎碎扯断。
>
> 不知道为了什么来到世上，只知道懂得追问时自己就在世上。即使到了傍晚，剩余的疲倦还会掠夺生命在一天里仅存的一抹残阳。
>
> 让一种物质取代着另一种物质，一种速度占有了另一种速度，人们只是喘息着趴在时间的背上经历着莫名其妙的匆忙。
>
> 那么，有谁追问过：为了什么我们需要如此匆忙？
>
> 于北京地铁 10 号线车上

作品揭示了现代人生活的困境——生活节奏的紧张，简单说就是永远匆忙。作者发人未发，指出了现代生活的“异化”：“让一种物质取代着另一种物质，一种速度占有了另一种速度，人们只是喘息着趴在时间的背上经历着莫名其妙的匆忙。”作者发现了现代生活这种畸形状态，同时对此提出了质疑。因为生活节奏的紧张，人们渴望“休闲”，但是即便在“休闲”过程中，“心思却总在计划里进进出出，让手机的铃声勒紧脖子，把惬意零零碎碎扯断”。深刻地揭示出人们被现代生活所奴役的窘境，指出现代人生活的目的茫然以及生活意义的缺失。作品不仅表现了对现实生活的深刻思考，同时也自然流露出作者对于这种现状的担忧。作品情感的书写，自然、温婉、真切、细腻。情感的抒发与对现实的深入思考，达到了完美的统一。

灵焚的《城市草稿》，让人不由自主地想起废名的现代诗《街头》：“行到街头乃有汽车驰过，/乃有邮筒寂寞。/邮筒 PO，/乃记不起汽车的号码，/乃有阿拉伯数字寂寞，/汽车寂寞，/大街寂寞，/人类寂寞。”在 20 世纪 30 年代，现代性的表现仅仅限于汽车、邮筒，而当下，已经是消费主宰社会、灯红酒绿的霓虹灯世界。事实表明，散文诗是可以表现日常生活的，只不过它的表现依然是一种精神层面的概括，这需要作者具备相应的概括能力、思考能力。思想的深度决定了作品的宽度。对现实生活的反映，同样可以是自如而清新的。

散文诗的表现力，并非局限于人们传统观念中的诗的解释或者散文的浓缩，有时是惊人的。在情与思的融合方面，成功的散文诗作，都具有这样的特性。比如爱斐儿的散文诗集《非处方用药》，整体构思就非常新颖，颇有创新性。而且行文中想象奇特，想象力极其丰富。

其中《甘草》一篇中写道：

> 你埋下了病根，带走了草药，一遇分离就复发。
>
> 那个病得不轻的人，一定是爱上了白天的星星，夜空的太阳，继发了症状多变的后遗症。
>
> 使君啊，一个“念”字，怎能拯救病中的世界重回太平？

病症的表现及药效巧妙地与思念联系在一起，想象奇异。字里行间还透露出洒脱。值得一提的是，爱菲儿的散文诗中药组合，颇有当代法国诗人蓬热的散文诗作品《物象录》的遗风，他的《水》这样写道：“它无色，闪亮，无定形，消极但固执于它唯一的癖性：重力。

为了满足这种癖性，它掌握非凡的手段：兜绕、穿越、侵蚀、渗透。”“它崩坍不已，形影不固，唯知卑躬屈膝，死尸一样俯伏在地上，就像某些修会的僧侣。永远到更低的地方去，这仿佛是它的座右铭。”①作者在寻常事物中发现和创造出一个自足的奇妙世界，贴切而生动，充满客观理念的魅力，那些原本客观的事物，在作者笔下获得了生命。

爱菲儿的散文诗，充满新奇的意味，从构思到表述，新鲜感无处不在。作者就像一个顽皮的小姑娘，时时要给读者带来惊喜。而其中的情感抒发与人生的思考，是紧密融合在一起的。比如《可待因》的后半部分：

天色尚早。道路上的人间正行走着微暖的春寒。

打扫完前尘往事与来世轮回，剩下比虚无更真实的余生足够等一次美景重现。

无论早晚，伴随恍惚的清醒与醒后的麻醉。

症状必须是爱到痉挛，疼到不能忍。

剂量是关键。

适量的等是药。过量的等是毒。

不宜久服。成瘾难戒。

作品阐释了饮用此药的后果以及诚恳的忠告。隐喻运用得恰到好处。既写药效，又写人生。写药的同时融入人生真谛。其中“适量的等是药。过量的等是毒”颇具哲学意味。另外一篇《苍耳子》叙事性较强，将新近发生的事实以及历史元素融进作品，古今之间穿越，显示出作者的洒脱与机智。最后一句颇耐人寻味，“不过，看太医又是虎头参又是鹿茸淫羊藿的调兵遣将，陛下这次八成病得不轻。/……据说后宫正在扩招”。含蓄地点明了皇帝的病因，颇具讽刺意味。另一篇《车前草》，又颇为豪迈，充满侠气。

综上所述，散文诗是一种具有明显诗性，情感与哲思达到完美统一的散体篇章。从文体学意义上讲，散文诗在精神层面更接近诗歌，而在形式上同样具备散文的洒脱。尽管如此，散文诗依然既不属于诗歌，也不属于散文，它是一种独立的文体。散文诗与诗歌、散文一

① 楼肇明：《世界散文诗精选》，浙江文艺出版社2006年版，第107页。

样，属于无遮无拦“裸露心灵”的文体，作者有怎样的审美眼光、怎样的思想深度，都会分毫不差地呈现在字里行间。

有人说，诗是一切文学艺术的灵魂和精神，散文是整个文学大厦的基座，是诗以外别的文学门类的母体。笔者要说，散文诗就是整个文学大厦中最璀璨的一颗明珠。散文诗与小说、戏剧不同，这种文体对读者有着天然的选择性，不像小说、戏剧拥有众多大众化读者；散文诗的作者是社会的精英，它的读者同样也只是知识分子中的一部分。它形式短小，却并非颜容卑猥；它小巧玲珑，却不一定非小家子气不可，相反，恰恰常有“壮怀激烈”、大气磅礴之作。

关于散文诗的种类，楼肇明在《或是先知的箴言或是撒旦的诗篇》一文中，把散文诗分为四种。第一种是诗的散文翻译，或曰散文阐释；第二种是一篇抒情散文的浓缩，是经诗化提炼的最后结晶，也可以是一篇短小说的诗意要点和提纲；第三种是以第一人称出现的：“直抒胸臆”的“引吭高歌”；第四种是寓言体和格言体。当代的散文诗作，大多属于第三种。

作为散文诗的鼻祖，波特莱尔的散文诗作，从诞生之日起，就充满反叛性，《恶之花》和《巴黎的忧郁》解构了真、善、美的组合法则，区别了诗和道德、诗和科学的不同，把善与美的表面联系切断以后，代之以“真、恶、美”“真、恶、丑”的新的组合，用他自己的话来说，是“发掘恶中之美”的产物。他说，“诗最伟大，最高贵的目的”是“美的观念的发展”，“诗的本质只不过是，也仅仅是人类对一种最高美的向往”，他对真善美的统一和谐法则提出了怀疑和挑战，同时在创作实践和理论两方面做到了双管齐下。波特莱尔的散文诗作以及相应理论，到21世纪的今天，依然具有重要启示。散文诗要想有所突破，必须要有不断打破常规的勇气与胆识，我们不但要在散文诗里发现真、善、美的正能量，同时我们也要学会去揭示生活中的真、恶、丑。而对真、恶、丑的揭示，同样是为了净化我们的社会，同样是为了增加社会中的正能量。

［作者单位：首都师范大学文学院］

欧美散文诗理论研究概述

黄永健

有散文诗创作必有相应的散文诗批评和散文诗理论研究，中外散文诗概莫能外，从散文诗理论发生学意义上看，波德莱尔本人为他的《巴黎的忧郁》所写的那篇序文也即散文诗历史上第一项散文诗理论成果，因为这篇不太长的序言实际上已经从形式、审美现代性和抒情风格上为散文诗奠定了基本的文类规范，直至今天波德莱尔的《给阿尔塞纳·胡赛》一文依然是我们对散文诗进行文类判定的重要依据。

欧美的散文诗批评起步早于中国，当年法国象征主义诗人群体呼应波德莱尔既写散文诗，又进行诗歌（散文诗）的批评研究，这有似中国新文学运动时期刘半农、郭沫若、郑振铎、高长虹等既写散文诗，又进行诗歌（散文诗）的批评研究，因而产生了早期的西方散文诗理论。根据斯蒂夫·蒙特（Steven Monte1967—　）2000 年出版的专著《看不见的篱笆——法国、美国文学中作为一种文类的散文诗》一书的考证，虽然法国人 Franz Rauhut 散文诗研究专著至 1929 年才问世，但散文诗诞生之后自 1890 年（William Dean Howells）起就陆续出现了不同的散文诗选集，斯蒂夫·蒙特列举代表性的十种 20 世纪英美出版的散文诗集，时间分别为 1890（William Dean Howells）、1953、1970、1974、1976、1987、1992、1995、1996、1996，在这期间法国作为散文诗的摇篮只出现了三部散文诗集，主编者分别为 Maurice Chapelan（1946）、Guillaume 和 Silvaire（1959）、Luc Decaunes（1984），散文诗集的选编者以所选编的文本来说明他们对于散文诗的判断，并且这些选编者通常都会在选编说明、序言、跋语等说明性的文字中讨论散文诗，这也与中国的情形相仿佛，就作者所知，中国最早的散文诗选集于1981年出版①，散文诗个人专辑尤其是散文诗选集通过序言、跋语、选编说明以及作品赏析呈现散文诗观。

虽然英美20世纪的散文诗选集注重选编超现实风格（表现无意识领域内容）的散文诗，上述代表性的十种20世纪英美出版的散文诗集选编标准参差有别，早期的选编者认为散文诗是一种诗歌形式（Poetic form），不是文类（Genre），第一个选编者William Dean Howells认为散文诗是“彩笔绘就的精巧之物”，20世纪50年代以后，所有散文诗的英文选集开始将散文诗定位为文学文类，尽管如此诸家对于散文诗的界定不一，选编了《国际散文诗选》（1976年出版）的米切尔·本尼迪克特起先说它是一种诗歌形式，接着又说它是“文类（Genre）”，本尼迪克特的选集是迄今规模最大的国际性散文诗选集，选入包括英、美、法、德、西班牙、葡萄牙、瑞典、俄、日的散文诗，但是遗憾的是没有选编中国的散文诗。

英美散文诗选编者对于散文诗心有戚戚，如同中国的同行一样，并试图揭示散文诗不被文坛重视的原因，有人认为散文诗的激烈反秩序性（颠覆性、想入非非、荒唐滑稽）造成散文诗的攻击性和认同性匮乏，有人（本尼迪克特）认为散文诗的孤立源自T. S. Eliot，直至20世纪60年代以前的以艾略特为首的英美反国际主义的批评方式及其影响，是英美学术界排斥散文诗的主要原因，也有人认为美国的自由诗取代散文诗功能，散文诗退居边缘。相对来说，法国散文诗选集编者Maurice Chapelan（1946）、Guillaume和Silvaire（1959）、Luc Decaunes（1984）等人，对于散文诗没有像英美的同行那样有“文类”的焦虑感，他们对于散文诗的文类特点以Luc Decaunes的描述为代表——简洁、紧凑、自由舒展（Gratuitousness，亦有无厘头、漫无目标之意），因为简洁、紧凑，所以不能太长，尽管如此，Maurice Chapelan的选集里面还是选入7～8页篇幅的散文诗文本（有的是截取其他作品中诗化的具有诗情诗味的段落），Luc Decaunes因此批评他将诗化散文当成“散文诗”，Chapelan甚至说“是每个人的直觉判

① 中国散文诗个人选集徐玉诺的《将来之花园》早于1922年即问世；1981年郭风、柯蓝主编的《黎明散文诗丛书》第一辑共7册，由花城出版社出版，应为第一部中国散文诗选集。从1922年徐玉诺散文诗集《将来之花园》问世以来，中国作家出版散文诗个人专集到目前为止近千部，这其中鲁迅的《野草》，许地山的《空山灵雨》，冰心的《往事》，何其芳的《画梦录》、丽尼的《鹰之歌》以及柯蓝的《早霞短篇》、郭风的《叶笛集》、商禽的《冷藏的火把》、苏绍连的《惊心散文诗》等都产生过较大的影响，80年代以来，正式出版的中国散文诗选集共100多部，鉴赏集、评论集和理论集80部上下。

断加以确定的，散文诗的诗性感觉存在于每个读者身上，不在散文诗文本自身”。除了这个 Chapelan 之外，其他三位选编者都会将散文诗的篇幅限定在 1 ~2 页之内，他们的散文诗共识：紧凑、简洁。

阿得林 · 万勒（Adrian Wanner）将俄罗斯散文诗形象地描述为一个同心圆结构，位于圆心的是与象征主义同类风格的现代的、前卫的、先锋的、具有反叛颠覆意识的散文诗作品，圆心周围演化产生出大量的散文诗变体，它们可能是唯美浪漫之作，可能是现实主义风格的散文诗作品。同理，我们也可以将世界散文诗描述为一个同心圆结构，位于圆心的是以法国象征主义诗人为代表的现代的、前卫的、先锋的、具有反叛颠覆意识的散文诗作品，而在圆心周围演化产生出大量的散文诗变体，它们可能是唯美浪漫之作，可能是偏于哲思玄理的篇章，可能是后现代的拼贴戏仿语言狂欢或语言游戏，可能是长篇巨制，可能是散文章句之中夹杂分行诗，可能是长篇分行新诗之中夹杂散文章句，可能是金斯伯格或中国的郑小琼式的长长诗句相互挤压、堆积、纠缠和呼应，乱而不乱，自成宇宙乾坤。阿得林 · 万勒对于散文诗文体给出了一个较为宽泛的文类界定：

> 1. 散文形式。不分行，格律诗排列成散文也不能成为散文诗。
>
> 2. 简洁。除了语言的简练、凝聚、事件和场景的单一等特征之外，散文诗的篇幅不超过 1 ~2 页，即篇幅精短。
>
> 3. 自主性。散文诗不应该是大叙事散文的一部分，也不是小说文本中的一部分，但是可以成系列或成套组合。①

在具有颠覆性的整个欧洲的现代散文诗的视野之内，俄罗斯散文诗的变体造成了一种特殊的反常现象，而这并不意味着，20 世纪的俄罗斯文学文本中找不出接近西方现代主义散文诗的散文诗文本，如果我们认为散文诗只不过由特定的具有解释权的社群所给予的一种“标签”式的命名，那么，我们可以毫不犹豫地将散文诗这一名号赋予 20 世纪俄罗斯文学中更多的文学文本。必须承认，这个文类的边界变得更加不确定了。实际上我们整合英、美、法散文诗选编家的散文诗

① Adrian Wanner: From subversion to Affirmation: The Prose Poem as a Russian Genre. http://www.jstor.org.

观，也即紧凑、简洁（法国选编家的共识）再加上超现实风格，激烈颠覆性（英美选编家的共识），得出现代散文诗的共时性文类标志：

1. 散文形式。不分行，格律诗（自由分行新诗）排列成散文也不能成为散文诗。

2. 紧凑、简洁（Chapelan 的选集里面选入的 7～8 页篇幅的散文诗文本除外）。①

3. 现代的、前卫的、先锋的、具有反叛颠覆意识。

4. 自主性——有一个焦点或一个核心情节、一个主要情绪。

欧美散文诗研究专著比中国早出数十年，中国第一本散文诗理论专著《散文诗世界》出版于 1987 年，而西方的早在 1929 年就有散文诗专著问世，前后相差 58 年。我们基本上可以断定，中外散文诗批评和散文诗理论都经历了先有批评后有理论的建构路径——散文诗问世之后首先是散文诗批评接踵而至，随着创作的继续和散文诗影响的递增，中外终于出现了融史论和文体论为一体的理论专著，从散文诗批评到散文诗理论出现，中间相隔半个多世纪，这种现象也是必然的，因为创作在先，随着创作的数量和质量的增加，批评的数量和质量的增加，必然出现系统的理论归纳，一个作家、一种流派、一种文类都必然经过这样的建构路径。根据斯蒂夫·蒙特的考证②，早期的西方散文诗研究对象是法国散文诗，早在 20 世纪 20 年代已经出现了 Franz Rauhut 散文诗理论专著《Das franzosische Prosagedicht》（1929），随后又有专研法国散文诗散文理论专著出现，如 Vista Clayton's《十八世纪法国文学中的散文诗》（1936）、Albert Chere（1959）、Monique Parent（1960），这几本散文诗专著主要探讨法国的散文诗。1959 年约翰·西蒙（John·Simon）的博士论文《作为 19 世纪欧洲文

---

① 中国散文诗界也有人认为戏剧、小说中的某些诗化段落、篇章，因为具有强烈的感染力，也可以看作是散文诗，这种判断标准很可能是受到西方散文诗观点的影响所致，也可能是中国早期散文诗观使然，如郭沫若五幕历史剧《屈原》的第五幕第二场屈原的大段独白《雷电颂》，被作为散文诗收入中学语文课本，《雷电颂》计 1523 个字。它截取五幕剧的其中一节，类似 Chapelan 截取其他作品中的具有诗情诗味语言充分诗化的段落，同时《雷电颂》完全符合郑振铎（西谛）所界定的诗（包括散文诗）的四要素：1. 情绪；2. 想象；3. 思想；4. 形式。另据灵焚考证，日本诗评家岩城达也先生在谈到日本从大正到昭和初期的散文诗的三大特征时，概括了三种印象：1. 抒情色彩浓；2. 故事性强；3. 艺术表现极其前卫。参见灵焚：《散文诗：作为一场新的文学运动被历史传承的可能性》，载《散文诗》2009 年 1 期。

② 需要说明的是，这儿所列举的欧美散文诗研究成果主要参照斯蒂夫·蒙特 2000 年出版的《看不见的篱笆——法国、美国文学中作为一种文类的散文诗》一书的考证，据作者观察及普林斯顿大学安敏轩推荐，本书对西方散文诗研究成果详为搜罗，对各家说法进行对比辩证，可以说达到了目前西方散文诗研究的制高点。

学中一个文类的散文诗》首次以比较文学的方法来研究散文诗，但是这篇博士论文迟至1987年才得以正式出版。

20世纪60年代至20世纪70年代是西方散文诗研究的空白点，当然，这期间也有相关的著作和研究论文中出现零星的研究论说，唯一的研究成果要数Ulrich Fulleborn专著《Das deutsche Prosagedicht》。20世纪70年代末至20世纪80年代，散文诗批评和理论研究重新起航，这以两本书为标志，其一，1979年巴巴拉·约翰逊出版了专著《Defigurations du langage poetique》，其二，Mary Ann Caws和Hermine Riffaterre1983年选编的批评文集《法国散文诗：理论和操作》。

1983年以来，至少出现了5部以英语撰写的散文诗学术著作，它们分别是：

1. 斯蒂芬·佛雷德曼（Stephen Frednman）1983年出版的《诗人散文：美国自由诗的危机》；

2. Stamos Metzidakis1986年出版的《重复及符号学：散文诗诠释》；

3. Jonathan Monroe 1987年出版的《题材的贫乏：散文诗和文类政治》；

4. 玛格丽特·墨费（Marguerітte Murphy）1992年出版的《颠覆的传统：从王尔德到阿舍贝利的英语散文诗》；

5. Michel Delvill1998年出版的《美国散文诗：诗歌形式及文类边界》。

当然这期间也出现了一些有关散文诗的重要著述如理查德·特帝曼（Richard Terdiman）1985年出版的《话语及反话语：19世纪法国象征主义反抗运动的理论和实践》，唐拉德·威斯林（Donald Wesling）1985年出版的《新诗：柯勒律治和华兹华斯之后的诗歌形式》等，斯蒂夫·蒙特在《看不见的篱笆——法国、美国文学中作为一种文类的散文诗》一书中，提出一个对于文类的反本质主义的看法，他反对从语言、文本自身来确定散文诗的内在的几个文类规定性，也反对从散文诗外在社会历史规定性来建构散文诗的几种文类规定性，或从内外两个方面来建构散文诗的若干个文类规定性，如在上文中我们所做的那样的努力，他认为："文类是在与其他文类的相互关联中，从反面确立起来的，文类不能指望仅用几个形式特征（形式标志）来加以确定，在阅读过程中我们只能确认若干文类特征，因此我们对于文类的意识是开放的无边界的，我们的文类意识随着阅读的推进，随着我们与不同文本的遭遇而变化无定。"①

斯蒂夫·蒙特在全书的结尾指出：文类是一个抽象物（相当于佛家的名相），文类是一个被阅读者预设了的解释框架，文类是一个看不见的篱笆，无论这个篱笆怎么被不断划界，在阅读的历程中这个边界还是存在的。就散文诗而言，它也是一个个抽象物（相当于佛家的名相），当散文诗作为一个术语和理念进入文学话语圈子，它就可以吸引追随者和反对者，建构自己的历史和理论，引发批评话语，促成散文诗集诞生，尽管以散文诗名号所囊括的材料未必就是散文诗。

相对于正面界定，斯蒂夫·蒙特指出：从反面对比着来给进行文类界定似乎更加合理。散文诗的文类构成要素会随着历史语境和文化语境的演变而发生变化，散文诗文类构成要素还不能仅限于音步、篇幅、题材等，散文诗文类构成要素或许应包括外部条件如出版语境和接受语境等，譬如任何从阅读而来的概括性意见都可能潜在成为文类要素之一。因此确定散文诗文类标准，首先必须熟悉散文诗周边的文学形式和文类，采取"否定的区分法"不失为有效途径，在操作上这意味着必须熟悉文学历史语境，尤其是文学的、语言的和接受的历史，文类考量必须进入文学史视野，而不是退回到类型和形式特征层面②。结合上述诸家的观点，我们可以得出以下结论：

1. 散文诗文类标准不能定于一尊。如波德莱尔、本尼迪克特、理查德·特帝曼、Luc Decaune、阿得林·万勒等著名散文诗批评家对于散文诗的文类界定都是有限的理论解说，散文诗与非散文诗的边界（那堵看不见的篱笆）是活动的。实际上世界散文诗的历史确实也说明了这个道理，法国公推波德莱尔为本国散文诗的鼻祖（当然也有异议），俄国公推屠格涅夫为散文诗鼻祖，可是屠格涅夫借用波德莱尔首倡的散文诗形式，抒发一个俄罗斯老人的乡土念旧情怀（如《玫瑰花，多么美丽，多么鲜艳》，王尔德借散文诗记述他的奇思妙想（与审美现代性了无瓜葛），泰戈尔、纪伯伦借散文诗抒发神秘主义的东方宗教情感，阿舍贝利借散文诗抒发后现代语境中的碎片感，鲁迅借

① 斯蒂夫·蒙特：《看不见的篱笆——法国、美国文学中作为一种文类的散文诗》（《Invisible Fences: Prose Poetry as a Genre in French and American Literature》，2000，University of Nebraska Press. P. 10.）

② 斯蒂夫·蒙特：《看不见的篱笆——法国、美国文学中作为一种文类的散文诗》（《Invisible Fences: Prose Poetry as a Genre in French and American Literature》，2000，University of Nebraska Press. P. 240.）

散文诗抒发“五四”时代中国知识分子的文化荒诞情绪，日本东山魁夷借散文诗抒发日本人的自然观感（物之哀感），南美洲的瓦叶霍借散文诗抒发拉丁美洲的集体无意识，台湾的莫渝称只有诗人写出了散文诗，可是朱自清以散文家名世，他的《春》和《匆匆》却因为简洁、紧凑、语言诗化，而被众多散文诗选集界定为散文诗。

2. 散文诗从反面加以定义，即用排除法来界定散文诗似乎有说服力和可操作性。首先熟悉文学史的各种文类，将不好纳入诗、散文、小说、喜剧、小品、超短篇、美文、杂文等的文本纳入散文诗的范畴之内，当然这种界定依然留有众多的解释性纠葛。

3. 散文诗学术研究自有它的价值所在。无论如何，散文诗成为已然性的文类存在应是不可否认的事实，研究散文诗可以从一个侧面窥视文学史的真相，连带着透视历史文化演变的轨迹，以诗解史，以史说诗，散文诗作为现代化背景下出现的一种新文类，它的文体演变的过程既是人类文化演变过程的一个注脚，同时它有力地推动着人类文化朝着健康的、活泼的、自然的方向演进。

[作者单位：深圳大学文化产业研究院、
深圳大学艺术设计学院]

新诗文本细读

飞得起来落不下

——读欧阳江河长诗《凤凰》

师力斌

《凤凰》是高傲之作。它展翅高飞，在我脑海里回旋。它的爱憎并不分明，手法并不新鲜，但是，它的独特纠缠着我。在宏大叙事普遍式微之后，《凤凰》给我一种大的感觉。它升到了俯瞰世界的海拔。它表明，匍匐在地上的诗歌完全可以站起来，飞起来；诗的视野完全可以超越厨房、卧室、高楼与城市，伸向历史和宇宙深处。

《凤凰》也是缥缈之作。虽然高蹈辽远，却无从着落。它暴露出来的情感缺失、态度暧昧与写作难度令我关注。对于当下诗歌来说，《凤凰》的症候性或许大于它的成就。在这一意义上，欧阳江河既是一位探险者，也是一个牺牲者。

《凤凰》以大幅度的飞越展示了诗歌的雄心，又以大尺度的失衡暴露出写作的软肋。

一、起飞与鸟瞰

《凤凰》给人的第一印象是大而炫目。它写出了神采飞扬的东西，写出了属于诗歌专有的东西，写出了小说、散文或电影大片无法企及、望尘莫及的东西。这令人兴奋。在当下中国，诗歌已经近于一个贬义词。欧阳江河有能力保持诗歌的声势和尊严，而这种品质在许多二三流作品里，早已一塌糊涂。当代诗歌和足球一样，成了我们的公众任意调侃的对象。真所谓大雅久不作，吾衰竟谁陈。《凤凰》不但恢复了诗歌的元气，还恢复了我们对物质世界的俯瞰，而不是仰望。它以放纵的想象和难以复制的语言技术，将这个物质世界重新扫描了一遍，将一切繁华与灰烬尽收囊中。

凤凰真不枉被雇佣一回，“飞”的功用几乎被用到极致。飞翔成为整首诗的线索，欧阳江河称之为“飞翔玄学”①。飞过资本，飞过金融，飞过工业，飞过城市、历史、传统，掠过物质与精神、资本与劳动，飞与不飞、死去与再生、过去与现在、肉体与灵魂，这一系列二重性矛盾被鸟瞰聚集在一起。这些主题，随便拎出一个都是大家伙，何况放在一起。但欧阳江河有这样的气魄。像那些他曾经雇佣过的悬棺、咖啡店、工厂、广场等类东西一样，凤凰这一虚拟形象的再创造，使诗获得了时空穿越和鸟瞰世界的超能力，使他痛快地过了一把思接千载、神游万仞的瘾。凌空飞起，俯仰古今，上天入地，不亦乐乎。在物质与精神、历史与现实、天空与地面、人世与自然交织的时空中任意穿梭，不啻是一次自由的精神漫游，是平庸的精神生活的政变，是钢铁水泥玻璃文明培养出来的怪异之花，是有限的生命对无限宇宙的一次堂吉诃德式的冲刺。

这种带有英雄气质并掺杂着自恋色彩的诗兴喷发，使《凤凰》成为一次逆光之旅，一种蝙蝠侠式的逍遥游。人的想象力和他的思想自由程度是成正比的。思想的自由并不等于身体的自由。鸟的想象力未必大于树的想象力。一个肉身不动的作家，他的思想可能早已在千里之外。这就是为什么庄子、李白的想象力比飞机时代的我们要强大的原因。环顾诗坛，无数的诗人匍匐在地上而不自知，或自得其乐。

诗歌从来是在现实与想象的夹层之间行事。行得好，便是飞翔，行得不好，便成了爬行。欧阳江河想做诗歌里的齐天大圣，跳出了日常生活。他厌倦地上，喜欢匪夷所思的领域。他热衷于与古往今来打交道。他要驾语言的筋斗云。他想拿诗歌的照妖镜照出后工业时代和全球化时代的原形。正如诗中所言：“为最初一瞥，有人退到怀古之思的远处/但在更远处，有人投下抽丝般的/逝者的目光。”

敬文东注意到，欧阳江河的词语有逐渐升级的特点。这首诗中，上升成为突出的意象。工地，脚手架，景点，版图，地漏，深渊，升降梯，峰顶，空中，登机，新月，晚霞，银河系，天空，万古，天外……这是一个逐渐展开、呈几何级数迅速上升和扩大的视野空间，历史之声在宇宙空间回响。

《凤凰》的叙述者是一个跳在云端里的主体形象，俯瞰着世界和芸芸众生。当然不是上帝，也不是玉帝。这是一个曾被压在五行山下的普通人，从私人领域和工业资本的双重统治下跳将出来，看到并说

① 《欧阳江河：写诗要克服灵感》，载香港《晶报》2012 年 11 月 14 日。

出这个世界的痛："痛的尖锐/触目地戳在大地上/像一个倒立的/方尖碑。"连痛都是巨大的、尖锐的，这是《凤凰》的气魄。而这样的痛在许多诗人那里，被表述成针尖般大小，更遑论他们笔下的生活。

但是，宣泄感情不是诗的重点。重点是外科医生般的观察，观察这个被钢铁、水泥、玻璃格式化的世界，观察它的工业化、同质化、冷漠、变异或悖论："树上的果实喝过奶，但它们/更想喝冰镇的可乐，因为易拉罐的甜是一个观念化。""百炼之后，钢铁变得袅娜。/黄金和废弃物一起飞翔/鸟儿以工业的体量感/跨国越界，立人心为司法。""但众树消失了：水泥的世界，拔地而起。/人不会飞，却把房子盖到天空中/给鸟的生态添一堆砖瓦。"

首先是工地场景。搭、造，钢钎、水泥、工地、民工、脚手架、升降梯，都是指向工地的符号。

还罗列了大量当代文化符号：暂住证、印花税、证件照、工作室、升降梯、电话线、超音速、中南海、地漏、成交、晶片。这些符号指向农民工、人口流动、社会管理、私人企业、新兴行业、白领生活、现代节奏、都市时尚、高科技、新领域等，足以勾勒当下社会的主要图景，透着一种无所不包、应有尽有的气度。

我更看重他开出的下述透视图和诊断书："凤凰向你走来，浑身都是施工。""艺术史被基金会和博物馆/盖成几处景点，星散在版图上。""地产商站在星空深处，把星星/像烟头一样掐灭。他们用吸星大法/把地火点燃的烟花盛世/吸进肺腑，然后，优雅地吐出印花税。""而急迫的年轻人/慢慢从叛逆者变成顺民。/慢慢的，把穷途像梯子一样竖起，""金融的面孔像雪一样落下。/雪踩上去就像人脸在阳光中/渐渐融化，渐渐形成鸟迹。""资本的天体，器皿般易碎，/有人却为易碎性造了一个工程，""支起一个雪崩般的镂空。"

雪是一个重要意象，第一次出现在第三节第一句："身轻如雪的心之重负啊/将大面积的资本化解于无形。"或许是轻、飞、漫天的性质，使雪与心、与资本的化解联系起来。类似的句子，只可意会不可言传。到第四节，"金融的面孔像雪一样落下"，雪便有了较为清晰的含意：雪像钞票，或者说钞票像雪。漫天飞钱既可覆盖一切，又将迅速融化，不能长久。"雪踩上去就像人脸在阳光中/渐渐融化，渐渐形成鸟迹。"这一句非常传神，也很巧妙。人与钱的关系，物质与精神的关系，在这里被转化为人脸与雪的关系，而"雪崩般的镂空"恰恰是“资本那易碎的工程”。这些意象让人联想到的是金融危机，还是经济泡沫，抑或其他？局部模糊，总体清晰，这是一个非常独特的美学特征。描绘也好，结论也好，预感也好，担忧也好，这些心理似乎都具有公共性和暗示性。因此，欧阳江河的长处在于总体性的把握，这使他的诗歌具备了一种大的气势。

在题材意义上，既像打工诗歌，又像底层写作，但与曹征路的小说《那儿》、郑小琼的车间流水线诗歌完全不同。对资本的描述成为全诗最精彩的部分，将这个世界最为抽象的东西形象化了，显示出不同凡响的概括力和创造力。张清华称欧阳江河在某种意义上“可以说是一位最具理论素养与雄辩才能的诗人，是一位具有对现实发言的能力的、可以使用诗歌直接来思辨当代中国重大社会历史问题的诗人”①，称他的诗为“真正的政治抒情诗”“转折时期的精神制高点”②，可谓确论。

二、穿越

工业化、城市化带来的异化问题已经引起关注。所谓“钢铁柔软”“工业体量”“黄金和废弃物一起飞翔”，都是城里人日常现实的反讽性说法。人们本应看到这些现实，然而被灯红酒绿掩盖了，被繁忙的奔波占有了，被无法逾越的规则拦住了。人们没有时间来思考精神世界，只是疲于应付生活。我父亲来北京，看到小区高楼林立，说，这地方不好，人住得像鸽子窝，空气不新鲜，从这个口里呼出来，吸到那个嘴里去，不如农村老家好。

外来者才能看清我们。置身于其中的人已经被遮蔽。欧阳江河保持了一种高高在上的视野。在他看来，历史和现实紧挨在一起，仿佛历史是家里的自来水管，历史感一直在那里存在。他不仅展示当下，还感知历史的当下性，他将自己置身于两千年的巨大时空之中，闪转腾挪，往来倏忽，通过一首诗使历史复活。从庄子的大鸟到李贺的凤凰，从郭沫若的女神到凤凰牌自行车，可谓思接千载，神游万仞。他装扮成诗歌中的至尊宝，手拿月光宝盒，穿越时光的山洞。

这便是诗人的自由。李白根本不把源头和海拔当回事。我想起艾

---

① 张清华：《欧阳江河：谁是那狂想和辞藻的主人》，载《人物》2008年第5期。

② 《（1979—2009）十大诗人：十二个人的排行榜》，载《钟山》2010年第5期。

略特的忠告，诗人要了解整个历史，要在历史中寻找出最完整的意象来，而不仅在自己的时代打转。当下的人必然要与古人发生关系，也必然要与未来发生关系。艾略特的原话这样说：“历史意识，对于那些想在二十五岁以后还继续做诗人的人而言是必不可少的；而且历史意识也牵涉到一种感知力，不仅是要领悟过去事物的过去性，而且要领悟过去事物的此在性；历史意识迫使人们写作时不仅要与他自己的时代一起，而且还要意识到从荷马以来整个欧洲文学史以及整个本国文学是一个同在的实体，构成了一个同在的秩序。这种历史意识，既是一种永恒的意识，也是一种现世的意识，同时也是关于永恒与现世相结合的意识”。①

欧阳江河恰好符合这一定义。在时空穿越中，他特别喜欢搬用革命历史符号，这一点非常像政治波普艺术家。11、12 小节，呈现了一个近现代革命史的基本轮廓，大清、鸦片、武汉、演说家、凤凰党人、武器、地契、耕者、列宁、托派、资本论、巴黎手稿、东方革命，都指向革命历史。革命历史刺激了诗的灵感。不过，他的兴趣不在于复述历史，而在于在历史与叙述之间操练一种修辞的魔术。我们根本弄不明白，他是颠覆还是还原，是沉醉还是超拔，是炫技还是微言大义。很多看上去漂亮至极的语句，细究起来高深莫测，让人一头雾水。比如：“如果雪不是落在土地的契约上，/就不能落在耕者的土地上，/不能签下种子的名字。/如果词的雪不是众声喧哗，/而是嘘的一声，心，这面死者的镜子，/将被自己摔碎。”只可意会，不可言传。假如翻译成这样的意思：如果不是土地革命，农民就不可能得到土地，就不能有自己的粮食，如果不是群众运动，而是跟风起哄，那么老百姓的命运就不会改变，而这种命运是谁造成的呢？显然是自己。你会笑掉大牙。反过来说，如果原意与此完全无关，那又能是什么意思呢？这个时候我明白，欧阳江河要达到的诗歌效果，完全是声音方面的，是提示性的，其意义不可能确定，也不应该确定。真应了韩东的那句老话，诗到语言为止；又应了那句理论术语，声音的现象学。有人说，欧阳江河的诗有一种演讲的、雄辩的音调，这是很贴切的看法。

12 小节还让我看到，马克思的灵魂复活了。马克思，这位已经仙

---

① （英）托·斯·艾略特：《传统与个人才能》，卞之琳、李赋宁等译，上海译文出版社 2012 年版，第 2～3 页。

逝130年的革命导师，对当代中国诗人的影响不可低估。在欧阳江河这里，马克思又显灵了："一代凤凰党人，撕开武器的胸脯/用武器的批评撕碎一纸地契。"很显然，"批判的武器当然不能代替武器的批判，物质力量只能用物质力量来摧毁"，这是马克思一百多年前的谆谆教诲，欧阳江河牢记在心。这个多少有些自由范儿的才华诗人，一旦叙述革命便不由自主地走到马克思身旁。欧阳江河比当今社会众多自以为是的诗人要聪明十几倍。实际上，我们无法遗弃马克思。在当代生活的诸多时候，马克思仍然是一个生龙活虎的人士，他活着，时尚、超前、年轻，是比那些网络上活跃的公知要深刻得多的公知。只要我们接触商品，接触社会，一句话，只要我们活着，我们就必须面对马克思曾经面对的问题：商品关系、社会关系、生产关系、阶级关系。而事实上，单位、家庭、个人三点一线的生活轨迹，很容易让人产生世外桃源的幻觉，仿佛这个世界上真存在与世隔绝的私人领域。《凤凰》无情地丢掉了这一幻想，仅仅面对公共问题：工业、工地、建筑、资本、商品、劳资关系、契约关系、资产关系。以至于工业与资本无孔不入，天空被钢铁腐蚀，连一个地漏也连接着太平洋："天空，锈迹斑斑：/这偷工减料的工地。有人/在太平洋深处安装了一个地漏。"

可以看出，因为题材的缘故，《凤凰》将诗歌的疆土无限拓展了，展示出恢宏的气势。

更重要的是，必须面对马克思所说的异化。欧阳江河敏锐地抓住了这一要害，而且表现得得心应手、游刃有余。"凤凰向你走来，浑身都是施工"，"人不会飞，却把房子盖到天空中"，"而急迫的年轻人，慢慢从叛逆者变成顺民。/慢慢的，把穷途像梯子一样竖起"。既轻松又悲观，还有点黑色幽默，整个诗歌都用这种方式运转。诗歌的异化正是人的异化。我们能够使钢铁飞翔，却不能使自己飞翔；肉身被束缚在机票里、梯子里、银行里、水泥里、钢铁里、玻璃里；钢铁是我们的产物，也是我们的主人。而凤凰，这种具有辉煌的美丽与极端的自由的形象，在城市和工业的包裹下，却成为一堆废铁。

机器世界和工业世界二合一的异化图景，成为现代人精神废墟、精神异化的轴对称图形。无论是工业和城市景观，还是时空穿越的空间设计，抑或飞翔的那种速度感和画面交替，特别是那些频频闪现的宇宙空间场景和画面，总让我想起《机器人总动员》《超级大坏蛋》

《卑鄙的我》等一类动画片。我看到了诗歌与大片的竞赛。

与其说《凤凰》是有关中国的叙事，不如说它是一个跨文化的、杂交的文本。它首先是一种本土资源的视觉转换。北京、望京等地理符号，凤凰的形象，近现代革命历史符号的重新拼贴，当代中国城市工地景观的呈现，都可以看作"中国"的表征，包含着"中国叙事"的冲动。同时，《凤凰》在骨子里是抽象的、无根的、漂移的。所谓工业、太平洋、资本、金融、地产商、印花税等这些意象，我很难将它们完全与西方资本主义文化符号剥离开来，也很难与好莱坞大片撇清关系。我不但看到了时空的穿越，还看到了文化的穿越。或许，凤凰的身体里有恐龙的影子？与其说《凤凰》是将当代中国放在人类文明的语境中，放在东西方文化对话的关系中呈现，不如说用西方话语讲中国故事，也就是诗里所说的"孩子们在广东话里讲英文"，"黑板上，英文被写成汉字的样子"。在这一意义上，《凤凰》的症候性更加典型。它既是诗人自身矛盾的表征，也是中西文化碰撞的表征。作为一位频繁游走在东西文化之间的艺术活动家，欧阳江河的跨国艺术活动经验在诗人里边并不多见，这使他罕见地具备了一种跨越太平洋的视野和气度。

《凤凰》包含了多种可能性，正如飞翔有多个方向一样。它在古往今来、广阔无垠中思考当下。诗歌爬到了现实的山腰上，虽然没有登顶，一览众山，但它挣脱了日常生活低矮的樊笼。这已经是相当费力的事情了。《凤凰》的难度便是当下诗歌的难度。这是否也意味着，它的高度就是当下诗歌的高度？

三、语言魔术与审美疲劳

《凤凰》主要的看点之一是语言。阵势铺天盖地，古往今来。欧阳江河的诗是21世纪的汉赋，是诗歌中的春晚。像一场魔术，花样繁多、变幻莫测，灵感像吸毒之后的那种不可遏制，尽管他声称诗歌要克服灵感。"一分钟的凤凰，有两分钟是恐龙，/它们不能折旧，也不能抵税。/时间和金钱相互磨损，/那转身即逝的，成为一个塑造。"随手就能找出这样的句子。语言魔术是欧阳江河的后台。双关、谐音、反讽、悖论、自我辩驳、否定之肯定，这些技艺在这首诗中俯仰可拾。比如对"漏"的透支性使用："一些我们称之为风花雪月的东西/开始漏水，漏电，/人头税也一点点往下漏，/漏出些手脚，又漏出鱼尾/和屋漏痕。”比如，他玩的意象与词语纠缠的游戏：“除非你飞翔不需要肉身，/铁了心的飞翔，有什么会变轻吗？/如果这样的鸟儿都不能够飞，/还要天空做什么？/除非心碎与玉碎一起飞翔，/除非飞翔不需要肉身，/除非不飞就会死：否则，别碰飞翔。/人啊，你有把天空倒扣过来的气度吗？/那种把寸心放在天文的测度里去飞/或不飞的广阔性，/使地球变小了，使时间变年轻了。”“有人将飞翔的胎儿/放在哲学家的头脑里，/仿佛哲学是一个女人。/有人将万古交给人之初保存。/有人在地书中，打开一本天书。”

这些诗句，有明确的气场和不容置疑的气势。断语、格言式的句式使用，极具陌生化效果。熟悉的符号焕发出陌生的意义。语气上的坚定与意义上的含混，强化了神秘感与庄严感。一句话里必有两个意义相反的词语，而且火力密集，连珠炮般发射。悖论式的张力美学成为欧阳江河的金科玉律。每首必有悖论式张力，每节必有，甚至每句必有。“把一个来世的电话打给今生”，类似的句式随处可见。一种修辞风格似乎成为诗歌全部的趣味。然而，当这种修辞被频繁使用之后，就像过度发行的钞票一样，贬值了。这是欧阳江河诗歌创作最令人烦恼的问题。独特的技巧似乎帮他找到了一劳永逸的招数，但用过之后发现，化解了的难题反而变得更加艰难。写诗不是为了回答问题，而是为了制造问题，这或许是他的信条？他重视技巧，重视含混，轻视情感，轻视透明。欧阳江河沉迷于扮演一个蒙面魔术师。

这套技巧由来已久。在 1984 年欧阳江河写就的《悬棺》中，悖论张力式的句子已经成型：“所有的人死于同一个杜撰，死于比死亡更为可怕的永生、每一个诞辰和忌日，都把众多亡灵从各自的超度中唤醒，为了再度死去。”“所有的归宿是同一个归宿。”“直到汹涌的阴影在亮光中形成水晶般清澈的茫然。”“白而猛烈之光挥动如逆之笔草就黑暗，挖出眼球命中盲瞳。”看得出来，他很得意。对于我来说，眼睁睁看着那些在形而上学的思辨之中飞舞的词语，像扑火的灯蛾一样来路不明：“穿颅术以一念之差洞穿千里，反串从死到生的悬殊。万类在轮回之圆同心，造化终极布满转捩点，每一种语言都是倒叙，每一次前行都是逆向。要走出自身必须反身进入。”“吃土的植物有牙而无嘴，有衣饰而无身段。很深的渴意来自水，海的未来仅有一滴。沙漠最后会钟情你们，达到新月的湿度，代替海蒙受正午的狂热而水的波动将无人问津。”“鸟的高贵羽毛和山岳有相同的重量。仅有的一个字和全部书卷有相同的重量。”这些充满了达利、毕加索式超现实主义手法的诗句，令人喘不过气来。再列举欧阳江河的长诗《泰姬陵之泪》的几个句子：“委身于忘我和无我还要小。/一个琥珀般的夜空安放在泪滴里，/泪滴：这颗寸心的天下心。”

完全可以说，喋喋不休，无视观众。从接受美学的角度来看，欧阳江河有点仗势欺人。

一位网友在博客里归纳了这样几条欧阳氏经典句子：1. 所有瞬间是同一个瞬间。2. 所有归宿是同一个归宿。3. 所有的启示是同一个启示。4. 刹那即生，刹那即灭。千秋功罪无非横笛一声，霜迹一片。5. 风景是万物对形象的离开。6. 石头没有更多的空虚让你点化成金。7. 在另一种死亡里，花园就是一切。8. 界限并不存在。①

人们早就领教过欧阳江河的词语机锋。他在这方面的才华毫无疑问。但诗歌说到底要表达人的感情，特别是具有公共性的感情。如果文辞天花乱坠，情感冷如石头，这样的诗能有几人欣赏？

才华在这个时代并不短缺，短缺的是有思想的才华，短缺的是才华对现实的本质描绘和对生活的深刻把握。与晶莹的《泰姬陵之泪》比起来，《凤凰》显然要暧昧得多。两首诗几乎写于同一时期，情感立场完全不同。《泰姬陵之泪》是对“人类情感”的高度认同，是对“共通人性”的成功推介和渲染，而《凤凰》则试图对混沌暧昧的现实进行个性化的把脉，充满歧义、抗辩和悖论。前者如果浑然一体，后者多少有些貌合神离。

四、情感悬置与思想虚弱

令我无法释怀的是，《凤凰》有一种暧昧的情感和立场的迟疑，不痛快淋漓。北岛的诗之所以煽情，一个重要的原因是很少躲躲闪闪。欧阳江河的出现使我面临一个难题，我无法断定，诗歌到底是斩钉截铁、气壮山河好呢，还是暧昧模糊好。或许在当下，暧昧才是一种更为天才的聪明？无论怎么看，试图从《凤凰》中找出情感相当困难。在第二节中已经举过一例。再来看这样一例：“人是时间的秘书，

---

① 似游：《一些瞬间在另一些瞬间中被界定——微博读评欧阳江河〈悬棺〉》，见新浪博客：http：//blog. sina. com. cn/s/blog_ 48e063480100zfyl. html。

搭乘超音速/起落于电话线两端：打电话给自己/然后到另一端接听。但鸟儿/没有固定电话。而人也在/与神相遇的路上，忘记了从前的号码。/鸟儿飞经的所有时间/如卷轴般展开，又被卷起。/三两支中南海，从前海抽到后海，/把摩天楼抽得只剩抽水马桶，/把鹤寿抽成了长腿蚊。/点余烬，竟能抽出玉生烟，/并从水泥的海拔，抽出一个珠峰。”不能不让人想到“文字游戏”的概念。想表达什么？这些魔术般的词语搭配，分明有所用意，也分明是灵感的迸发，意象也不可谓不新、不妙。可意思到底是什么？恭维点说，我在眼花缭乱中获得了某种朦胧的轮廓，和含糊的肯定。可是，如果狠毒点呢？诗不是法院判决，但总不能说诗不是感情吧。通读《凤凰》，感情是被排斥的东西。“得给消费时代的CBD景观/搭建一个古瓮般的思想废墟，/因为神迹近在身边，但又遥不可及。/得给人与神的相遇，搭建一个/人之境，得把人的目力所及/放到凤凰的眼睛里去，/因为整个天空都是泪水。”好不容易出现了泪水这一人类感情的载体之一，然而，有些突兀，缺乏铺垫，悲得毫无来由，不像《泰姬陵之泪》那样有足够的铺垫、酝酿，因此也就显得生硬。《凤凰》全诗，没有“我”。

有迷人的一面，也有狡猾的一面。一方面令人浮想联翩，另一方面又令人不知所云。该怪罪诗歌还是怪罪我自己？欧阳江河是一个敏感而丰富的诗人，优秀的诗人，然而也是一个油滑的诗人。在情感方面，似乎很难与中国传统诗人的形象联系起来。他找到了对付世界的独特方法，他的玄学气质以及演技派路线，在这个消费升起、转轨未结、全球化时代如鱼得水。他以非常玄妙的、风格化的、机智到有些过分的表述方式获得了市场许可。他走出了一条修辞机会主义的小径。

《凤凰》是修辞的胜利，而不是情感和思想的胜利。

敬文东准确地发现了欧阳江河的修辞秘密。敬文东认为，“欧阳江河的诗歌书写始终处于互相辩驳、诘问和对抗的驳杂局面之中。在被称作杰作的《傍晚穿过广场》里，欧阳江河的驳杂达到了令人咋舌的高度：‘如果我能用劈开两半的神秘黑夜/去解释一个双脚踏在大地上的明媚早晨——/如果我能沿着洒满晨曦的台阶/登上虚无之巅的巨人的肩膀，/不是为了升起，而是为了陨落——/如果黄金镶刻的铭文不是为了被传颂/而是为了被抹去、被遗忘、被践踏。’黑夜与早晨，虚无与明媚，传颂与遗忘，升起（那是日出的方式，火的肯定性）与陨落（那是日落的方式，黑暗的方向）等否定性的词汇和肯定性的词汇，被暴力式地并置在一起，用的句式是虚拟的、选择性的，但在骨子里却毫不怀疑真正的时代事实会是什么”①。

敬文东认为，欧阳江河诗歌的复杂性是适合这个芜杂、让人理不清头绪而又各执一端的时代的特性的。“我的看法是：不平衡的造成归根结底来源于关键词二重性本身的不平衡。‘你首先是灰烬，/然后依然是灰烬。’（欧阳江河《风筝火鸟》）有着否定性质的现实，在我们这个时代里，始终比肯定性质的东西要多得多。时代和生活的杂乱无章，否定性事物和肯定性事物的纠缠一团难以分辨，这是一方面；值得否弃的东西比值得肯定的东西存在着更大的波及面，这又是最主要的一方面。”②

时代的复杂性是诗歌表述复杂性的原因。敬文东给欧阳江河找到了一个很巧妙的唯物主义理由。这个理由非常扎实有力，但无法解决这样一个矛盾：为什么一首诗中“句式是虚拟的、选择性的”，但在骨子里“却毫不怀疑”，而在另一首诗中，同样的句式，却表达得暧昧模糊、疑窦丛生？

说白了，诗人没有清楚的想法是诗歌暧昧的决定性因素。

在《钟山》组织的三十年（1979—2009）十大诗人评选中，评委唐晓渡这样评价欧阳江河：“其策略介于雄辩和诡论、连续的变奏和即兴的表演之间。他对‘反词’的独到理解和处理，结合对音乐‘对位’技法的挪用，使他的诗在语义层面充满似是而非、模棱两可以至根本悖谬的内在不确定性，而整体上又确切地发散着超语义的魅力。”③

谦谦君子的诗评家们总是小心翼翼地在怀疑的头上扣上一顶华丽的帽子，但这种装饰仍然改变不了欧阳江河“似是而非、模棱两可以至根本悖谬的内在不确定性”。

找遍全篇，以下一段处理激烈感情：“人类并非鸟类，但怎能制止/高高飞起的激动？想飞，就用蜡/封住听觉，用水泥涂抹视觉，/用钢钎往心的疼痛上扎。/耳朵聋掉，眼睛瞎掉，心跳停止。/劳动被词的膂力举起，又放下。”即使这样的自虐，也是一个旁观者的角度，

---

① 敬文东：《诗歌在解构的日子里》，北京大学出版社2008年版，第132~133页。

② 敬文东：《诗歌在解构的日子里》，北京大学出版社2008年版，第134页。

③ 《（1979—2009）十大诗人：十二个人的排行榜》，见《钟山》2010年第5期。

缺乏设身处地的情感力量。下面的句子是感情最为外露之处："这颗飞翔的寸心啊，/被牺牲献出，被麦粒撒下，/被纪念碑的尺度所放大。/然而，生活保持原大。"一个然而，很快就转回到冷静。情感相当节约、理智。旁观者，是《凤凰》最主要的情感主体形象。诗句总有这样一种效果：本来以为要上去，没想到却滑落下来；本来以高调的情感出场，但很快变成为炽热降温。大量虚拟理性的存在，使诗像一尊哲学木偶。一旦感情可以更进一步的时候，撤退了。诗一直在飞，与情感擦肩而过。飞的好处是视野开阔，气势恢宏；坏处是浮光掠影，蜻蜓点水。整首诗就是对城市工业时代的一个浮光掠影。那些被发现的年轻人、叛逆者、资本家、民工、造房者、小偷、建筑师、书呆子、临时工、艺术家、乡下人、城管、小官僚、债权人、对弈者，都像投射在天幕当中的一个个梦幻般的影子。当真正的当代问题被转移到"我是谁""大我""小我"这样的哲学概念名下之后，与现实的连接断掉了。原来可能深入下去的探询和质疑空泛虚无，仿佛在谈火星上的事情。"不知腐鼠和小官僚的滋味。"小官僚的滋味是什么样的滋味？没有下文。乡愁的滋味是什么滋味？余光中有下文。至于李贺的琴弦弹断了多少人的心肠，则又拿古人说事："李贺的凤凰，踏声律而来，/那奇异的叫声，叫碎了昆仑玉，/二十三根琴弦，弹得紫皇动容，/弹断了多少人的流水和心肠。"求救于古人，绕开了现实。整首诗中，唯一一个深入描绘个人情感的，是汉朝人贾生："那时贾生年少，在封建中垂泪，/他解开凤凰身上的扣子，/脱下山鸡的锦缎，取出几串孔雀钱，/五色成文章，百鸟寄身于一鸟。"如果把这些词语节约下来，让那些书呆子、小官僚、城管、艺术家使用，效果该如何？只有欧阳江河自己知道，只有天知道。

举沈浩波一首《舞者》为例，做个对比。这首诗视野很小，但感情充沛，立场鲜明：

追光灯覆盖着舞者的灵魂
因不能逃避
而万般扭转的灵魂

你们伸长脖子
爱上了她的身姿

和蹁跹的美

.

一个少女
被强暴者覆盖时
那灵魂
也该是万般扭转的吧

.

晶莹的舞池上
舞者努力地弹跃
自己曼妙的身体

.

欣赏舞蹈的人们
有的已被这美
感染得落了泪

.

一条濒死的鱼
在冰冷的砧板上
最后的弹跳
它也有着
柔软的身体啊

.

我不是故意扫你们的兴
我们都有舞者的灵魂
我们都有少女的屈辱
我们都有
待宰之鱼的
绝望①

沈浩波一向以下半身著称，但这首诗是少有的上半身，且身心俱备，触动人的心灵。《凤凰》缺少这种动人的东西。

《泰姬陵之泪》的感情含量比《凤凰》大得多。前者是围绕人的日常感情来组织的，以“泪流”组织全诗：“泪水就要飞起来。是给

① 沈浩波：《文楼村纪事》，阳光出版社2012年4月版，第89~90页。

它鹰的翅膀呢，/还是让它搭乘波音767，和经济奇迹/一道起飞？三千公里旧泪，就这么从北京登上了/新德里的天空。……我们能否借鹰的目力，看着落日/以云母的样子融解在一朵水母里？2009年的恒河/能否以虹的跨度在天上流，流向1632年？”“四百年了，泰姬用眼泪在吹奏恒河。/只是，泰姬，你吹不吹奏我都能听见你。黄河/也被吹入了这颗叫作泰姬的泪滴。/泰姬，你不必动真的刀剑，/几片落叶，已足以取我性命。”这是写泪流最有才华的诗歌之一。同样有时空穿越，同样是跨文化视野，但情感立场相当鲜明，没有丝毫犹豫。为什么？因为诗中有“我”，而《凤凰》则无“我”。

情感悬置，思想虚弱，实际上是权威话语缺乏的表征。世界本无言，人赋予其意义。话语是一种权利。欧阳江河既要面对这个时代，表述这个时代，还无法给出明确的判断，这正是他的暧昧之处。他的暧昧就是诗歌的暧昧，小说的暧昧，影视的暧昧。可以看到，《傍晚穿过广场》，或者《泰姬陵之泪》，不存在这样的难题，感情立场非常明确。而当看到这个后工业时代的物质世界、被资本和权力异化了的世界时，复杂的现实令人无所适从。是镂空的废墟，还是起飞的图腾？是飞翔还是停驻？是绚丽辉煌还是贫乏枯燥？面对这个复杂丰富多元的时代，面对这个古老帝国的经济奇迹与资本异化，这位才子失语了。

敬文东这样描述90年代以来的诗歌特征：“九十年代汉语诗人有可能把更多的精力，放在对凡庸日常生活的处理上。生活——毫无诗意的，包纳了吃、喝、拉、撒、睡在内的凡俗生活，始终是九十年代汉语诗人写作中的秘密；它把诗人曾经高远的飞翔愿望强行拉回到了地面，让他们老老实实、脚踏实地、心平气和地面对它，并要求他们对它表态：有条件地捡起或放弃，承认或拒绝。”①

欧阳江河不会不明白这种状况，他想以写作提出反抗，他想飞，飞得更高。然而，羁绊非常强大。当他飞起来之后，发现远非想象得那么简单。他不是被工业废料束缚着，而是被工业废料背后的复杂关系牵绊着。

---

① 敬文东：《诗歌在解构的日子里》，北京大学出版社2008年版，第134~135页。

五、凤栖何处

《凤凰》究竟表达了什么？停留于表面的诊断并不过瘾。情感悬置、思想虚弱暴露了诗人面对当下的困惑、矛盾、犹疑、无奈与失语。让诗来下结论，有点像让公鸡下蛋。但作为读者，我愿意诗人更高明，特别期待诗人能有“朱门酒肉臭，路有冻死骨”那样的决断。

《凤凰》从12节开始，节奏明显加快，仿佛历史在跑动。更强的时空穿越也是从此节开始：“有人在二十一世纪，读春秋来信。/有人在北京，读巴黎手稿。/更多的人坐在星空/读资本论。/读，就是和写一起消失。”这些符号，都是非常具有历史意味的符号，列宁、托派、政治局、郭沫若、毛泽东，它们的集中出现，似乎预示着不同凡响的下文。然而，都是一闪而过，并无深究。这些叙述，只是为徐冰的雕塑出场而铺垫，主角是那一尊雕塑的凤凰。

《凤凰》的灵感来自于徐冰的雕塑。欧阳江河在一篇文章中写道：“在我看来，徐冰考虑了三方面因素：作为一个图纸上或二维平面的概念；凤凰是由工业废料品搭起来的作品，徐冰考虑更多的是工业体量感，而不是雕塑本身的空间占有和暗示性。其次是考虑作品的构成材料，这些材料全都保持生活的原尺寸大小，比如搅拌机、钢筋骨架、水泥、安全帽以及各种工具。这些被触摸过的劳动工具还保留了劳动的真实性，也包含着对劳动的一种尊重，或者是礼赞，以及种种批判性的思考：劳动和财富的关系，现代和古代的关系，艺术和资本的关系。”“这些生活中原尺寸的物体，与工业的体量感合并后，触及了我想指出的第三方面的因素，将艺术品本身做一个夸大——以纪念碑般的史诗尺寸，构成反讽的、相互抵触的、过度的比例关系。这三种因素构成了凤凰的重量以及它的体量感。所以我们不能只是从雕塑的角度考虑。这与其说是雕塑，不如说是反雕塑。”①

徐冰原作既是诗的灵感来源，又是诗的思想禁地。雕塑凤凰催生了诗歌凤凰，又圈定了生命极限，那就是，诗歌凤凰不得不在悖论张力这一思想/修辞的疆域里打转。看见，却没有说出。

“凤凰彻悟飞的真谛，却不飞了。”“一切都在移动，而飞鸟本身不动。/每样不飞的事物都借凤凰在飞。”“人，不是成了鸟儿才飞，/

① 欧阳江河：《徐冰“凤凰”的意义重叠》，载《艺术时代》2010年第15期。

而是飞起来之后，才变身为鸟。”

肯定之中有否定，有即是无，实即是空，这便是整个的逻辑。“让铁的事实柔软下来”，“与不朽者论价，会失去时间”，“慢，被拧紧之后，比自身快了一分钟。/对表的正确方式是反时间。/一分钟的凤凰，有两分钟是恐龙”，“那转身即逝的，成为一个塑造”。这些脑筋急转弯式的文字游戏，究竟有多少思想含量？总觉得和“祸兮福所依”“道可道非常道”“物极必反”“乐极生悲”这样的人生体验相去甚远，也就是说，这些表述仅仅是表述，是空中楼阁，终究与生活体验关系不大。终究，凤凰变成了一场游戏，词语的游戏。“不是飞鸟在飞，是词在飞。/所谓飞翔就是把人间的事物/提升到天上，弄成云的样子。”诗人充当造物主，充当导演，现实不过是任意剪辑的画面而已。而什么是凤凰呢？凤凰就是人，人是凤凰的一个阶段，凤凰是外表，人是内心：“鸟类经历了人的变容，/变回它自己：这就是凤凰。/它分身出一个动物世界，/但为感官之痛，保留了人之初。”从14节开始，焦点开始向雕塑本身聚集。直到最后一节将句号画在那个不飞的凤凰身上：“一堆废弃物，竟如此活色生香。/破坏与建设，焊接在一起，”“在天空中/凝结成一个全体。”至此，凤凰飞了一个圆圈，回到原点，极其类似于好莱坞大片的大团圆结局，尽管是带有反讽性的结局。

敬文东的提问对于《凤凰》来说同样有效：“欧阳江河以绝对的语气抒写、陈述的这些事实，是否也是诡辩，或仅仅是出于一种策略？他揭示了时代吗？他揭示了正在变作历史的那段时间里发生的真相吗？……而关键在于，他的抒写，尤其是他的陈述，是否只是臆想的、虚拟的，因而只是一些虚假意识呢？”①

［作者单位：《北京文学》杂志社］

① 敬文东：《诗歌在解构的日子里》，北京大学出版社2008年版，第138页。

不在场的镣铐

——许悔之《遗失的哈达》评点

郑慧如

一

许悔之（1966— ），本名许有吉，生于台湾桃园。台北工专（现已改制为台北科技大学）化工科毕业。有鹿文化总经理兼总编辑。曾获多种台湾重要的文学奖。历任《中时晚报》《联合文学》《自由时报》等媒体编辑。1984 年与诗友共创“地平线诗社”。已出版的创作集有童书《星星的作业簿》；散文集《创作的型录》《眼耳鼻舌》《我一个人记住就好》；诗集《阳光蜂房》《家族》《肉身》《我佛莫要，为我流泪》《当一只鲸鱼渴望海洋》《有鹿哀愁》《亮的天》；有声诗集《遗失的哈达》。曾与马悦然、奚密合编《航向福尔摩沙：诗想台湾》。

许悔之的诗注重声音效果，执着于某种理念或美感的追寻，且浸润于追寻的过程本身，表现生命膨胀、向外直扑，而稍微凝聚后的悲感与寂照，浮露某种经过翻腾的虚无。

《遗失的哈达》原选自《我佛莫要，为我流泪》。该诗集绝版后，以同样的二十八首诗重新出版为同题的有声诗集《遗失的哈达》。《遗失的哈达》一诗，写一对阴阳界上约定共赴来生的情侣，因一时的执念而苦候三十五年，终于取出前世的凭证与对方相认。开口的平声韵组成“哈达”一词，具备声音与意涵的双重作用，故此诗之声籁与意象俱美。意涵上的“哈达”失而复得，是诗中人和投胎转世的“你”相认的媒介；声音上的“哈达”则贯串全诗，成为整首诗声音结构的重要元素。

二

我们携手，站在转世的渡口
船就要来了，我们深深的对望
来生终将如月圆满，遍照
十方虚空和我们的心房

然而风起转狂
吹走了系在你颈上的哈达
你心爱的哈达随风而飘
我去追它，催你先上船

以为下一艘我就能赶上你
谁知哈达飘得那么快
翻山越岭，飞过大洋
五年之后我终于找到它

再过三十年，你坐在堂上说法
依序为生病的身躯系上哈达
祝福迷途的灵魂坚厚充实
如架上葡萄的果肉撑得饱满

轮到我了——我弯腰接受你
为我系上哈达，那今生蜜铸的镣铐
我从怀中取出那遗失过的哈达
看见你眼中有滚滚紫色泪光

——许悔之：《遗失的哈达》
台北：联经出版社，2006 年 11 月

哈达是蒙藏地区在社交活动中作为礼仪用的 5 尺左右长条状丝织或麻织品，举凡各种婚丧嫁娶、民俗节庆、拜会尊长、迎送宾客、朝

觐佛像、亲友往来、房屋竣工、求情办事、认错请罪，均广泛使用，因而有“哈达有价情无价”一谚。哈达在某个象征意义上，是纯净心灵与朴质情感的具象化；献哈达尤为藏族百姓普及崇高、世代相传的仪节，代表呈献者情感之真诚、祝愿之美好。哈达多为蓝色、白色或黄色；最珍贵的是综合蓝、白、黄、绿、红五种颜色的五彩哈达，用以敬献菩萨。献致哈达依约定俗成的常规：对上敬献以示尊崇，需俯首弓身，端举哈达，双手奉献；对下赐给以表关爱，常把哈达系挂在对方的颈项；身份地位或辈分相当者互赠以示友好，则将哈达捧送至对方手中。被献者也要低头弯腰，双手承接，以表回敬。

《遗失的哈达》构设了小说似的情节，并由引人入胜的画面中映照因缘聚散，衬显诗中人踯躅于迷与悟的曲折心路。诗由第一人称视角展开叙述。一对紧密相依的灵魂手牵手站在转世的渡口等船。此生已尽，他俩怀着美好的祝愿，希望共赴来生，延续情缘。一阵狂风吹走了“你”颈上的哈达，“我”为了替“你”寻回哈达而错过渡船，不安的灵魂漂泊五年，找到哈达，带着记忆与哈达转世，等待“你”，等待为“你”献上遗失过的哈达。三十年后，重新投胎转世的“我”和“你”在说法的堂上重逢，但是“你”和“我”的新肉身分别有等待完成的新功课，两个人的尊卑、健康状态、情感的负载与体会均已遥隔云汉。最后“我”取出遗失的哈达回赠“你”，唤起“你”对“我”的前世回忆。

诗在“你”的“紫色泪光”里终篇：“看见你眼中有滚滚紫色泪光。”“滚滚”状写其激动落泪。“紫色”则是许悔之的诗中殊异于别的诗人的颜色，特别在表现一种迷离徜恍、令人低回沉醉的色相时，许悔之有时就会以“紫色”一词以蔽之，作为笼罩气氛的摩写词。且举《紫兔》为例：“白色雪原上/跃出一只紫兔/弹指间/哗哗长满了苜蓿//这个冬天/我们剪裁星河为布/最亮的那颗天狼星/留下来，当作百年后/陪葬的袖扣//啊紫兔紫兔/彼狡兔兮/未着半丝。”迷离而耽溺，是许悔之透过“紫色”传达的氛围。

《遗失的哈达》表现了对情感的执迷、耽溺、仓皇；其迷人之处也在“我”的痴恋、纠缠、生死倚之。由此穿透纸背的迷离、纯真、抑郁、痛切，以及为了所欲发下宏愿、罔顾现实、不惜用性命交换的勇猛愚痴，是许悔之诗作的基调。

《遗失的哈达》结构严整，以每段4行的5段诗行组成。若依照起承转合的行文常规，此诗在常中求变，看起来像传统诗行，却暗潮汹涌，自成体段。第一段为起；而平缓的开端之后立刻破格，第二段突转；第三段以说明原因的语气承接第二段，并迅速调开时间的距离；第四段又是转，忽忽时空剧变，镜头拉到三十年之后说法的堂上；第五段合，以说法者的泪光认证了一段隔世情缘，诗章随之收束。

诗人为读者安排了两个画面：一个是转世的渡口，铺成第一段和第二段；一个是说法的堂上，演为第四段和第五段。第三段的“翻山越岭，飞过大洋”是过场，主要作用是换气和旁白式的独白。在转世的渡口，幽冥之间，茫茫渺渺，天地仿佛只有携手并立的“我们”，后来船开走了，剩下追逐哈达的“我”；在说法的堂上，信众云集，但是“我”的眼中只有寻找三十年的“你”。

“我们”一词是鲜明的诗眼。此诗一开始的两句就有两个“我们”，接着一直到结句，“我们”一词不再出现，代之而起的是“我”和“你”。“我们携手，站在转世的渡口”“我们深深的对望”，点出“我”和“你”的缠绵情分。此生诸多无奈而不暇计议，但望来世再续爱缘。“来生终将如月圆满，遍照/十方虚空和我们的心房”，誓愿发在月已晕而风未起之时。

主要意象“哈达”从第二段之后，每一段都出现，且以2—1—1—2的规则频率，出现在第二段、第五段的三、四两句，以及第三段、第四段的第二句，使得本诗的阅读介于文义理解与声音聆赏之间。于不经意中，第二段的“哈达”点题、第三段和第四段的“哈达”点染、第五段的“哈达”强调，使得“哈达”具备顿挫与整饬全诗的声音效果，朗诵时尤富撩拨性、感染力。而在意涵上，“哈达”是“我”为“我们”“蜜铸的镣铐”。为了诗中的“你”，“我”竟然舍弃本来可以同船共赴来生的机会，径自奔赴千山万水，花了5年寻回哈达，以致错失一起投胎的时机。这种痴狂、决绝与坚持，隐匿着背叛理性、对爱与美的眷恋。

许悔之的《遗失的哈达》建构了对爱情的美好憧憬，而以隔世后相逢相认的“紫色泪光”作为对情感不言而喻的反思。诗中的“我们”好不容易走过一辈子，携手在转世的渡口等船，要共赴下辈子以延续并补偿未尽的情缘。可以想象，为了两人能并肩站在阴阳界，曾经放弃多少机会和因缘。但是为了一条系在爱人颈上的哈达，“我”

一念之间毅然在上船的关口和“你”分开，千山万水寻回哈达，再带着哈达转世，于茫茫人海中寻“你”，把哈达当成“今生蜜铸的镣铐”。枷锁使人不得自由；但是“蜜铸”，显然乐在其中。可想而知，为了替这条“蜜铸的镣铐”找到真正的主人，“我”在已投胎的新生中又失却多少机会。有人把人生比喻为苦海，苦海之苦，多半出于一念的执着；事过境迁，对于当时的执着或许一笑置之，然而人生已因此改变。其实不妨替诗中人想想，遗失的果然是哈达吗？那被揣在“我”怀中30年的镣铐？何况当哈达被风吹走的时候，它的主人“你”仍然以登船为第一要务呢。翻飞的哈达以非生命的形式，正告诉准备赶赴下一场生命旅途的爱侣某些信息。只是其中的一个无暇他顾，一个穷追不舍，可惜了哈达瞬间的翻飞之美。随缘随分，灵魂才能飞翔。虽然饰以佛家转世的思想，此诗透显的凄迷与惶然，就因为诗中人的不认分、不甘愿。

三

在台湾中生代诗人里，许悔之自铸了唯美、执迷、抑郁、一往而深、临流自鉴、无奈而仓皇的作品风格。诗中欲语还休的，是蠕蠕的情欲。即使《我佛莫要，为我流泪》出版之后，许悔之的创作看似浸淫在一片佛禅的辉光中，然而虚无厌弃的调子仍是许悔之及其同代诗人跨世纪的手法。表面上，宗教的省思与深沉带给许悔之的诗作一种高度与深度，其实其诗之所以令读者着迷，正因为高深的不是宗教感本身，而是丰美血肉遭遇磨难时的种种不舍与坚持。在虚无之中流露初学佛体道的了悟，就《遗失的哈达》一诗而言，其阅读效果本在体证诗中人心灵世界的荣枯，不意却反证了诗人临深履薄与力求安顿的极度不安。

许悔之早年私淑洛夫，例如《阳光蜂房》的作品，意象与句法即常有洛夫的影子。在许悔之成名的创作之路上，以诗塑成了若隐若现、虚无中有所待的尘世欲念，更因而以佛入诗，表现内省而耽溺的诗风。许悔之的耽美无宁造成一种不见，而这种选择性的不见与一头栽入的悲苦，相当程度为许悔之赢得了诗名。如杨牧称许悔之：“诡异地流动于虚实两极之间，唯恐回归脆弱的具体。”① 白灵说：“他早

---

① 杨牧：《感官美学》，见许悔之《有鹿哀愁》，（台北）大田出版社2000年版，第94页。

年的诗是沉郁而孤寂的，是对自我沉溺的拯救，却是反复再三的，待在深渊却不刻意爬起，”“他的诗是人类躁动因子的典型表征，在与外界的瞬间连结中才能获得暂时的安稳。”① 南方朔则说许悔之：“在台湾当今诗人里成长最速。”② 等等。

仿佛行走于危崖，许悔之的诗给读者非常态的经验世界，而紧致的句法、意象、声籁，则与隐隐约约的情节组成完密的结构。这首《遗失的哈达》，以“哈达”这“蜜铸的镣铐”组串梦境般的前世今生。哈达既为经验之载体，象征两个有情人肉身通过异世所积累的空间部署；就诗行而言，更传达了不在场的神秘记忆方式。于是，“镣铐”之为“蜜铸”，固然源于前世因缘，也出于昙花一现的“曾经”，于今已然不在。“哈达”先被隔离于时间之外，复被纳入四目对望的空间之内，空间之载体遂成记忆之客体。以不在场的梦幻空间实现记忆，记忆的空幻之于此诗，即成扣人心弦的纸上风景。

［作者单位：台湾逢甲大学中国文学系］

① 白灵：《新诗30家》，（台北）九歌出版社2008年版，第298页。

② 南方朔：《不安全的距离》，见许悔之《当一只鲸鱼渴望海洋》，（台北）时报文化出版社1997年版，第28页。

诗学研究

中生代研究

散文诗研究

新诗文本细读

现代诗人研究

关于戈麦

姿态与尺度

诗论家研究

外国诗论译丛

石民诗歌基本结构模式探析

刘佳慧

石民是活跃于20世纪20、30年代文坛的象征派诗人、翻译家和编辑，生于1903年[①]，原名石光络，字阴清，号影清，今湖南省新邵县陈家坊人。1924年毕业于长沙岳麓中学，考入北京大学英语系，师从林语堂、叶公超、陈西滢、温源宁、徐志摩等人；同级和上下级的同学包括胡风、废名、梁遇春、游国恩、冯至等人。1928年获得学士学位，后供职于上海北新书局，曾编辑《北新》《青年界》等文学期刊。诗作和翻译多发表在《莽原》《语丝》《奔流》《骆驼草》等刊物上，与废名、梁遇春并称为"骆驼草三子"。石民与鲁迅、胡风交往密切，他身患肺病期间，鲁迅曾多次陪同他看病，这些在鲁迅日记上有所记载。胡风从日本回国后，就曾经住在石民家中。1931年，石民因与北新书局老板李小峰吵架而失业，离开北新书局。1932年，石民与出身名门的堂表妹尹蕴纬结婚，伉俪情深，育有一子二女。1935年石民出任武汉大学教授，1938年随校内迁往四川乐山，1942年病逝[②]。石民的一生虽然短暂，但在创作、翻译和编辑领域都卓有贡献。诗集《良夜与恶梦》共收录其包括译诗在内的诗作48首，是研究其诗歌创作的重要参考资料。

同时石民又是现代文学史上一位长期被忽略的诗人，研究者较少，最早的关于石民的评论文章是他同窗好友张文亮的《评石民底良夜与恶梦》。冯健男的《关于诗人石民》在介绍了他的生平逸事外也赏析了他的几首诗作，孙玉石的《象征派诗选》里收录了石民的七首诗，并在他的《中国初期象征诗歌研究》中，用将近4页篇幅讨论了石民的诗歌创作，评价石民的创作成为"初期象征派新诗中一个并不

① 关于石民的生年，学术界还有两种说法是1900年和1901年，本文倾向于《邵阳文史》第36辑提供的资料是1903年，其具体出生日期为光绪二十九年农历二月初十。

② 关于石民的卒年，学术界还有一种说法是1941年，本文倾向于《邵阳文史》第36辑提供的资料是1942年。

丰硕然而值得重视的果实”[①]。陈超的《二十世纪中国现代诗探索》里鉴赏了石民的两首诗歌。谢韵梅的《湘籍第一个象征诗人石民》对石民的一部分诗歌进行了解读，眉睫的《诗人、翻译家石民小传》对石民的生平情况和部分作品进行了介绍整理。

要研究石民的诗歌，李金发无疑是最为重要的参照诗人。虽然现在还没有明确资料表明二者相识，但从师学渊源[②]和表现手法上来看，二者的诗风非常相近。正如沈从文所说："第三期的诗，一种是石民的'良夜与恶梦'，胡也频的'也频诗选'，可以归为李金发一类。"[③]然而石民在创作上还是有几个不同于李金发的标志性特点：一、与李金发的"涂鸦"相比，石民诗歌具有较为完整的结构，注重外在形式。二、石民的诗歌语言比李金发的诗歌语言通畅。李金发虽然"常常借用了古典文字使辞藻夸张与富丽"[④]，但文言根基并不扎实，所以其中西混杂的诗作往往给人晦涩难懂、生疏拗口的感觉。相比之下，石民的古典造诣要深厚得多，他不仅创作了许多仿古的诗作，连译诗也喜欢用拟古的形式表达，其古典结构、古诗韵律、文言语汇与现代意识融合得天衣无缝。三、石民的诗作存在着题材狭小的缺陷，他的诗歌倾向于书写苦闷、颓唐的人生体验，模拟性太强，创造性不足。石民的诗歌太过注重对灵魂的把玩，诗情往往囚禁在象牙塔内，有些诗作内容空虚、情感苍白，想象空间明显不如李金发的开阔。

破解石民的诗学密码，其诗作的时间意象主要采用黄昏、夜幕等拥有黑暗、沉寂等象征意味的时间点；空间意象则经常采用黄泉、坟墓、深山、旷野和森林等，通过这些空旷的空间区域表现出荒原感和废墟感。诗歌的主人公是包括恋人、侠客、我、灵魂、饮者等带有浓厚戏剧色彩的人物形象，他们之间经常两两对话，反映出诗人内心的矛盾和纠葛；石民的病让他对死亡有深刻的体会，所以诗歌主题常常写到死亡、爱情、酒和梦幻，这使他的诗风呈现出苦闷、颓唐的基调。他诗歌的基本结构模式主要包括以下四大类：

① 孙玉石：《中国初期象征诗歌研究》，北京大学出版社2010年版，第209页。

② 石民与李金发的诗歌风格都明显受到法国象征派诗人波德莱尔的影响。

③ 沈从文：《我们怎么样去读新诗》，载《现代学生》1930年第1卷第1期。

④ 沈从文：《我们怎么样去读新诗》，载《现代学生》1930年第1卷第1期。

一、自我与灵魂的对话模式

在石民的诗中，自我和灵魂总是两个主体，他们常常在一个空旷而幽静的环境里进行深层次的对话。例如《良夜》就描写了在美好的夜晚里，“我”躺在旷野中，让星光和明月审视“我”的灵魂，并充分展开自己的内心世界：“我展开而且检视这闭塞的胸臆，倩明月之慧光与列星之炯眼。”但检视的结果总是让诗人失望：“是悔恨，忌恶，怨愤，忧惧……交错而且杂乱地积郁；呀，你可怜的憔悴的心儿！缘何困陷于沉沉的苦孽如许？”面对如此矛盾而纠结的心灵，诗人提出了解决的方法，那就是让灵魂归去：“让我将记忆埋入黄泉！让我将希望掷于虚空！于是我悠悠地凭清风以浮游，而且如白云之抱明月以长终。”《黄昏》的结构模式与《良夜》非常相似，严冬的黄昏的大地上，只有“漂泊无归”的寒鸦惊起了蛰伏的灵魂。《夏日》本来营造了一幅明丽的景色画卷，但结尾急转而下，写道：“呵，你，为何死人般躺着？——悲哉！躯壳做了你的坟墓，你，你沉重的灵魂呵！便深深地埋没在底里。”《我欲》描写“我”徘徊在幽僻的谷里，独自卧下，“惟有清泉呜咽地流过，对我诉说着伊的孤寂。其时长风呼啸于松林……我的灵魂如一片羽毛，随这洋溢的音潮漂去。”《东方日出》则写道：“于此清新的寂静中，我审切着大地之心搏；山岳屹立在我的眼前，峰峦高耸，精神磅礴。”好一派昂扬的日出之景，诗人的心境也随之振奋，可是这个时候，那个永远消极的灵魂又出现了：“——但是你，呵，我的灵魂，却回答一声长叹：‘奈何！’”灵魂的感慨主宰着诗人，又将诗人从幻境拉回现实。

石民不只使用自由诗的形式来书写自我与灵魂的对话，在散文诗和译诗里也总是使用这种结构模式。石民自己写作的散文诗和他翻译的波德莱尔等人的散文诗的风格非常近似，已经分不出原创和译作的区别，常常形象地写出灵魂的挣扎和搏斗，表现了知识青年在现实重压下内心郁积的苦闷。如散文诗《秋之暮》描写在寂静的秋雨里，灵魂与寂寞内心的互动体验。散文诗《恶梦》中的“恶梦”作为灵魂潜意识的一种，给予我启发和警告。散文诗《怪物》里则写道：“灵魂的洞窟里隐藏了一个怪物，”它嘲笑“我”、损害“我”，表现出诗人潜意识里的苦闷和烦躁。译自英国浪漫诗人布莱克的《野花之歌》，同样采用了此类模式来进行翻译改写。

石民在《灵魂》一诗里对他使用频率最高的词汇“灵魂”进行了形而上的解读：“灵魂是什么，它是一株树，树根何所着，色声香味触。”虽然诗人把灵魂比成了树，但却是具有人类感官的心灵之树。在诗歌中，灵魂成为自我肉体和思想的旁观者、窥探者，它不断提醒着诗人现实的无奈，对现实进行积极参与。灵魂和自我的对话构成戏剧化的双声部，使石民诗歌拥有了复调结构，但石民从未具体描写过现实是如何残酷，总是提一句就浅尝辄止。从此类诗中可以推想出诗人的生活是无比沉重和压抑的，诗人不愿面对现实，一味逃避，幻想远去的“出世”才能得以解脱。所以石民诗歌的结局总是灵魂漂浮而去，到达彼岸或宇宙深处，与自然深层交流、合二为一。此类诗作代表着石民的最高成就，几乎每首诗中都会出现的空山，是石民内心巨大的荒原，在这里诗人完成了灵魂与自然的通感，此岸世界和彼岸世界重叠在一起，有限的“我”向无限的“我”飘移而去，死亡被披上梦幻的外衣成为天籁之音。可以说，作为象征派诗人，石民的意象既不远取也不奇接，他用华美语汇构建起的景物世界是一个巨大的音画载体，在这里灵魂之虚不断触探着死亡的内核，精神也蠢蠢欲动地试图挣脱躯体做的坟墓，整个宇宙仿佛都在倾听诗人自我的独白和诉说。

二、诗人与恋人的情爱模式

第二类是描写“我”与爱人柔情蜜意的情爱诗作，石民总是非常细腻地描摹与爱人相恋的具体细节，容含了真情实感于其中，一些诗作俏皮，一些诗作温柔，形象生动，但有的诗作也有肉麻的缺点。如《无题》写道：

> 从你的笑靥或颦眉，我领略了无限蜜意，而且你羞怯的眼睛呵，更泄露了个中的消息。……伊悄悄地没有言语（静默是真理的真理），我捧住了伊的脸儿：天国如在我的手里。……但伊嗤的一声笑了，是笑我痴迷的模样；伊的吻接着我的——一口气吸尽我的幻想。

在石民的情感世界里，爱情是至善至美的真理，一如既往地给予诗人醍醐灌顶般的陶醉。如《湖畔》一诗，第一节把柳树比成女郎，

第二节又把女郎比成柳树，湖水和镜子作为桥梁，二者幻化为一，使得这对客观对应物之间没有间隙，完成了思与神之间的契合。《无题》（之湘妮）仿佛是《湖畔》的姐妹篇，诗人总是感恩于恋人的一个热吻、一个微笑。《从深处》虽然营造了阴森的夜晚，但恋人的一笑化解了诗人的苦恼。从《你照彻》等诗作的题目就能看出，石民的情爱诗作带有基督教的色彩，圣洁万能的爱情往往犹如一缕阳光，能够温暖照耀诗人冰冷的现实生活和内心的痛苦。

石民与堂表妹尹蕴纬婚后鹣鲽情深，感情生活十分幸福。但他在情爱模式的诗作里却经常写到恋人的死亡，不断提到坟墓。如《是谁》用提问的手法与死去的恋人进行对话，不断埋怨恋人不理睬自己，使得诗歌的悲剧情调更加感人。在《私语》和《浪子》中石民认为爱情的极致是死亡般的感觉，总是把恋人的怀抱比喻成坟墓。《愿你有福了》描写诗人去凭吊死去的女友，《灯已熄了》则描写恋人“沉默罢，你，沉默的如同坟墓”。由此可见，石民的“爱情诗”并不仅仅是纯粹的“情诗”，“爱”更多的只是一个抵抗现实苦难的暂时性的避难所，是石民认为的世界上最宁静的地方——坟墓；恋人只是心底的回忆，“她”早已仙逝，是镜花水月般的幻影，而不是现实的救赎。诗人在诗中反复描摹的那种渴求“爱情”的情状，有时反倒暴露了一个事实：“爱”总是游离在诗人之外，而无法与诗人真正达到共融。

三、侠士与饮者的宣泄模式

第三类诗作是描写饮者和侠士宣泄豪情的篇章，这是石民作为病弱书生的一种幻想、一种情结，文本的开头往往表现出鲁迅式的快意恩仇，但结尾处仍然回归现实——饮者是清醒的，侠士是软弱的。石民此类模式的诗歌明显受到法国象征诗派和中国古典诗词崇酒风气的影响。波德莱尔在浪子身上发现了一种英雄主义气质，并认为自杀者与浪荡子都具有类似的英雄主义气概：

> 自杀这种举动带有英雄意志的印记，这种意志面对与之为敌的理智寸步不让。这种自杀不是一种厌弃而是一种英雄的激情。①

① 本雅明：《发达资本主义时代的抒情诗人》，张旭东、魏文生译，三联书店1989年版，第94页。

中国古典诗词则一直崇尚饮者，把酩酊大醉的不羁行径看成是对世俗的反抗，是英雄豪情的体现。但在石民的此类诗作中，侠客、饮者、浪子、自杀者这些以往愤世嫉俗、高贵骄傲，勇于拥抱苦难、富有极端浪漫色彩的英雄形象已被那些悲凉、感伤，四处寻找自己慰安之所的可怜虫、颓废者所取代。如《饮者之歌》前两节描写了酒给“我”带来的美好幻觉，最后一节却写“我”掷碎了酒杯，打破了幻觉。《侠士辞》则写道：

长剑系在我的腰间，这是我运命的凭据；惟恐什么锈坏了他——磨！磨！蘸着我的慷慨之泪。他吐出电也似的光芒，惊醒我昏暗的沉睡；且深深藏在鞘中——何时能遇着我的敌人。

在这首诗中，宝剑成了“我”的另一种英雄人格，而我最终辜负了他，“但是我，走遍了世界，终于辜负了这伴侣；没奈何，将他送入大海，我自唱着歌儿：‘不如归去!’”《进酒》以英文引言开篇，在复沓的句式“有酒，有酒，你说，‘劝君更进一杯’。但酒亦无灵，朋友，——劝我如何醉?”中嵌入春夏秋冬四幅画面，在结构上形成中西古今的完美结合，内涵上阐明了“举杯销愁愁更愁”的真理。在散文诗《创伤》中，诗人用战士的创伤和乞丐的创伤做对比，揭示出灵魂的痛苦无法摆脱，唯有死亡才是唯一的真神。《五毒酒》里提到的侠士“死或疯掉”的命运，与鲁迅《在酒楼上》和《孤独者》的主人翁境界相似。《可悲又可笑的人呵》则描写了一个看似勇敢的自杀者被狗吓到的胆小与怯懦。

石民的此类诗歌有一个共同的细节就是掷碎酒杯，这一举动表示诗人的内心是清醒的，酒不能完全麻醉灵魂的痛苦，醉后的侠客依然无法逃离现实的无奈。可以说，在石民的诗歌世界里是没有真正的英雄存在的，侠士与饮者是诗人之外的另一系列苦闷形象，他们的激情与诗人自我的懦弱构成对比，但结局却殊途同归：他们仍然无法担负沉重的现实，妥协或死亡仍然是二者共同的归宿。

四、拟古模式

第四类诗歌模式是古诗拟作，这是石民在诗风西化与继承古典经验之间做出的调和。孙玉石认为：

> 他们（早期象征派）没有找到西方象征主义与中国古典诗歌审美的融合点：这是一个主要教训，也是留给后来实践者的一个艰难的课题。①

孙玉石的忧虑正揭示出中国早期象征诗派与古典诗歌之间的脱节，但石民是这种情况中的例外。与李金发蹩脚的中文相比，石民的古文修养非常高深，在对象征诗艺中国化的历程中，起到了重要的作用，也用创作实践参加了北新书局组织的“找寻民间”的诗歌运动，他的一部分创作和译诗拥有着精美的古典诗歌结构。

如《采石矶》：“在昔有诗人，身殉水中月，至今江上人，闲谈笑狂客。大江日月流，明月年年有。徘徊思故人，此意君知否。”诗歌堪称袖珍版的《春江花月夜》，短短八行表达出与张若虚相仿的哲思和情怀。《无题》只有四句：“熄灯放进窗前月，独坐对婵娟。天上人间暂相接，默默两忘言。”承袭了李白《独坐敬亭山》的意蕴。《短歌》用古典的形式表达出仙人会老，但欲望不老、情爱永存的思考，是把肯定欲望的哲学观用古诗词的形式书写出来。《洞庭曲》的两段诗歌互文对照，落日的辉煌与孤月的凄清对比，英雄血与幽人泪对比，结局缥缈寂寞。《山中薄暮》则明显学习王维式的空山诗歌套路。《题画》继承古代谣曲的风格，完成了瑰丽的光色实验。就连石民译自布莱克的《哀蔷薇》也遵循古典诗词的套路，结构上的复沓形成和谐的建筑美。并用蔷薇花作兴，谱写了爱情的无奈和难以捉摸。

在此类模式的诗作中，石民把中国魏晋诗歌就感悟出的“人生苦短”道理与西方象征派的“死亡永恒”的主题相连接。用宇宙的流转不息，比喻岁月年华的永远推移丧失，世间万物必将消亡。所以诗人更加强调瞬间之美，常常陶醉在自然静谧的环境中倾听生命的流逝，思考万事万物之间的内在契合与感应，品味时间无法停顿、滚滚走向死亡的终极哲理。

其实，无论石民诗歌的结构模式如何转变，其作品中永恒的主题都是死亡。诗人把死亡空间化，将冰冷、恐怖的死亡刻画成宁静、温暖的天国和坟墓。灵魂、爱人、侠客、古典诗词中的“自我”，都通

① 孙玉石：《中国现代诗歌艺术》，北京大学出版社2010年版，第233页。

过“契合”的感应与死亡联系起来。石民诗中的环境描写都不是真实的自然，而是作者的遐想，外部的世界幽暗凄清也好，明丽灿烂也好，诗人的真实内心——那个独立于诗歌叙述者躯体和意识之外的灵魂，总是与死亡或彼岸世界相通，为石民的诗作增添了无限颓废和神秘的色彩。

在诗歌建筑美的塑造方面，石民无疑是一位优秀的匠人。他曾在《别人的话》[①] 中提倡自然的韵律，对新月派的韵律观和豆腐诗提出批评。与李金发诗歌段落、句式的参差不齐相比，石民诗歌的形式构建，往往整齐中有变化，统一中有创新。他两段的诗歌，经常采用回环而对称的结构，如《采石矶》《短歌》等；三段的诗歌，段与段之间既具有起承转合的关系，又两两之间互相照顾，如《良夜》《黄昏》等；多段的诗歌，则两段为一组，段与段之间对应，组与组之间和谐，如《月夜》《进酒》等。

石民的诗作，辞章华丽，是流畅自然的欧化语言和含蓄凝练的古典语言的精美结合。与李金发诗歌的晦涩朦胧相比，石民的诗语清晰明快；细致品味，更是给人辞藻生香、意境悠长之感。石民对诗歌的节奏非常讲究，除了在诗中巧妙地营造内在的逻辑韵律、用心打磨平仄和韵脚外，同时还经常使用复沓、回环、重复等修辞，使诗歌具有朗朗上口的音乐美。

除了诗人身份外，石民还是一位非常重要的翻译家。因为精通英语，他对各国诗人作品的翻译大多转译自英文。他翻译最多的是波德莱尔的诗歌，还翻译过海德格尔、屠格涅夫、莱蒙托夫、马雅可夫斯基、美国诗人亨利·瓦兹华斯·朗费罗、英国浪漫派诗人布莱克的诗歌、济慈的书信、日本小泉八云的理论文章等。

石民写过两篇谈翻译的重要文章，《谈译诗》[②] 和《略谈中国诗的英译》[③]。他认为翻译时不仅应求字面上的了解，还应当潜心于它的节奏和情调。仿佛按着曲谱似的，用自己的言语把它唱出来，则尚有待乎文字这种手段的运用之妙。并主张知难而上，认为“方块字”的诗与“蟹形文”的诗之间虽然鸿沟大，但是“有更大的兴味”在。鉴于“中国诗都是可歌咏的”，提出韵律的重要。主张“以诗译诗”。

---

① 载《语丝》1930 年第 5 卷。

② 载《青年界》1931 年第 1 卷第 4 期。

③ 载《青年界》1932 年第 2 卷第 4 期。

讲究翻译与原作间诗体的契合。

在象征主义诗群中，石民的诗并不太显眼，但也留下了较为扎实的东西。① 他的诗作虽然少人鼓掌，却做出了把早期象征派诗歌本土化、古典化的重要努力，写出了自己独特的风格。同时，他在诗歌翻译、诗歌韵律上做出的贡献、提出的建议，也在现代诗坛留下了不可埋没的印迹。

［作者单位：南开大学文学院］

① 陈超：《20世纪中国探索诗鉴赏（上）》，河北人民出版社1999年版，第63页。

诗学研究

中生代研究

散文诗研究

新诗文本细读

现代诗人研究

关于戈麦

姿态与尺度

诗论家研究

外国诗论译丛

痛苦的血肉与黄金的歌唱
——戈麦诗歌论

颜炼军

一

质文代变，汉语新诗抒写现代性的历程亦遵循某种辩证法。我们只要仔细回想新诗不长的历史，就会发现这种诗歌史辩证法演进的大致轨迹：自诞生之日起，汉语新诗就沉浸到言说和想象历史的快意之中。在相当长的时间里，这种快意，先后以启蒙、民族、救亡、政治等历史主题作为其崇高性源泉，并为汉语新诗拓出了巨大的驰骋空间，新诗也由此建构起自身的历史形象和语言形象。与此对照的另一极则是，自20世纪80年代开始，汉语新诗开始全面自觉地转向对语言本身的醒悟和思考，并以此作为写作的出发点。按诗人张枣的话说，当代汉语新诗展开的是一片“朝向语言的危险风景”。简言之，汉语新诗史的辩证法包含两个方面，一是追求对历史主题的言说，让历史的血肉与脉动内化为自己的内容和节奏；一是对言说本身的拥抱、质疑和反省，以至将言说行为本体化，改变语言进而改变世界。两者阴阳交移，形成了新诗史内部的张力。

早逝的诗人戈麦，正是在这一始于80年代的语言转向的诗歌氛围中开始写作的。由于被海子等先于他早逝的诗人的光芒所掩，也由于批评与创作之间习惯性的不对称，相较许多同等分量的诗人，戈麦在相当长的时间内没有引起足够的批评关注。现在，虽然孕育戈麦及其诗歌的那个时代渐行渐远，但词语、诗意的熔裁，与历史、现实的轻重之间的二律背反，一直是诗歌内部绷紧的琴弦。历史变幻之迅疾，既可以让我们放心地将戈麦的诗歌个性从纷扰的尘世浑水中打捞出来，放到某个历史位置上，让逝者之诗在释读中继续伸展；同时，诗歌与现实之间日趋紧张的关系，也让我们有必要回头再次丈量诗人生命的棉絮“被抽走之后留下的长度”，重新看待戈麦留给当代诗歌的遗产。

戈麦开始真正意义上的诗歌写作时，已经是80年代末期。因此，他的诗歌一方面显示了80年代诗歌写作推崇的语言意识，另一方面，由于80年代后期知识分子日益严峻的政治文化处境和戈麦自身的人格特质，他的诗歌浸染着弥漫而沉痛的历史意识。

关于前者，戈麦写下的诗观可以做证：“在词与词的交汇、融合、分解、对抗的创造中，一定会显现出犀利夺目的语言之光照亮人的生存。诗歌直接从属于幻想，他能够拓展心灵与生存的空间，能够让不可能成为可能。”① 通过拓展语言的世界来拓展和照亮生存的世界，而不是让语言之外的主题意识形态化来奴役语言的世界，这一诗歌观的铸成可以说为新诗开辟了一条宽阔而自由的道路：它正是戈麦这一代诗人最有价值的贡献之一。在80年代的北大诗歌校园里，早慧的戈麦接纳并深化了这一现代诗歌的核心价值观念。他甚至有过这样的语言梦想：从诗歌的幻象经验人类的一切。②

而关于后者，则涉及戈麦如何在诗歌言说与经验、历史之间发明自己的平衡术。历史对他这一代汉语诗人来说，是个体存在最具压力，同时也最虚无黑暗的部分。戈麦曾在一封给朋友的信中写过一句令人心碎的格言：“很多期待奇迹的人忍受不了现实的漫长而中途自尽。”③ 这种绝望和悲观，固然与早慧有关，但也与戈麦所处的时代精神的整体失落有关。当他们中的大多数诗人还没有拥有足够的坚强与忍耐之时，残酷的历史已将他们压迫得几近窒息。诗人臧棣在谈论戈麦的诗时深有体会地说：“一个用汉语写作的年轻诗人，他的语言的悲剧在于他只能凭自己的语言个性来应对砸向他的压力，他没有伟大的典范可供依循。”④ 语言压迫还表现为，戈麦们的写作，还得通过语言的可能性来背负历史与信念吵翻之后陷入的困境。双重的压迫，让他们陷入了咳血创造诗歌奇迹的悖谬境地，只要稍有不慎，便可能陷入诗意的陷阱，成为语言与历史对撞的殉道者。当然，真正的诗人从来都是语言的殉道者，戈麦在悼念海子的诗中已经意识到这一点：“诗歌也是一种死亡。”（《海子》）

---

① 西渡：《戈麦诗全编》，上海三联书店1999年版，第426页。
② 西渡：《死是不可能的》，见《戈麦诗全编》，第3页。
③ 西渡：《死是不可能的》，第8页。
④ 臧棣：《犀利的汉语之光》，见《戈麦诗全编》，第436页。

二

许多研究者已经指出，戈麦写作的早熟，体现于凌厉的语言意识和卓异的想象力。的确，在1988年到1989年的早期阶段，如许多青春期的写作者一样，刚过二十岁的戈麦不管不顾地沉浸于对语言实验的快感。枢机方通，则物无隐貌①，在他这一阶段的诗句中，处处闪烁着语言想象的快意："乐器蕴含着溺死蜘蛛的梦想。"②（《艺术》）在乐器、死亡、蜘蛛、梦想之间的联类不穷，随物宛转，显示出他对语言极端性的发掘能力，以及对诗歌命名本质的探索意识；"呼喊/如一条红带子/从我苍白的喉咙里缓缓伸出"（《秋天的呼唤》）。这一诗句显示出他对语言、色彩、呼吸、身体和抒情之间隐秘关系的敏感。实际上，只有意识到发声的困难，才能从对诗歌言语行为自身的警醒出发，来从事写作；"贫困的日子里/石头也向往奇迹"（《总统轶事》），"光明在记忆里从天堂/被我们带回人间"（《给今天》），"那些闪烁的麦芒/反射着麦种痛苦的黄金"（《打麦场》），这些诗句中荡漾着对贫困、虚无、消逝、劳动、大地等主题的思考粼光，展现了诗人转化经验和心绪的特殊语言能力，已向我们预示了一个优秀诗人的主题观念和语言形象。

由于历史的剧变和现实的围堵和压迫，几乎就在同一时期，机敏的戈麦已经显示出与他年龄不太相称的历史感和知识分子情怀。他写出了下列诗行："想起我们共同完成的雕像/早已化为乌有"（《冬天的对话》）；"一种无法挽回的损失/射中我，这是四月/每个人在自惭形秽/路边的树匆忙得使人/不能相信枝头的花朵"（《逃亡者的十七首》）。这些诗行是不是也可以解读为对现代中国乃至现代世界的"共同完成雕像"的事业失败的哀悼？这种失败感利箭般射入国人正在变得混乱的历史观和世界观，在戈麦诗歌里绽放为"不能相信的花朵"——曾几何时，"不相信"是被诗人大声呼喊出来的，而到戈麦这里，"不相信"被缩微、转换成一个私人的、自白式的否定，精确地描绘了中国这一特殊时期里沉闷而沮丧的心灵状况。可以说，这一

---

① 刘勰：《文心雕龙·神思》。

② 本文所引戈麦的诗，都依照西渡编《戈麦的诗》，人民文学出版社2012年版，并参照上海三联书店1999年版的《戈麦诗全编》和漓江出版社1993年版的戈麦诗集《彗星》。

戈麦式的意象，总结了诗歌承受的历史压力，以其消极之美，生动地展示了萨义德所说的那种知识分子“善用语言介入”的能力[①]。我们明显地看到，在一段时间的诗作里，戈麦一直纠结于这种失败感：“生活消失了/于其他事情并无妨碍/世界像两只可怜的鸟/我趴在高高的云朵上/看着她们低低地哭。”（《生活有时就会消失》）消失的“生活”，在戈麦这里，应该不是指通常意义上的生活，而是一种有幸福愿景的生活。因而他诗中表达的，不只是一种青春的伤逝与疼痛，也是一种对历史的哀悼。幸福的愿景与奇迹，是生活可怜而必需的燃料，也是黑格尔－马克思式的历史哲学风行天下以来，历史发展之激情所系。戈麦将个体与有愿景的生活之间的关系，比喻为“我”与“她们”之间青涩的关系，一方面说明了抒情愿景与历史愿景之间的暧昧，以及诗人将历史个人化和语言化的努力；同时也充满怜悯地解构了个体愿景与历史感之间的亲密性。戈麦 1989 年 12 月写下的《圣马丁广场水中的鸽子》一诗，深化了对个体与历史、命运和死亡之间关系的思考。这一年，海子自杀、骆一禾猝然病逝、诗人的母亲去世……[②]“世界的血”（骆一禾语）汹涌地撞击着诗人的灵魂，也激发了他的创造力。《圣马丁广场水中的鸽子》记录了在那个特殊的历史时间点上，历史与现实残酷的压力，如何绽放为诗人的痛苦之花。这是戈麦最动人的诗作之一：

圣马丁广场我水中的居留地
在雨水和纸片的飞舞中
成群的鸽子哭泣地在飞
环绕着一个不可挽回的损失

圣马丁广场，你还能记得什么
在雨天里我留下了出生和死亡
在一个雨天里，成群的鸽子
撞进陌生人悒郁的怀里

---

① ［美］爱德华·萨义德：《知识分子论》，单德兴译，陆建德校，三联书店 2002 年版，第 23 页。

② 参阅戈麦诗集《彗星》中褚福运、桑克、西渡合编的戈麦年表。漓江出版社 1993 年版，第 269 页。

那些迷漫在天边的水，码头和船只
不能游动的飞檐和柱子
在天边的水中，往何处去，往何处留
在湿漉漉的雨天里，我留下了出生和死亡

我不愿飞向曾经住过和去过的地方
或是被欢乐装满，或是把病痛抚平
中午和下午已被一一数过，现在是
雨水扩充的夜晚，寂寞黄昏的时刻

笔者揣度，诗中“圣马丁广场”这一意象来自戈麦钟爱的博尔赫斯（戈麦翻译过部分博尔赫斯的诗作）。博尔赫斯曾将1929年完成的一组诗命名为《圣马丁札记簿》，其中写到了布宜诺斯艾利斯的历史，包括以死亡为主题的《布宜诺斯艾利斯之死》，其中有“把死亡扔在布宜诺斯艾利斯的脸上……而火车从贝尔麦霍车库开出/运走那些死亡的遗忘”这样的句子。[①] 圣马丁广场在布宜诺斯艾利斯，是以阿根廷民族英雄圣马丁将军命名的著名广场，这个广场及其所在城市都与阿根廷历史上的数次大规模战争与流血事件有关。这首诗一方面隐含了与博尔赫斯的对话，另一方面也借圣马丁广场的特殊政治和历史内涵，隐晦地表达了对中国当代历史“不可挽回的损失”的哀悼，以及对他所在的历史时刻“往何处去，往何处留”的困惑和追问。“在雨天里我留下了出生和死亡”，隐晦地命名了诗人对死亡的思考：母亲之死、诗人之死、乌托邦之死……那是戈麦这一代诗人生命和精神的一部分。在这些诗句中，我们可以看到，在面临来自历史、政治和生活的围堵和毁损之际，诗歌被激发的内在防爆的可能性所在。在不久后的另一首诗中，他再次表达了对那些盘旋不去的灵魂的队伍的纪念：“一只灵魂的乐队/用白布缠着脚/从死者婴孩般的躯体中/露出尖尖的头。”（《死亡诗章》）

通过这些写作，戈麦极力地张开了语言想象的臂膀，借以容纳历史与生活的艰难与污秽。像博尔赫斯说的那样，他以修辞之力“把岁

① ［阿根廷］博尔赫斯：《博尔赫斯诗文集，诗歌随笔卷》，陈东飚、陈子弘等译，海南国际新闻出版中心1996年版，第47页。

月的侮辱改造成/一曲音乐，一声细语和一个象征”①。当我们重温20世纪八九十年代的诗歌与历史之间的互动关系时，戈麦的这些诗句应是重要而有力的证据之一。

三

从1989年下半年开始，戈麦的写作速度大大加快了。从他留下的作品所标记的写作时间看，这个时期戈麦的写作速度是惊人的。他几乎每天都有新作，甚至每天有几首作品。究其原因，一方面，可能是恶劣的外在环境让敏感的诗人不得不密集地回到诗歌表达，这在某种意义上是一种写作性治疗，是诗人与生存环境之间获得平衡的方式；另一方面，对一个才华横溢，却尚不具备较好的写作控制力的年轻诗人来说，写作本身如塞壬歌声之于奥德修斯一样，是一种巨大的诱惑。如果“绑得不够紧”，诗人就会被语言魔盒张开的巨大黑洞攫住、淹没；此外，由于戈麦这一代诗人的写作缺乏一个可依赖的坚实的汉语传统，因此，他们往往只能依赖自身的诗意摸索和词语训练。这正如臧棣在谈论戈麦时说的那样，“在一个缺乏整体意义上的文学成熟的写作环境里，加速写作便成为诗人追求个体成熟的主要手段”②。如果这三方面的因素可以成立，那么我们就能理解戈麦飞驰的写作速度，同时，也能由此探看他最后迈进虚无和弃世之路的蛛丝马迹。

锋利的才华通过峻急的写作撬开语言魔盒，催迫着戈麦来命名、摆脱灵魂的困境，来抵抗历史愿景坍塌后的遍地虚无和乖戾。在这个时期的许多诗中，戈麦开始娴熟地将生存的困惑，将“往何处去，往何处留”的历史追问，深化为更内敛的关于灵魂和命运的追问。在这里，我们可以看到，戈麦是通过对抒情主体内外两个方向的想象性重构，来展开这种追问的。

首先，是诗人对灵魂和命运依凭的肉身的抒写。诗人笔下的身体，往往是存在困境中最锋利最凝重的部分。戈麦经常以对身体世界的想象性命名，来质疑、瓦解约定俗成的主体性，锤炼出一个置身于岁月危险前沿的更为孤高的抒情者形象，以展示复杂的灵魂风景，进

---

① 博尔赫斯：《诗艺》，《博尔赫斯诗文集，诗歌随笔卷》，第104页。

② 臧棣：《犀利的汉语之光——论戈麦及其诗歌精神》，见西渡编《戈麦诗全编》，第445页。

而缓解灵魂的艰难："我要抛开我肉体所有的家/重回到一万人的天堂/在那里摆上灵魂的小木偶"（《家》）；"但我对于我肢解后的那些零件/是给予优厚的希冀，还是颓丧的废弃"（《誓言》）；"可连接着骨架结合处的勇气，还是那样矮"（《岁末十四行》之二）；"两片肿大的肺/在洁白的床单上轻唱着"（《死亡诗章》）；"谨慎的人从来不去引诱命运/经常把自己打扮成一堆细碎的骷髅"（《谨慎的人从来不去引诱命运》）；"我焦虑的内心呵，是一座矮小的房子"（《三劫连环》）；"一个脱得精光的身体/在一堆白雪中苦苦熬着"（《浴缸中的草药水》）；"我内心深处出现石子的连续敲击"（《眺望时间消逝》）；"一把刀锯从外向里，又从里向外/在脑髓和黏膜之间充满紧张"（《梵高·自画像》）；"穿越长夜或返归梦里。/把绳索捆在身上。把肉体晾在案上"（《十四行：存在》）；"一缕阳光穿过悲伤的腑脏"（《蝴蝶》）。在密集的身体意象中，我们可以看到诗人对孤寂、颓废、病痛、挣扎、梦想、光明等灵魂诸面相的痴迷而残酷的探索，换言之，它们是支撑诗歌言说的那个更孤高的抒情者对灵魂的消极礼赞。内敛的消极性礼赞，也表现为戈麦不时地预感到当代诗人与大众之间日趋明显的鸿沟，这也通过身体意象表达出来："两只眼睛，一只飞到天上，一只掉进洞里/我是唯一的表演者，观众们在周围复仇似的歌唱。"（《未来某一时刻自我的画像》）在当代历史的滚滚尘嚣中，诗歌越来越逆行至孤独的精神上游。诗歌和诗人被时代怠慢，可能激发出诗人的某种"癫狂"状态。这种"癫狂"让戈麦一方面看到了在事物中燃烧着的分裂与震荡，"天空，我只看到你性感的脑勺/而你的脑子被烈火烧着/并插着一把刀柄撕裂的肉体(《癫狂者言》)；另一方面，让他密集地关注身体的黑暗经验："一年中最刺人心肺的季节/我仍然在黑暗中将自己翻阅"（《岁末十四行》之一）；"我，是我一生中无边的黑暗"（《献给黄昏的星》）；"我坐在黑暗中，看到黑暗的内部，是/一个少女闷燃得暗红的肉体"（《我坐在黑暗中，看到……》）；"我是一根剔净的骨头/生活是再也编织不好的花篮"（《我是一根剔净的骨头》）；"我已经是一个盲人/双眼被生活填满了黑暗"（《那些是看不见的事物》）；"夜晚，发亮的血癌"（《红果园》）；"在一朵黑云上张望的是一个灵魂的躯壳"（《大风》）。由于这种浓郁的关于身体的黑暗意识，诗人对其心性所系的语言事业的失败异常敏感，他将语言与身体对立起来："为什么我只是一具为语言击败的肌体?”(《我要顶住世人的咒骂》)“意志的骨头早已在我的绝望中化为灰烬”(《想法》)。当然,通过这种对立,通过对那个更孤高的抒情者表达的断语和律令的强调,诗人亦将这种关于身体/主体的黑暗的敏感,作为抵制语言钝化,重振诗歌肌体的重要能量。

其次,与对于身体的敏感书写形成对照,戈麦将抒情主体放置到一种无限寂寥的宇宙背景下,展开了另一种方向相反的关于命运、灵魂的象征形态。按戈麦的话说,即是“把渺小的肉体投入更为广阔的空间”,或“我们密致的皱纹是大海激起的波浪”(《我们日趋衰老的年龄……》),进而“让一颗青春的胸怀将宽广的命运容纳”(《天象》)。

在1990年初期开始的一些诗作中,戈麦顿悟般显示出一种他诗中前所未见的主体意识和终极性的宇宙想象。他将对灵魂与命运处境的思考,从对身体隐喻的痴迷,渐渐转移到对世界、历史、宇宙隐喻的探索,一种浩大的空间意象开始在他诗中延展开来:“黑夜我在罗德角,静候一个人/黑夜像一片沉默的沙子填满了高悬海面的岸/成千上万的克里特人曾经攻打一座孤独的城/现在,成千上万的沙子围困一颗破碎的心。”(《黑夜我在罗德角,静候一个人》,罗德角在葡萄牙,是亚欧大陆的最西端——笔者注)与前面以云朵上鸟和圣马丁广场隐晦地表达历史悲剧一样,戈麦也用了一个遥远国度的地理空间元素,来表达灵魂通道拥堵的痛苦与孤独。在稍后的一批作品中,一再出现关于这一灵魂处境的同构性情节:“黄昏的星从大地的海洋升起/我站在黑夜的尽头”(《献给黄昏的星》);“人类呵,我要彻底站在你的反面,/像一块尖锐的顽石,大喊一千次/不再理会活的东西”(《我要顶住世人的咒骂》);“在南极这样一个冰雪的夜晚,/南十字星座垂在明亮的海岸。/世界,已滑到了最后一个峡谷的边缘”(《南极的马》);“今夜,我已远离了世间所有的幸福/像一具横挂在荒凉的城头的骷髅/我想遍了世上所能够存在的欢乐内心空空”(《帕米尔高原》);“当落日敛尽所有的恩典/我在冥界的蒲垫上苦想冥思”(《黄金》);“在梦里,我翻看着海洋各朝代晦暗的笔记”(《大海》);“我将沉入那最深的海底/波涛阵阵,秋风送爽”(《金缕玉衣》);“一朵黑玫瑰盛开于醉酒的天涯”(《蝴蝶》);“无限的痛苦,无限的荣光”(《献给黄昏》)。在上面摘引的这些诗句中,我都可以看到一种戈麦擅长的悖论修辞形态:在渺小的个体与宏阔的背景之间,在空间的大与小之间，在时间的漫长与短暂之间，在沧海与一粟之间，戈麦以斩钉截铁的断语，进行了各种近乎悖反的命名。通过这种命名，抒情主体形象变成了圣言者——戈麦在一首诗中表达过想做“圣书上的人”的理想。配合这种命名理想的诗意演进逻辑，让戈麦诗歌中的想象力具有鲜明的个性，比如“刀子，就是福灵；刀子，就是危险”（《刀刃》），远距离意象的强力胶合，可谓“语不惊人死不休”。断语式的悖论结构，显示了诗人言说的强度，但戈麦似乎对这种断语亦心怀畏惧。因为，与所有现代诗人一样，戈麦对于自身作为命名者的那个身份，一直处于怀疑、警醒或畏惧状态。他诗中常常出现的“风烛”意象，即是这种畏惧的具体表现。可以说，“风中之烛”成为他断语背后的脆弱、犹疑的灵魂的象征。他在一首题为“友谊”的短诗中写道：“两只烛火/映出各自一方的阴影。”某种意义上，那个勇于断语的圣言者，与那个时感风烛之弱的诗人，正好映出了彼此的阴影：“有三盏明灯在你房内被风吹灭”（《送友人去教堂的路上》）；“火，围绕着它中心的黑暗”（《火》）。正是通过对生命体验中矛盾结构的探索和体认，对自身命名身份的反思与警醒，诗人才能如“落日将绕过最初的乐园/从万事万物的内部/点亮一场无形的火光”（《黄昏》）。

敏锐的矛盾修辞意识增强了诗人想象的力度，让诗人迅速、巧妙地找到诗歌的下一个词、下一行乃至下一个主题，这成就了他卓越的即兴写作才能。这种自觉意识使他能够将随目所及的事物迅速地锻造为词语激烈的角力场所。比如，他可以由一枚银币闪光的女王头像而拉开一幕深远的幻象：“而一百个秋天已经过去/我的病痛仍然发源于那匹你乘坐过的马的心脏。”展示出“一枚凶猛的银币凶猛地将我锻造”（《银币上的女王》）的奇幻诗艺。他由金缕玉衣而表达出“世界最黑暗的年代”的个体夙愿：“而你将怀抱我光辉的骨骼/像大海怀抱熟睡的婴孩/花朵怀抱村庄。”（《金缕玉衣》）他举重若轻地披露出事物之间隐藏的幻境和神性：“河岸上那些病倒的树木/曾经是爬上陆地的人群/在不名的夜晚/他们走进小林神的妖身。”（《事物》）“夜晚我枕下慢旋的罗盘/是一只雨燕的气息飞入一轮明月/照亮我的骨骼和神的沙窝。”（《谜》）通过在相互疏离或隔绝的事物、词语之间建立起统一性，通过调动词语和事物各层面蕴藏的能量，戈麦的诗激发了一种极致的言说能力。

四

但无论何种极致的诗歌言说，最终都得考虑言说动力的来源。历史、语言、身体、灵魂、命运等主题的诗意化，最后都得回溯于此。戈麦在后期的诗作中，开始有意识地触及这一问题：诗歌凭何而言说？为此他启用了“神明”为主脑的一系列相关语汇。戈麦明确地意识到，现代诗人早已不能直接地代神明立言，比如他写道“我把信仰升至空中/我把空旷当做关怀”（《最后一日》），但作为一个深知诗歌精神动力结构的现代诗人，戈麦有他言说神明的方式。

如前所述，通过大面积地抒写大地、天空和宇宙等意象，戈麦的诗中渐渐形成一种关于历史、身体、命运、灵魂的矛盾修辞风格；而这种矛盾修辞之所以能完成一种对立统一性，往往依赖于戈麦对相关神祇话语的否定性运用。这些否定性话语，让戈麦找到了一处偏离经验、历史的形而上学通道，按照他的话说，就是“通往神明的路”（《通往神明的路》）。

来自东北平原的戈麦，在许多诗作中触及了大地—故乡主题。他后期的许多诗作都试图谱写现代人丧失大地之后的大地之歌。比如他写道：“幸福化为苦果，痛苦酿成粮食。”（《故乡·河水》）在写种子和大地时，戈麦将大地与神祇等同化，同时也在哀叹大地之神的酝酿之失败：“神在它们体内日复一日培养的心机/终将在一场久久酝酿的危险中化为泡影。”（《如果种子不死》）神祇所酝酿的一切在现代世界失败的境况（比如艾略特笔下的“荒原”），是现代诗最重要的主题。戈麦的诗对这一主题有重要而深刻的回应。

戈麦多次有意识地试图处理汉语诗歌中的神性主题。比如他写道：“没有人看见过神/神将我们的悲剧安放得更多。”（《生命中有很多时刻》）戈麦把神明的逝去或退化，视为“悲剧的诞生”，他写道：“帷幕的两侧，莺在歌舞/幕的后面，神在打牌。”（《悲剧的诞生》）在戈麦的语境中，“悲剧的诞生”这一借自尼采的题目有了新的内涵。神灵遁去之后留下的荒芜感，是西方现代诗的核心主题；相较之下，戈麦这一代诗人感慨的，一方面是国人追寻了一个多世纪的乌托邦形象的崩溃，另一方面是古典文明的彻底隐逝，以及消费社会来临带来的嘈杂与枯索，因此，他们必须重构一种生命的诗性范式。戈麦在90

年代初写出“神在打牌”这一充满反讽的消费社会符号，让我们不得不叹服诗人的敏锐与超前，这正是戈麦离世后几十年中国社会生活的某种写照。他的诗中也多次出现“主”：“主啊，还要等到什么时辰/我们屈辱的生存才能拯救，还要等到/什么时日，才能洗却世人眼中的尘土。”（《我们背上的污点》）但汉语对“主”事实上是陌生的，追求“想象的理性”的戈麦很清楚，汉语诗歌中神性话语的“分泌”，必须建立在理解其陌生性的前提之下。他有一首非常优秀的诗作《陌生的主》：

今日，我终于顺从那冥冥中神的召唤
俯视并裁决我的生命之线的
那无形和未知的命运的神的召唤
我来到你的岸边，大海的身旁

我望见了你，那金黄的阴云
两条无身之足在阴云之上踩着灵光
我望见你，寂静中的永动
从黑云之中泛着洪亮的声音

我是在独自的生活中听到了你
你的洪音震动着明瓦和庄稼
从那样的黑夜，那样的迷雾
我走上的归程，那命运的航路

我是怀着怎样一种恐惧呀
却望不到你的头，你的头深埋在云里
为大海之上默默的云所环绕
你神体的下端，像一炬烛光

我是怎样被召唤而来，却不能离去
抛弃了全部的生活，草原和牧场
畏惧着你，你的脚下的波浪、群山
双目空眩，寒气如注

你是谁？为什么在众生之中选择了我
这个不能体味广大生活的人
为什么隐藏在大水之上的云端
窥视我，让我接近生命的极限

在这首诗中，与神形成隐喻关系的是大海、阴云、寂静中的永动、明瓦和庄稼、黑夜、迷雾、烛光、波浪、群山等元素。像我们在古典艺术象征系统中熟知的那样，诗歌是诗人被神性攫住时的言说，自然意象与宇宙意象则显现着神性。但戈麦言说的神，是“无形和未知的命运的神”，是一个不安的神①，是人类异想所不能抵达的“神”，是已经抛弃了人类的“神”，是一个“缺在”的神。因此，他与自然意象和宇宙意象之间的隐喻关系，显然不同于古典意义上的“神”，在戈麦的命运之神与他所列举的自然意象之间，最终处于一种错位状态，是相互“陌生”的。戈麦在另一首名为《上帝》的诗中也写道：“什么事情能够弥救癌症的痛苦/什么事物能够治愈心灵的创伤。”诗中的“什么”即是“上帝”或“神”缺在的修辞方式。然而，由于在戈麦写作的年代，中国消费社会尚未成型，中国现代化的物化之痛尚在胎腹之中，也由于戈麦自身的圣徒式的精神虔诚，无论是他的信仰、诅咒还是失望，都具有一种单纯、清明的质地，在今天看来，这恰恰是他的诗歌最迷人的特征之一。即使到决绝弃世的前夕，他依然能写出这样的诗句：“物质的主呵，散落在书页后面的棋局”（《天象》（一））；“把灵魂送给魔鬼，这如同说将一颗钻石/留给上帝，而票据上的价格无人问津”（《关于死亡的札记》）；即便是他表达矛盾和纠结的诗句，也充满了独有的精神韵味。在面对各种虚无与疼痛之时，他依然可以说：“妄想之穴，晴朗之穴，天意和窟窿/我手扶这沥血的窗户/全身为这神祇的后裔麻醉，我看到了航程”（《天马》（一））；“航路如此清晰，尘世的珍珠和少女/像一朵朵光的乳房，堆积在半个天上”。

这一切已成为新诗中的绝唱了。因为，无论是被污染的大地，还是被阴霾占领的天空，都不再有作为神祇后裔的资格，我们目及的“航程”，比戈麦“空旷的骨架”（《天象》（一））更加空虚荒芜。在这样的处境下，如戈麦所预见的那样，通往神明的航程已彻底变质，

① “没有异想能够安慰神的不安。”（《朝霞》）

失去了方向。戈麦的诗，正如他所写下的那样，既是20世纪行将结束时的“黄昏的星”——农业时代、集体理想主义落幕之际残酷诗意的总结——同时也是“黄昏时刻的播种者”，因为诗人已经卓越地命名了只剩下自我分泌物的现代人灵魂和命运的本质处境：“泪水之乡，也是心愿之乡。”（《浮云》）更因为在我们的歌唱、哭泣、漫游与彼岸世界之间，诗人已经预感到越来越无法填满的空虚：“造物主收回了妄想，却赢得空虚。”（《眺望时光消逝》一）置身于诗歌命名所指向的灵魂罟网和历史牢笼，戈麦以彗星般的诗歌光华照亮了幻想的航程，并以其永恒的梦想与梦想的永恒照亮了生与死的尊严。已永驻于青春与乌有之乡的他，在当代汉语诗的一个重要维度上留下的精致而极端的诗句，不但属于现代汉语诗意发明中清明而坚实的部分，也是现代诗心最为专注、勇毅，也最易被误解的劳作之写照：在痛苦的血肉中酝酿黄金的歌唱。

[本文为2012年度浙江省博士后科研项目“汉语新诗的象征结构演变研究”成果（编号：bsh1201040，项目号：205000－X91206）]

[作者单位：浙江工业大学人文学院]

对岁月的怅望与告别

——戈麦《我们日趋渐老的年龄……》解读

林　东

“戈麦经常面露倦容，有时甚至不愿想 25 岁之后的光景”①，这是戈麦的自我陈述。一位不愿想象衰老的诗人，会如何在诗中处理年龄和时间的主题？

这首诗题目的关键词之一“日趋渐老”揭示了全诗最核心的主旨：时间流逝与年龄增长。“年龄”与“时间”相关，又与“时间”有别——时间是不可复返的矢量，是衡量年龄的一把无情的尺度；年龄是动态的时间累积增长的结果，是时间作用于我们身上的一种既静又动的凝聚物。末尾的省略号带来一种语调上的缓慢和沉思，又暗示着年龄增长的缓慢而深入的趋势。

前三节赋予作为施动者的“我们”的核心动词分别是：“蒙住”“分割”“投入”，这三个词都体现了（“我们”对年龄的）控制力。它们的受动者“马的眼睛”“一生中所有的过失”“渺小的躯体”实际上都是时间或年龄的代称。然而，诗人对于这三节诗歌的描绘运用的是不同的笔触。

第一节中“年轻的巨布”“被蒙住眼睛的奔马”“无声息的海洋”“激浪似的皱纹”等意象，渲染出混沌的原始神话气氛。马的“眼睛”用以辨清衰老前进的方向，若“我们”用年轻的幻象蒙住时间之马的眼睛，便能抵达“安详”的境地，即使终要面对的是死亡的“海洋”。“安详”及“无声无息”似乎可以代表人对时间的认识以及情感还包孕在混沌不明（抑或是自我欺骗）带来的安逸当中，尚未构成尖锐的二元对立。末句中“我们密致的皱纹”和“大海激起的波浪”的同构性同样表明了这一点。

第二节出现的“电影片子”一下将描述从神话世界拉到现代社会。同时，“电影”的喻体提示了观众的存在，“我们”一分为二，

① 戈麦：《戈麦自述》，《戈麦诗全编》，三联书店 1999 年版，第 425 页。

作为电影的主角，亦作为我们自己人生的观众，抽身置外加以评析。“一小段、一小段”以词语的形态对应了“分割”的意义。此节中，诗人把人对时间的关注集中在“过失/错误”上，使本节的“时间”烙上了鲜明的价值判断的印迹，这是关乎“是非”、关乎“善恶”的“人性”的时间，可以说该节展现了诗化的“时间伦理观”。但在“过失/错误”中又闪现出“耀眼”一词，“紧紧系住”则传达了“年龄”的力量——年龄与人的关系渐渐透露出了“耀眼”与“错误”、控制与被束缚的对比。

第三节在语意上有了一种内在的递进，年龄与人的关系从第一节中的“同构”发展到现下的“背弃”。“投入”“斜飞”“弧线”“奔”都是动态的形迹，“年龄”在此刻同人产生了巨大的离心力，充满垂坠感的决绝分离是人与时间紧张关系的总爆发；叙述语调上也达到了全诗中急促之处。从施动者来看，这种离心力是人（“投掷者”）首先发出的，结果却是投掷者被年龄拖曳着一同“向外奔去”。“日月掷人去”，“投掷”这一动词恰到好处地形容了时间流逝的动态。“拖曳着投掷者的铅球”这一意象有些许科幻色彩的意象，坚硬的质地和巨大力量让人联想到一个被年龄压垮的暮年之人，或是一个带着刑拘（或许是手铐或脚镣）的犯人。

在诗的前三节中，“年龄”是趋向紧张的、充满速度的（奔跑的马、切换的电影片子、斜飞出去的铅球），贯穿其中的是“人”与“时间”二者并置时一小一大对比凸显的某种压力（“马的眼睛”与“大海”，“一生”与“一小段的电影片子”，“渺小的躯体”与“广阔的空间”）。但每节首句都提示了“要是”的假设，诗人通过这一表示虚拟语气的词语，在诗歌中获得了站在向前的时间矢量上向后折返、重设人生的文字权力。

如果说本诗的前三节是诗人脑中的幻想，那么最后一节就为我们展露了人与时间关系的现实。诗人说，事实上——“我们日趋渐老的年龄是一瓶阴暗的醋/岁月用它无形的勺子一勺一勺将我们扣除”。叙述语调骤然平缓，与前三节天马行空的幻想不同，这一节集中使用了日常生活中的意象，年龄对于我们似乎就像一瓶陈旧变质的醋和一件惹人烦恼的起球毛衣。年龄是“一瓶阴暗的醋”：“琴棋书画诗酒花，柴米油盐酱醋茶。”如果说“酒”是一个天生适宜入诗的词语，带着豪情和理想主义，那么“醋”就是一个诗意绝少的用品，以及一个悄无声息的配角（有趣的是，它们都是时间的酿造物，前者沉淀了激情和豪气，后者沉淀了琐屑与生计）；年龄在“一勺一勺”地流逝：它不是一匹浪漫主义笔下的飞奔骏马，而是一个缓慢到不自知的过程；诗人使用了数量属性的词语“扣除”，将我们想象中生命的辉煌和厚度拉到空洞、平面的层次——生活的真相即是如此的无惊喜可言。“阴暗的醋”“无形的勺子”“一勺一勺”“球体毛发和末端”，这些词语都寄寓了黯淡、庸常与机械的意味。

最后一句哲思意味颇为浓重：“我们生存在球里从未见过年龄一次。”在此句之前，诗人一直在用不同的喻体将内在于人的主体性时间（即“年龄”）外化，作为主体外的可见对象加以描摹，企图告诉我们“年龄是什么”“年龄与人的关系是什么”。直至诗临近结尾，却转笔推翻之前的所有幻想：我们其实并不知道年龄是什么，因为“我们生存在球里从未见过年龄一次”。在此，仍有“年龄”与“人”一大一小的对比，却不再是并置，而是吞噬和渗透——也许我们会想到苏轼的诗句“不识庐山真面目，只缘身在此山中”，但作为一首现代诗，主客体的分裂、对立以及带有恐惧感的压力与古诗中游历赏玩、天人合一的境况是迥然不同的。

让我们再回到诗题：“我们日趋渐老的年龄。”定语“我们”一方面表征了年龄与人的密切关联，即作为内在属性，而非外在的标志；另一方面，这一人称带给诗人游离、暧昧的叙述立场——诗人可以置身其中（“我们”指代包含诗人在内的群体），亦可超然于外（“我们”指代“芸芸众生”，而不包括早已透析世事的叙述者本人）。正如同当我说“让我们再回到诗题”时，笔者采用的是引导的姿态和先知的视角。因此，“我们”一词的限定或许暗含着另一层否定：戈麦并不认同“日趋渐老”的、黯淡庸常的年龄增长，而追求一次燃烧。一则生命的厚度和灵魂的洞悉不一定来自于现实生活中年龄的积累，因为“一个人可以在极短的时间内走完一生的里程，从诗歌的幻象经验人类的一切”①。二则在语言的乌托邦中通过自我更新和分裂将“衰老”转换为“新生”，在1990年后的多变的写作风格透露出这一企图。“他不但不允许自己重复以前的大师，也绝不允许重复他自己。用‘日日新’这样一句俗语来形容他对创新的追求似乎还不

① 西渡：《死是不可能的》，《守望与倾听》，中央编译出版社2000年版，第221页。

够，因为他往往在一日之内就尝试不同的方式进行写作的实验。”①

《我们日趋渐老的年龄……》作于1990年4月30日，属于戈麦“厌世者时期”（1990年4—6月）② 的作品。同时期的诗作中，我们还能看到不少诗人与时间的对话，与过去/未来的对话：“今夜，我面对镜子中自身未来虚幻的景象/守在我所度过的岁月最危险的前沿”（《谨慎的人从来不去引诱命运》），“不能说：这时候的我就是现在的我”（《未来某一时刻自我的画像》），“我手中的沙漏漏掉了最可怕的一粒”（《眺望时间流逝》），一个人和他早年时期的形象相遇/相互沉默无语”（《妄想时光倒流》）。

或许可以追问，诗人为何频繁地涉及时间与年龄的主题？我们都有这样的经验：有过去的人会更倾向于怀旧，经历过历史的人会更倾向于探寻时间的魔术帽。当戈麦站在90年代的大门前，回望逝去的青春和校园，以及80年代末诗歌的一次“中断”转型，“年龄”可能瞬间吐露了它的秘密，“成长”或者“衰老”可能瞬间到来。正如作为“告别之歌”的欧阳江河的《傍晚穿过广场》所表述的：“永远消失了——/一个青春期的、初恋的、布满粉刺的广场。/一个从未在账单和死亡通知书上出现的广场。”应该说，在诗中处理时间与年龄的主题，“不仅是向作为历史、人生某一时段的‘青春期’的告别，而且试图向诗歌写作的‘青春期’的告别”③。《我们日趋渐老的年龄……》似乎同样如此。

［作者单位：首都师范大学文学院］

［附］

我们日趋渐老的年龄……

戈　麦

要是我们能用年轻的巨布蒙住这匹
日夜奔向大海的马的眼睛，它一定会

---

① 西渡：《死是不可能的》，《守望与倾听》，中央编译出版社2000年版，第223页。

② 西渡：《拯救的诗歌与诗歌的拯救——戈麦论》，载《诗探索》1996年第2期。

③ 张桃洲：《中国新诗总系（1989—2000）》导言，《中国新诗总系（1989—2000）》，人民文学出版社2009年版，第20页。

安详地跃入这片无声无息的海洋
我们密致的皱纹是大海激起的波浪

要是我们能把一生中所有的过失
都分割成一小段、一小段的电影片子
其中一定会有一条耀眼的线索，那就是我们的
年龄，它紧紧地系住我们所有错误的开始

要是我们可以将我们渺小的躯体投入
更为广阔的空间，年龄就会从我们的体内
斜飞出去，像一个沉重的铅球
和投掷者一起沿弧线向外奔去

我们日趋渐老的年龄是一瓶阴暗的醋
岁月用它无形的勺子一勺一勺将我们扣除
而年龄就像是一个球体毛发和末端
我们生存在球里从未见过年龄一次

“不能在辽阔的大地上空度一生”
——戈麦诗歌研讨会录音整理

西　渡

时　　间：2012年6月8日下午

地　　点：首都师范大学中国诗歌研究中心会议室

参加人员：陈家坪　陈建祖　陈朝阳　陈　均　褚福运　姜　涛　敬文东　冷　霜　清　平　秦晓宇　宋　琳　王东东　王　晓　西　渡　席亚兵　晓　钟　张光昕　张洁宇　张桃洲　周　瓒　周伟驰

张桃洲：各位朋友，欢迎大家来到首都师范大学诗歌中心来参加这个聚会。这个聚会的缘起，就是摆在各位面前的这本《戈麦的诗》。所以，我们的聚会带有一点新书发布会的性质，也带有一些研讨的性质。这个聚会能组织起来，要感谢诗人西渡的支持和张罗。我们呢只是提供一个简陋有限的地方。

西　渡：我先介绍一下来宾。这位是戈麦的大哥褚福运先生，比戈麦年长二十岁。长兄如父，戈麦少年的教育，包括他文学的兴趣，都与大哥有很大的关系。褚福运先生这次专程从哈尔滨过来参加我们的研讨会。另外来到现场的还有：本书的责任编辑人民文学出版社王晓先生；诗人及诗评家宋琳、清平、敬文东、姜涛、冷霜、周瓒、陈建祖、张洁宇、秦晓宇、周伟驰、席亚兵、陈均、王东东、张光昕、陈家坪，及戈麦生前好友、同事陈朝阳、晓钟等。这本书的出版是在两个月前。书出版之后，我一直希望能就戈麦的诗和朋友们交流一下。这次会议能够举办，应该感谢桃洲和首师大诗歌中心所做的工作。

我最后一次见到戈麦是在1991年9月22日，几天后在清华园发现了戈麦的遗体，但因为戈麦身上没带任何证件，直到10月19日身份才得到确认。公安部门认定死亡原因为自杀，死亡时间为9月24

日。戈麦没有留下任何遗书，我们现在既没有证据证实这个结论，也没有证据推翻这个结论。戈麦失踪后，北大的掏粪工人在未名湖北边、燕北园的公共厕所里发现了一个他的包，当时他已经失踪了很长时间。直到这个包发现，才由单位向公安部门报案。包里装了戈麦几乎所有的作品以及他与文学界朋友的通信。发现的时候，纸张差不多都烂了，后来很多诗是我跟陈朝阳戴着手套一点一点从这些破烂的纸张上誊抄下来的。他的一些诗有打印稿，比如我跟他合办的《厌世者》，一共出了五期，登载了五十多首戈麦的诗；他还曾经让同学打印过一本集子叫《铁与沙》。其他手写稿，他都装这个包里了。有的字迹已无法辨认，整理的时候只好存疑留白。后来褚福运先生又从他的遗物里发现了一些手写稿，这些手写稿有一些是那个包里没有的，有的可以和包里的残稿互校，改正了我和陈朝阳誊录稿的一些错误，填补了原来的若干留白。

最早出版的戈麦诗集是《彗星》（漓江出版社 1993 年），就是从当时发现的这些遗稿中挑选的。1997 年上海三联书店出版了《戈麦诗全编》，收入了当时能找到的戈麦全部诗作，其中也误收了伊蕾的 10 首。

褚福运：这些诗是戈麦手抄的，见于夹在日记本中的一张北大绿色稿纸，没有署作者名，写得比较乱，后经确认是伊蕾的诗，我在此向诗人伊蕾道歉。

西　渡：当时我感觉这些诗与戈麦的风格不太像，推测可能是戈麦早期作品，所以在《全编》中加了注释。多亏赵思运先生查证，确认这些诗是诗人伊蕾的作品。在上海三联的“全编”以后，戈麦的作品就一直再没有出过集子。这次《戈麦的诗》能出版，王晓和清平提供了宝贵的机会，同时也使“全编”的这一错误得以更正。

这些年来，褚福运先生又陆续在戈麦的笔记本里发现了一些早期诗歌，我们商量之后从中选了 10 首作为附录收入这本诗集。戈麦有意识地要成为一个诗人是在 1987 年，原来的两个集子都是从 1988 年开始收录，这次的附录部分收了他更早的一些作品。这就是戈麦诗集出版的基本情况。

戈麦生前发表的诗非常少，当时也没有什么影响。直到《彗星——戈麦诗集》出版后，戈麦的诗才逐渐为人所知。但也有一些读者特别喜欢戈麦的诗。网上有好几个纪念戈麦的网站，“蓝星诗库”

出版了《骆一禾的诗》之后，很多网友呼吁“蓝星”出版戈麦的诗。这对出版社的决策也起了一定的推动作用。我碰到过一些朋友，认为戈麦远远比海子写得好。这其中当然有个人趣味的偏好，但戈麦的诗确实有自己独特的魅力。一开始戈麦的写作受到海子的影响，但到后来我与他合办《厌世者》时，戈麦就说了：“如果海子现在还活着，跟我们也没有什么相似之处。”戈麦后来和海子在诗歌上走的路不一样，写法也不一样。另外，戈麦写作的背景和海子、骆一禾也相差甚远。戈麦主要的作品是在 1989 年以后，之前的两年可以算是习艺时期。不只是他的作品，包括他最后的选择也可以说与整个时代环境有很大关系。海子的自杀则可能主要是个人生活的困境。

当时戈麦在中国文学出版社工作。1990 年清明节，在诗人一平家里举办了一个纪念海子的小型活动，我和戈麦都去了。清明节这天，单位明确规定不许请假外出。当时我跟出版社编辑部主任说，无论准不准假我都要去。戈麦的写作就是在这样的背景下展开的，非常典型地表现了这一时期知识分子的心态，他们的心理压力、内心冲突。与同样反映知识分子心理的诗作相比，戈麦的作品对知识分子内心状态的反映最直接、最深入，体现其中的冲突强度也最大。

在《犀利的汉语之光》中，臧棣认为戈麦是一个具有“绝对才华”的诗人。我非常赞同这一评价。戈麦的才华与海子不相上下，但海子的学艺时间比戈麦长得多，戈麦的写作不到四年时间（1987 年—1991 年秋）。戈麦有经世的抱负，他原本想学实用的专业，一开始是理工，后来又想学经济。他报的是经济系，结果被北大中文系录取。他甚至不想到中文系报到，而宁愿去辽宁财经学院。在大哥的劝说下才来到北大中文系，从此才将精力真正地放在文学和诗歌上。

戈麦的写法与骆一禾、海子不同。他后期的写法，用臧棣的话来说是按照“工程图纸”来操作的——一首诗要用哪些词，哪些意象，他都预先有笔记，再进行组装，是一种非常冷静、理智的写法。写出来的结果，我们可能感觉与海子的风格有些接近，激情澎湃。但海子写得很快，其大部分的诗都是未完成的、急就章式的，显然有很多可修改和完善的余地。清平说读海子总觉得有些遗憾，按照他的才华和语言感觉，应该写得更好，更完美。就短诗而言，戈麦的优秀短诗要比骆一禾、海子都多，可以说是那个年代真正的“短诗之王”，他有时一天就写好几首，而且每一首都很优秀。假如现在要让挑选 30 首左右海子的短诗，可能会觉得为难，因为海子没有瑕疵的诗并不多。相反，要挑选 30 首戈麦的诗，则要从容得多。

借此机会，我要更正我在《燕园学诗琐忆》中的一个误记。1991 年 8 月，戈麦完成了《浮云》《沧海》等一组诗，这是一组杰作，但我在戈麦去世之后才看到。当时阿吾在办刊物《尺度》，戈麦把这组诗交给了阿吾。我在“琐忆”那篇文章中说阿吾拿到这组诗没有反应。前两年我与阿吾见面时，阿吾就此向我提出更正，他说他当时拿到这首诗就非常震惊，立刻给戈麦打了电话，准备在《尺度》第二期头条推出，但不久戈麦就去世了。当时阿吾离京之际还想过把《尺度》的编辑工作交给戈麦。对于我的误记，很久以来阿吾都没有辩解。我在此也向阿吾兄道歉。

戈麦去世以后，阿吾责备我，认为我没有尽到朋友的责任，没有看住戈麦。但是在当时的环境下，我们不互相“感染”就算不错了。戈麦曾经想过出国，他跟我提过一起考托福。我回应他说：“诗人不出国。”他还问过我，你觉得是在学校好还是出来面对社会好。我说出来更好，与环境的冲突、对抗更激烈；在学校相对而言，毕竟与社会隔着一层，情况会稍微缓和一点。我当时认为，这种对抗的强度有利于自己的成长。

我对戈麦比较熟悉，因此也谈不出什么新意。所以我很想听听朋友们的意见，特别是跟我和戈麦的成长环境不一样的年轻朋友的意见，可能会提供认识戈麦的新的角度。

褚福运：见到各位大方之家，我参加这个会议有几分尴尬。就对戈麦的熟悉而言，我或许还有一定的优势。过去讲究多子多福，我们家兄弟姐妹共 5 个，中间 3 个妹妹，我 1947 年生人，戈麦 1967 年生人。妈妈生他时已经 42 岁，奉如珍宝。对他的出生，我当时的感情比较冷漠，后来稍大一些发现他非常聪明。

关于戈麦的诗歌，西渡已经说得不少，当然在诗歌这个问题上见仁见智，跟个人修养、经历有关。对于戈麦有帮助，或者说对于戈麦比较关注的朋友，尤其是西渡，包括清平、臧棣他们，我想在这里当面感谢你们。

我也认为戈麦的诗歌不错，原因诸多。一是写作的大背景。城市青年轰轰烈烈的下乡运动，把城市的文明带到乡下。这些青年很多都是桀骜不驯的，在政治管束之下，就像笼子里的老虎。大到 66 届的高中毕业生，小到69届的小学、初中毕业生（比如冷霜的哥哥，当时大概15岁），他们生机勃勃。北大荒现在可能经济发展了，但在精神生活方面反而远远不如当年活跃了。戈麦的写作受到这个大环境的影响。二是家庭背景。我爷爷是地主，于是不管是爷爷还是孙子都“享受”这个待遇。我参加工作比较早，做兵团战士有道道关口，勉强才有普通的劳动的权利，很压抑。我只有初中毕业文凭，但是我向往文明，跟许多知识青年打交道。来自浙江、上海、北京等各地青年大融合，这对像我这样的当地青年是接触城市文明的好机会。我和很多知青成了朋友，有的直到现在还有联系。那时候大多数青年都学音乐，因为可以进入文工团，回到家乡。我们小小的生产连队竟然可以演出长达两个小时的《智取威虎山》全剧，演员、曲子到布景全由连里的人员担任。我想通过与知青交朋友，补偿自己受教育少的欠缺，也想让弟弟妹妹受到文明熏陶，所以就一边努力自修，一边用心教他们。在戈麦五六岁的时候我就教他练琴；他九岁时，被十五团选为演员。看到接送首长的吉普车到我们这样一个普通人家接小弟小妹去团部演奏，我也多少有些自豪。这个背景可能是其他诗人所缺少的，就像庄稼长得茁壮，除了水分，还要有土壤等其他营养，古人所谓诗外功夫。戈麦上学前，阅读能力就很强了。实际上，他明确提出来做诗人是在1982年，不到十五岁。刚刚西渡提到的“工程图纸”，他很早就有这样的意识，天天坚持写日记鞭策自己。我现在翻他的日记，还感觉回到了三十多年前。还有一个原因是拼命读书。戈麦当时在学校里比赛着读，在初三升高一的假期里读了几十本书，包括北大历史系编、人民出版社出版的《简明世界史》上下册，以及人民文学出版社和上海译文出版的20世纪外国文学名著等。我也想不出他为什么能读得那么快。有的书我买回来还没有看，他就已经读完了，而且还要到图书馆里借。还有一次春节前后读了20多本大部头的书。再一次疯狂读书是在他大学快毕业时。他在日记里说离毕业的时间不远了，有些恋恋不舍。1989年底母亲去世时，他回家奔丧。其间他和我谈起，他的阅读量早已超过了普通硕士生。1990年底，他给我写了一封信说需要一些钱买书。我给他邮了一千块钱，他到上海出差，采访施蛰存，在上海买了很多书，足有一大箱。这从他记在扉页上的购书日期可以知道。

西　渡：上海当时有上海译文出版社、上海古籍出版社、上海文艺出版社，都出过很多好书，有些书在北京买不到，因为当时物流不是很方便。所以，当时出差的一个好处就是可以到各地访书。

褚福运：另外就是在他去世前。9 月下旬，杂志社安排他和某领导一起参加鲁迅诞辰 110 周年的活动，但是他没有去。编辑部孙主任告诉我，大概他是躲起来搞创作去了，不屑参加活动。中国文学出版社副总编吴旸对他评价挺高。小军（戈麦）进入出版社就是她考察的。当时出版社破例招了他一个本科生。为了鼓励他到出版社以后的工作成绩，吴旸还特别提议设立了青年进步奖。小军外表上看很斯文，实际上他心里颇有波澜。他在一篇“自叙”中说自己是“精神上的暴君”，一点也不假。面对主任的质疑，他的回答是：“孙主任您让我向老同志学习，我向他们学习什么?”——语气甚至比我转述的更强烈——“他们会的我会，他们不会的我也会”。我当然理解孙主任当时的想法。小军并不是那种普通的瞧不起人，而是对“俗”“庸”看不惯。他从 1978 年上小学会写日记开始，内心里一直存在传统和叛逆的纠结。长大后阅历多了，看事更尖锐了，所以他的很多看不惯我能够理解。

西　渡：戈麦的看不惯，是针对愚蠢和愚昧。戈麦待人其实是温和宽厚的。他是最好的朋友，热情、体谅人、肯吃亏。但他不能容忍愚蠢和愚昧。在这点上，他眼里揉不得沙子。我们有些同学就说，最怕和戈麦对视，你心里有什么短，他一眼就看穿了。

褚福运：小军这个人很挑剔。包括谈话、相处等。他去世后我去收拾东西，和赵平洋、西渡一起。内衣内裤都洗得干干净净地挂在宿舍里，书和桌子整整齐齐，比你们这儿的办公室还要整齐些。他屋里有两样东西是别人的，一个是赵平洋的磁带。戈麦和赵平洋还有些故事。赵平洋高中时候就出版过诗集。他的父亲是宝泉岭农垦管理局的宣传部长，也是位知名诗人。当时黑龙江农垦管理总局宣传部门策划出版一套诗集，有人提议给赵平洋一个名额，平洋知道后断然拒绝。他说褚哥写得好，应该让褚哥出个集子。小军决非轻易接受别人帮助的人，可见他和平洋的友情和志趣相投。

西　渡：戈麦为此编了一个集子，书名就叫“彗星”，收入 80 首诗。后来我编的《彗星——戈麦诗集》就沿用了他自己起的这个书名，有一部分作品也是从这个集子上抄过来的。

褚福运：这八十首经由赵平洋寄到《北大荒》（黑龙江省农垦局

文联主办的文学期刊)，很感谢赵平洋。最终这本书没有出版，因为不合他们的要求。

另一样东西是西渡的被子。为什么褚福军连被子都闹没了呢？我认为他的挑剔、看不惯人不是无理取闹。这是他从小受知青及北大荒转业军人感染而带来的那种英雄主义。这个传统一直影响着他。他还是重视责任的。后来变得桀骜不驯，是因为书读多了的结果。我对于文人相轻也有自己的看法：有些是小肚鸡肠，有些是因为阅历和水平的那种敏感，不容忍沙子。

我这里随便说一些。再次对在座各位的关注表示感谢，还有未到场的朋友，请替我转达感谢。

西　渡：戈麦对哥哥有个评价："你永远是我唯一的导师。"大哥对戈麦的影响是非常深远的，不仅仅是知识的传授，给他良好的教育环境，而且在人格上影响着戈麦。五个兄弟姐妹中，戈麦跟大哥的关系一直是最好的。非常感谢褚福运先生专程远道而来参加这次会议。

另外，戈麦写作上也桀骜不驯。他的用词、句法与骆一禾有点接近，有些用法按通常语法而言是不通的、故意蹩着的。

陈建祖：关于戈麦有几件事我记忆深刻。一是1988年第二届作家班考试。全国有四百多个作家，最后录取了38个，我是班长。那年冬天中文系开了一个学术研讨会，研究黑塞的小说，与中文系一些年轻的学者和作家们进行了对话。年轻人才华横溢，而我们都历经沧桑，在讨论中发生了一些争执。我记得有位同学在会上嘲笑了我们。我当时谈论了关于黑塞小说为何会在战后兴起的问题。那是我第一次见到褚福军。开完会已经很晚了，出来之后他安慰我说，那些年轻人不懂事，太轻狂，让我不要往心里去。当时他才21岁，他给我的印象是与其年龄不相符的成熟和善良。二是1990年毕业时。当时我突然收到他的长信，鼓励我。信中他提到骆一禾关于"修远"的信念。这是他生前常说的一个词。我们在80年代算是骄子，参加青春诗会，很早获奖，每天滋养文字。他那么年轻，却能够写信安慰我这个老大哥。刚才褚福运先生提到的一千块钱，应该有一部分是赞助了我的。他给我买了一套刚刚出版的托马斯·曼的《魔山》，可能是从上海买到寄给我的。1991年5月份，戈麦、我和非默几个人一起吃饭，戈麦买的单，他当时刚工作，他给我的印象是非常从容优雅，精神上很强大。因此，在我的印象中虽然他年纪很小，却非常善解人意。像上面提到的，他会替年轻学生们向我道歉，让我不要介意。在1990年左右，我们整天酗酒、唱歌，回避现实。我记得有一次我喝多了，还在饭店里站在桌子上唱歌。我们还举办了“酒王大赛”，口号叫“酒王出，天地动”——这样沮丧、颓废的状态，是生命中不能承受之轻，那时作家、艺术家都是这样的状态。

戈麦去世，你（对西渡）给我打电话的情境我仍然历历在目。我每天痛不欲生，不是生活的压力而是精神上的压力。我当时正在红学家梁归智家里，忽然接到西渡电话问我有没有见到戈麦；不久我来到北京，就接到消息说戈麦去世了。我们根本不能面对这件事。当时的环境使你脆弱到一片树叶掉落就足以将你摧垮。我觉得戈麦还是很热爱生活的，所以确实像西渡刚才所说是大环境的影响，戈麦的死与海子是不同的。

我又想起，三年后，1994年7月4日，我弟弟也去世了，二十一岁。他也是早慧，十七岁就发表诗歌。他没有上过大学，但高中时便在学术期刊上发表了五千多字关于海明威《乞力马扎罗的雪》的评论，大家知道海明威是很难评价的。我今天见到褚福运大哥也很感慨，他比戈麦大20岁，我比我弟弟大16岁，可以说也是他文学和人生的领路人。所以我们都体会过那种无法面对的切肤之痛。戈麦也给过我一本早期的集子《彗星》。创办《尺度》一期三百块钱，我那时是带薪的，赞助了一百。戈麦的死现在已经过去21年，这是特定时代的结果，是中国文学很大的损失。我们已经被生活折磨老了，是上个世纪的人了。看到还有这么多热爱诗歌的人，我很感慨。这样也算是一种纪念吧。在人类进程中留下哪怕是一点点光亮的人，人们都不会忘记他的。

清　平：我和戈麦也算是老同学，见过很多次面，他给我印象最深的就是有一次他想在我那里买几本书，然后我就领着他去我们出版社东直门那边的书库去了。我去书库中给他找书，跟他说“你就在这儿等我吧”，因为书库外人是不让进的。他说：“行，没事儿。”然后他就蹲在那里抽烟。我在书库里给他找了将近一个小时，有两本找着了，还有一本还没找到，等我出来的时候，戈麦还是在我刚才来的那个位置，还是蹲着，还在抽烟。这让我印象特别深，好像这一个小时他一点都没动。我当时就问：“你怎么不到旁边去坐会儿，这么蹲着不累吗？”他还是说没事儿，然后就问我书的事。这件事给我的感觉就是他有超强的忍耐力。还有就是刚才陈建祖说的戈麦的成熟，我也有这样的感受。当时跟他一块儿编《发现》，有过几次聚会，就感觉戈麦的确是有一种和他年龄不相称的老成，不管什么事他都能方方面面想得很周到，照顾得很全面，比如上哪里吃饭，点什么菜，谁身体不舒服需要喝点热水什么的，就是这些细节方面他做得非常周到。那个时候跟他相处，我就不觉得他是一个小我很多岁的人，反而像是我这个年龄的人，他有非常强的理解能力和执行能力。所以我听戈麦大哥说那个向老同志学习，他回答“我向他们学习什么，他们会的我都会，他们不会的我也会”这么牛的话，还有西渡说的关于党内讨论的事，我是很不理解的。我想说，即使是天才，他在生活的很多方面也是非常矛盾的，这是人性的矛盾吧。今天听老大哥和西渡讲戈麦，我觉得很有收获，不管从人性、诗歌等方面，都对戈麦有一个新的认识。但是作为老朋友，我好像也说不出什么有见地的话了。那最后我就说一下关于戈麦诗歌的一些看法吧。我觉得戈麦在他那个时代，即九〇年前后，写那种短式的诗歌，就二十行到三十行之间的这种形式的诗歌，达到了一种罕见的成熟的高度。这种形式我们不分抒情诗或是叙事诗，因为戈麦诗歌中这两种都有，可能有时抒情成分更多，而我更愿意将它们看成综合的诗歌。

西　渡：他在写作上成熟的过程很短，就是说他的发展非常快，过几个月就不一样，过几个月就有不同的诗歌面貌出现。特别是90年至91年不到两年的时间内，他的变化非常快、非常多。他跟我说过，“我并不是用同一种方法写不下去，而是不愿意重复”。

清　平：这一方面是一个人的才华，另一方面也关涉这个人的抱负，他如果有很大的抱负，就会不断地改变自己。另外他也的确把诗歌看得十分重要，他是忠于诗歌的，是从诗歌本身方面来考量，而不是其他功利方面，那么他才会花那么多的精力，那么多时间去面对它，去改变它。现在很多人就没有这样的抱负，你看一两首诗觉得他好像还挺有才华，但是你再多看几首，就会发现他并没有钻进去，没有想时时刻刻地提高自己，而戈麦就能让人感觉到他时时刻刻都想要提高自己，提高诗歌。

西　渡：这一特点我觉得戈麦和骆一禾、海子之间是有相通的地方的，他们都把诗歌看得非常重，他们身上有一种非常纯洁的气质。但戈麦、骆一禾和海子在这点上，在这个纯洁性上还是有区别的，海子可以说是不通世故，而戈麦、骆一禾对那些世故的东西不是不懂，他们非常懂，非常明白，但是他们在内心和行动上又和那些东西有一种根性上的冲突。

清　平：就是俗话说的“眼光很毒”，这是一个人的洞察力问题，有可能是天生的。还有就是你说的这个“大背景”，我以前读戈麦的诗歌，真是没想到这个大背景，现在想想的确是，他诗歌中透出的压迫感和紧张感是和这个大背景有关的。这种因素会在诗歌中表现出来，但是你从戈麦的诗轻易不能察觉出这些，因为他对诗歌的热爱超过了一切，他不会因为个人的情绪去损害诗歌，如果是我，我可能就会发泄出这些情绪而损害诗歌，这一方面可能是天性的不同，另一方面也说明我对诗歌的忠诚度远远比不上戈麦。

西　渡：但我觉得戈麦很多诗其实还是直接在处理这些东西，在那个时期中，敢于这么直接地面对、处理这些诗歌的并不多。但戈麦在处理这些东西的时候，确实有一种强大的能力，他把这些东西变成了诗。我们从那个时代过来，现在这种紧张也依然存在，但是我们现在很少有人敢于或者有能力去处理这种关系。

晓　钟：“愤怒出诗人”，大家也明白这个意思。当时那个环境对年轻人来说确实不宽松。我比戈麦大一些，当时作为同事，作为学姐，我和戈麦也有过一些接触。正如刚才大家讲到的，当时那些主任啊什么的对年轻人也不是很关心，当时外文局初来乍到的年轻人都没有地方住，一开始安排他们住在百万庄旅馆，环境嘈杂，晚上休息不好，第二天可能就起不来，上班会迟到。我记得有一次领导让人把他们从被窝里揪出来。这说来是一种境遇，但我觉得也是对人精神的伤害。当时办公室环境也不是很好，那时一个大办公室中有六七个人。戈麦要创作，就只能等到晚上办公室没人的时候。而且办公室里的人也不懂，有时候会乱翻他的东西，他也会有情绪上的不快。戈麦出事的时候，我回老家了，不在北京。我听到同事跟我说这件事的时候也很震惊，觉得不可能。他曾经赠过我书，那时他去上海出差，知道我喜欢梵高，没买到他的画，就买了一本跟梵高有关的书，还在书里给我写了几句话。我们当时还是有一些聊得来的话题，就在宿舍偶尔也聊一聊。当时比较可笑的是，他们找不到戈麦，刚好我又回家了，他们就猜想是不是我们俩一起跑了。我就说这些吧。

西　渡：晓钟提到的百万庄旅馆，现在好像还在吧。当时戈麦还在百万庄旅馆住的时候，他有一次就跟我说："今天我差点自杀了，是李子亮救了我一命。"所以，后来我倾向于同意公安部门的自杀认定也就是这个原因。他甚至跟我交换过关于自杀的设想，怎么死法，包括对于海子的死。戈麦认为海子自杀的时候，意识应该是清醒的，海子是清醒地选择死亡，而不是一时冲动。

宋　琳：有一个事一直徘徊在心里，戈麦有过恋人吗？

西　渡：有过，这个事情可能也是当时他自杀的一个导火线吧。戈麦本人没有跟我谈过任何情感上的经历。但我听一位也在外文局工作的北大校友说过，戈麦去世前大概半年吧，曾对他说有女朋友了。大哥应该了解一些情况，您见过那个女孩吗？

褚福运：我没有见过，后来也是听他们说，好像是当时北京化工大学的在校生。当时他们相处了一段时间，但是戈麦毛病很多，又抽烟又喝酒，因此后来还是分开了。戈麦当时为什么急于成家，他跟我说过。当时就是在他走前半个月吧，我从宝泉岭农场调到哈尔滨，刚到哈尔滨他就给我寄来一封信，是毛边的《发现》，他说他为搞创作没有地方而发愁，觉得有一个家庭，有了住房，就有利于创作。所以创作在他心中还是第一。他临走的时候有一个计划表，写着这三天看歌德的诗歌、小说，另几天要写什么，都有自己的安排。他对《北大荒》没有出版他的诗很不在乎，对《上海文学报》的退稿也无所谓，因为他知道自己诗歌的好坏。回过头来说，后来出版社还给他一个人安排了一个小屋子，已经对他挺照顾的了，其他很多人还都是合住。但是那个小屋子也不是世外桃源，就像你们说的，他还挺爱面子，同楼的人有时候打麻将少一个人，就叫他去，他还不好意思不去。

西　渡：他打麻将也打得很好，总是赢钱，围棋、象棋也下得好。

褚福运：关于他的死，我觉得是苦闷喝酒，一时失意激动。我问为什么要买这么多书，他说阅读是文学金字塔的基底，他说要写出好诗不读完所有的好作品就不行。

西　渡：他说过，写作其实用不了太多时间，需要花时间的是阅读。

褚福运：他性格非常敏感，他自己说自己是一个非常复杂的人。实际上他上初中的时候，大概初二、初三的时候就开始表现出这种复杂。我刚刚说的，他初三、高一就开始看很多书，二十多天看二十本书，而且都是长篇的。所以他想成家并不是像有些人说的是急于结婚，而是急于写作。

西　渡：当时的住房制度是你不结婚就没有权利分配住房。戈麦曾经多次自己在外面租房居住。当时这么做的年轻人是很少的，因为单位都有集体宿舍。

褚福运：当时我在哈尔滨，刚举家搬过去，还住在岳父家，他是知道的，也不会来我这里。家里也不行，我父亲当时找了个后老伴儿，戈麦也不能住家里，加上单位的环境，他真的没有地方搞创作。小军高三填报志愿时想报理科，因为当时社会舆论，觉得理科出来对社会贡献更直接、更快。他当时文理成绩都好，数学成绩考得比理科孩子还好，他就不想报文科，拉着我去校长那里，但是校长不同意，因为边疆学校能有成绩这么好的孩子不容易，校方更希望他考上名校为学校增光。我就跟他说，以后你读一个双学位吧——当时刚实行双学位制度。他大学一、二年级还在北大经济系旁听。后来他立定了文学上的志向，就放弃了双学位的事情。事后他曾给我写信说，看来当时闹那种情绪是没必要的。

西　渡：戈麦走前把要好的朋友都访了一遍，等于是做了一个告别。他到过我的宿舍，又和赵平洋、蓝强等见过面。

褚福运：他也去过高明生家。高明生下乡到宝泉岭，曾是我的同事，当时是中国教育报的美编，好像是去告别的。可是我还是觉得是饮酒的原因，最后一次在北大，喝多了。

西　渡：他到我那里是在9月22日中午，他说他一个人喝了一瓶半的葡萄酒，我说："你怎么喝了这么多啊，是不是心里有什么事啊?"他也没回答。下午的时候，当时我们机关会放电影，我就约他一块儿去看电影，他说不去，就从我那儿走了。当时我是什么电影都看，也是一种排解的方式。但他是什么电影都不看。我们曾一起在房山实习，就住在文化局在电影院的宿舍。我几乎天天晚上去看电影，什么烂电影都看，他一次都不去，我有时候拽他去，也拽不动他。

陈朝阳：我不写诗，只是站在哥们儿的立场上说几句吧。二十多年过去了，很多东西我都记得，但是你要让我一下子说出来，可能也说不出多少特别的东西。大家都说到戈麦为人严肃的一面，但在我印象中戈麦是一个挺幽默的人。他的话不多，但是有时候说出来就特别精彩。他说过很多幽默的话，在同学中流传。但我现在想来，可能他是太纯粹了，太难以容忍一些东西。就像清平所说，一般人不可能像他一样，对诗歌有那样一种献身的精神，将自己完全交付给诗歌，他就是纯粹为诗歌而活。他是在一定的时候遇到一些东西最后走了这条路。这么多年过去了，很多人已经变得面目全非，我又觉得戈麦是幸运的，他在我心中一直是这么一个特别完整的形象，一直像原来一样纯真，一样理想地活着。戈麦就活在他的诗歌中，不再改变了，不会像许多人变成你甚至不愿意认识的样子。

当时戈麦、西渡他们写了诗也没处发表，我有几次找地方给他们复印他们的诗，所以我跟他们接触也比较多。我虽然不是诗人，没有诗人的敏感，但当时读他们的诗，感觉他们写的就是我想说的话。但我也没有敏感到这里面有种东西是指向死亡的，或其中有什么不祥的预兆，只是把它看成诗歌的意象之类的。所以，我还是觉得戈麦是在用生命写诗，不像一般诗人写诗就是写文字。对戈麦之死，我觉得西渡也不必太过自责。我们作为朋友确实有责任，但是戈麦的死的责任真的不是我们能承担得起的。我也不知道该说什么了，我给大家读一首戈麦的诗吧。我想读《青年十诫》，我曾经把这首诗贴在我的宿舍里。

不要走向宽广的事业。
不要向恶的势力低头。
不要向世界索求赐予。
不要给后世带来光明。
不要让生命成为欲望的毒品。
不要叫得太响。
不要在死亡的方向上茁壮成长。
不要睡梦直到天亮。
要为生存而斗争。
让青春战胜肉体，战胜死亡。

谢谢大家。(掌声)

西　渡：我补充两个例子说明戈麦对诗歌用心之深及他的纯粹。我们年毕业以后，环境比较压抑，所以大家就经常聚会，每到周末就聚在一块儿喝酒吃饭，相互排解取暖。但当时这种聚会戈麦基本上都不参加，他怕浪费时间。他跟我说："现在你是唯一的'旧人'。"就是以前的同学他基本上都不怎么见了。另外一个就是，我们有几个同学分配在《人民日报》工作，有一次戈麦在他们宿舍喝酒吃饭的时候，就指责人家说："你能到这里来，以为是你能力比别人强吗，不就是因为你跟班主任关系好吗？某某某不比你更有能力，更适合这个位置？"他有时候会把话说得很直接。但对他欣赏的朋友，他又会十分关照，无微不至。

宋　琳：我听到戈麦自杀的消息，是在国外。我知道以后就留心读他的诗，但当时能读到的他的诗很少，就民刊上有几首。我觉得他在北大诗人中是很突出的，语言很唯美，他对语言有一种天生的敏感。我当时就给臧棣写了一封信，让他选几首戈麦的诗在《今天》上发表。后来《今天》上就登了一组他的诗，但我在国外，联络也比较麻烦，当时发表得又比较匆忙，也就没有写一些评论。

说起来现在我读的戈麦的诗也不是很多，他的诗全编我也没有看到，这本书是我看到的第一本戈麦的诗集。他的现象跟海子也十分相似，都是天才，都是对命运有一种就算是亲兄长也未必能知晓的急迫感，也都有对诗歌献身的那种意识。这种意识其实戈麦在诗歌中就谈到了，比如《陌生的主》这样一首诗，很难将它当作宗教诗来读，似乎是他听到了一种召唤，要做出一种行动来结束在尘世的生命，他像是预感到自己是没有选择的，在剩下的时间就想做一件事，就是沉浸在诗歌中。也正是在这样的过程中，他的个人风格慢慢确立起来。西渡谈到戈麦写诗一直在谋求一种变化，但是我在他的诗集中反而看到了一种连贯性……

西　渡：有一种最为基本的东西是没有变的。

宋　琳：对，他的方式不是一种辩证法的方式，他是一种类似刀光的锋利的美。

西　渡：在处理主体和语言的基本关系上，他是没有改变的，但风格上还是有变化的。

宋　琳：对，这个需要细读才能感受到变化的痕迹。戈麦诗歌的内在空间是十分开阔的，这在他那个年龄段做到是非常难得的。

西　渡：他有一种心智上的成熟，这跟海子是有区别的。海子的心智直到最后还处在天真的状态，尽管他的题材丰富，天马行空，但心智上还是天真的。

宋 琳：文如其人啊，我想戈麦在现实生活中应该是一个比较老成的人。

西 渡：他的老成是和他的极端奇妙地结合在一起的。刚才大家讲到了很多他对世故不容忍的事例，但他不是不懂世故，他是一种看透世故以后的反世故。

宋 琳：就是不随俗嘛，是诗人身上清俊的品格吧。从叙事和抒情角度讲，我觉得戈麦是一个典型的纯粹的抒情诗人，而且他不是一种偏重柔弱的、甜美的抒情，而是一种尖锐的、极端的美感抒情。他是很典型的北方诗人，所谓"燕赵多慷慨悲歌之士"。说个逸事吧，有一次我在香港碰到了日本的翻译家是永骏，我们谈到戈麦，他问我怎么看戈麦，我说："他的诗我虽然读得不多，但我觉得他是一个很优秀的诗人。"史永骏就说他从一个日本汉学家的角度看中国诗歌，他发现戈麦的诗歌语言特别纯净，翻译成日文也有很好的文本效果。

西 渡：是永骏翻译了一本《戈麦诗集》，2000 年在日本出版。

宋 琳：对，我觉得是永骏发现戈麦这件事本身也很有意思。因为是永骏对中国当代诗歌也算比较了解，他着重介绍朦胧诗那一代，对后来的诗歌也有一定的阅读，那么他为什么会发现戈麦就是一个值得讨论的话题。我也问过他对当代日本诗歌怎么看，他说根本不能和中国诗歌相提并论，当代中国诗歌已经能和唐朝诗歌相媲美，这是他 92 年说出来的。我听了以后还很震惊。

清 平：真可悲，这句话竟然是一个日本人说出来的，广大的中国人民还停留在盛唐的梦想中呢。

西 渡：废名在 30 年代就说了类似的话，他认为那时候新诗中就已经有了可以跟盛唐诗、晚唐诗包括宋诗媲美的作品。

姜 涛：但这些评论也不能全信。

宋 琳：对，这是他个人的喜爱，但也不至于完全是妄语。他的确热爱诗歌，有评论素养，但是这不是在学理上，而是主观的评论。刚才读到诗集里的一首《高处》，还让我想起了一件事，有一天我做了一个梦，梦见戈麦，我还记了一个小笔记。我梦见一个旋转而上的塔，很宽的、循环往上的曲线，我站在上面，这里面有个市场，有人在里面摆摊，类似阿拉伯地区的样子。这个时候一辆敞篷吉普车开了过来并停在我的面前，车上有一男一女，开车的就是戈麦。车停下来他就跟我说话，谈到诗歌，（众笑）然后他就走了。我记得他给我提了一些忠告，我记在一个小本子上，也没查到啊，大概意思是要更开阔一些，不要拘泥于小事物。

西　渡：这是什么时候做的梦？

宋　琳：就是刚知道戈麦不久，也没见过他，也没有他的照片，但我觉得戈麦就是这样的形象，十分奇怪。那我就读一下这首《高处》的第一段："从今日起，我不再攀登诗歌的顶峰/不再渴望在心中建筑通天巨塔/我不再祈望永恒/一切都是虚幻的梦境，是生存的深邃之处/我不能继续在辽阔的大地上空度一生。"后面讲太阳巨子，诗歌天王等，我觉得和我的梦很接近，很奇妙。

西　渡：太阳城的巨子，这个和骆一禾《大海》中的一个场景很相似。但是骆一禾的《大海》，在戈麦活着的时候还没有发表，他应该没有读到过。

宋　琳：戈麦的诗很有意思的一点是，他不太忌讳去处理西方历史或神话中的人物。

西　渡：这也是海子、骆一禾他们共同的特点，就他们的抱负而言，诗歌应该有一种更高的能力，就是能处理一切材料，不管你是什么，进入我飞旋的内部，就变为我的东西了。所以，他们没有东西方的界限，也没有古今的界限。

宋　琳：但是必须把它建筑起来，建成更高的塔。

西　渡：当时西川就问过戈麦："你觉得中国诗歌中有什么值得吸收的吗？"戈麦说："中国诗歌里没什么可以吸收的。"西川就觉得很奇怪，认为你们学中文的都瞧不上中国诗歌，然后外国诗歌你们又理解不透。

宋　琳：这实际上是美学趣味的问题，你怎么来转换它。即便像穆旦这样的诗人，当时也是这么认为的嘛。现在再去看穆旦诗歌中的汉语美感还真的和他同时代的诗人不太一样，特别当代。

西　渡：穆旦有一个理想，就是用白话、口语来写诗，不依靠古语。这个理想我觉得到今天还值得我们回味。

宋　琳：像戈麦有一些诗也是歌谣性质的，他也用口语，但他的口语不是一种市井口语，这是非常难得的。比如这首《盲目主义之歌》："我懂得太多/噢，我懂得太少/我想得太多/噢，我想得太少/一个盲人走在路上/噢，一个盲人，噢，在路上。”这种歌谣的方式是注重声音本身的一种乐感，他用的是雅的、书面的口语。

姜　涛：我来说两句吧。我有幸在大学时代见过戈麦一面，大概是91年还是90年，那时候我上大二，记得是去听一个诗歌朗诵会，来了很多诗人，其中的戈麦给我留下了特别深的印象，记得他戴眼镜，脸黑黑的，很瘦，心事重重的样子，整个人显得很严峻。印象深，也是因为我当时已经读到过戈麦的诗，他去世后，又不断读到他的东西，特别是《花城》上发表的一组，包括《天象》在内，读来挺震撼的。像我这样的文学少年，当时深受海子、骆一禾的影响，而且这种影响是覆盖性的，戈麦好像提供了另外一种可能，至少从我自己的感受来讲，戈麦好像更亲切一些，比如《克莱的叙述》中有一句“一盘苍老的午餐牛肉”，至今还记得。戈麦年纪不大，却好像入世很深，比起海子、骆一禾，他可能对于某些经验的细部，内在尖锐的部分把握得更准确、更辛辣一些。但从另一方面来讲，我还是觉得海子、骆一禾、戈麦、西川，甚至包括早年的臧棣、西渡、清平的诗歌，是同样一种精神氛围的产物。西渡在后记里面也提到当时的环境氛围对戈麦诗歌的影响，但我觉得八九十年代之交这个时期，对中国当代诗歌的影响还是一个没有充分讨论的话题，非常值得展开。

敬文东：我接触戈麦的诗歌，是在济南读研究生的时候，应该是1993年春天。我读到了漓江出版社出版的《彗星——戈麦诗集》。那是朋友的一本书，我拿着浏览了一下，没能看全。因为这个哥们儿把它当宝贝，怕我据为私有——当年我们都有那样的坏习惯。后来在陈超编的一个选本中，才认真读了戈麦的诗。其实八九十年代之交，我们也是过来人。钟鸣在他的《旁观者》中，提到欧阳江河写的一首长诗《马》，他觉得在那个时候，写这样的诗，是非常不道德的。我相信钟鸣的回忆是真实的，这样的理解背景，让我对戈麦90年以后到他去世时写的诗很感兴趣。比如《浮云》，是典型的80年代的诗歌，这里面用到的“老虎”“王”这样的词汇，大量存在于当时西川、海子、骆一禾的笔下。如果有人去研究这一段倒还是挺有意思的。我不知道戈麦的厌世情绪来自何处，但听了刚才诸位的介绍，我知道他超人的才华来自何处。他的诗歌的那种决绝特性，那种整饬的句子，很难相信出自一个20多岁的年轻人。20年过去了，如今读来，真让人感慨。在这里，我要特别赞赏西渡，他对戈麦持之以恒的友情让人感动。戈麦是一个值得研究的诗人，他能构成一个诗学课题。

冷　霜：我是91年9月份来北京的，那时刚进北大，还不太了解当代诗歌的情形，到了92年才知道戈麦去世的消息。当时知道海子的多，我身边很多写诗的朋友包括我自己也都模仿过海子。这次拿到戈麦的诗集，重新阅读，又回想起那一个很短的模仿海子的阶段。就我而言，我很快就意识到这种模仿毫无意义。但是在其后写出自己最初觉得满意的诗歌的时候，却是和包括戈麦的诗和他的自杀行为在内很多因素构成的90年代初期的诗歌氛围有关系的。这种诗歌氛围就是对于现实，对于存在的一种非常阴郁的感受力和想象力。我当时读戈麦诗歌时，对他那些典型的80年代风格的作品，比如《浮云》《佛光》等没有太强的感觉，倒是对他有些诗，比如他写给西渡的那首，那种对存在的阴郁的感受印象很深，那首诗最后一句是："对于我，诗歌是，一场空!"那时候我刚开始写诗，对我来说，诗歌就是全部，可他却这么写。包括他这一类的诗都对我触动很大。当时看朋友们的诗，受到激发，也往往会在这个方向上用力。我们是89之后进大学的，对现实政治没有那么强的判断力，但也能感受到一种萧索压抑的氛围，一种对诗歌而言是敌意日深的氛围，在这种氛围中读到戈麦的诗，也帮助我自己确立了对诗歌、诗歌与世界关系的认识。

西　渡：胡续冬有一篇文章和你的观点很相近，就是他认为戈麦比海子更贴近他所处的那个时代。

冷　霜：对，前两年读到你谈90年代初诗人写作的那篇文章，也让我很受启发。89以后到92、93年前后的诗歌写作氛围，与此后的氛围确实是不一样的。一方面像是80年代诗歌的尾声，好像还没有完全脱离80年代诗歌的风气，另一方面它所面对的现实已经大不一样，在这样的冲突之中，出现了一些极具张力的写作风格。这个时期的写作值得做更深入的研究，而戈麦的诗对于理解这个时期的诗歌氛围和诗歌意识是特别重要的。

秦晓宇：刚刚大家都在谈89以后到92年间的诗歌。我非常同意刚刚西渡所说戈麦诗歌中所呈现的压抑、痛苦与当时时代的症候是吻合的。他有几首短诗，比如这首《短诗一束》，这个有些格言或者直抒胸臆的意思，非常短，其中一首就叫《政治》："一百公斤的水泥和铁/椭圆形的拱架/我在夜晚失去平衡。”这是写于1990年5月份的一首诗，这首短诗就是诗人精神生活的一个写照，虽然短，但是耐人寻味。还有一首叫《诗歌》，他在里面这样说“我逃避抒情/终将会被时代抛弃”，我们看到，他对抒情的状态和姿态和海子那种无条件的抒情诗是不一样的。你现在回头看这些诗，再去联想那个夹缝中的年代，因此，我也觉得研究戈麦的诗对研究当时的诗歌环境，当时的转型期很有帮助。

陈　均：我前些天刚找出戈麦的“诗全编”重新阅读，因而也调动了一些阅读的记忆。简单说几句，1997年我在中国人民大学读研的时候，我的同屋吴浩特别喜欢戈麦的诗，他在北大读的本科，曾经担任过五四文学社社长，当时经常跟我提到戈麦（他的书架上还有一本《彗星》，后来送给我了）。吴浩曾“发明”过一个“浓质抒情”的概念，这个概念可以用来描述戈麦的诗歌。刚才提到戈麦和海子、骆一禾之间的影响与被影响以及反影响的关系，抛开影响来说，我从诗中读到的诗人形象，戈麦是海子和骆一禾兼而为一的。此外，在读戈麦时，我也能感受到戈麦诗歌传递的是一种生命的能量。

王东东：对于一个不满足于当代诗歌创作状况的人来说，那些在八九十年代之交早逝的天才反而构成了另一种启示，他们带走了一种未加以充分展开而愈显得珍贵的才智。他们总是比活着的人拥有更多的生命、思想和才华。海子、骆一禾是这样，戈麦也是如此。长时间以来他没有被树立为反抗的对象或靶子，这也许是因为，海子、骆一禾也许像某些人所说的真的是一种诗歌和文化形态的结束，在当代诗中造成了一种“隔断”的现象。而戈麦既很难放进这一终结期形态，也很难被后来的“90年代诗歌”的开始期形态纳入进来，引为同道甚或奉为先行者。他其实是那种转型期形态的标本，一个独具异禀的天才，说得不好听的话，是一种诗歌化石。我并不因为自己活过了他的年龄，而觉得可以轻松地谈论戈麦，但这的确给了我严肃谈论戈麦的勇气。我觉得，早逝的诗人不仅带去了他们的才智，同时也带走了他们生命的躁动不安，他们的性格本来还会生长，一种所谓“随时间而来的智慧”。当然也存在着一种老年的疯狂，比“老夫聊发少年狂”严重得多，扰乱既定的生活轨迹，毁灭和重构，但诗人总是可以成就一种疯狂的韵律。

戈麦写到过海子：“而我也是一个疯人，在时光的推动下/写下行行黑雪的文字，与你不同/我是在误解着你呀，像众多的诗人/一切都源于谬误/而谬误是成就，是一场影响深远的幻景。”（《海子》）戈麦叫自己的文字“黑雪”，这是一个悖论，岂止是他所说的“源于谬误”。我必须说，戈麦的天才就是试图以悖论来超越谬误。天才的生命是一种悖论，或天才是一种生命的悖论，至少对戈麦是如此。他的任务就是提供一场影响深远的幻景。空虚的理念和现实的分裂，会让年轻人产生一种存在主义式的荒谬感，而实际上有可能是因为他们头脑和世界的分裂。在《厌世者》中，戈麦将厌世者说成是“一个看见了自己所钟爱的女人松垮的阴部的人”。《关于死亡的札记》写道：“总会有这样一个时候，全部的疑问/由几何学来回答……/存在于几何圆形中的结论/可能为后人提供了这样一个生活的样板。”对于这样类似于斯宾诺莎《神、人及其幸福简论》的几何学观点，显然戈麦采取的是反讽的态度，谁也不能按照数学逻辑安排生活。

另一节中戈麦就说：“死亡在最终的形象上展现给我们的/是一只曲颈瓶上的开口，它的深度无限/但它却能用一根教鞭反复讲述/梦是怎样存在于一个奇妙的三角形的中央。”这些奇譬代表的巧智产生于逻辑和生活的距离。“那个法兰西男人，他站在典籍的深处呕吐已久/如果我能面对现实，这种态度也适用于我。”（《想法（致非默）》）这更应该是戈麦的自画像。戈麦坚硬的语言质地更靠近逻辑语言，但同时也就以悖论的方式容留了对生活经验的想象，在语言中诗人不是遥祝超越真理的获得，就是企慕奇妙的经验本身：“魔女，一条真理它实在得不可言说/当你失去作为肉体的最后一个声响/一头公牛咆哮着已穿过倒伏的庄稼”，“此后的生活就要从一家落雨的客栈开始/一爿门扉挡不住青苔上低悬的寒风/我是误入了不可返归的浮华的想象/还是来到了不可饶恕的经验乐园”（《南方（二）》）。《和一个魔女度过的一个夜晚》再次展露了世界的二元性，唯心与唯物势不两立，但又彼此赠予：“我紧紧握住我奉献给你的一条真理。”《南方（二）》这首诗写得节制、冷艳而到位，表达了一个矜持的北方人对南方的向往，它结尾的急剧转折和惶惑，那“不可饶恕的经验乐园”几乎就是90年代诗歌的世界，抑或说开启了90年代，但却永远错过了它。这两首诗都应该是戈麦的代表作，它们让戈麦一贯的悖论上升到了和谐。

张桃洲：好，由于时间的关系，我们的讨论到这里只能暂告一个段落了。今天的会很热烈，很精彩。正如大家谈到的，戈麦的诗歌现在还没有得到研究界的充分重视，尽管已经有一些零星的关注，但显然关注和研究得还不够。我希望今天的研讨会能够成为一个契机，激发出更多对戈麦诗歌的关切。我前一段在编《中国新诗总系·九十年代卷》的时候，其实是把戈麦作为中国当代诗歌转型时期（从 80 年代到 90 年代）的一个代表，来看待他的诗歌成就和特点的。这一判断也契合刚才姜涛、王东东所做的分析。戈麦的诗歌写作时间并不长，恰好就是 80 年代末 90 年代初当代诗歌发生转换的那么短短几年时间，他恰好经历了当代诗歌的这种重大转变——包括诗歌写作的向度、诗歌风尚、诗歌方式等——而在这中间，戈麦的诗歌写作占据一个什么样的位置，他究竟为当代诗歌带来了什么，是一个非常有意义的话题，值得深入探讨。再次谢谢大家！

［作者单位：中国计划出版社］

诗学研究

中生代研究

散文诗研究

新诗文本细读

现代诗人研究

关于戈麦

姿态与尺度

诗论家研究

外国诗论译丛

灵魂的云游：龙彼德与他的诗歌

刘　忠

“灵魂的云游”是龙彼德先生一篇散文的题名，借用来论述他的诗歌创作也是恰切的。“云游”的不仅是他的人生轨迹，还有他的诗歌与诗论，由湖南沅陵而黑龙江同江而浙江杭州，是身体的、有形的“云游”；从《与鹰对视》而《坐六》而《无岸之舟》，是精神的、无形的“云游”。“灵魂”因云游而高贵，“诗歌”因云游而经典。

一、诗人——“最好的作品总是下一个”

龙彼德，诗人，评论家，1941年生于湖南沅陵，1964年毕业于南开大学中文系，1969年至1978年在黑龙江省同江县插队支边，1979年至今定居浙江杭州，曾任中国作家协会浙江分会秘书长、《东海》杂志社主编、浙江省文联文艺研究室主任。他诗歌创作与理论研究并举，出版诗集《爱的王国》《铜奔马》《魔船》《瀑布鸟》《生命树》《与鹰对视》《年轻的海》《坐六》《无岸之舟》等，出版理论专著《诗人的秘密》《中国式现代诗》《洛夫评传》《痖弦评传》《龙彼德文论选》等，提出“中国式现代诗”主张，认为中国式现代诗当是“纵向”继承、“横向”移植相结合的诗歌，是以自我沟通人类、以个性表现共性、以封闭追求开放的诗歌。多年来，龙彼德用他的诗歌创作践行这一理念，诠释了一个诗人应有的品格——不断探索、永远追求。

诗人的成长离不开环境的磨砺、视野的拓展，它们不仅成就了诗人，也哺育了诗歌。龙彼德的家乡湖南沅陵，据学者考证，是夸父与日逐走“入日，渴，欲得饮……未至，道渴而死”的地方；虽说家乡之于龙彼德的记忆多是苦难与不幸，儿时“跑警报”的经历、青年时代父亲、姐姐的离世、大饥荒年代表兄的饿死都给他心灵投下难以磨灭的阴影，但是，文章憎命达，磨难出诗人，“苦难”成为龙彼德诗歌创作的一座富矿，并且跃出一己悲欢的局限，为整个人类而担当，寻找抵达彼岸的方舟。他在一篇创作谈中说：“我是从夸父倒下的地方出发的，我要像夸父那样当一个新时代的逐日者，追求光明，追求真理。”① “夸父逐日”是一个古老的传说，传递了一种坚忍不拔的追求精神，个体生命如此，诗歌创作亦然，也当有一种不断精进的“逐日”精神。在《追逐诗的太阳》一文中，龙彼德说：“夸父的时代有几颗太阳？《山海经》未言明，后羿的时候倒是明确无误地指出有十颗。在诗的天空中，一个大诗人是一种巨大的精神现象，无疑也就是一颗太阳。中国的屈原、李白、杜甫、苏轼、辛弃疾、陆游……外国的但丁、歌德、波德莱尔、里尔克、弗罗斯特、艾略特……升起于各自的疆域，都显示出一种人类精神创造可能达到的高度，其强光照亮了地球。作为诗的逐日者，有多少颗太阳可以追逐？有多么长的征程亟待跨越？有何等严重的饥渴需要忍受？目标的宏大促使他永不满足，任务的崇高决定他终身劳苦。其诗的意义、诗人的意义不就在这追逐上吗？因追逐，而安贫乐道；因追逐，而乐以忘忧；因追逐，而争分夺秒；因追逐，而不怕失败……追逐就是胜利，追逐就是一切。”② “逐日者”是龙彼德的自许，也是不少诗评家对他的尊称，代表了一种精神，引领他在诗歌创作的长途上不停跋涉。

1959 年，龙彼德怀着当诗人的梦想，考上了南开大学中文系。那是个“以阶级斗争为纲”的时代，太执着于文学创作被认为是“走白专道路”，他因此多次受到批评、帮助。为了写诗，龙彼德利用假期主动深入生活：一次徒步九十余里去太行山区；两次自带粮票、自交饭钱，到湖南桃源县与农民同吃、同住、同劳动，践行古人“读万卷书，行万里路”传统，在《新港》等刊报上发表了一些诗文，均被扣上“重业务轻政治”“成名成家”“只专不红”等帽子，有一次还在全系大会上受到不点名的批判。受此影响，毕业分配的时候，龙彼德没有去成《文艺报》，实现当作家的梦想；而是被分配到杭州，当上了一名教师。此后他曾多次争取下农村，到最艰苦的地方去——他以为那里才是造就诗人、作家最好的地方，但均未能如愿。

---

① 龙彼德：《汲取楚文化，开拓新世纪》，《诗人的秘密》，浙江大学出版社 1989 年版，第 165 页。

② 龙彼德：《追逐诗的太阳》，载《文学报》1994 年 12 月 15 日。

理想的力量是强大的。1968 年 12 月，杭州市响应毛泽东发出的“知识青年到农村去”的号召，掀起了一个上山下乡、支援边疆的热潮。尽管教师没有下乡的任务，龙彼德却意识到这是一次难得的机会，一连写了十三次申请书，足足要求了一个月，终于获得批准（事后得知，浙江教师仅他一人），跟随杭州知识青年去黑龙江省同江县插队落户。那是中国地图大红公鸡的“鸡冠”，是黑（黑龙江）、黄（松花江）、蓝（乌苏里江）三色水围出的平原，是全国人口最少的民族之一、以“伊玛堪”文化为特色的赫哲族的发祥地。在那里，龙彼德娶妻生子，一待十年，当过农民，做过共青团工作，担任过农村公社和县委宣传部负责人。经历过一天十七小时的繁重劳动、一年二分之一的严寒考验，一次涉险沼泽差点儿没顶，两次中毒均死里逃生，加上中苏边境的烽火、政治运动的冲击，使他与东北人民互相发现、互相结合，激发了创作灵感，先后出版了《大汗歌》（与章德益合集）、《春华集》两本诗集，并为后来的创作积累了丰富的素材。十年北方生活收获的不仅是艰辛、蹉跎，也砥砺了诗人的意志，形塑了“拓荒者”的精神。回忆总是美好的，岁月的馈赠在若干年后兑现，龙彼德深情地把黑龙江省称为自己的第二故乡，诗集《铜奔马》《魔船》《瀑布鸟》《与鹰对视》《无岸之舟》中的许多诗篇都是这段生活酝酿发酵而成。“拓荒”的不仅是难忘的人生经历，也包括丰富的诗歌艺术。

时序进入新时期，1978 年底龙彼德调回浙江杭州，归口文艺界，在《东海》杂志社工作，一再延宕的“作家梦”终于实现。他在编辑刊物、联系作者、评论作品之余，充分利用创作假及应邀外出参加笔会、研讨会的机会，跑了东北三省、内蒙古、大西北、华北等地，题材进一步扩大，眼界更加放宽。80 年代是一个变革的年代，文学观念、方法日新月异，“左”的思想在退潮，“人学”观念在深入人心，没有了政治桎梏规训，没有公式化制约，龙彼德诗情澎湃，连续建构起诗歌的“祖国体系”“青春体系”“生命体系”，到 90 年代初他又宣布“打破体系”，大胆借鉴西方现代主义诗歌技巧，在纵的继承和横的移植方面齐头并进。如果说之前的龙彼德是逐日者、拓荒者，那么现在的他则是一位不折不扣的灵魂的云游者，他在循着“旧我—非我—新我”的轨迹，一步步走向诗歌的“自由”之境。

回视人生的三个时段：求学、支边、归口，学生、创业者、诗人的身份变迁丰富着诗人的阅历，坚定着他的高远追求，湘楚文化、黑土地文化、吴越文化的交汇更是在他的诗歌中幻化出无比瑰丽的色彩，那种对人类命运的思考，犹如空谷回声，振聋发聩，形式上的魔幻主义、思想上的存在主义、意象上的厚重博大……勾勒出一个逐日者、拓荒者、云游者的清晰影像。从早年的朦胧憧憬到青年的上下求索到中年以后的中西贯通，龙彼德以他极富时代特色的人生行旅和孜孜不倦的诗艺探索，诠释了一个诗歌集大成必备的意志品格和主体精神。

二、诗歌——“存在”“自由”之境

诗歌是什么？这是一个很难界定的问题，无论是孔子的“兴观群怨”“多识鸟兽草木之名”，还是贺拉斯的“劝谕读者、寓教于乐”，抑或是维特根斯坦的“语言的寓所”，有一个相同点——诗是一种精神的探索，人们通过它能够获取知识、文化、快乐。在龙彼德半个多世纪的诗歌创作历程中，有过功利性的政治化图解，也有过画地为牢的体系建构，但他通过不断的反思与蜕变，实现了“自我”的突破，找寻到了诗的本质——灵魂的云游，诗歌创作是从内心深处流淌出来的情感，包裹着日常生活的酸甜苦辣，向着人类思绪的远方挺进的过程；有什么比灵魂的云游更能诠释诗歌的精神，更能表现龙彼德诗歌的主题呢！“思索太痛苦/不思索更加痛苦/谁敢注视他那双眼睛/就得接受无情的拷问/这一生没有做错什么？/快将灵魂掏出来当众检验。”（《在陀思妥耶夫斯基塑像前》）“掏出来的灵魂”何尝是陀思妥耶夫斯基一人，屈原、陶潜、李白、杜甫、苏轼、穆旦、艾青……相信在不久的将来，这一长串名字中也将有龙彼德的位置。

龙彼德自评自己的诗歌，“偏重思想，追求精神层面的开掘，把厚重的历史感和情理美三者的融合放在突出的位置”；当然，这样说，并不意味着他的诗歌不讲究艺术的精致典雅，事实上，任何优秀文学作品都是不可分割的整体，内容与形式、思想与艺术是有机统一的。龙彼德曾引用周国平的一段话来解读诗与思的关系：“没有哲学的眼光和深度，一个诗人只能是吟花咏月、顾影自怜的浅薄文人。没有诗的激情和灵性，一个哲学家只能是从事逻辑推理的思维机器。大哲学家与大诗人往往心灵相通，他们受同一种痛苦驱逼，寻求同一个谜的谜底。……‘诗人哲学家’……通过诗的途径（直觉、经验、想象、启示）与本体沟通。”在周国平的论述基础上，龙彼德又向前进一步，指出两者也有不同：“诗侧重于求美，哲学侧重于求真，尽管美与真并不矛盾；诗侧重于不可感之感，哲学侧重于不可说之说，虽然感与说不时相通；哲学可以用诗的语言表达，诗不可用哲学的语言写成，当然也有例外。”①

有人说，诗的最高境界是宗教，此说很有见地，宗教是灵魂的归宿，是云游的终极指向。龙彼德的诗歌无论是写现实生活中的物象，还是写想象世界中的心象，都有一个无法抵达的彼岸主题，有一个虽不能至但心向往之的“人格神”存在。它们有时是明晰的，有时是模糊的，给人一种欲说还休的感觉，很难在祖国、青春、生命、自由、苦难、存在、救赎等主题中做出一个截然区分。这“人格神”即是一种宗教意识，一种灵与肉的矛盾。灵魂渴望无限，肉体只会速朽；灵魂崇尚高贵，肉体难拒诱惑；灵魂喜欢云游，肉体耽于安逸。如何解决这一两难问题，宗教诞生了，诗歌诞生了，让一个破碎的生命面对一个完整的生命，这注定是宗教和诗歌永远的追求。龙彼德用他的诗歌回答了这一亘古难题，礼赞西绪弗斯知其不可为而为之的精神：“那块巨石又在山下唤他/周而复始的苦役何时结束？/昂起头颅接受命运的挑战/再一次使神祇的惩罚落空/坡度压迫重量/重量压迫责任/责任压迫荣誉/未到山顶，他已经成为胜者。”（《坐六·六欲》）

灵魂的飞升是艰难的，宗教的情怀博大深邃，而对于一位诗人来说，认识自我、担当苦难、拯救人类又是具体而微的，一个个鲜活生动的意象是必需的，真诚、充沛的情感也是必需的，唯其如此，由具象而心象而无象才有依托，才有可能找寻到通往“高贵”的灵魂之路。《蝉蜕》中，龙彼德以“蝉蜕”意象暗喻自己告别政治化“旧我”走向现代化“新我”的艰难过程，“空中肆虐着炎热/地下狼藉着陈皮/好不易脱出了躯壳/每一个自我都有一段历史/其中不乏眩目的色彩/与令人心醉的骚动/曾经引以自豪的形体/弃置不过旬日//诀别扭曲的经历/扔掉徒有的虚名/最好的作品总是下一个/他义无反顾地抛却自我”。挑战自我的决心之坚决、回归本体的心情之急切全部浓缩在诗行“最好的作品总是下一个”中。之后，龙彼德以他的诗

① 龙彼德：《关于〈坐六〉长诗系列答问》，《坐在一个“六”上——龙彼德〈坐六〉长诗系列及相关评论》，浙江文艺出版社2011年版，第364页。

《与鹰对视》《止水》《大裂谷》《坐六》《时间游戏》《无岸之舟》形象地展现了蝉蜕之后“新我”的风采。

《与鹰对视》是同名诗集中的一首短诗，很好地阐释了龙彼德的诗歌理念，对生命的追问，对自我的省视。“在睫毛的若干闪烁中/黄色深邃充满野性的眼珠/没有眨动一下/我看你是桀骜不驯的自然/你视我为不可捉摸的猎物？/箭头与箭头在空中撞响/你竟射入我的箭身/穿透我的灵魂/望到我身后的命运/望到不可知的渺远。”

写于1990年的《止水》凝视民族苦难，思考个体如何把生命沉思融入到民族的大关怀中，堪称是一首凄怆的民族浩歌。“抛下躯壳，抛下累累的重负／把有岸的束缚变成无岸的自由／啸傲狂歌成为新河。”如果没有对这块土地怀着永不反悔的恋情，没有把一己生命的沉思化作对人生哲理的参悟，没有对民族乃至人类精神的大关怀，《止水》不可能具有如此震撼力。

1992年发表的《大裂谷》以荒诞手法呈现世界的混乱无序、文明与愚昧搏杀留下的历史伤口，警诫人类善待自然，“烦恼即菩提”，“痛苦与幸福同驻一枚果核”，“挑战与机会共处一个瞬间”，拯救之途任重道远。“大裂谷”不仅是物理世界的伤口，也是人类文明与愚昧相互搏杀留下的历史伤口。叶芝在《诗歌的象征主义》中说：“除了感情的象征外，还有理智的象征。这种象征或者仅仅唤起观念，或者唤起与感情错综的观念。”①《大裂谷》中的象征就是这样的一种带有形而上色彩的理智的象征。

《坐六》写于1993年，五易其稿，1996年最终完成，堪称是一部呕心沥血之作。全诗围绕“六”展开，分“六合”“六识”“六欲”“六殛”“六美”“六度”六章，表现了诗人对宇宙世界特别是人类社会的多重思考。诗歌中的“我”是整个“人类”代名词，隐喻人类自身。“我”孑然立于宇宙之中，超越了地域、种族、信仰、文化、国度的界限，进入到一个自由自在的澄明世界，在时间链条上，“我”打通了过去、现在与未来的壁垒，带着中国人的生存经验，以世界的视野（“六合”）看取人类的处境，向存在敞开——认识你自己。

《时间游戏》是龙彼德进入新世纪写作的第二首长诗，延续了他诗歌的一贯主题——对苦难、存在、自由、救赎的追问和求索，只是

① 叶芝：《诗歌的象征主义》，见杨匡汉、刘福春编：《西方现代诗论》，花城出版社1988年版，第223页。

在此基础上更进一步，将笔触伸向无门可入的“时间”向度，以时间的不可抗拒和空间的无限延展来反衬人类生命的短暂。在人类与时间的无休无止的博弈中，时间通过对人类健康的剥夺显示其价值，而人类则通过自我实现来确认其意义。海德格尔曾说“贫困时代的诗人”是最早“达乎深渊”的人，“吟唱着去摸索远逝诸神之踪迹，因此诗人能在世界黑夜的时代里道说神圣”。龙彼德用他的诗歌回答了“诗人何为”这一古老而又常新的命题。作为人类的一员，我们每天都在时间中穿行，但却无法参透时间的命运。“时间是无门可入的/未入之前不见门在何处/进入之后门也并不存在/入时间不需要入门”。这是龙彼德在《时间游戏》中诠释的时间之门，这门“既是现代的，也是历史的；既是世界的，也是中国的”。

《无岸之舟》一诗是2012年为纪念杜甫诞辰一千二百周年而作的。诗歌以“有岸，却无法停靠”“有舟，但不知何往”这一“无岸之舟”意象作为客观对应物，借以抒发舟与水、国与民、史与诗的关系，通过与杜甫的对话，探讨了不同时代知识分子所遇到的相同问题。“三峡之下是荆襄/长江之下是湘湖/人情之下是冷暖/世态之下是利禄/乾坤之下是浮萍/皮肤之下是骨头/我最后的三年都在船上/无处安置，处处却都可以安置”，“唐宋元明清/都过去了/再强盛的朝代也有终结之时/临别赠言/一切，都稍纵即逝/唯一永恒的是/诗”。

在对以上六首诗的思想主题进行一番解读、评析之后，“关注点”很自然地就转移至龙彼德诗歌的审美艺术上，综合来看，他的诗歌具有以下四个主要特点：

首先，叙事性的增强。叙事性在深化诗歌思想的同时，也使诗歌获得了一种对现实发言的权利。民族的受难、自然的诅咒、人类的处境、灵魂的安适、存在的意义乃至时间之谜，都在龙彼德笔下化作各种意象体系，与现实对话，与历史对接。如写于2012年的组诗《伟大的拐点》，由《大寒之夜》《蚕室之果》《百日梦》《伟大的拐点》《报任安书》五首组成，实际上是五个富于诗意的“叙事链”，集中呈现了司马迁“受极刑而无愠色”“四十九岁就走到人生的拐点”的情境。其中，有独白：“身体已经亏缺 / 我的精神不能亏缺 / 失去了存在的空间 / 我要开辟另一个空间”；有矛盾：“他善于将三千年历史表现为 / 不能承受之轻 / 却不善于应对自己生命中的 / 不能承受之重”；有直抒：“嚼碎自己无法忍受的巨大的痛苦 / 体会到世人百态各种各样的痛苦”；还有梦幻、潜意识等，充分揭示了司马迁忍辱著《史记》的非凡痛苦与非凡价值。

其次，诗歌本体认识的加深。诗歌能够抒情，也能够叙事，但诗歌更需要综合，一种能融会叙事、反讽、书面语、口语、戏谑、悖论、张力等多种手法的综合。在《中国式现代诗》一书中，龙彼德曾说，现代诗歌应做到三点：“个性化与人类性的统一”“形而下与形而上的融合”“多方面与多手法的运用”，个性化、人类性、形而下、形而上、多方面、多手法……一句话曰“综合”。如由六首长诗组成的《坐六》系列就做到了这一点。主题上，民族、世界、人类、生命、艺术、自然、时间是一种综合；艺术上，中国经验、张力结构、反讽意识、互文性、叙事性、数象性又是一种综合。形式上，《大海兽》分六节，《大裂谷》分七章，合起来就是《止水》的十三节，《坐六》分六章，每章分六节，《听〈安魂曲〉的六个最佳地点》分六节，六个地方，取六六大顺之意，数字六、七、十三的多次出现既可以视为诗人写作时的一种下意识行为，又可以看作是东西文化的一种综合吸收。

再次，自由不拘的语言探索。作为语言中的语言，诗歌的语言自由十分重要，它不仅关系到意象体系的营构，而且关系到思想情感的传达。龙彼德说：“不管中国式现代诗有多少特征、多少诗法，所有这一切都得通过语言来实现。”① 近 20 多年，“我的做法是：克服惰性，增强活性；提炼有言，开掘无言；破坏旧序，创造新序”②。通过打破约定的定式，以反常语义的撞击和拓展，来获得语言的自由与意象的超越。如《坐六》“眼识”一节，“起于青萍之末的风/梳理并点清我的睫毛/将各色图像挨个展示无一遗漏/黄尘弥天的唐时驿站/孵化出洁净轻便的高速汽车”。运用象征、超现实主义、蒙太奇等表现手法，提高语言本身的审美价值，接通人类“眼光”。在龙彼德笔下，主客移位、时空交错、相克相生、非理性颠倒、暗示、重叠、张力、通感、用典等方法信手拈来，意象之奇崛、警句之美妙令读者叹为观止。“把有岸的束缚化作无岸的自由”“直线拒他于曲线之外/有形推他在无形之侧”“姓名是系在脚趾上的号牌 / 号牌丢了他把自己也丢了”“不是笼子寻鸟而是鸟寻笼子”“手指能够指出明月的所

---

① 龙彼德：《魔船・自序》，《魔船》，香港天成出版公司 1993 年版，第 2 页。

② 龙彼德：《与鹰对视・自序》，《与鹰对视》，浙江文艺出版社 1998 年版，第 3 页。

在／但手指却不是明月”……真可谓是妙语连珠。值得注意的是：在2013 年出版的诗集《无岸之舟》中，龙彼德的语言出现了返璞归真的趋向，更加注重朴实、自然、生活化，突出汉字象形、会意、多义的特征。如《想起一个人》写茶圣陆羽，“第一个用身体写作／将自己嵌入草与木之间／让我们认识了那个／色、香、味、形俱佳的汉字／茶”；《天中山抒情》将甲骨文的“中”字具象化，“旗杆上飘扬着旌旗／‘口’加在旌旗当间”；《钱塘潮的六个瞬间》中之夜潮，几乎是“水”部的汉字的变形与组合，“漂”“潮”“汐”“江”“海”是潮的涨落与变化，也是感情的涨落与变化，“日”与“夜”的对应，“镜”与“梦”的连接，虚实相生，欲辩忘言，将汉字之美发挥到极致。

最后，诗歌的跨文体写作。跨文体写作是 90 年代诗歌文本中出现的一种较为重要的倾向，它力图打破文体的界限，将其他文类的形式和诗歌的精神杂糅在一起，进而开辟一种新的写作可能性。它的出现源于诗人对写作探索的深入，一方面诗人力图用这种开放的形式使写作与时代较量，并继续向“存在”敞开。另一方面又使诗人能自由进入语词内部，在破碎的文本中达到对于生存的真正发现。《时间游戏》《伟大的拐点》《无岸之舟》中，龙彼德征引了大量史实，广泛调动艺术感觉，截取历史、科学、艺术三个叙事向度，集散文、诗歌于一体。项羽、司马迁、孔明、杜甫等人物纷至沓来，法军、德军先后均败溃于莫斯科，古汉语、外来语、禅语、科技术语、现代汉语错落有致，外加抒情、叙事的综合运用，合力把诗歌主旨推向极致——寻找存在的意义。

莫言曾说，“我认为有气味的小说是好的小说，有自己独特气味的小说是最好的小说”①。其实，不仅小说如此，一切文学作品皆然。在龙彼德的诗歌中，我们不仅领略了丰富的智性与神性之美，而且感受到了那一缕缕独特的“气味”。

三、诗论——“中国式现代诗”体系

龙彼德是诗人，也是诗评家。我国古人喜欢以禅解诗，以诗解诗，讲求神韵；今人评诗，追求西化，喜欢运用隐喻、象征、叙事、

① 莫言：《小说的气味》，春风文艺出版社 2003 年版，第 2 页。

跨文体、口语、还原等术语，在解剖刀和显微镜下，诗歌走向了祛魅化。龙彼德写诗、论诗则是“中国式”的，以中为主、中西合璧的诗艺，不仅诠释了诗歌精神——存在的敞开与澄明，而且彰显了大诗人应有的品格——自由、开放的视野与胸襟。

半个多世纪以来，龙彼德从来没有停止过思考，从写诗到论诗，从诗话到诗论，从微观到宏观，从中国到世界，他逐渐形成了一套诗歌理论体系。这体系的核心范畴就是1992年在作者的诗集《魔船·自序》中提出的“中国式现代诗”。其特征是：它是世界的，也是中国的；它是现代的，也是历史的；它是横植的，也是纵承的。其诗法是：以自我沟通人类，以个性表现共性，以封闭追求开放。其语言策略是：象征、暗示、张力、特殊语法、赋比兴的现代转换、在语义语感语境上的实验，后来在此基础上升华为克服惰性，增强活性；提炼有言，开掘无言；破坏旧序，创造新序。2000年又补充了必须进行的两项工作：现代主义的寻踪、中国古典的寻宗。

自新文学以来，传统与现代的吊诡一直伴随着新诗的发展，龙彼德对此有着自己的卓见，在《传统与现代》一文中，他说：“传统与现代是一个动态的过程，我们不能用一成不变的、僵化的眼光去对待”，“传统中有不变的因素，也有可变的因素。不变的是一个国家、一个民族的人文精神与审美本体；可变的是文学的内容与形式，如诗的题材、语言和格律，作家、诗人的使命就是要扬弃那些可变的因素，继承传承并进一步探索那些不变的因素”。“创新是连接传统与现代的桥梁。”① 中国式现代诗就是要在中外宽可全地球的横坐标、古今长达几千年的纵坐标所构成的立体交叉点上发展创造。

“中国式现代诗”理论体系的形成是一个水到渠成的过程。龙彼德至今已出版了14本诗集，其中的大部分不仅是理论孕育的经验基础，而且也以其深切的哲思和丰美的诗艺佐证了“中国式现代诗”理论的鲜活性和超越性。与此同时，龙彼德十分关注台湾现代诗和西方现代诗的历史与现状，先后出版了《洛夫评传》《一代诗魔洛夫》《痖弦评传》等五本专著，开辟了“台湾诗名篇鉴赏”“现代诗艺术揽胜”“散文诗艺术技巧”“散文诗名著选评”等多个专栏。不仅为他的理论提供了生动、多样的例证，也扩大了体系的框架，并进而充

① 龙彼德：《传统与现代》，《坐在一个“六”上——龙彼德〈坐六〉长诗系列及相关评论》，浙江文艺出版社2011年版，第323～324页。

实、丰富和升华了这一理论。正因为如此，龙彼德《中国式现代诗》一书于2000年在中国文联出版社出版，得到了许多诗人、诗论家的赞扬和肯定，已故诗人、评论家公木说：“‘中国式现代诗！’超民族价值，世界意义。于此，我投一票，鼓掌赞成。”诗人晓雪说：“龙彼德论从诗出，诗依论成”，“《中国式现代诗》是一本关于中国新诗总结与更新的系统思考的论著，对中国新诗在新世纪的发展和繁荣，无疑是有重要价值和积极意义的”。有学者指出，龙彼德的“中国式现代诗”理论具有五大特点：超越性的开放意识、持续不断的艺术探索、对东西方诗歌的创造性熔铸、与世界诗学的接轨和对人类意识的认同、极具张力的现代诗语言。一句话，龙彼德的诗学理论通过命名让诗出场、让存在显现。

行文至此，不由得想起意大利文艺复兴时期诗人塔索的话：“没有人配受创造者的称号，唯有上帝与诗人。”应当说，龙彼德的诗是创造者的吟唱，他的诗论是学者的思索。

［作者单位：上海师范大学人文学院］

灰娃诗中的空间意义解析

——以1966—1979年的创作为主

[韩] 李贞玉

灰娃是“出土”较晚的潜在写作诗人，在特殊的年代里，她把诗稿放在盒子里、埋在花盆底下，直到1989年出版第一本诗集《野土》，那些被湮没已久的“美的出口”[①]才得以重见天日。1997年，她的第二本诗集《山鬼故家》出版，屠岸对它的美学价值及其对新诗创作的意义评价道：“在中国新诗史上，灰娃的诗具有高度的独特性。在她的诗里见不到几十年来中国新诗的习惯语汇、习惯语法和常见的‘语调儿’。她是常规的突破。……它是心灵的一面镜子，极端的真率，极端的深挚，极端的勇锐；是一种新的个性化语言的爆破，是灵魂的冒险、灵魂遨游的记录。”[②]灰娃的“极端”表现反证奇异的时代和超常的生命质变，并以此引向了个人空间与时代语境的脱离和演变。灰娃诗中的人鬼二界正基于对现实历史语境的拒绝心理，呈现出本然的自我与严肃的现实相悖抵牾的二维精神时空。

一、“有声”中的“无声”

绿原在《母亲为儿子请罪》（1970）一诗中写道：“对不起，他错了，他糊涂到/在污泥的阴霾里幻想云彩和星星/更不懂得你们正需要/一个无光、无声、无色的混沌。”但灰娃在一个“无光、无声、无色的混沌”中构建了“有光、有声、有色的灵界”，将冷酷、虚妄的人间通过展开神秘、自由的鬼界想象衬托为万劫不复、苍凉凄惨的废墟景象。生与死、阴与阳的交差对比和交叠重影的艺术效果贯穿全诗。以此勾勒出了若隐若现、若即若离的二度空间，并影射了处在与理

---

① 张仃将灰娃写诗的过程称之为“美的出口”，参见李润霞：《星回于天——灰娃的诗研讨会综述》，《中国诗歌研究动态》第七辑，学苑出版社2010年版。

② 李兆忠：《“灰娃现象”的启示——〈山鬼故家〉研讨会纪要》，《诗探索》1997年第4期。

想背道而驰的残酷现实中，上下求索却无法自拔的无奈心境。人与鬼、静与动的意象构成富有张力的诗歌磁场，声音、颜色、触感等各种感官皆化为增强诗歌张力的直接来源，有力整合了弱中有强、强中有弱的审美因素，呈现出阳刚之美和阴柔之美完美结合的多维艺术空间。

首先，由童声和成人之声相互交织而唤回的童年记忆，赤裸裸地展现了自我意识的复原与放逐这一双重精神漫游轨迹。同时呈现出诗人灵动不羁、超凡脱俗的阳刚之气。稚嫩无邪的童声和浑厚深沉的成人之声浑然一体塑造了人界与幽境同存同亡的奇诡境界。如《童声》一诗中自我意识的复原与放逐跃然纸上，在时间维度上回到童年时代并再现苦难记忆的同时又将自己的灵魂放逐到空旷辽阔的幽境中自由翱翔，给人以阴森恐怖、飘逸洒脱的近乎两极的艺术感受。

妈妈在这/寂灭的静的圆心我/听自己的心碎裂//和你告别我们/唱着中国/手拉着手/后来就/满城娃娃脸/我们认成了弟兄//迷彩服快速移动/冲着我们像要/警告我们什么//来不及弄明白就/到达这寂灭的圆心/转眼已是小雪季节//旧背心单薄/弹孔密布/我的头颅我小小的心//一种叫做达姆的枪弹洞穿/你送棉衣的时候妈妈/记着带些纱布药棉//别忘了我的课本和歌页/妈妈听说我们那边许多事/都重新安排过//……

这首诗中自我意识的复原与放逐通过“动”与“静”的平行、重叠、混合、回环折射出两极对立的时空。“枪弹”与“寂灭的圆心”可视为进入“动”与“静”二度空间的引线，接二连三的恐怖画面和各种声音构成从“动”为“静”的时空突变。孩子与妈妈道别时的哭喊声、稚嫩的歌声、“迷彩服快速移动”的脚步声和连连枪声构筑起骚乱不安的“动”，而“我”在这呼天抢地、震耳欲聋的骚乱中却“来不及弄明白”就陷入了“寂灭的圆心”。顾名思义，“寂灭的圆心”蕴含着与“动”背道而驰的“静”，投射一切都戛然而止、悄然凝固的无声世界。尤其是“圆心”一词独具匠心，别有韵味，形象地影射出由外围的人群所形成的无形之墙将诗人封锁在那壁垒森严的“圆心”。围观的人群大大渲染一片叫嚷声，而被围攻于“圆心”的诗人逐渐失语、寂灭。这一“动”与“静”的强烈反差或为由“动”为“静”的突转复原了人界不堪回首的往事，并将自我放逐到“冥界”的切入口，冲破了堵在心扉的灵魂之坝。从孤立无援、四面楚歌的绝境跳跃到另一重天的精神历险和回归童年的超越性意向①，作为另一种形式的精神决堤建构了阴阳两界上下结构的灵魂世界。自由翱翔于地上和地下、人界与鬼界的亡灵作为衔接并弥合二维对立世界的媒介，使矛盾重重、错综复杂的内心感受借助于近乎灵魂漫游似的意识流动得以升华为一个民族或集体甚至是人类的心声。

其次，浑厚凝重的诗歌力度借助于跌宕起伏的听觉联想铸造了繁音交汇、万物复苏的空灵意境，而诗中经常出现的钟声、琴声、箫声、歌声、风声等音乐因素所诉诸的招魂旋律浸染了悲壮旷远的诗美。随风而起的各种音乐声或以轻盈灵动的呼唤，或以低沉壮丽的倾诉，承担了苏醒灵魂的有力媒介，顺着诗人内心的波荡起伏对人类灵魂的迷失和扭曲“以哭泣呻吟押韵和歌”，吐露了对灵魂的忏悔、理想与现实的巨大落差给心灵投下的重重阴影。不管是“忧郁的萨克斯风”还是“悠长的琴弦”皆化为招魂的音符，触动内心深处黯然神伤、默默不语的灵魂。

> 听这音乐缓缓滚涌/……//……清风扬起琴声里/我俯瞰下界血色背景/一排排刑具依然挂在墙上/看看我这伤痕密麻的心吧
>
> 《我额头青枝绿叶》(1974)

悠远而雄浑的音乐拉响了招魂的奏曲，随之进行对自我的反照。尽管那是一片血色的苦难镜像，还依然坚持反复反照。这一精神写照如双面镜，一面影射超验的精神解脱，一面折射出不断反刍内心创伤的脆弱心灵。与其说这是听觉上细微的风吹草动触动沉默不语的灵魂，不如说一颗甘愿承受由自觉性敏感所带来的痛苦和折磨的赤子之心谱写了的心灵交响曲。不同的内心感受表现为音色各异的乐声，但不管是悠远庄严的钟声、哀婉忧郁的琴声、富有弹性和活力的长笛声，还是坚实明亮的圆号声，都以波澜壮阔的变奏过渡到似断似连的灵魂独白。心灵的旋律犹如天籁之音将沉沦的灵魂导向希望的国度——九重天，从此个人的生命体验提升为悲天悯人的终极关怀。诗歌中灵魂之乐自然承担了“挪亚方舟”的救赎功能。因为“拿自己的灵魂换取一管魔笛/用自己心琴弹奏”(《带电的孩子》)，进而赋予了各种乐器某种

① 童庆炳：《现代心理美学》，中国社会科学出版社1993年版，第201页。

通向纯粹精神性世界的魔力。招魂的力度又体现在《路》(1972)一诗中感叹词“哦”的反复使用，微弱的感叹调旋律反衬声嘶力竭的招魂轨迹，一言难尽，剪不断、理还乱的复杂心境得到强化。

哦时间的重量
……
哦默默不语的灵魂
……
哦混沌无识的灵魂
……
哦觉醒的灵魂
……
哦天真烂漫的灵魂
……
哦热泪滔滔的灵魂
……
哦梦魇困绕的灵魂
……
哦初醒的灵魂
……

对灵魂执着的召唤和随之浮现的苦难记忆勾勒出勇于自我内视的精神特质，并影射了无法安顿灵魂的“苦恼状态”①。这种飘忽不定的精神漫游构成了生命之“弱”，但诗人恰恰将心中的“弱”寄托在“哦”这一“强势词语”② 中，完成了由弱变强的精神蜕变。最终“我被这音乐光亮救起”，抵达明亮欢快的另一重天。可见，听觉上的感官感受随着时弱时强的内在旋律复现痛苦记忆的同时也完成了精神上的自我救赎。

---

① 苦恼状态：自我意识有另一个自我意识和它对立，它走到它自身之外。但这毕竟只是自我意识的分裂，是其苦恼状态。参见黑格尔：《精神现象学》，王诚译，中国社会科学出版社2007年版，第122~123页。

② 强势词语：指用来增强表现力的词语手段。能够赋予言语以强烈的感情色彩，增强被修辞语的语义。参见赵蓉晖：《语言与性别》，上海外国语教育出版社2003年版，第160页。

二、奇诡的感官世界

这种自我救赎意义上的精神放逐，通过触觉和视觉上的感官作用达到了与听觉上的感官感受殊途同归的审美效果。诗人将恐惧、不解、愤怒、绝望、悲凉等种种情绪转化为触觉意象——“额上的冰凌”①，使那些恐怖阴森、不寒而栗的思绪和幻影近在眼前，内心感受亦转化为可感可触的事实。“我们的额/一串冰凌吻过”（《穿过废墟穿过深渊（1977）》），然而“……远处一抹光/拂去了我额上的冰凌……”（《我额头青枝绿叶（1974）》）。诗人经历了借着不可抗拒的神秘力量溶化“冰凌”的内在精神决堤。由此，“亿万年的缄默哀恸”溶化为缠缠绵绵、细水长流的生命之溪，亦回旋在心中不断地召唤沉默多年的灵魂，打破冰封的心扉一一道出“我人性的委屈”（《山谷啊山谷》）。这一坚韧而悲壮、幽怨而强烈、淳朴而深邃的内心独白增强了“凌灾泛滥”般的悲剧感，而红、蓝、紫的视觉冲击也加重了其悲剧意识，“淌血的额角”“下界血色背景”等以红为代表的血腥惨状，“紫泪”“紫堇”“紫地丁”等紫色所铺垫的神秘感和“冰蓝”“晶蓝”“蓝黑”等无望忧郁的感情色彩互融互渗浸染了浓重的悲剧感。诗中有关“蓝”的意象颇多，“寂静中的风暴”其底色也是蓝的，渲染出一种“幽冥的忧郁”。鲜明强烈的色彩意象正是诗人的内心写照，以瑰异神秘的色彩为底色将时代的创伤和个人的沉郁融为富有立体感的彩色世界。诗中颜色变奏也值得关注，比如与蓝色有关的变奏，青色、铜色、银色等颜色的运用是形式上的“寂静中的风暴”。

“灰娃诗歌在忧郁、丰满当中也有雄壮、野性的力量。”② 然而这种凄美惨淡的视觉感受通过味觉表现为：“……还/有些苦//涩/一丝薄荷/味道。”（《穿过废墟穿过深渊》）根据高尔顿（F. Galton）的研究表明，意象不仅仅是视觉上的，不仅有味觉的和嗅觉的意象，而且还有动态意象和静态意象。③ 然而灰娃诗中由不同感官所营造的视觉、听觉、触觉、味觉等意象空间并不是独立单一的分散式结构，而

① 诗人曾谈到“恐惧、不解、愤怒、绝望、悲凉等种种情绪如同凌汛壅塞心头。凌灾泛滥涌出心的堤岸”。参见灰娃：《记忆敲响那命运的铜环——访灰娃》，《灰娃的诗》，作家出版社2009年版，第234页。

② 唐晓渡语，见李润霞《星回于天——灰娃的诗研讨会综述》，《中国诗歌研究动态》第7辑。

③ 雷·韦勒克、奥·沃伦：《文学理论》，刘象愚等译，江苏教育出版社2009年版，第211页。

是通过“联觉意象”① 将各色各样的感官感受凝聚成为“人鬼二界”的上下结构来反复游吟内心感受。如，“但听/远梦回响/浪花溅泼/沉淀了一味咸涩”（《路》）、“钟声传送紫色清晓”（《静夜的旋律》）等听觉转化为味觉或视觉的联觉意象丰富了诗歌韵味，并由此从平视上升到灵视的艺术高度，呈现了在鬼界俯瞰人界的反观镜像。

三、上下结构——由阳转阴的意象置换

从孤立无援、四面楚歌的绝境跳跃到另一重天的精神历险和回归童年的“超越性意向”②，作为另一种形式的精神决堤建构了阴阳两界上下结构的灵魂世界。自由翱翔于地上与地下、人界与鬼界的亡灵作为衔接并弥合二维对立世界的媒介，使矛盾重重、错综复杂的内心感受借助于近乎灵魂漫游似的意识流动得以升华为一个民族或集体甚至是人类的心声。

地上，为梦想缠绕又被抛却
地下，我们的喟叹透过泥土
摇撼歪扭的宇宙

《路》（1972）

这一上下结构一方面影射诗人经历延安与北京的两地生活之后所遭受的心灵创伤，另一方面投射超越平视以灵视（vision）的目光俯瞰下界的精神升华。对诗人而言，延安与北京的关系如大家庭与大社会的关系一般。因为人际关系单纯、透明、友爱、无私的延安印象给诗人留下了美好的童年记忆，相对而言，被卷入政治风波的北京带给诗人的是一种损人利己、不善、算计、势利的反面印象。③ 从而诗人的童年记忆伴随人生的不同阶段成为反观现实、衡量真善美的准绳，也作为一种自我观照的镜像显现了招魂的力度、广度和深度。诗中植

---

① 联觉意象：把一种感觉转换成另一种感觉，例如把声音转换成颜色。参见雷·韦勒克、奥·沃伦：《文学理论》，第210页。

② 童庆炳：《现代心理美学》，中国社会科学出版社1993年版，第201页。

③ 灰娃：《记忆敲响那命运的铜环——访灰娃》，《灰娃的诗》，第234页。

根于现实而超越现实的“具体共相”（concreteuniversal）[1] 正是将心灵镜像从平视提升为灵视的中心意象。如“桂树”意象既是存在的又是隐喻的，它承载着美好的童年回忆，但同时也升华为一个民族受难的象征。通过人与鬼的“额上”截然不同的鲜明意象，表达了人界远远不如鬼界的绝望与嘲讽，颠覆了人的愿望彻底被否定的世界。如人的额上戴的是“青青的桂树”（《墓铭》），而在鬼界亡灵们戴的是“太阳和海浪的光环”（《童声》），由此拉开了人鬼两界对立对照的诡异序幕，一反幽魂、亡灵等鬼怪意象所蕴含的梦魇、痛苦、迷惘、愚昧等普遍性指向不定性、无常性的高度审视生命的脆弱性和敏感性。所以尽管“我额上青枝绿叶/谁给戴的/谁的手给我套上/这身麻缕长袍”（《我额头青枝绿叶》），并在《路》一诗中将桂树直接命名为“荆棘之冠”，但鬼界与“超越耶和华背负十字架”的人界相比充满了一股使人作为主体重新获得本然的内在性和超越性的魔力[2]，进而即使是站在脚下的一方土地也能够超越人世的一切禁锢、脱离现实的影子将灵魂提升为俯瞰人世的高度上来。这既是一种内在的升华过程，也是一种突破心如阴间的无望现实，寻觅探求另一重阳世的内心挣扎。哀而不伤、乐而不淫的艺术境界也正是在浮游穿梭于人鬼两界的神秘张力中相得益彰，而摆脱阳世寻求与阴间重合的灵魂漫游完成了由阳转阴的意象置换。

诗人自称，在民间灵魂即鬼，而灵魂是“思维的，比活着的生命思想更高。它的喜怒哀乐一定特别揪心，它的感情一定很尖锐、很深刻”[3]。可见诗中的阴间不是虚幻假象的臆造世界，而是纯粹精神性的乌托邦。她如身体被绑在人间遭受神鹰折磨的普罗米修斯（Prometheus），尽管脚下是“叫人心放不下的故土”，但灵魂仍然翱翔于上空永无止境、永不停歇地寻找自我救赎之路。上下求索的雄伟浑厚之气和超然空灵之美堪称是“北方的《离骚》和《九歌》”[4]。而阴阳两界意象的置换凸显了亡灵这一主体意象，不仅将濒临毁灭的灵魂从“人间”解放出来，并通过精神上的决堤冲破了四面围墙的生存时空，使诗人畅游于纯属精神性的生命纬度中。

---

① 诺思罗普·弗莱：《批评的剖析》，陈慧、袁宪军、吴伟忍译，百花文艺出版社 1998 年版，第 159 页。

② 波伏娃认为所有的生存都既是内在的，也是超越的，但女人作为他者和客体几乎完全失去了本然的“超越性”。参见西蒙娜·德·波伏娃：《第二性》，陶铁柱译，中国书籍出版社 1998 年版，第 293 页。

③ 灰娃：《记忆敲响那命运的铜环——访灰娃》，《灰娃的诗》，第 227 页。

④ 李兆忠：《〈山鬼故家〉的独特风光》，《当代作家评论》1998 年第 6 期。

如果说鬼界是脱离现实的一种空间上的象征性置换，那么贯穿始终的思维性灵视可视为一种时间上的自我解脱。虽然那是纯属精神性的时间，因而是非存在的，但她将非存在的灵性时空建立在不在场的阴间里，正暗合了人鬼两界。在这时空交错重叠的人鬼二度空间里酝酿并同构了刚柔并济的诗美。哀婉忧伤、欲言又止的灵魂叩问笼罩黑暗凄惨的历史画面，将刚毅、坚韧、不屈的精神融合于阴柔、幽静、婉约的内心独白，给全诗注入了强有力的民族魂。受苦受难的时代变奏铺垫了宏伟悲壮的基调，与淡雅、哀伤、质朴的内心节奏浑然一体谱写了多重声部的灵魂交响曲。而亡灵作为贯彻阴阳两界的主体意象不但蕴含着对自我的凝视，还结合各种感官的细腻感受给全诗赋予了更为丰富多维的生命体验。在《墓铭》（1973）一诗中，诗人这样发誓："走入黄泉定以热血祭奠如火的亡魂/来生我只跟鬼怪结缘。"以此涵盖了向往纯属精神性世界的希冀。在此，诗人将对灵魂的倾注和渴望借助于各种感官的紧密结合，凝聚到可感可触的精神向度上，展开了阳刚之美和阴柔之美的同构同化。

综观灰娃的诗歌，"没有一般女性诗人的心态和情调。阳刚之气和阴柔之气并存，而以前者为主。从根本意义上说，仍是'这一个'女性的阳刚。北方的雄奇与南方的缠绵并存，以前者为主。这种雄奇又植根于'这一个'女性的执着与坚韧中"①。而且"大地"和"阴间"意象群的相对立、对照突出尘世与冥界的上下结构。在寂静中若隐若现，亡灵们自由穿梭于时空，浑厚壮丽的天籁之音时弱时强，静与动、人与鬼的二维空间恰如其分地交叠重影，完成了一部余音萦绕、震人心魄的交响曲，充分体现了弱中有强、强中有弱的阳刚诗风。

从"人界"被放逐到"鬼界"的悲剧性主体意识亦构成一个可贵精神的隐喻，暗示尘世的一切悲惨、破碎、无意义，从而"寓言"式地影射出从废墟或死亡中升起的生命救赎。诗中弥漫的无望心理和死亡意识凸显着灰娃对黑夜的沉迷，隐含着大胆的叛逆情调，形成了话语体系上的颠覆性力量。迥异于主流话语体系所推崇的光明意象，诗中营造了有星光月华、银河灿烂的黑夜意境。由此，反衬出时代如黯淡漆黑的白天景象，奇异神秘的黑夜作为灵魂的栖息，展现了现实处境的无望状态。

［作者单位：南开大学文学院］

---

① 屠岸：《灰娃的诗·序》，见《灰娃的诗》，第1页。

诗论家研究

新诗研究及其批评的伦理

——论罗振亚新诗批评与研究

刘　波

如今，逐渐被娱乐化的诗歌界经常会有闹剧出现，诗歌不断地遭到误解，而诗歌批评的位置此时或许比诗歌本身还让人迷惑。许多人远离了诗歌，更多的人远离了诗歌批评和研究，综合起来考量，从事诗歌批评与研究应该是当下较为尴尬的文学行为了。即便如此，出于对诗歌这种语言精华艺术的热爱，仍然有一些执着的人在默默地从事着诗歌批评与研究工作，罗振亚先生就是这些人当中非常虔诚与执着的一位学者型批评家。罗振亚的新诗批评在靠良好的艺术直觉的同时，也充分运用了适合中国现当代新诗的诗学理论，这两者的有效结合打破了中国传统的感悟式批评与一味求新求变的西方理论批评的单一格局，为中国新诗批评带来了一股清新的活力，同时也创造了一种多元化书写的批评伦理。

有关诗歌批评的语言、情感与逻辑

墨西哥诗人奥克塔维奥·帕斯曾经这样说道，批评具有一种创造的功能，它能在个别的作品中创造出一种文学，这种文学也可以是一种见地或者说一种秩序。而文学批评作为一种创造性的活动，它是文学写作的一种方式，而且它本身也应该是一种文学创造。批评要为作品创造一个“智力的空间”，这样一个空间能够“使作品得以延伸或与作品发出抵触的回声”①。帕斯非常准确地道出了文学批评所应该承担的功能：文学批评不仅仅是简单的评判，而是一种对于作品或对象的重新发挥与再创造，通过解读与阐释来还原作品中最值得我们思索与回味的景观，或者说让作品闪现出它本质性的光芒。

---

① ［墨西哥］奥克塔维奥·帕斯：《论批评》，《帕斯选集》（下卷），赵振江等译，作家出版社2006年版，第168—169页。

从某种角度来看，批评就是一种发觉内心的写作。帕斯曾经说过，发现即是一种创造。而批评家吴亮也曾说过，批评是个性、创造、民主和自治的代名词。文学批评只是批评精神在文学中的体现。[①] 诗歌批评写作其实就是一种发现，这种发现是对于诗人与诗歌的真实解读，它不需要我们迫不及待地去下结论，做武断的评判，它只需要我们与那些带着诗人体温的分行文字进行平等的对话与沟通，这本身就是在进行审美体验，在进行文学创造。

罗振亚的诗歌批评恰恰是契合了这种"对话与沟通"的"文学创造"，其批评有强烈的抒情气质与理性精神，他常常能以朴实的短章，充分捕捉到诗歌本身所潜藏的内蕴与独特的艺术价值。诗歌批评一个重要的功能就是让诗歌获得一种现实关怀的使命，这个使命一旦取消了艺术探索和审美意识，其解读就失去了力度与深度，而罗振亚至少在这一点上是非常警惕的。他对于各种诗歌流派的论述与单篇作品的解读都力图准确、客观，而又不失自然的风度，而怀疑与批判的精神始终贯穿其中。

罗振亚的诗歌批评非常讲求诗意语感，为此他的情感与理性有机地融合在一起，共同切入诗歌的内部肌理。审美的洞察力随着批评家对诗歌文本的多方面理解而呈现，从细部入手进行解读，直指诗歌的内在本质，这是批评家体验艺术美的一种重要方式。英国哲学家柯林武德对此表述得非常清楚："就具体的真实情形而言，审美体验是对艺术作品的创造或者理解。"[②] 创造是批评家对于文本的再发挥，而理解则包含了更多体验与感悟的成分。

从事诗歌批评的人，应该首先是尊重语言，而不是忽视它。诗歌批评家不仅需要判断的勇气，还需要精彩的表达。这种表达并不是无端的语言暴力，也不是没有原则的捧杀或拒绝，而是一种温情的抚摸，一种对于诗歌语言的热情选择。不管是于坚提出的"拒绝隐喻"，还是韩东提出的"诗到语言为止"，到近来杨黎提出的"废话诗歌理论"，其最终的着眼点都落在了语言上。既然诗歌是一种纯粹语言的艺术，那么诗歌批评也要从语言入手，再由语言延伸到其他功能上。诗歌批评家不仅需要关注诗歌的语言，而且也要对自己的诗歌批评语

① 吴亮：《我为什么成为一个批评家》，《独行者说》，浙江文艺出版社1996年版，第117页。

② [英] R. G. 柯林武德：《精神镜像：或知识地图》，赵志义、朱宁嘉译，广西师范大学出版社2006年版，第54页。

言进行打磨与提炼，这是一个优秀的诗歌批评家所不得不遵循的规则。而在罗振亚看来，诗歌批评的语言也应该是具有一种特殊风骨的，那种融合了批评家自身情感的文字需要不断地下沉，而不是无限度地“上升”至空洞和虚无。所以，罗振亚的诗歌批评在注重严谨的理性推演的同时，也注重语言文字的节奏感与画面美，他将语言重新纳入新诗批评的重要范畴，同文学创作不一样的是，语言问题往往被批评家所忽略。然而，不尊重语言的批评在某种程度上是无效的（这种尊重不仅有对批评对象的尊重，还有对自己批评语言的尊重）。

为什么罗振亚能够在语言与思想之间为诗歌批评重建一种大气的精神维度？因为他首先就尊重了诗歌的文学性与艺术性特点，而这一特点就体现在诗歌的语言上。所以罗振亚讲究批评的情感与逻辑的有机融合，他用思想的力量将二者联结，只有这样才能让他在批评的视野、精神和深度上更为自由开阔，同时也更为真挚与富有思想性。这些批评特点的形成不是凭空捏造，也非空穴来风，而都是基于批评家富于灵气的感悟能力和广博的阅读积累，他不仅阅读大量的诗歌作品与批评文本，而且也阅读大量的诗学理论著作，这几方面的阅读为他的诗歌批评提供了最丰富的情感与理论准备。

大量的阅读为罗振亚的诗歌批评提供了一种熟悉文本的优势，他在进行诗歌批评时肯定也是要从艺术直觉和生活本身出发，最后回归到诗歌的艺术性及其延伸出的现实性上，这其中还暗含着语言的及物性。有过诗歌创作经验的罗振亚对自己的批评语言保持自信的同时，也在质疑与建设的批评方法上迎接挑战。

当下很多批评家只是一味地追求批评的破坏性，而完全忽略了批评的建设性，否定一件事情是简单的，而在否定的同时提出建设性的意见并非易事。然而，只有如此才能算是一个优秀的批评家所必备的素质，罗振亚所力图做到的就是在质疑的同时，进行批评创新。由于多年学院批评的经历，这造就了他在诗学理论上的突出优势，他及时掌握当下最先锋的诗歌文本与潮流，以便于能及时而科学地总结当下诗歌内在的自由价值。

作为一个诗人批评家，罗振亚并不像其他很多人一样沉湎于理论的空洞与贫乏中。理论的深入有时候会代表着一种批评的专业化，但这种专业化并不是无效的理论表达。在此，笔者还是想重复米歇尔·福柯对于批评的期待：“我忍不住梦想一种批评，这种批评不会努力去评判，而是给一部作品、一本书、一个句子、一种思想带来生命；它把火点燃，观察青草的生长，聆听风的声音，在微风中接住海面的泡沫，再把它揉碎。它增加存在的符号，而不是去评判；它召唤这些存在的符号，把它们从沉睡中唤醒。也许有时候它也把它们创造出来——那样会更好。下判决的那种批评令我昏昏欲睡。我喜欢批评能够迸发出想象的火花。它应该是穿着红袍的君主。它应该挟着风暴和闪电。"① 所以说，批评不仅仅是评判的武器，它既不是诗歌的附庸，也不是诗歌的代言工具，而是一种与之平等的对话性书写。这种对话性书写包含了很多的批评方法，它们需要批评家去不断地实践。然而，很多当代诗歌批评家不屑于做个案分析与文本细读，这样一些最基本的诗歌批评方式都被抛弃了。自己的批评风格还未及形成，就已经纷纷转向了诗学研究，这样的纵深探险貌似时尚前卫，而内里所隐藏着的批评的虚弱与毫无力度是显而易见的。远离了朴实而单纯的文本细读与精神剖析，将一些简单而缺乏艺术特点与现实关怀的诗歌生硬地推到了哲学的高度，这种万金油式的批评方式同样受到了罗振亚的质疑与警惕。他深知那些分行文字中所存在的诗意，需要用心去体悟。

罗振亚能真正地沉浸到诗性书写的气氛中，同时也能深入到诗人的内心，去体验诗歌语言与情感所凝聚成的那种诗意的境界。其实，这一点就是诗歌批评专业化的准确体现。然而，批评的专业化并不是对理论的复杂推演，更不是不求甚解地用高深的理论来套解诗歌文本，这些都完全误解了诗歌批评的专业化。其实，简单地说，批评的专业化就在于将诗歌的解读或阐释以专业的方式进入，而用通俗的表达，以公共的方式出来，以便于让更多的读者从诗歌所谓的"晦涩难懂"中走出来，以创造一种和谐而率真的自由体验境界。罗振亚对于诗歌批评的专业化还体现在他对于中国当代诗歌先锋精神的挖掘和实践上，虽然他很少再进行诗歌创作，但他对于当代诗歌的解析同样也是一种创造，这种创造就是一种理性的、专业性的审美体验。基于此，罗振亚在自己"破中有立"的批评实践中为中国诗歌批评的现实创造了一种独特而又鲜明的话语伦理。

① 转引自谢有顺《〈话语的德行〉后记：梦想一种批评》，《话语的德行》，海南出版社2002年版，第288页。

感悟与理性的契合之道

在笔者看来，对于诗歌的解读与批评更多的是出于对文本的独特领悟。感悟的敏锐性与解读的准确性，还有那种特殊的暧昧性，这三点的统一更符合诗歌这种文体的内部肌理特征。因为诗歌总是语言与情感的有机融合体。罗振亚对于诗歌有着良好的艺术直觉，这是一个优秀的诗歌批评家所必须具备的素质，他以心灵感悟与学理批评相结合的方式打开了中国新诗的神秘之门。

罗振亚首先是一个抒情诗人，他的诗集《挥手浪漫》对诗的那种虔诚是纯粹的，那源自他内心中对于诗魂的敬畏。在罗振亚的诗歌批评文字中，我们处处可见那种流畅而感性的诗意，那种带着丰富想象力的形象描述，以及他对于诗歌的那种从声音、画面乃至内涵的深切把握。具有诗人气质的批评家最为注重捕捉诗歌中隐藏着的缪斯之魂，其价值美学也是从他的批评对象所获得。比如他在论到中国现代主义诗潮时，就用了“孱弱而奇崛的生命水”这样富有诗意的标题；而他凝视中国现代乡土诗中用了“扯不断的血脉”，论述中国现代爱情诗时用的是“燃烧的圣火”，这些抒情意象的美学运用为他的诗歌批评和诗学研究带来了诗意的面貌。

罗振亚在重视诗歌文本感性与率性的一面时，也注意从诗人的个人风格与诗歌潮流的走向上来关注中国现当代诗歌发展的命题。他不仅从大量的诗歌文本中抽取细节的特征，也从诗人的气质中获得某些诗歌所应具有的情感特征。所以，罗振亚感性的诗歌批评是热情而富有个性的，他没有停留在理论界人云亦云的庸常批评理念上，也没有像一些理论家那样离开文本去空谈诗学理论，他是将自己最为真实的感受以一种专业的方式进入、以公共的方式表达出来。我们在欣赏他的批评文字的时候，经常能够与他极富文化意蕴的诗性进行近距离的对话，没有隔膜，会让人产生更多的共鸣，尤其对于不断阅读诗歌文本的批评家或诗人来说更是如此。

罗振亚是非常注重想象在批评中的作用的，任凭缪斯的翅膀飞向诗歌的内部视域，所以他的感性认知是富有质感的。他有时候不仅仅是在体验诗歌，而是在体验着生活与神秘的世界，并寻求一种美的无限。这种美感并不是生硬的，而是柔软的，有时甚至是两者的有机融合，这恰恰为其诗歌批评的经验进行了中和，并且带上了鲜明的现代意识。然而，柔软与生硬在诗歌这里并不是处于二元对立状态的两种精神，同样，在诗歌批评上也不是对立的。所以说，好的诗歌批评是需要多种力量介入的，灵感、活力、热情、想象与理性、智慧、伦理、语言的参与都能为批评提供诗意的援助。

有了感悟式批评的基石，理论的参与并没有让罗振亚的诗歌批评与读者之间产生隔膜感，相反，学理性文字的渗透为他的诗歌批评注入了一种雄辩而又不失理论气质的深刻。所以，我们在罗振亚的诗歌批评文字中能真正领略到一种让人不断产生共鸣的准确性。因此，在笔者看来，罗振亚是以自己广阔的诗学视野去辐射其他的精神存在。他回顾了中国现代诗歌的审美特性与心灵立场，同时也揭示了暗藏于中国当代诗歌内部的尴尬与困境，最后提出一种反省意识，这种批评的独立性与探索意识是非常强劲的，它直指中国新诗近百年发展的隐性格局与精神局限。

“无论是放纵还是孤独，都是‘第三代’诗的普遍精神风貌，都以生命本位的野性冲动，彻底揭去了人类头上那层虚伪的掩饰，暴露出本质的面目来，猥琐、零碎。”① 这是罗振亚对“第三代”诗歌的一个整体性的评价，他不仅把握住了第三代诗人摆脱了国家主义与政治意识形态的束缚，讲求个体生命意识的人性回归，而且也透露出了对“第三代”诗歌走极端形而下路线的忧虑与深思。

政治意识形态的批评如今在主流文学批评界显得依然强大，历史为这样的批评提供了机遇，同时也提供了理论主张。细节分析与整体把握的相互促成，为新诗批评的道路提供了存在的依据。深邃而有活力的诗歌批评是理性与非理性的思维能力有效融合的结果，所以，罗振亚在面对当代新诗批评时，义无反顾地打破了许多陈腐的价值判断与美学规则，而从大的格局与诗学背景出发，在异域与传统之间寻找能够阐释中国现当代新诗的突破口，并将中国现当代诗歌置入一定的历史语境中进行细节的钩沉，让诗歌呈现出终极意义与价值的同时，更注重自己诗歌批评的原创性与风格化。

诗歌这种文体或许天生就具有一种先锋的精神，而罗振亚在诗歌批评的先锋性上也是自由而丰富的，在这点上主要有两层意思，其一是他批评精神上的激情想象力与广阔包容性，其二就是在批评实践上

① 罗振亚：《朦胧诗后先锋诗歌研究》，中国社会科学出版社2005年版，第49页。

的深入剖析与多元化解读，这两点是罗振亚诗歌批评具有说服力的重要依据。

当年的诗歌大师们对于现代派诗歌的朦胧美提出自己的疑义时，罗振亚站在公允的立场上为诗歌的“朦胧美”做了令人信服的辩护：“诗在某种程度上说就是贵族化的产物，具有不可完全解读性（能够完全解读的不是诗而是散文），诗之妙正在于似与不似，可解与不可解之间，这是诗独立享有的权利；诗应该维护自己的先锋前卫性。‘老妪能解’并不是什么值得效仿的理想境界；当然，在需要诗化为匕首投枪的动乱时代，仍一味朦胧那就无异于自设迷津了。”① 罗振亚从不回避那些尖锐甚至是难以解答的问题，而是以直面疑难的方式理性地进行评判与解析，并尽量得出让人信服的公允结论。因为他知道，一旦回避了问题，更多的问题与困惑就会接踵而至，并最终成为促使当代诗歌前行的障碍。

对于十七年时期的诗歌，有很多批评家与诗歌研究者都难以客观地把握与评价，因为这一段特殊历史时期的文学带有太多的政治意识形式的痕迹，很难去清晰地认识诗人以及挖掘他们的诗作中所暗含着的现实意义与艺术价值。然而，罗振亚通过对十七年诗歌的不断解读与抽样，不断地反思与探寻，因此他的论述相对来说是中肯的：“十七年诗歌当隶属于现实主义艺术范畴。如果将它置于其发生的历史环境下考察就会发现，它的许多篇章都出于诗人的心灵和对生活的热爱，反映着现实的某些本质，有真诚的一面。可是时过境迁后人们再回头检视，就会感到它是建立在十七年运动频繁、是非交错的历史基础之上的文化现象，所以带着一种复杂的色彩；尤其是随着左倾权力话语和拒外心理的日趋膨胀，它出现了严重的非诗化、非艺术化畸变。”② 批评家将十七年时期的诗歌置于一种大的时代背景下进行解读，这是批评视野开阔后的充分展现，诗歌的社会性在此要比它们所具的文学性与艺术性更为突出。因为十七年时期是一个政治至上的年代，文学为政治服务的功能依然如火如荼地持续着，而且还没有达到它后来的高峰。批评家把握住了十七年诗歌的这一最为重要，也是最为核心的特征，进行了精到的分析，同时也给予了反思。最后，批评

① 罗振亚：《中国现代主义诗歌史论》，社会科学文献出版社 2002 年版，第 101 页。

② 罗振亚：《是非对立二元的共在：十七年诗歌反思》，《中国新诗的历史与文化透视》，黑龙江教育出版社 2002 年版，第 186 页。

家得出了这样的结论：“十七年诗歌是解放区文学传统流脉的当代延伸，它的风格资源虽然呈多元态势，百花齐放；但时代崇尚的情绪流行色影响，和大家向带有革命味道、同绵软调式截然对立的‘阳刚’趋拢。使其仍以崇高刚健为主旋律，这一点在大跃进后尤为明显；贺敬之、郭小川等人的一些诗境界宏阔，运思深邃；《将军三部曲》《复仇的火焰》等诗流送着阳刚之气；大海、高山、天空、太阳等被膜拜意象的频繁闪回，强化了诗的力之美，体现了蓬勃奔突的东方‘日神’精神。”① 这一结论体现了一种评判上的公允，他以批判的眼光卸载了十七年诗歌所承载着的历史包袱，同时又从历史的角度考察了十七年诗歌所存在的现实背景与特殊语境，还从整体上挖掘了十七年诗歌的终极价值和所蕴含的独特意义。

罗振亚的学理性批评与感悟式批评的有效结合，为其新诗批评与研究贯穿了一种可贵的品质，即透过诗歌文本，深入诗人们的内心，并在更高的精神层面上与诗人们保持着灵魂的对话。所以，罗振亚的这种诗歌批评方式从更深的层面上来看，在富有趣味性与学术性的同时，也不失锐利的批判性，更有着对于当下诗歌写作难度降低的警醒与反思。

史论结合：一种活力批评的策略

大多数的文学史家都以时序发展为经，作家作品为纬，对文学的发展历程进行梳理、阐释和总结，这也是历来中国文学史家的一个传统。基于罗振亚对于中国现当代新诗从文本到风格，从个体诗人到风格流派的熟悉程度，他的诗歌批评与研究从某种程度上来说也遵循了这一传统的路数。但是他在这一基础上进行不断地开拓和创新，而不仅仅是在书写现当代诗歌史，更在以写史的方式对现当代诗歌进行全面论述，所以说史论结合是他从事诗歌批评与研究最经典的方式，也是他在新诗批评上所达到的一种自由表达的境界体现。

在《中国现代主义诗歌史论》这部专著中，罗振亚以“史论”的方式论述了中国现代新诗的发展脉络。全书分为上下两编，上编以时间为序，从20世纪20年代的象征诗派，到30年代的现代诗派，到40年代的九叶诗派，再到50与60年代的台湾现代诗，到70年代

① 罗振亚：《中国新诗的历史与文化透视》，黑龙江教育出版社2002年版，第192页。

末 80 年代初的朦胧诗派，最后到 80 年代中期的“第三代”诗歌，这一中国现代诗歌发展的时序脉络被罗振亚梳理得非常清晰。在这样的以诗歌史实为基础的论述中，他在每一阶段都选取了最有代表性的诗人与经典文本进行逐一体验、分析与阐释，在这些阐释性的文字中不乏精彩的评论短章，更有理论性与系统性的精辟透彻的论述。专著的下编择取了戴望舒、卞之琳、何其芳、废名、林庚、金克木、施蛰存、徐迟、路易士九位诗人在 20 世纪 30 年代的诗歌文本与整体风格进行解析和阐述，行文精彩准确而不落俗套。这种分段截取论述的方式一方面为断面进行个案研究提供了一种新的思路和方法，另一方面从一定程度上恢复了现代诗歌文本细读的传统。尤其这种史论结合的形式让诗歌评论与研究并不仅仅局限于写史或纯粹的描述，在保持体系性与规范性的同时，又让诗歌批评与研究形式充满了活力与个性，当然也更能凸显批评家对于现代诗歌整体风貌与具体文本的把握程度。不仅如此，罗振亚还在特定的当代语境下，对中国现代诗人进行了还原，这种抽样解析的方式也从另一个侧面提出了这些现代诗人对于中国新诗的启蒙作用，以及他们在新诗发展之路上的开拓精神。

而在《朦胧诗后先锋诗歌研究》这部具有极大开拓意义的诗歌专著中，罗振亚也是以时间为序，从朦胧诗之后的“第三代”诗歌运动开始，到 90 年代的个人化写作（这其中又分为“知识分子”写作与民间写作两大阵营），再到 21 世纪的 70 后诗歌写作（也包括红极一时的下半身写作），最后到女性主义诗歌写作，对这一中国新时期诗歌发展的脉络进行了非常清晰的梳理。这中间有一章专门写了海子，因为海子作为从“第三代”诗歌向 90 年代个性主义诗歌写作的过渡者，他所起到的作用是不可忽视的。虽然海子以戏剧化的死亡方式完成了自己的命运，但是他的诗歌写作在中国当代诗歌史中所占据的位置是不容忽视的。罗振亚以精辟的语言和创新的思想对朦胧诗之后的中国当代诗歌进行了全面的思考与书写，感性领悟，理性分析，现代视角，诗人气质，理论挖掘，都在罗振亚一系列的文章中尽显力量。

由于长久对中国现当代诗歌的领悟与熟悉，史论结合的方式已经为罗振亚运用得驾轻就熟，所以他能够大胆地对中国当代诗歌每一阶段的成果进行价值评判与历史定位。比如他对于朦胧诗后先锋诗歌的评判是非常公允的："朦胧诗后先锋诗歌的反叛是'破坏'大于建设，疏离多于超越。"① 这一简短的评判恰如其分地道出了朦胧诗之后中国新诗的一个整体风格走向，在这种走向的背后隐藏着诗人们的文学与诗歌趣味的演化，甚至还反映了诗人们人生价值取向的变化。后来，罗振亚在评价"第三代"诗人的时候，在对这些诗人及诗歌所存在的意义表示认可的同时，也从文化与精神的层面解释了"第三代"诗人整体上讲求"生命意识"和向个体价值回归的原因："'反文化'诗的看家'法宝'是生命意识。'第三代'诗人大都经历过缪斯从抽象虚假向情感真实的复归，所以在诗歌观念上便一致认为，诗是情绪，诗是心灵的感性显现；并在这种观念笼罩下涌现出许多心灵表现能手：韩东、于坚、何小竹、郭力家……可以列出一大排熟悉和陌生的名字。抒情主体、个体心理体验的投入，从感性接近诗的'向内转'追求，某种程度上契合了诗的本质，提高了普遍精神象征的高度，彻底矫正了以往诗歌一般化的诗意形容与一般化的艺术传达的弊端。这些诗人常以艺术与自然的全方位对应，将情思表现得潇洒自如，得心应手。"② 从这样的批评文字中，我们能领略到罗振亚对于"第三代"诗人及其诗歌有一种精神上的共鸣感，他对这一代诗人的整体风格进行了切中肯綮的评价，但是他并没有仅仅停留在这一点自我意识的共鸣感上，而是将话锋一转，紧接着道出了第三代诗歌所面临的困境：

> 但是这种个体经验的极端强调却放纵为琐屑的自恋情结，助长出大面积的浅薄与平庸，付出了低层次的体验淡化社会意识的惨痛代价。在一些"第三代"诗歌那里，真诚的使命感与宝贵的艺术良知消逝得无影无踪，诗完全蜕化为纯个人隐私的喋喋不休的器皿，泪水与血斑病态的叠合复印，除了嘲弄、无奈、野性、媚俗之外，剩下的就是未来世界的"空头支票"、小打小闹的空洞自娱与缺乏恢宏"强力钙质"的本能疲软。个人欲望的暴露与宣泄把诗搞得面目皆非，反文化成了无价值的下意识与潜意识缠绕，中国诗歌传统的忧患意识被远远地放逐

---

① 罗振亚：《朦胧诗后先锋诗歌研究》，中国社会科学出版社2005年版，第13页。
② 罗振亚：《朦胧诗后先锋诗歌研究》，中国社会科学出版社2005年版，第95页。

到并不存在的天国。①

笔者不惜大段地引用罗振亚的文字，更主要的是突出批评家对于“第三代”诗人的诗歌成就的极富辩证性的评价上。“第三代”诗人在反文化的同时，也是以文化作为武器来实施他们的反文化行为的。“第三代”诗人这种自相矛盾的精神状态被罗振亚清晰地书写出来了，一方面是对过去的“第三代”诗歌做出一个公允的评价，另一个方面也毫无保留地批判了“第三代”诗歌的局限性，以此警醒后来的诗人们在诗歌精神的沿袭上对“第三代”诗歌批判性的继承与学习，这两点是罗振亚对于“第三代”突破朦胧诗的弊端而又走上另一个诗歌极端，即病态化的精神展示，而且有将诗歌衍变为一种文化符号的趋势。

其实，当诗歌衍变成一种文化符号的时候，我们必须要用信念重新点燃生命的火焰，从而赋予诗歌自身的魅力与优雅，而诗歌批评此时所承担的功能就是让诗歌外向地焕发其天真与原始的气息，让诗歌回到其最为本真的状态。意大利作家卡尔维诺在谈到文学轻与重的关系时，曾指出：“文学是一种存在的功能，追求轻松是对生活沉重感的反应。”② 我非常认同这一点，诗歌的轻逸与生命的沉重并不构成二元对立的矛盾，它们的可调和性也符合我们所能理解的尺度。历史感是朦胧诗人当年所竭力追求的效果，而生命意识是“第三代”诗人所倡导的一种诗学境界，追求诗歌的轻逸性和现场感是90年代个人写作与新世纪的诗人们所倾慕的主题，这一系列的变化与延伸是中国当代新诗随着时代所走过的征程。

当大多数诗歌批评家都乐于从宏观上为中国现当代诗歌进行整体诊断时，罗振亚恰恰是反其道而行之，他不仅从整体上进行审视与梳理，而且更多的是从具体的文本与细部进行追问与书写，而这所有的一切都基于他对于中国新诗所心存的那份敬畏和尊重。

以生命感知的方式洞察诗歌内部的真相与其神性存在的缪斯之魂，是罗振亚从事新诗批评与研究的重要立足点。他在批评上从来不凌空蹈虚，而是直接抵达诗歌的前沿与现场，捕捉与追踪诗坛最鲜活

---

① 罗振亚：《朦胧诗后先锋诗歌研究》，中国社会科学出版社2005年版，第95—96页。

② ［意大利］卡尔维诺：《轻逸》，《未来千年文学备忘录》，杨德友译，辽宁教育出版社1997年版，第19页。

的素材，占有第一手资料并充分挖掘当下诗歌中所隐藏着的艺术性、历史性与神秘感。他在对中国现当代诗歌保持信心的同时，更是努力去探寻当代诗人创造的潜能。

可以说，罗振亚对于中国新诗是进行了全面的梳理和解析的，从胡适白话新诗到新世纪网络诗歌，这接近一百年的新诗历史，罗振亚进行了全面的回顾与反思，并提出了自己有见地的看法。他不仅以纵向的方式回顾了中国新诗近百年的历程，而且以横向求索的方式解析了中国新诗所拥有的内在诗学精神。这两方面的有效结合，为他的中国新诗批评与研究带来了活力，也为中国当代诗人提供了独立而又清晰的写作方向。

比较批评：知性鉴赏能力的深入实践

随着中国当代诗歌在语言风格与审美方式上的演变，许多诗人都以批驳甚至颠覆前辈诗人的方式来进行创新与完全不同的诗歌实践，一代与一代诗人的审美观念的大异其趣，一个流派与另一个流派对于诗歌理解的差异，这些都不断地凸显出来，不仅引起了一些诗歌事件，还影响了中国新诗未来的发展方向。这些悬而未决的命题都是许多当代诗人与诗歌批评家们所面临的困境，然而，罗振亚以他自己的审美尺度和规范将问题辩证化，从而得出相对客观的结论。因为任何艺术形式都不是绝对的，诗歌与批评同样如此。当然，那些依据原则的判断与审视也是相对的，诗歌的暧昧性与模糊性和诗学理论的可阐释性共同发挥作用，为两种体裁的文字的有机融合与互动提供了一种可贵的策略。

这种策略中，令人惊喜地包含了我们在文学批评与研究中所常用的比较论方法。可以这样说，罗振亚的诗歌批评中时时处处都渗透着比较意识，他在这方面的用力也充分地体现了现当代新诗批评中比较论方式的独特价值。在罗振亚的比较批评实践中，我们所能领略到的大都是通常意义上“平行比较研究”的方法，这种方法表面看似简单，实则需要批评家拥有更为丰富的学理素养与感悟能力。本雅明在论述诗人波德莱尔时就充分地运用了横向比较与纵向对照的批评方法，这样才突出了他笔下波德莱尔作品的历史感与现实意义①。罗振亚在论述中国现代主义诗歌流派、朦胧诗、“第三代”诗歌、女性诗歌以及李琦的诗歌时，都大量运用了比较批评的诗学方法，从而让比较批评成为他诗歌批评中富有活力的重要呈现。

在《中国现代主义诗歌史论》中，罗振亚将现代派诗歌与象征派诗歌进行了最为充分的比较。在论到20世纪30年代的现代派诗歌的朦胧美时，罗振亚这样写道：“李金发等人由于没有超越模仿境地，是穿着象征派鞋子走路，组合意象时别扭而古怪，随意跳闪，不注意整体有机性，所以才把诗写成支离破碎、晦涩难懂的笨谜与魔术。而现代派是穿着自己的鞋子走路，注意到结构的整体和谐性，所以总能组构起一个可以让读者进入的古典美学意境的氛围。”② 这种对流派风格的比较相对于个案比较来说更难以把握，它不是空泛的理论对阵，有时甚至可以说是一种精神的冒险，因为这种总体风格的比较批评实践有时很难准确定位与衡量。

罗振亚不仅在比较两个时段的诗歌风格，而且他将这种比较的批评方式充分运用在诗人与诗人之间的比较上。在做个案研究时，他通常以风格比较来突出诗人的独特之处，异于其他诗人的重要之点往往是代表着这个诗人最富有个性的创作和语言风格。通过与他人进行比较的方式完成对这个诗人的评价是匠心独运的，因为只有比较与鉴别，才会有高下与优劣之分，当然这种比较更多的是用来区别诗人风格的。

如在论述李琦诗歌的价值定位时，他以几个具有典型女性主义特色的女诗人与李琦进行整体风格比较与文本比较。在分析了《冬夜》一诗之后，罗振亚开始了李琦与其他女诗人整体风格的精彩比照：“这种品性使李琦的诗与新潮女性诗以及某些传统女诗人的诗有了本质的差别。如果说舒婷侧重女性独立和健全人格的关注，张烨在宗教中开掘人性内蕴，申爱萍痛恨爱的虚伪与矫情，翟永明以肉体性呼告独白同精神对应，海男在梦幻般的长句中思考爱的怪诞，小叶秀子多有爱的忧伤与放纵，那么李琦则以艰辛爱路上的甜蜜感恩与执着专一见长……”“李琦与前卫、先锋的女性诗歌是有差别的，走的是两条

---

① 参见瓦尔特·本雅明《波德莱尔笔下的第二帝国时期的巴黎》与《波德莱尔的几个主题》两篇长文，选自《巴黎，19世纪的首都》，刘北成译，上海人民出版社2006年版。

② 罗振亚：《中国现代主义诗歌史论》，社会科学文献出版社2002年版，第100页。

不同的路。她也正是以对新潮女性诗的有意‘间离’，才构筑了一片真的境界、美的艺术与善的灵魂一统的诗性天空，找准了自己在女性诗人抒情群落中的位置，使诗获得了一种昭引人们出离情欲苦海、到达清洁清醒世界的诺亚方舟一样的神力。”①

罗振亚不仅将李琦与前卫、先锋的新潮女性诗人进行比较，而且将李琦与北大荒其他的男性诗人进行比较，如潘洗尘、庞壮国等人的诗歌。这种比较的方式是最能凸显出一个作者的独特风格与写作个性的，无论是从语言结构还是话语特征上，都能从最为核心的部分体现诗人的诗意美学。罗振亚在进行比较批评时，非常注重论述的知识性与趣味性的有效分配与融合，它给予读者很大的阅读想象空间。尤其是他的那些堪称精辟的诗意论述，无不透出作者学养的深厚与解读的犀利，以及良好的艺术直觉。

罗振亚在对中国新诗的比较批评与研究上，不仅将不同的诗人及其文本风格进行比较，而且他还将流派与流派进行比较，甚至让“第三代”诗歌与朦胧诗歌进行比较，用 90 年代个人写作与 80 年代的“第三代”诗歌进行比较。在 90 年代的个人写作里，罗振亚将民间写作与知识分子写作也进行比较。所以在罗振亚的诗歌批评与研究范畴中，比较论无处不在，也无时不在。只有比较，才有鉴别，这是罗振亚在进行诗歌批评与研究时所恪守的重要信条。当然，他的比较也并不是冷漠的资料的比拼与毫无情感涉入的价值判断，而是在论证充分的基础上做合理的想象甚至是推测，胡适先生“大胆假设，小心求证”的学问观念在罗振亚这儿得到了恰当的传承与运用。从文本细读到总体评价，从个案研究到整体梳理，无不渗透着一种自觉的比较意识，这一意识贯穿着他诗歌批评与研究的始终。

从目前的状况来看，罗振亚新诗批评与研究的工作依然在不断地深入下去，而且还在往其他的方向延伸，比如他从象征诗派往前回溯，探源中国现代新诗的产生，现代新诗的语言策略，胡适的新诗写作，甚至胡适的白话文学史研究。而对于中国当代新诗方面，他不仅全面论述过朦胧诗，“第三代”诗歌，海子其人其诗，中国女性主义诗歌，直到 70 后诗歌乃至 80 后诗歌，而且他也开始深入到诗学内部进行纯粹的诗学考察，以便获得更为纵深的研究成果。罗振亚的这种

---

① 罗振亚：《雪夜风灯——李琦论》，黑龙江人民出版社 2002 年版，第 137—138 页。

新诗批评与研究作为中国现当代诗歌研究领域的一个重要的范式，他为中国新诗批评带来了一种重要的文本与精神参照，同时也为中国新诗研究领域提供了一种新的批评伦理。

探索诗史，关注当下，深入挖掘重要诗人的风格特征与诗歌流派的诗学规律，这是罗振亚在新诗批评与研究上的重要策略，同时他也开始不断地拓展自己的研究视域，这或许是他从事新诗批评的又一个起点，也将是又一次质的飞跃。

[作者单位：三峡大学文学与传媒学院]

诗学研究

中生代研究

散文诗研究

新诗文本细读

现代诗人研究

关于戈麦

姿态与尺度

诗论家研究

外国诗论译丛

“爱”为诗者之魂①

［美］厄尼·巴里、艾伦·金斯堡著
翁　委　译　李嘉娜　校

译者前言

为反对越战，艾伦·金斯堡不遗余力地参加游行示威，著诗，发表声明，宣扬自己的政治立场。本章是艾伦·金斯堡于游行示威间隙接受记者厄尼·巴里的采访。在金斯堡眼中，每个人均有爱与被爱的权利。然而，原子弹滥用，战争频发使人们身心俱疲，人与人之间渐渐立起了隔阂，人们拒绝接受陌生人给予的“爱”。在采访中，金斯堡提到，“爱”是一个十分重要的成分。他的人生，经历了否定身体——承认身体——关爱身体及世人的转变。在他看来，“爱”已经成了他的作品及人生的重要成分。他的作品，他的人生也因为有爱，呼吁“爱”而自由洒脱，永垂不朽。

在结束《村声周报》的采访一个月之后，艾伦·金斯堡，在迪西卷（一种刺激神经中枢药物）的作用下，得以坐下来连续四十个小时进行马拉松式的创作，写出了《卡迪什》。两个月之后，艾伦·金斯堡出演了由摄影家罗伯特·弗兰克拍摄的影片《拔出雏菊》，他对艾伦·金斯堡的创作产生了深远的影响。（见 Thomas Gladysz 的采访）

1959 年春，艾伦在斯坦福大学首次尝试了麦角酸二乙基酰胺（一种麻醉药），以期进一步探究更高一层的意识与意识改变状态。1960 年 1 月，金斯堡与作家劳伦斯·弗林盖蒂参加了智利的作家会议。之后，金斯堡独自旅行，在穿越南美的旅程中，他一边欣赏沿途风景，一边找寻死藤水——这是亚马逊萨满（即人们熟知的巫师）用

① 该文系 1964 年《城市之光》杂志记者厄尼·巴里（Ernie Barry）于 1963 年 10 月 28 日在旧金山对金斯堡的一次采访。全文译自 David Carter ed：Allen Ginsberg，Spontaneous Mind：Selected Interview，1958—1996，New York：HarperCollins，2001，pp9—16，题目为译者另加。

当地卡披木的根炮制而成的致幻药。1960 年，他回到纽约，并完成了《卡迪什》的创作。1960 年 11 月 26 日，金斯堡在哈佛心理学家蒂莫西·利里的指导下吸食了裸盖菇素（一种致幻药），见识到这种药物的神奇作用之后，两人迅速结盟并计划了“迷幻药革命”。

1961 年 3 月，金斯堡与诗人彼特·奥洛夫斯基结伴去巴黎旅游，他们分别去了作家威廉·伯勒斯和乔治·科尔索的家中拜访。彼时伯勒斯已去往丹吉尔。随后他们收到了伯勒斯的来信，邀请金斯堡、奥洛夫斯基和科尔索到丹吉尔与其会合。1961 年 7 月，这个小团体在丹吉尔产生矛盾，彼得·奥洛夫斯独自踏上了前往伊斯坦布尔的旅程。同年 8 月 24 日，金斯堡离开摩洛哥前往希腊，与彼得·奥洛夫斯基在特拉维夫市重逢。在那里，他们结识了神学家马丁·布伯与犹太神秘哲学学者格尔绍姆·绍勒姆。艾伦与彼特从以色列一直往东走，在非洲待了将近一个月，于 1962 年 2 月 15 日坐船抵达印度孟买。在印度时，他们结识了美国诗人加里·施耐德与他日本的妻子乔安妮·凯格，这对夫妻曾在日本生活了六年之久。据印度相关周刊记载，在印度待了相当长一段时间之后，1963 年 5 月，金斯堡独自乘飞机到曼谷，接着又启程去胡志明市的途中参观了柬埔寨吴哥窟废墟。在越南时，金斯堡更是密切询问当地记者与相关人士越南当前形势与美国所持态度。

7 月 11 日金斯堡飞往日本京都拜访施耐德与凯格，在这为期五周的拜访中，他还飞往温哥华参与了由英属哥伦比亚大学举办的诗会。（之后金斯堡乘坐火车回日本，金斯堡的诗作《京都—东京快车的变化》于这次愉快的乘车之旅中问世。在克拉克的采访中作者谈到了其创作的灵感之源）其后，艾伦回到了旧金山。同年 8 月 28 日，金斯堡参与了他人生当中首次的政治示威游行兹以抗议越南总统吴廷琰的弟妹，即越南首席政治顾问吴廷瑈的妻子陈丽春的暴行，与之在喜来登皇宫酒店抗议的群众还有大批商界人士及民间领袖。500 名抗议者被围在警戒线外，这是陈丽春女士在美期间遭遇到人数最多的一次集会。艾伦也手持写有标语的硬纸牌走在游行队伍之中，并抽空在酒店前接受了我的采访。这篇采访发表在由劳伦斯·弗林盖蒂创立的城市之光杂志第二期的期刊上。

厄尼·巴里：艾伦，你还参加过其他的政治示威游行吗？

（我们随意坐在酒店前的石头上聊天，此时示威者们正大喊大叫着从我们身边呼啸而过）

金斯堡：从未有过，这次是我首次表明自己的政治立场。

厄尼·巴里：你这么表明自己的态度，有什么特殊的理由吗？

金斯堡：我的标语牌上写的就是。

（艾伦将其所持标语牌的正面转向我，以便我能将标语牌上的诗抄写下来）

浑身赤裸的人坦诚相见，而全副武装的人享受不到这种快乐
成百上千万无名人士啊
我们怎么知道他们是遭受了怎样的磨难
古鲁[①]哀号“噢，伤亡多么巨大，多么惨烈啊！”
哲人说，遵从你的内心
基督说，神与你同在
布莱克说，继续等待，直到他的人性苏醒
战士们流着泪说：我在这里。期盼着双方免战的讯息
那样，越南将不再有人间地狱
那样，我也不用站在这如地狱的街边

战争是黑魔法
美丽的花儿献给南越与北越的每一个人
停止战争
意志消沉，惊恐不安是我们大敌——把撒旦赶回家吧！
不论你是美国人，还是红色中国人
我们都是一家
……

厄尼·巴里：这首诗是专门为了这次的游行所写的吗？

金斯堡：是的。

厄尼·巴里：艾伦，你是为这个世界缺少爱和激情而感到不安吗？

① 指印度宗教领袖——译者注。

金斯堡：是的，厄尼。做爱的人还不够多。

（边说着，艾伦双手轻环我的双肩，并轻轻摸着我）

厄尼·巴里：艾伦，你会选择和什么样的人做爱呢？

金斯堡：可以是任何人，任何人都可以拥有我。

（艾伦开始用力地抱住我，但事实上不用通过这种示范，我可以很好地理解他所表达的理念，于是我挣开了他的怀抱）

金斯堡：我说的任何人可以是法国诗人兰波或是门罗那样的年轻人。当然，也包括其他人。甚至是时不时从哪里钻出来的机器人也可以。

厄尼·巴里：但是美国许多性问题的根源之一就是普遍的性无能。你无法与每个人做爱，至少我不能够，因为大多数西方世界的人们不了解如何适当地性交。他们不愿意解决性无能的状况，甚至根本不愿意承认自己性无能。

金斯堡：所有不同的人都会让我的心有所触动，若我看到他们哭泣而他们却拒绝我的抚慰，我就会性无能，因为我害怕。

厄尼·巴里：你在害怕什么呢？

金斯堡：担心他们永将不接受我。

厄尼·巴里：缺少性知识会有什么影响呢？

金斯堡：性知识是在经验中自然累积而来的。

厄尼·巴里：当然你也不相信仅仅如此而已，这只适用于那些没有烦恼，没有情感或心理压力的自由人，这种人群彼此交媾，自然能积累知识。但是极少数人能无忧无虑。你能说说原因吗？

金斯堡：缺乏爱的交流。

厄尼·巴里：你说的“爱的交流”是指性交吗？

金斯堡：不，我说的“爱”是每个人因彼此信任而从腹部升起的一股暖流，这股暖流让心与心之间碰撞出火花，我们互相亲吻面颊，或是亲吻世界上一切美好的事物，包括婴孩，来表达我们的爱。

厄尼·巴里：你喜爱婴儿与小孩吗？

金斯堡：当然喜欢，他们也不讨厌我。

厄尼·巴里：很明显，孩子们对世界的反应更趋于本能的，也比成年人的反应更自然。随着时光流逝，我们会越来越逃避如此简单的本能活动。

金斯堡：心与心的碰撞与摩擦是本能反应。人与人之间相互关怀，这是正常的本能反应。不同性别，或是相同性别的人之间存在相同的关怀。惠特曼的诗充分地告诉了我们这一点。他很自然地向全世界首次展示了美国式的关怀，这种关怀，亦可以称之为包容，也自然成为美国民主精神的基础……

厄尼·巴里：你会如何评价陈丽春女士？

金斯堡：她需要更多的爱。

厄尼·巴里：你是说她需要更多的性爱吗？

金斯堡：她需要在一个友爱的环境中与更多的人进行交流。我们都知道，她偏执地幻想世界上许多人对她充满敌意，所以她就以我们看到的那种方式保护自己。

厄尼·巴里：我今天来到这里也是要在她面前宣泄我的愤怒。

金斯堡：宣泄怒火也于事无补。我们陷入了一个充满仇恨与焦虑的深渊之中，无法释放我们身上的柔情，最后我们只好将怒火付之于氢弹之中，但氢弹也给民众们带来了极大的恐慌。人们下意识地不愿意接受这种伤害。显然，消除分歧的方法并不唯一。我们还可以选择互相妥协，各方不论输赢，从而努力创造一个和谐友好的社会。在那里，我们可以在第一时间内“完全互容”。我说的“完全互容”是指我们尽可以信任彼此，找到一份舒适与安心，得到与生俱来的情感狂喜。这些情感与生俱来嵌入了我们骨髓，我们却无视这种人类亘古不变的情怀，一直在否认、压抑、拒绝、唾弃这些情感，以至于自绝。

厄尼·巴里：你需要给房东交房租吗？

金斯堡：需要。

厄尼·巴里：每个人的金钱财富并不均等，甚至可以说是财富分配失衡。任由这种状况发展下去，你觉得好吗？

金斯堡：我没发现有任何经济理论适用于现代史，因为一切都发展得太迅速了。我承认某种社会共享或是共产主义适用于人类的未来，但我认为若脱离了最初的情感分享，社会共享将无法得以实现。有了情感基础，物质分配才会逐渐开始有条不紊。那我现在要开始表达我的情感了。

（艾伦再一次用他的双手接触一下我的肩膀）

厄尼·巴里：《美国无政府主义者》这份期刊会因为政治异端或是公开谈论性而被禁止发行，你对此有什么看法？

金斯堡：从理性上任何人的言论都不应该被禁止。

厄尼·巴里：六个月之前一份名不见经传（发行量不超过500）的格林威治村诗刊《去你的》发表了一篇你与诗人彼得·奥洛夫斯基[①]联名撰写的文章，其中还具体描述你们互为对方口交。你与奥洛夫斯基联合撰写并同意发表这篇文章，我想你挺看重它的。

金斯堡：奥洛夫斯基几年之前在丹吉尔描写了（转录）这场欢爱场景。那时，我对这种行为感到羞愧。时值城市之光杂志要出版主题为"保护全人类"期刊，他们要我和他针对世界政治问题互相发表看法，我原先以为奥洛夫斯基此举并不恰当。但是现在我明白了他这一举动是那样的用心良苦：搁置一切有关心智的问题，用身体去感觉，赤诚相待。

每个人都有强大的心魔
直到那一刻
他的人性苏醒
将他的心魔踢入湖中

奥洛夫斯基对于人性早已通达，我以前仍被自己的心魔所阻——只想诅咒宇宙。我需要的是爱，人人都需要。他在印度时将那篇性爱的东西寄给《去你的》诗社，能够发表，我十分欣喜。现在的我在所有人的眼中已经是赤条条的，没有任何秘密好隐藏，也没有什么意象需要去捕捉，唯一想做的事情就是尽情地哭，尽情地笑，随性而活。

现在我所有的魅力均殆尽
依靠自己，才是我所有力量之源
事实上，我的身体脆弱不堪
直到你赦免了我，我才能强大

厄尼·巴里：我认为那些持反对知识分子观点的美国大学可以成为你所说的"以个人身体为出发点来看待一切有关心智的问题"这一理念的追随者。

金斯堡：这些美国大学并不是反对知识分子观点，相反，他们十分注重智力因素，它们尽一切力量培养学生的客观与理性。当人类世界重新获得直接感受时，人们会发现大学就像没有人情味、没有人

① 金斯堡喜爱的早年同性恋对象——译者注。

性、残酷冷漠的机器一样，折磨着在大学里的人们。但每个人都渴望感受爱与被爱。在每一个人冷漠的面具之下无可避免地都会拥有对“爱”的渴望。

厄尼·巴里： 你认为左派分子（指大胆进取的冒险主义者）的哲学或他们的意识形态可以帮助我们看清这个问题并且解决它吗?

金斯堡： 左派分子的暴怒只会使那些政府官员和条子们更加没人性。只有爱与包容才能让民主在世界上施行起来更有保障。不要埋怨条子们，他们只是被自己的错误观念误导的普通人。

厄尼·巴里： 去年夏天《绅士》这份杂志发表了一篇有关你在印度的报道，内容极度歪曲事实。文章名为《与艾伦和他的男孩们同行在印度的路上》，这篇文章不仅试图把你打造成一个天真幼稚，涉世未深的半吊子，文章指明你花大把时间喝罗宋汤，吃炒蛋，并且三心二意试图要成为一个印度教徒。据悉这是杂志社采访你的文章，你为什么愿意让那些哗众取宠的记者采访你呢? 这是些歪曲事实的商业杂志社记者们。

金斯堡： 这个答案我在上一个问题时已经告诉你了。我们必须平等地对待每一个人，不管他们是《美国无政府主义者》还是《绅士》的摄影师，都得一视同仁。人们在原子弹的威胁下吓得魂不附体，苏醒之后在身体上得到了重生。以厌恶、愤慨、怒火、敌意、斤斤计较以及心怀叵测等黑暗的情绪，我们将无法拥有爱、包容等美好的情感。

厄尼·巴里： 八月你将与许多“垮掉的一代”代表诗人们在加拿大大学开设讲座。届时你们是会以正式演讲的形式还是与学生自由交流的形式来教导诗歌写作技巧呢?

金斯堡： 我将与查尔斯·奥尔森、罗伯特·格里利、丹尼斯·乐托、罗伯特·邓肯、菲利普·惠伦在温哥华，英属哥伦比亚大学开设讲座。不是教导诗歌写作技巧，而是皆已情感匮乏的我们四处游走向学生们哭求“爱”的给予。

[译者单位：福建师范大学外国语学院]

CONTENTS

// POETICS STUDY

// MIDDLED–AGED POETS STUDY

// PROSE POEM STUDY

// CLOSE READING OF NEW POETRY

// MODERN POETS STUDY

// ABOUT GE MAI

// STANCE AND ATTITUDE

// CRISTIC STUDY

// POETRY TRANSLATING STUDY

(Contents Translated by Lian Min)

图书在版编目（CIP）数据

诗探索. 第 4 辑. 理论卷 / 吴思敬主编；诗探索编辑委员会编著.
—桂林：漓江出版社，2013.12
ISBN 978-7-5407-6954-3
Ⅰ.①诗… Ⅱ.①吴… ②诗… Ⅲ.①诗歌—世界—丛刊
Ⅳ.①I106.2-55
中国版本图书馆CIP数据核字（2013）第 321295 号

诗探索 2013 第4辑 理论卷

主　　编　吴思敬
责任编辑　庞俭克　付　妍
封面设计　石绍康
责任监印　周　萍

出 版 人　郑纳新
出版发行　漓江出版社有限公司
社　　址　广西桂林市南环路22号
邮　　编　541002
发行电话　0773-2583322　010-85893192
传　　真　0773-2582200　010-85890870
邮购热线　0773-2583322
电子信箱　ljcbs@163.com
　　　　　http://www.lijiangtimes.com.cn
　　　　　http://www.Lijiangbook.com
印　　制　北京大运河印刷有限责任公司
开　　本　787×1092　1/16
印　　张　13.75
字　　数　206千字
版　　次　2014年2月第1版
印　　次　2014年2月第1次印刷
书　　号　ISBN 978-7-5407-6954-3
定　　价　50.00元（全二册）